a evolução
de
mara
dyer

Outras obras da autora publicadas pela Galera Record:

A desconstrução de Mara Dyer
A evolução de Mara Dyer

MICHELLE HODKIN

a evolução de mara dyer

Tradução de
Mariana Kohnert

3ª edição

Galera

RIO DE JANEIRO
2017

CIP-BRASIL. CATALOGAÇÃO NA PUBLICAÇÃO
SINDICATO NACIONAL DOS EDITORES DE LIVROS, RJ

Hodkin, Michelle
H623e   A evolução de Mara Dyer / Michelle Hodkin; tradução Mariana
3ª. ed.   Kohnert. – 3ª. ed. – Rio de Janeiro: Galera Record, 2017.

Tradução de: The Evolution of Mara Dyer
ISBN 978-85-01-09859-7

1. Ficção americana. I. Kohnert, Mariana. II. Título.

14-10867   CDD: 813
                                           CDU: 821.111(73)-3

Título original em inglês:
The Evolution of Mara Dyer

Copyright brasileiro © 2014 por Editora Galera Record
Copyright original em inglês © 2012 by Michelle Hodkin

Publicado mediante acordo com Simon & Schuster Books for Young Readers, um
selo de Simon & Schuster Children's Publishing Division

Texto revisado segundo o novo Acordo Ortográfico da Língua Portuguesa.

Todos os direitos reservados.
Proibida a reprodução, no todo ou em parte, através de quaisquer meios.

Design de capa: Renata Vidal da Cunha
Composição de miolo: Abreu's System

Direitos exclusivos de publicação em língua portuguesa somente para o Brasil
adquiridos pela
EDITORA RECORD LTDA.
Rua Argentina 171 – Rio de Janeiro, RJ – 20921-380 – Tel.: 2585-2000,
que se reserva a propriedade literária desta tradução.

Impresso no Brasil

ISBN 978-85-01-09859-7

Seja um leitor preferencial Record.
Cadastre-se e receba informações sobre nossos
lançamentos e nossas promoções.

Atendimento e venda direta ao leitor
mdireto@record.com.br ou (21) 2585-2002.

Para Martin e Jeremy Hodkin,
por sempre apostarem em mim.

"Podemos nos tornar outro que não o que somos?"

— MARQUÊS DE SADE, *Justine*

prefácio

VOCÊ O AMARÁ ATÉ A RUÍNA.

As palavras ecoavam em minha mente conforme eu corria pelos aglomerados de pessoas que gargalhavam. Luzes intermitentes e gritos prazerosos se misturavam em um tumulto de som e cor. Eu sabia que Noah estava atrás de mim. Sabia que me alcançaria. Mas meus pés tentaram fazer o que o coração não podia: deixá-lo para trás.

Finalmente perdi o fôlego abaixo de um palhaço de olhar lascivo que apontava para a entrada do Salão dos Espelhos. Noah me alcançou facilmente. Ele me virou para que o encarasse e fiquei ali, o pulso agarrando sua mão, o rosto molhado pelas lágrimas, o coração dilacerado pelas palavras dela.

Se eu o amasse de verdade, disse ela, o deixaria.

Desejei amá-lo o suficiente para isso.

1

UNIDADE PSIQUIÁTRICA
LILLIAN E ALFRED RICE
Miami, Flórida

CORDEI NA MANHÃ DE ALGUM DIA EM ALGUM HOSPITAL E ENcontrei uma estranha em meu quarto.

Eu me sentei com cuidado — estava com o ombro dolorido — e estudei a mulher. O cabelo era castanho-escuro e se tornava cinzento nas raízes; os olhos eram cor de avelã, com pés de galinha ao redor. Ela sorriu para mim, e o rosto inteiro da estranha se moveu.

— Bom dia, Mara — disse ela.

— Bom dia — falei de volta. Minha voz era baixa e rouca. Não parecia minha.

— Sabe onde está?

A mulher obviamente não percebera que o diretório do andar estava posicionado do lado de fora da janela, justamente atrás dela, e que da cama eu tinha uma visão clara.

— Estou na Unidade Psiquiátrica Lillian e Alfred Rice. — Aparentemente.

— Sabe quem sou?

Não fazia ideia, mas tentei não demonstrar. Ela não teria perguntado se nunca nos tivéssemos visto, e, se *tivéssemos* nos conhecido, eu deveria lembrar.

— Sim — menti.

— Qual é meu nome?

Droga. Meu peito se ergueu e abaixou rapidamente com a respiração.

— Sou a Dra. West — disse ela, calma. A voz era acolhedora e amigável, mas nada familiar. — Nós nos conhecemos ontem, quando você foi trazida por seus pais e um detetive de nome Vincent Gadsen.

Ontem.

— Lembra-se?

Eu me lembrava de ver meu pai deitado, pálido e ferido, em uma cama de hospital, depois de ter levado um tiro da mãe de uma garota assassinada.

Lembrava que fora eu quem a fizera atirar.

Lembrava que tinha ido à polícia para confessar ter roubado a seringa de adrenalina de minha professora e ter soltado formigas lava-pés em sua gaveta, motivo pelo qual ela morrera de choque anafilático.

Lembrava que isso não era verdade: apenas uma mentira que eu diria à polícia para que me impedissem de novamente machucar alguém que amava. Porque eles não acreditariam que desejei a morte de minha professora e, pouco depois, ela morreu. Engasgou até a morte com a língua inchada, exatamente como imaginei que morreria.

Lembrava que, antes que conseguisse contar isso a alguém, vi Jude no Décimo Terceiro Distrito Policial de Metro Dade. Parecendo bastante vivo.

Mas não me lembrava de ir para o hospital. Não me lembrava de ser levada. Depois do surgimento de Jude, não me lembrava de mais nada.

— Foi internada ontem à tarde — falou a estranha, Dra. West. — O detetive chamou seus pais quando não conseguiram fazer com que parasse de gritar.

Fechei os olhos e vi o rosto de Jude quando ele passou por mim. Roçou em mim. Sorriu. A memória manchou o interior de minhas pálpebras, e abri os olhos rapidamente, apenas para ver outra coisa.

— Você contou a eles que seu namorado, Jude Lowe, que acreditavam ter morrido no colapso de um prédio em dezembro, está vivo.

— Ex — falei baixinho, lutando para permanecer calma.

— Como?

— Ex-namorado.

A Dra. West inclinou levemente a cabeça e estampou a expressão cuidadosamente neutra de psicóloga, uma que eu reconhecia muito bem, pois a vira com frequência em minha mãe psicóloga. Principalmente nos últimos meses.

— Disse que *você* causou o colapso do sanatório abandonado em Rhode Island, esmagando sua melhor amiga, Rachel, e a irmã de Jude, Claire, do lado de dentro. Contou que Jude abusou sexualmente de você, e foi por isso que tentou matá-lo. E disse que ele sobreviveu, que está aqui.

A médica estava perfeitamente calma enquanto falava, o que aumentava meu pânico. Aquelas palavras partindo *dela* pareciam loucura, embora fossem verdade. E, se a Dra. West sabia, então também...

— Sua mãe trouxe você para uma avaliação.

Minha mãe. Minha família. Eles com certeza acabaram ouvindo a verdade, embora eu não tivesse planejado contar. Embora não me *lembrasse* de tê-la contado.

E foi ali onde parei por causa da verdade.

— Não começamos ontem porque estava sedada.

Meus dedos subiram por meu braço, por baixo da manga curta da camiseta branca. Havia um Band-Aid na pele, cobrindo o que devia ser o local da injeção.

— Onde ela está? — perguntei, mexendo no Band-Aid.

— Onde está quem?

— Minha mãe. — Meus olhos avaliaram o corredor através do vidro, mas não a vi. O lugar parecia vazio. Se eu conseguisse apenas conversar com ela, talvez pudesse explicar.

— Ela não está aqui.

Aquilo não soava como minha mãe. Ela não saiu de meu lado uma vez quando fui internada no hospital depois do desabamento do sanatório. Mencionei isso à Dra. West.

— Gostaria de vê-la?

— Sim.

— Está bem, podemos ver se conseguimos providenciar isso mais tarde.

O tom de voz fez parecer que seria uma recompensa por bom comportamento, e não gostei disso. Balancei as pernas para fora da cama e fiquei de pé. Estava vestindo calça de amarrar, e não os jeans que me lembrava de ter vestido por último. Minha mãe devia ter trazido aquelas de casa. Alguém devia ter trocado minhas roupas. Engoli em seco.

— Acho que quero vê-la agora.

A Dra. West também se levantou.

— Mara, ela não está aqui.

— Então vou encontrá-la — falei, enquanto procurava meu All Star. Eu me agachei para olhar debaixo da cama, mas não estava ali. — Onde estão meus sapatos? — perguntei, ainda agachada.

— Foi preciso guardá-los.

Eu me levantei, então a encarei.

— Por quê?

— Tinham cadarços.

Meus olhos se semicerraram.

— E daí?

— Você foi trazida para cá porque sua mãe achou que poderia ser um perigo para si e para os outros.

— Preciso muito falar com ela — avisei, lutando para manter o tom de voz uniforme. Mordi com força meu lábio inferior.

— Em breve.

— Quando?

— Bem, gostaria que conversasse com alguém primeiro, e um médico virá, só para se certificar de que você...

— E se eu não quiser?

A Dra. West apenas me olhou. A expressão era triste.

Minha garganta queria se fechar.

— Não pode me manter aqui, a não ser que eu permita — consegui dizer. Isso, pelo menos, eu sabia. Era filha de um advogado e tinha 17 anos. Eles não poderiam me manter ali a não ser que eu quisesse. A menos que...

— Você estava histérica, aos gritos, e escorregou — explicou Dra. West. — Quando uma de nossas enfermeiras tentou ajudá-la, você a socou.

Não.

— Isso se tornou uma situação de emergência, então, sob a garantia do Ato Baker, seus pais puderam consentir em seu lugar.

Sussurrei para que não gritasse:

— O que está dizendo?

— Sinto muito, mas você foi internada mesmo contra sua vontade.

2

— E SPERAMOS QUE PERMITA QUE UM MÉDICO FAÇA UM exame físico — disse ela, com gentileza. — E que concorde com o plano de tratamento.

— E se eu não concordar? — perguntei.

— Bem, seus pais ainda têm tempo de registrar a papelada certa com o tribunal enquanto está aqui, mas seria muito bom para você, e para eles, se cooperasse conosco. Estamos aqui para ajudá-la.

Não conseguia me lembrar de já ter me sentido tão perdida.

— Mara — falou a Dra. West, atraindo meu olhar —, entende o que isso significa?

Significa que Jude está vivo e que ninguém acredita nisso além de mim.

Significa que *há* algo errado comigo, mas não é o que eles pensam.

Significa que estou sozinha.

Mas então meus pensamentos acelerados antes de se dissiparem traçaram uma imagem. Uma lembrança.

As paredes bege da unidade psiquiátrica evaporaram e se tornaram vidro. Eu me vi no assento do carona de um carro — o carro de Noah — e enxerguei meu rosto manchado de lágrimas. Noah estava ao meu lado, com os perfeitos cabelos agora bagunçados, e os olhos permaneciam desafiadores enquanto me olhavam.

— *Tem algo errado comigo... Não há nada que ninguém possa fazer para consertar isso* — falei a ele então.

— *Me deixa tentar* — respondera Noah.

Isso foi antes de eu saber o quanto estava profundamente condenada, mas mesmo quando o último pedaço da armadura se desfez na escadaria do tribunal, revelando a feiura por baixo, não foi Noah quem partiu.

Fui eu.

Porque matei quatro pessoas — cinco, se o cliente de papai jamais acordasse — com nada além de um simples pensamento. E o número poderia ter sido maior; *teria sido*, se Noah não tivesse salvado meu pai. Jamais pretendi machucar as pessoas que amava, mas Rachel ainda estava morta e papai ainda havia levado um tiro. Há menos de 48 horas, achava que o melhor modo de mantê-las seguras era me manter afastada.

Mas as coisas eram diferentes agora. Jude as tornava diferentes.

Ninguém sabia a verdade sobre mim. Ninguém a não ser Noah. O que significava que era o único que poderia consertar isso. Eu precisava falar com ele.

— Mara?

Obriguei-me a prestar atenção na Dra. West.

— Vai nos deixar ajudá-la?

Me ajudar?, queria perguntar. *Ao me dar mais medicamentos quando não estou doente, não com algo pior que Transtorno de Estresse Pós-Traumático? Não sou psicótica.*

Não sou.

Mas não parecia ter muita escolha, então me forcei a dizer sim.

— Mas quero falar com minha mãe primeiro.

— Ligarei para ela depois de seu exame médico, está bem?

Não estava bem. Não mesmo. Mas assenti e a Dra. West sorriu, acentuando-lhe as rugas no rosto, parecendo para o mundo inteiro como uma avó reconfortante e gentil. Talvez fosse.

Quando ela saiu, quase perdi a cabeça; mas não tive tempo. Ela foi imediatamente substituída por um médico que segurava uma caneta-lanterna e me perguntou coisas sobre meu apetite e outros detalhes incrivelmente triviais, ao que respondi calma e com fala cautelosa. Então ele se foi, e me ofereceram comida e um dos funcionários — uma conselheira? Uma enfermeira? — me mostrou o departamento. Estava mais silencioso do que imaginei de uma ala psiquiátrica, e com menos malucos óbvios. Alguns jovens estavam lendo em silêncio. Um assistia a TV. Outro falava com um amigo. Ergueram o rosto para mim quando passei, mas, além disso, não fui notada.

Quando fui finalmente levada de volta ao quarto, fiquei chocada ao ver minha mãe ali.

Qualquer outra pessoa teria ignorado como ela parecia arrasada. As roupas não estavam amassadas. A pele ainda se mostrava impecável. Nem um fio de cabelo saíra do lugar. Mas o desespero minava sua compostura e o medo deixava seus olhos vazios. Mamãe estava segurando as pontas, mas por pouco.

Estava segurando as pontas por mim

Eu queria abraçá-la e sacudi-la ao mesmo tempo. Mas apenas fiquei parada ali, presa ao chão.

Ela correu para me abraçar. Deixei, mas meus braços estavam presos à lateral do corpo e não consegui abraçá-la de volta.

Mamãe se afastou e retirou o cabelo de meu rosto. Avaliou meus olhos.

— Desculpe, Mara.

— Jura? — Minha voz saiu uniforme.

Não poderia tê-la magoado mais se tivesse lhe dado um tapa.

— Como pode dizer isso? — perguntou mamãe.

— Porque acordei em uma unidade psiquiátrica hoje. — As palavras amargavam minha boca.

Ela recuou e se sentou na cama, a qual tinha sido arrumada desde que eu a deixara. Mamãe sacudiu a cabeça, e o cabelo preto e lustroso balançou com o movimento.

— Quando você saiu do hospital ontem, achei que estivesse cansada e fosse para casa. Mas quando a polícia ligou... — A voz dela falhou, e mamãe levou a mão à garganta. — Seu pai levou um tiro... então atendi ao telefone e ouvi a polícia dizer "Sra. Dyer, estamos ligando a respeito de sua filha." — Uma lágrima caiu de um dos olhos, e mamãe rapidamente a limpou. — Achei que tivesse sofrido um acidente de carro. Achei que estivesse *morta*.

Minha mãe envolveu a própria cintura com os braços e curvou o corpo para a frente.

— Fiquei tão apavorada que larguei o telefone. Daniel atendeu. Explicou o que estava acontecendo, que você estava na delegacia, histérica. Ele ficou com seu pai, e corri para buscá-la, mas você estava *descontrolada*, Mara — falou mamãe, e me olhou. — Descontrolada. Nunca pensei... — A voz sumiu, e mamãe pareceu olhar diretamente através de mim. — Você gritava que Jude está vivo.

Fiz algo corajoso então. Ou idiota. Às vezes é difícil ver a diferença.

Decidi confiar nela. Encarei mamãe e falei, sem qualquer traço de dúvida na expressão ou na voz:

— Ele *está*.

— Como é possível, Mara? — A voz de mamãe não tinha um tom distinto.

— Não sei — admiti, porque não fazia ideia. — Mas o vi. — Sentei-me ao lado dela na cama, mas mantive distância.

Mamãe afastou o cabelo do rosto.

— Poderia ter sido uma alucinação? — Ela evitou meus olhos. — Como das outras vezes? Como com os brincos?

Eu tinha feito a mesma pergunta a mim mesma. Tinha visto coisas antes: os brincos de minha avó no fundo da banheira, embora ainda estivessem em minhas orelhas. Paredes de salas de aula caindo ao meu redor, larvas se movendo em minha comida.

E tinha visto Claire. Eu a vira em espelhos. Ouvira sua voz.

— *Divirtam-se vocês dois.*

Eu vira Jude em espelhos. Ouvira a voz dele também.

— *Você precisa tirar a mente deste lugar.*

Mas agora sabia que os ouvira dizer essas mesmas palavras duas vezes. Não apenas em espelhos em casa. No sanatório.

Não imaginei essas palavras. *Lembrei-me* delas. Da noite do desabamento.

Mas na delegacia foi diferente. Jude tinha falado com um policial. Eu me esforcei para lembrar o que ele disse:

— *Pode me dizer onde posso comunicar uma pessoa desaparecida? Acho que estou perdido.*

Nunca o ouvi dizer aquelas palavras. Eram novas. E ele as disse antes de me tocar.

Ele me *tocou*. Eu o *senti*.

Aquilo não foi uma alucinação. Ele era real. Estava vivo e estava aqui.

3

MINHA MÃE AINDA ESTAVA ESPERANDO POR UMA RESPOSTA À pergunta que fizera, então lhe dei uma. Sacudi a cabeça vigorosamente.

— Não. — Jude estava vivo. Não era uma alucinação. Eu tinha certeza.

Mamãe se sentou ali, imóvel, por mais um segundo. Então, por fim, sorriu, mas o sorriso não chegou aos olhos.

— Daniel veio vê-la — falou, e ficou de pé. Mamãe se abaixou para beijar minha testa quando a porta se abriu, revelando meu irmão mais velho. Os dois compartilharam um olhar, mas, quando entrou no quarto, Daniel experientemente mascarou a preocupação.

O espesso cabelo preto de meu irmão estava curiosamente bagunçado, e círculos escuros contornavam os olhos castanhos. Daniel sorriu para mim — foi espontâneo demais, rápido demais — e se abaixou para me envolver em um abraço.

— Estou tão feliz por você estar bem — disse ao me apertar. Também não consegui abraçá-lo de volta.

Então Daniel me soltou e acrescentou, casual demais:

— E não acredito que roubou minhas chaves. Onde está minha chave de casa, aliás?

Franzi a testa.

— O quê?

— Minha chave de casa. Não está em meu chaveiro. Aquele que você pegou antes de dirigir até a delegacia.

— Ah. — Eu não me lembrava de tê-la pegado nem do que tinha feito com ela. — Desculpe.

— Tudo bem. Não é como se estivesse se metendo em problemas ou algo assim. — Daniel semicerrou os olhos.

— O que está fazendo?

— Olhando de esguelha para você.

— Bem, parece que está tendo um derrame — falei, incapaz de conter o sorriso. Daniel me lançou um dos sorrisos característicos, um de verdade dessa vez.

— Quase enfartei quando mamãe quase enfartou — disse meu irmão, em voz baixa. Sério. — Estou... estou feliz por você estar bem.

Olhei ao redor do quarto.

— Bem é um termo relativo, acho — rebati.

— *Touché*.

— Fico surpresa por deixarem que me veja — falei. — Do modo como a psiquiatra agia, comecei a achar que estava na solitária ou algo assim.

Daniel deu de ombros e mudou o peso do corpo de lado, obviamente desconfortável.

Isso me deixou cautelosa.

— O que foi?

Daniel contraiu os lábios.

— Desembuche, Daniel.

— Eu deveria tentar convencê-la a ficar.

Semicerrei os olhos para ele.

— Por quanto tempo?

Daniel não falou.

— *Quanto tempo?* — insisti.

— Indefinidamente.

Meu rosto ficou quente.

— Mamãe não teve coragem de contar ela mesma?

— Não é isso — respondeu meu irmão, sentando-se na cadeira ao lado da cama. — Mamãe acha que você não confia nela.

— É *ela* quem não confia em *mim*. Não confia desde... — *Desde o desabamento*, quase falei. Não terminei a frase, mas a julgar pela expressão de Daniel, não precisava. — Não acredita em nada do que digo. — Não quis soar tão infantil, mas não consegui evitar. Meio que esperava que Daniel me repreendesse, mas ele apenas me olhou do mesmo jeito que sempre olhava. Era meu irmão. Meu melhor amigo. Eu não tinha mudado para Daniel.

E isso fez com que quisesse contar tudo a ele. Sobre o sanatório, Rachel, Mabel, minha professora. Tudo.

Se contasse com calma — sem entrar em pânico, em uma delegacia, mas racionalmente, depois de uma noite inteira de sono —, se explicasse tudo, talvez ele entendesse.

Eu precisava ser entendida.

Então fechei os olhos e respirei fundo, como se estivesse me preparando para saltar de um penhasco. De certo modo, acho que estava.

— Jude está aqui.

Daniel engoliu em seco, então perguntou, com cautela:

— No quarto?

Olhei com raiva para ele.

— Não, seu panaca. Na Flórida. Em Miami.

A expressão dele não mudou.

— Ele estava na delegacia, Daniel. Eu vi. Estava lá.

Meu irmão apenas ficou sentado ali, imitando a expressão neutra de minha mãe de alguns minutos antes. Então colocou a mão na mochila e tirou algo de dentro.

— É o vídeo de segurança da delegacia — explicou Daniel, antes que eu pudesse perguntar. — A Dra. West achou que seria bom se mamãe mostrasse a você.

— Então por que *você* está me mostrando?

— Porque obviamente você não confia em mamãe, mas ela sabe que confia em mim.

Semicerrei os olhos para Daniel.

— O que tem nele?

Daniel ficou de pé e colocou o disco no DVD player abaixo da televisão presa ao teto, então ligou o aparelho.

— Diga quando o localizar, está bem?

Assenti, e, então, nossas cabeças se voltaram para a tela. Daniel adiantou o vídeo, e pessoas minúsculas entraram e saíram às pressas da delegacia. O relógio avançou apressado, e me vi entrar em quadro.

— Pare — pedi a Daniel. Ele apertou um botão, e a filmagem passou para uma velocidade normal. Não havia áudio, mas me vi falando com o policial no balcão da entrada. Devia estar perguntando onde poderia encontrar o detetive Gadsen.

Então Jude surgiu na tela. Meu coração acelerou quando meus olhos se detiveram na imagem, no boné de beisebol, nas mangas longas. Algo em seu pulso refletiu a luz. Um relógio.

Minha mente estremeceu. Apontei para a silhueta de Jude na tela.

— Ali — falei. Minha mão tremia irritantemente. — É ele.

Observamos enquanto Jude falava com o policial. Quando ele passou roçando por mim. Me tocou. Comecei a me sentir enjoada.

Daniel pausou a imagem antes de Jude sair da tela. Não disse nada por um bom tempo.

— O que foi? — perguntei, baixinho.

— Poderia ser qualquer um, Mara.

Minha garganta se apertou.

— Por favor, diga que está brincando.

— Mara, é um cara com o boné dos Patriots.

Avaliei a tela de novo. O ângulo da câmera só capturou o topo da cabeça de Jude, coberta pelo boné dos Patriots que ele sempre usava. O boné estava puxado bem para baixo, formando uma sombra sobre os olhos.

Não dava para ver nada do rosto.

— Mas ouvi a *voz* dele — falei. Implorei, na verdade. Meu irmão abriu a boca para dizer algo, mas o interrompi. — Não, ouça. — Respirei fundo. Tentei me acalmar, ser menos estridente. — Eu o ouvi, ele perguntou algo àquele policial, e o policial respondeu. Era a voz de Jude. E *eu* vi o rosto dele. — Encarei a tela, semicerrando os olhos enquanto continuava falando. — Não dá para ver muito bem na fita... mas é ele. É *ele*.

Daniel olhou para mim por alguns segundos silenciosos antes de falar. Por fim, a voz saiu perturbadoramente baixa:

— Mara, não pode ser Jude.

Minha mente percorria, acelerada, os fatos que eu conhecia, aqueles dos quais tinha certeza.

— Por que não? Não conseguiram encontrar o corpo para enterrá-lo, certo? — O prédio estava instável demais, lembrei, e era muito perigoso fazer mais uma busca. — Não conseguiram chegar até ele.

Daniel apontou para a tela, para as mãos de Jude. Meus olhos seguiram o dedo do meu irmão.

— Está vendo as mãos do cara?

Assenti.

— Jude não as teria. As mãos foram tudo o que encontraram dele.

4

AS PALAVRAS DE DANIEL DRENARAM O SANGUE DE MEU ROSTO.

— Não encontraram corpos de nenhum dos... de Rachel, Claire *ou* Jude. Mas encontraram... encontraram as mãos dele, Mara. E as enterraram. — Daniel engoliu em seco como se fosse doloroso para ele, então apontou para a tela. — Esse cara? Duas mãos. — A voz de Daniel era suave, triste e desesperada, mas as palavras não queriam fazer sentido. — Sei que está assustada com o que tem acontecido. Eu sei. E papai... estamos todos preocupados com papai. Mas esse não é Jude, Mara. Não é ele.

Teria sido um alívio acreditar que eu era *tão* louca àquele ponto, engolir aquela mentira e os comprimidos, e afastar a culpa que me perseguia desde que finalmente me lembrei do que era capaz.

Mas já havia tentado isso. Não funcionou.

Respirei fundo e estremeci.

— Não sou louca.

Daniel fechou os olhos, e, quando os abriu de novo, a expressão era de... determinação.

— Não deveria contar isso a você..

— Contar o quê?

— Os psicólogos estão chamando isso de distorção perceptiva. Uma alucinação, basicamente. De que... de que Jude está vivo, de que você tem o poder de fazer prédios desabarem e de matar as pessoas... estão dizendo que está perdendo a habilidade de avaliar racionalmente a realidade.

— E isso quer dizer o quê?

— Estão usando palavras como "psicótica" e "esquizotípica", Mara.

Obriguei-me a não chorar.

— Mamãe espera que, no pior dos casos, isso talvez seja algo chamado Distúrbio Psicótico Breve, ocasionado pelo TEPT, pelo tiroteio e por todo o trauma... mas, pelo que tenho ouvido, acho que as diferenças principais entre isso, esquizofrenia e um monte de outros distúrbios no meio é, basicamente, a duração. — Daniel engoliu em seco. — O que significa que quanto mais durarem as alucinações, pior o prognóstico.

Trinquei os dentes e me forcei a ficar calada enquanto meu irmão continuava falando:

— É por isso que mamãe acha que você deveria ficar aqui um tempo, para poderem ajustar seus remédios. Então podem transferi-la para um lugar, uma instituição de tratamento residencial...

— *Não.* — Por mais que tivesse desejado abandonar minha família para mantê-los a salvo, sabia agora que precisava ficar com eles. Não poderia ser trancafiada enquanto Jude estivesse livre.

— É como um internato — continuou Daniel —, mas há um chef gourmet, jardins zen e arteterapia... só para dar um tempo.

— Não estamos falando de Fiji, Daniel. Ela quer me mandar para um *hospício*. Um hospício!

— Não é um hospício, é uma instituição...

— De tratamento residencial, é sim — falei, quando as lágrimas começaram a se acumular. Pisquei ferozmente para afastá-las. — Então está do lado deles?

— Estou do *seu* lado. E é só por um tempinho, para que possam ensiná-la a lidar com tudo isso. Você passou por... de maneira nenhuma eu conseguiria lidar com a escola e com o que tem passado.

Tentei engolir o amargor na garganta.

— O que papai disse? — consegui perguntar.

— Ele sente como se parte disso fosse culpa dele.

O equívoco dessa ideia me perfurou.

— Acha que não deveria ter aceitado o caso — continuou meu irmão. — Ele confia na mamãe.

— Daniel — implorei. — Eu juro, *juro* que estou dizendo a verdade.

— E isso faz parte do problema — disse ele, com a voz falhando. — Você acredita. Quanto às alucinações... isso se encaixa no TEPT. Mas antes você sabia que estava tudo na sua cabeça. Agora que acredita que é real — falou Daniel, a voz contida —, tudo o que contou a eles ontem é consistente com... psicose. — Daniel piscou sem parar e limpou um dos olhos com o dorso da mão.

Eu não conseguia acreditar que aquilo estava acontecendo comigo.

— Então é isso. — Minha voz parecia morta. — Posso ao menos ir para casa primeiro?

— Bem, depois que a internam precisam mantê-la por 72 horas, então reavaliam antes de fazerem uma recomendação final para mamãe e papai. Então acredito que isso vai acontecer amanhã, certo?

— Espere... apenas 72 horas? — E então outra avaliação...

— Bem, é, mas estão insistindo para que seja mais.

Mas naquele momento, era temporário. Não permanente. Ainda não.

Se eu pudesse persuadi-los de que não acreditava que Jude estava vivo... e que não acreditava que havia matado Rachel, Claire e os demais... de que nada daquilo era real, de que estava tudo em minha mente... se eu pudesse mentir, e convincentemente, então eles poderiam pensar que meu episódio na delegacia fora temporário. Era nisso que minha mãe *queria* acreditar. Ela só precisava de um incentivo.

Se fizesse tudo direitinho, talvez pudesse ir para casa de novo.

Talvez até pudesse ver Noah mais uma vez.

Uma imagem surgiu em minha mente, o rosto sério e determinado de Noah no tribunal, certo de que eu não faria o que fiz. Não nos falamos desde então.

E se eu tivesse mudado aos olhos dele, como Noah disse que eu mudaria?

E se ele não quisesse me ver?

Essa ideia comprimiu minha garganta, mas eu não podia chorar. Não podia perder a calma. Dali em diante, seria a garota-propaganda da saúde mental. Não podia arriscar ser mandada para longe de novo. Precisava entender que diabos estava acontecendo.

Mesmo que precisasse desvendar sozinha.

Uma batida à porta me assustou, mas era apenas mamãe. Parecia ter chorado. Daniel se levantou, alisando a camisa de botão azul.

— Onde está papai? — perguntei a ela.

— Ainda no hospital. Será liberado amanhã.

Caso eu conseguisse fazer uma atuação boa o bastante, quem sabe eu fosse liberada com ele.

— Joseph está lá?

Mamãe assentiu. Então meu irmão de 12 anos agora tinha um pai com um ferimento à bala e uma irmã na ala psiquiátrica. Trinquei os dentes com mais força. *Não chore.*

Minha mãe olhou para Daniel nesse momento, e ele pigarreou.

— Amo você, irmã — falou-me Daniel. — Nos vemos em breve, está bem?

Assenti, inexpressiva. Minha mãe se sentou.

— Vai ficar tudo bem, Mara. Sei que parece idiota agora, mas é verdade. Vai melhorar.

Não tinha certeza do que dizer, a não ser:

— Quero ir para casa.

Minha mãe pareceu magoada; e por que não estaria? A família estava se desfazendo.

— Quero muito você em casa, querida. Quero tanto. Só que... não terá o que fazer em casa se não estiver na escola, e acho que pode ser pressão demais agora. *Amo* você, Mara. Demais. Não suportaria se você... vomitei quando soube do sanatório... passei mal por isso. Não podia deixá-la, nem por um segundo. Você é meu bebê. Sei que não é um bebê, mas é *meu* bebê e quero que fique bem. — Ela limpou os olhos com o dorso da mão e sorriu para mim. — Isso não é sua culpa. Ninguém a culpa, e você não está sendo punida.

— Eu sei — respondi, séria, fazendo minha melhor imitação de uma adulta calma e sã.

Mamãe continuou:

— Você já passou por tanta coisa, e sei que não entendemos. E quero que saiba que isto — ela indicou o quarto — não é você. Pode ser químico, comportamental ou até mesmo genético...

Uma imagem surgiu em meio à água turva que era minha mente. Uma foto. Preta. Branca. Embaçada.

— O que foi? — perguntei, rapidamente.

— O modo como está se sentindo. Tudo que tem acontecido com você. Não é sua culpa. O TEPT e tudo o que aconteceu...

— Não, eu sei — falei, interrompendo-a. — Mas você mencionou... Genético.

— O que quer dizer com genético? — perguntei.

Minha mãe olhou para o chão, e a voz ganhar um tom profissional.

— O que está passando — disse mamãe, evitando claramente o termo "doença mental" — pode ser causado por fatores biológicos e genéticos.

— Mas quem em nossa família teve algum tipo de...

— Minha mãe — disse ela, baixinho. — Sua avó.

As palavras de mamãe pairaram no ar. A imagem em minha mente se tornou nítida, o retrato de uma jovem com um sorriso misterioso, sentada com as mãos pintadas com hena cruzadas sobre o colo. O cabelo preto estava dividido ao meio, e o bindi brilhava entre as sobrancelhas. Era a imagem de vovó no dia do casamento.

E então minha mente substituiu o rosto dela pelo meu.

Pisquei para afastar a imagem e sacudi a cabeça.

— Não entendo.

— Ela se matou, Mara.

Fiquei sentada ali, momentaneamente chocada. Não apenas nunca soube, mas...

— Achei... achei que tivesse morrido em um acidente de carro?

— Não. Foi apenas a história que contamos.

— Mas achei que você tivesse crescido com ela?

— E cresci. Ela morreu quando eu era adulta.

Minha garganta ficou seca de repente.

— Quantos anos você tinha?

A voz de mamãe ficou subitamente aguda.

— Estava com 26.

Os poucos segundos seguintes pareceram uma eternidade.

— Eu nasci quando tinha 26 anos.

— Ela se matou quando você estava com três dias de vida.

5

POR QUE EU NÃO SABIA DISSO?

Por que não me contaram?

Por que ela faria algo assim?

Por que naquele momento?

Devo ter parecido tão chocada quanto me sentia, porque minha mãe se apressou em pedir desculpas.

— Jamais quis contar dessa forma.

Jamais pretendera me contar.

— A Dra. West e a Dra. Kells acharam que era a coisa certa, pois sua avó sofria das mesmas preocupações — falou minha mãe. — Era paranoica. Desconfiada...

— Não sou... — Estava prestes a dizer que não era desconfiada ou paranoica, mas eu era. E com razão.

— Ela não tinha amigos — continuou mamãe.

— Tenho amigos — rebati. Então percebi que as palavras mais apropriadas seriam "tinha" e "amiga", no singular. Rachel era minha melhor amiga e, na verdade, minha única amiga até nos mudarmos.

Então teve Jamie Roth, meu primeiro (e único) amigo em Croyden, mas eu não o via ou tinha notícias dele desde que fora expulso por algo que não fez. Minha mãe provavelmente nem mesmo soube que ele existia, e, como eu não voltaria para a escola tão cedo, ela provavelmente jamais saberia.

Mas então havia Noah. Ele contava?

Minha mãe interrompeu meus pensamentos.

— Quando era pequena, minha mãe costumava me perguntar se eu sabia fazer mágica. — Um sorriso triste surgiu em seus lábios. — Achei que estivesse apenas brincando. Mas conforme fui ficando mais velha, ela perguntava de vez em quando se eu conseguia fazer alguma coisa "especial". Principalmente quando eu era adolescente. Não tinha ideia do que queria dizer, é claro, e, quando perguntava, ela me respondia que eu saberia quando acontecesse, e pedia para que contasse a ela se alguma coisa mudasse. — Minha mãe trincou o maxilar e olhou para o teto.

Estava tentando não chorar.

— Ignorei, disse a mim mesma que minha mãe era apenas "diferente". Mas todos os sinais estavam ali. — A voz se transformou de saudosa para profissional. — Os pensamentos mágicos...

— O que quer dizer?

— Ela achava que era responsável por coisas pelas quais não poderia de jeito algum ser responsável. E era supersticiosa, era cautelosa com alguns números, lembro: às vezes fazia questão de ressaltá-los. E, quando eu estava mais ou menos com sua idade, ela ficou muito paranoica. Uma vez, enquanto fazíamos minha mudança para meu primeiro dormitório, paramos para abastecer. Sua avó estava encarando o retrovisor e olhando por cima do ombro durante a última hora, e, quando entrou para pagar, um homem me pediu informações. Peguei um mapa e disse a ele como ir aonde queria. E, assim que o homem entrou no carro e foi embora, sua avó correu para fora. Queria saber tudo: o que ele queria, o que disse, estava descontrolada. — Mamãe parou, perdida na lembrança. Então falou: — Às vezes eu a pegava perambulando, com sonambulismo. Sua avó tinha pesadelos.

Não consegui falar. Não sabia o que dizer.

— Foi... difícil crescer com ela, às vezes. Acho que foi o que me fez querer ser psicóloga. Eu queria ajudar...

A voz de mamãe sumiu, então ela pareceu se lembrar que eu estava sentada ali. *Por que* eu estava sentada ali. O rosto dela corou.

—Ah, querida... não quis... fazer com que ela parecesse dessa forma. — Mamãe estava envergonhada. — Ela foi uma mãe maravilhosa e uma pessoa incrível: era artística, criativa e *tão* divertida. E sempre se certificava de que eu estava feliz. Mamãe se importava muito. Se soubessem quando ela era mais nova o que sabem agora, acho... que teria sido diferente. — Minha mãe engoliu em seco, então olhou diretamente para mim. — Mas *ela* não é *você*. Vocês *não* são iguais. Eu só disse algo porque... porque coisas assim podem ser de família, e só quero que saiba que não é nada que você fez, e tudo o que aconteceu, o sanatório e tudo isso, *não* é sua culpa. Os melhores terapeutas estão aqui, e você vai ter a melhor ajuda.

— E se eu melhorar? — perguntei, baixinho.

Os olhos dela se encheram de lágrimas.

— Você vai melhorar. *Vai* sim. E terá uma vida normal. Juro por Deus — disse mamãe, em voz baixa, séria — que você terá uma vida normal.

Vi minha oportunidade.

— Precisa me mandar embora?

Mamãe mordeu o lábio inferior e inspirou.

— É a última coisa que quero fazer, querida. Mas acho que se estiver em um ambiente diferente por um tempo, com pessoas que sabem de verdade sobre essas coisas, acho que será melhor para você.

Mas eu sabia pelo tom de voz dela, e pelo modo como falhava, que mamãe não tinha se decidido. Não tinha certeza. O que significava que eu ainda poderia manipulá-la para me deixar ir para casa.

Mas não aconteceria durante aquela conversa. Eu tinha trabalho pela frente. E não poderia fazê-lo com mamãe ali.

Bocejei e pisquei devagar.

— Você está exausta — disse ela, estudando meu rosto.

Assenti.

— Teve uma semana infernal. Um *ano* infernal. — Mamãe pegou meu rosto nas mãos. — Vamos superar isto. Prometo.

Dei um sorriso inocente para ela.

— Eu sei.

Mamãe alisou meu cabelo, então se virou para ir embora.

— Mãe? — chamei. — Pode dizer à Dra. West que quero falar com ela?

Mamãe sorriu.

— É claro, querida. Tire uma soneca e direi a ela para passar aqui e ver como você está daqui a pouco, está bem?

— Obrigada.

Minha mãe parou entre a cadeira e a porta. Ela parecia em conflito.

— O que foi? — perguntei.

— Eu só... — Começou mamãe, então fechou os olhos. Ela passou a mão sobre a boca. — A polícia nos contou ontem que você disse que Jude a atacou antes de o prédio desabar. Eu só queria... — Ela respirou fundo. — Mara, isso é verdade?

Era verdade, é claro. Quando estávamos sozinhos no sanatório, Jude me beijou. Então continuou me beijando, embora eu tivesse dito para ele parar. Jude me segurou contra a parede. Me empurrou. Me prendeu. Então bati nele, e ele revidou.

— Ah, Mara — sussurrou minha mãe.

A verdade devia estar evidente em meu rosto, pois antes de eu decidir como responder, ela correu de volta para mim.

— Não é à toa que isso tem sido ainda mais difícil... o duplo trauma, você deve ter se sentido tão... nem consigo...

— Está tudo bem, mãe — falei, olhando para ela com os olhos lacrimejantes e atentos.

— Não, não está. Mas ficará. — Mamãe inclinou o corpo para me beijar de novo, então saiu do quarto, lançando um sorriso triste antes de desaparecer

Sentei-me. A Dra. West voltaria logo, e eu precisava me recompor.

Precisava convencê-la — convencê-los — de que só tinha Transtorno de Estresse Pós-Traumático, e não que estava perigosamente perto de ter esquizofrenia ou algo igualmente assustador e permanente. Porque com TEPT eu poderia ficar com minha família e descobrir o que estava acontecendo. Descobrir o que fazer a respeito de Jude.

Mas com qualquer outra doença — aquele seria o fim para mim. Uma vida de alas psiquiátricas e remédios. Nada de faculdade. Nada de *vida*.

Tentei me lembrar do que minha mãe dissera sobre os sintomas de vovó:

Desconfiada.

Paranoica.

Pensamentos mágicos.

Ilusões.

Pesadelos.

Suicídio.

Então pensei sobre o que sabia a respeito de TEPT:

Alucinações.

Pesadelos.

Perda de memória.

Lembranças súbitas.

Havia semelhanças e havia convergências, mas a diferença principal parecia ser que com o TEPT você *sabe*, racionalmente, que o que vê não é real. Qualquer coisa com um prefixo esquizo significava, no entanto, que, quando você alucina, acredita nisso... mesmo depois de a alucinação passar. O que a torna uma ilusão.

Eu *tinha*, de verdade, TEPT: vivenciara trauma mais que o suficiente e agora, às vezes, via coisas que não eram reais. Mas eu *sabia* que essas coisas não estavam acontecendo, não importava o quanto pareciam acontecer.

Então agora, só precisava ser clara — bastante clara —, quanto a não acreditar que Jude estava vivo também.

Embora ele estivesse.

6

OS RELÓGIOS DA UNIDADE PSIQUIÁTRICA TIQUETAQUEAVAM, contando as horas restantes das 72 que requeriam que eu ficasse em observação. Estava indo bem, pensei, no Dia Três. Estava calma. Amigável. Dolorosamente normal. E, quando outra psiquiatra chamada Dra. Kells se apresentou como a chefe de algum programa de algum lugar da Flórida, respondi suas perguntas do modo como ela esperava:

— Está tendo problemas para dormir?

Sim.

— Está tendo pesadelos?

Sim.

— Tem dificuldades para se concentrar?

Às vezes.

— Alguma vez se viu perdendo a calma?

De vez em quando. Sou uma adolescente normal, afinal de contas.

— Tem vivenciado pensamentos obsessivos com relação à experiência traumática?

Definitivamente.

— Tem alguma fobia?

E todo mundo não tem?

— Costuma ver ou ouvir pessoas que não estão presentes?

Às vezes vejo meus amigos... mas sei que não são reais.

— Já pensou em se ferir ou machucar alguém?

Uma vez. Mas jamais faria algo assim.

Então ela foi embora e me ofereceram almoço. Eu não estava com muita fome, mas pensei que seria uma boa ideia comer mesmo assim. Tudo parte do show.

O dia se arrastou, e, perto do fim, a Dra. West voltou. Eu estava sentada em uma mesa da área comum, tão simples e impessoal quanto qualquer sala de espera de hospital, mas com mais algumas mesas redondas pequenas rodeadas por cadeiras. Duas crianças que pareciam ter a idade de Joseph jogavam xadrez. Eu estava desenhando em papel colorido com giz de cera. Não era o momento de que mais me orgulho.

— Oi, Mara — falou a Dra. West, inclinando-se para ver meu desenho.

— Oi, Dra. West — respondi. Dei um grande sorriso e soltei o giz de cera, dedicando-lhe toda a atenção.

— Como está se sentindo?

— Um pouco nervosa — falei, timidamente. — Sinto muita saudade de casa. — Empurrei de leve o desenho que estava fazendo, uma árvore florida. Ela interpretaria algo ali, terapeutas interpretavam algo em tudo, e pessoas normais amam árvores.

Ela assentiu.

— Entendo.

Arregalei os olhos.

— Acha que poderei ir para casa?

— É claro, Mara.

— Hoje, quero dizer.

— Ah. Bem. — A testa dela se franziu. — Ainda não sei, para ser sincera.

— Isso é sequer possível? — Minha voz inocente de criança estava me deixando louca. Eu a usara mais no último dia do que nos últimos cinco anos.

— Bem, há algumas possibilidades — admitiu a médica. — Você poderia ficar aqui para se tratar mais, ou possivelmente se transferir para outra instituição de internação. Ou seus pais poderiam decidir que um centro de tratamento residencial seria o melhor lugar para você, pois é adolescente. A maioria deles tem programas de educação secundária que permitiria que passasse algum tempo com trabalhos educacionais enquanto estivesse fazendo terapias em grupo ou experimentais.

Residencial. Não era bem o que eu desejava.

— Ou um programa não residencial poderia ser a melhor opção...

— Não residencial? — Conte mais.

— Há programas diurnos para adolescentes que estão passando por situações difíceis, como você.

Duvido.

— Você trabalha principalmente com conselheiros, e seus colegas na terapia em grupo e experimentais, como arte ou música, com um pouco de tempo dedicado ao trabalho escolar, mas o foco é definitivamente a terapia. E, no fim do dia, você volta para casa.

Não tão terrível. Pelo menos agora eu sabia o que esperar.

— Ou seus pais podem decidir não fazer nada a não ser terapia. Faremos nossa recomendação, mas, no fim, depende deles. Sua mãe deve passar por aqui em breve, na verdade — disse a Dra. West, olhando para os elevadores. — Por que não continua desenhando...? Que desenho lindo! E depois nos falamos de novo, assim que eu conversar com ela, quem sabe?

Assenti e sorri. Sorrir era importante.

A Dra. West foi embora, e eu ainda estava tentando fazer a imagem de falsa alegria mais falsamente alegre quando me assustei com uma cutucada no ombro.

Virei um pouco o corpo na cadeira de plástico. Uma garotinha de cerca de 10 anos, com cabelo louro-escuro embaraçado estava de pé, tímida, com o polegar na boca. Vestia uma camiseta branca grande demais para ela sobre uma saia azul com fru-fru que combinava com as meias azuis. A garotinha me entregou um papel dobrado.

Papel de caderno de desenho. Meus dedos identificaram a textura imediatamente, e meu coração acelerou conforme o desdobrei, revelando o desenho que dei a Noah, *de* Noah, semanas antes, em Croyden. E atrás havia apenas três palavras, mas eram as palavras mais lindas já escritas:

Acredito em você.

Estavam escritas com a letra de Noah, e meu coração deu um pulo quando olhei atrás de mim, esperando, por algum milagre, ver o rosto dele.

Mas não havia ninguém ali que não devesse estar.

— Onde conseguiu isto? — perguntei à garota.

Ela abaixou o rosto para o piso de linóleo e corou.

— O menino bonito me deu.

Um sorriso se formou em meus lábios.

— Onde ele está?

A garotinha apontou para o fim do corredor. Fiquei de pé, deixando a porcaria da árvore e meu desenho na mesa, e olhei ao redor com calma, embora quisesse correr. Um dos terapeutas estava sentado em uma mesa conversando com um menino que ficava se arranhando, e um dos funcionários cuidava da recepção. Nada fora do comum, mas, obviamente, algo estava. Andei casualmente na direção dos banheiros: eram próximos do corredor, que era perto dos elevadores. Se Noah estava ali, não poderia estar longe.

E pouco antes de eu virar a esquina, senti a mão de alguém segurar meu pulso com delicadeza e me puxar para dentro do banheiro feminino. Sabia que era ele antes mesmo de ver seu rosto.

Detive-me nos olhos azul-acinzentados que estudavam os meus, na pequena ruga entre eles, acima da linha daquele nariz elegante. Meus olhos se perderam no formato da sua boca, seguiram a curva e o biquinho dela, como se ele estivesse prestes a falar. E aquele cabelo — eu queria saltar nos braços dele e correr os dedos por aquele cabelo. Queria apertar a boca contra aqueles lábios.

Mas Noah apoiou um longo dedo sobre minha boca antes que eu conseguisse dizer uma palavra.

— Não temos muito tempo — falou.

A proximidade me encheu de calor. Não acreditava que ele estava ali de verdade. Queria senti-lo mais, apenas para me certificar de que era real.

Ergui a mão hesitante até sua cintura estreita. Os músculos esguios de Noah estavam estendidos, tensos sob o algodão fino e macio da camiseta *vintage*.

Mas Noah não me impediu.

Eu não conseguia deixar de sorrir.

— Qual é seu problema com banheiros femininos? — perguntei, observando seus olhos.

O canto da boca de Noah se ergueu.

— Essa é uma pergunta justa. Em minha defesa, são muito mais limpos que os masculinos e parecem estar por toda parte.

Ele parecia divertir-se. Arrogante. Era aquela a voz que eu precisava ouvir. Talvez não devesse ter me preocupado. Talvez estivéssemos bem.

— Daniel me contou o que aconteceu — disse Noah, então. O tom de voz tinha mudado.

Encarei-o e vi que ele sabia. Noah sabia o que acontecera comigo, por que eu estava ali. Sabia o que minha família pensava.

Senti uma onda de calor sob a pele, do olhar dele ou de vergonha, eu não sabia.

— Ele contou o que eu... o que eu disse?

Noah me encarou através dos cílios longos e castanhos que emolduravam seus olhos.

— Sim.

— Jude está aqui — falei.

A voz de Noah não estava alta, mas pareceu forte quando respondeu:

— Acredito em você.

Não sabia o quanto precisava ouvir aquelas palavras até que Noah as disse em voz alta.

— Não posso ficar aqui enquanto ele estiver por aí...

— Estou cuidando disso. — Noah olhou para a porta.

Eu sabia que ele não poderia ficar, mas não queria que fosse embora.

— Eu também. Acho... acho que há uma chance de meus pais me deixarem voltar para casa — falei, tentando não parecer tão nervosa quanto me sentia. — Mas e se me obrigarem a ficar? Para me manterem em segurança?

— Eu não obrigaria, se fosse eles.

— Como assim?

— Vai entender a qualquer minuto agora...

Dois segundos depois, o som de um alarme preencheu meus ouvidos.

— O que você fez? — falei, por cima do barulho, à medida que Noah recuava até a porta do banheiro.

— A garota que lhe deu o bilhete?

— Sim...

— Eu a peguei olhando para meu isqueiro.

Pisquei.

— Você deu a uma criança, em uma ala psiquiátrica, um isqueiro.

Seus olhos se enrugaram nos cantos.

— Ela me pareceu confiável.

— Você é doente — falei, mas sorri.

— Ninguém é perfeito. — Noah sorriu de volta.

7

O PLANO DE NOAH FUNCIONOU. A GAROTA FOI SURPREENDI-da colocando fogo em meu desenho, mas não antes de o alarme disparar. Eles coordenaram uma evacuação total, e, no meio do caos, Noah fugiu. Logo antes de minha mãe chegar. E ela não estava feliz.

— Não acredito que alguém da equipe traria um isqueiro para cá. — A voz era corrosiva.

— Eu sei — falei, parecendo preocupada. — E eu estava trabalhando tanto naquele desenho. — Estremeci como efeito dramático.

Minha mãe esfregou a testa.

— A Dra. West achou que você deveria ficar aqui por mais uma semana, para que os remédios se estabilizem. Também acha que seria uma boa candidata para um programa residencial, chama-se Horizontes...

Meu estômago se apertou

— Fica em No Name Key, e já vi as fotos... É bem bonito e tem uma excelente reputação, embora só estejam funcionando há cerca de um ano. A Dra. Kells, médica-chefe, disse que conheceu você e que se encaixaria muito bem, mas eu só... — Mamãe contraiu o lábio inferior, então suspirou. — Quero você em casa.

Poderia ter chorado de tanto alívio. Em vez disso, falei:

— Eu *quero* ir para casa, mãe.

Ela me abraçou.

— Seu pai recebeu alta e está esperando lá embaixo... Mal pode esperar para vê-la.

Meu coração deu um salto. Mal podia esperar para *vê-lo*.

— Vamos pegar suas coisas?

Assenti, meus olhos apropriadamente cheios de lágrimas. Não tinha muito a buscar, então basicamente fiquei andando enquanto minha mãe preenchia um monte de papéis. Uma das psiquiatras — a Dra. Kells — caminhou até mim com os caros sapatos de salto fazendo barulho. Estava vestida como minha mãe: blusa de seda, saia-lápis, maquiagem perfeitamente aplicada e cabelo milimetricamente penteado.

Os lábios carnudos pintados de vermelho da médica se retraíram para revelar um sorriso impecável.

— Soube que vai voltar para casa — comentou.

— É o que parece — respondi, com o cuidado de não parecer muito arrogante.

— Boa sorte para você, Mara.

— Obrigada.

Mas ela não foi embora. Apenas ficou ali, me observando.

Esquisito.

— Pronta? — disse mamãe.

Bem na hora. Deixei a Dra. Kells com um aceno e encontrei minha mãe no elevador. Quando as portas se fecharam, precisei de toda a força para não comemorar.

— O que acha dela? — perguntou mamãe, quando estávamos sozinhas.

— Quem?

— A Dra. Kells.

Imaginei aonde iria com aquilo.

— É legal.

— Há um programa não residencial que a Dra. West recomendou... Na verdade, é chefiado por ela como parte do Horizontes. Fazem muita terapia em grupo, apenas adolescentes, e terapias com arte e música, esse tipo de coisa.

— Tudo bem...

— Acho que seria bom pra você.

Não tinha certeza do que dizer. Não residencial era melhor que residencial, certamente; e eu precisava agir como se quisesse aquele tipo de ajuda. Mas sair da escola era algo grande. Precisava de um minuto para pensar.

Por sorte, consegui. Porque as portas do elevador se abriram e lá estava papai de pé no saguão, parecendo saudável e invencível. Eu sabia melhor que qualquer um que ele não estava nada disso.

— Pai — falei, com um sorriso tão grande que me machucava o rosto. — Você parece bem. — E parecia mesmo: a pele pálida comum a nós dois tinha alguma cor, e ele não parecia cansado, exaurido ou magro, apesar do que tinha sofrido. Na verdade, de pé ali de calça cáqui e camisa polo, parecia a caminho de uma partida de golfe.

Papai flexionou um dos braços e apontou para o bíceps.

— Homem de aço.

Minha mãe lançou um olhar de repreensão para ele, e nós três saímos para a umidade subsaariana e para dentro do carro.

Eu estava feliz. Tão feliz que quase esqueci o que tinha me levado ao hospital para início de conversa. O que levara *meu pai* ao hospital para início de conversa.

— Então, o que acha? — perguntou minha mãe.

— Humm?

— Do Programa Não Residencial Horizontes?

Ela estava falando? Não reparei?

De toda forma, tinha acabado meu tempo.

— Acho... acho que parece tranquilo — respondi, por fim.

Minha mãe exalou ar que eu não havia reparado que estava segurando.

— Então vamos nos certificar de que comece imediatamente. Estamos *tão* felizes por voltar para casa, mas haverá ajustes...

Há sempre o outro lado.

— Não quero que fique em casa sozinha. E não quero que dirija também.

Mordi a língua.

— Pode sair de casa, contanto que Daniel esteja junto. E, se voltar sem ele, Daniel responderá por isso.

O que não era justo. E meus pais sabiam muito bem.

— Alguém a levará e buscará do programa todo dia...

— Quantos dias na semana?

— Cinco — respondeu mamãe.

Pelo menos não eram sete.

— Quem vai me levar? — perguntei, olhando para ela. — Não tem de trabalhar?

— Levo você, querida — falou papai.

— *Você* não precisa trabalhar?

— Vou tirar um tempo — disse ele, tranquilamente, e bagunçou meu cabelo.

Quando entramos em nossa rua, fiquei surpresa ao me sentir irritada. Era a imagem da perfeição do subúrbio: cada jardim meticulosamente aparado, cada cerca cuidadosamente cortada. Não havia uma única flor fora do lugar, ou mesmo um galho perdido no chão, e nossa casa era igual. Talvez fosse isso que me incomodava. Minha família tinha vivido um inferno, e fora eu quem os levará até lá, mas, pelo lado de fora, ninguém perceberia.

Quando minha mãe abriu a porta, meu irmãozinho correu para a entrada vestindo um terno, com lenço no bolso e tudo.

Ele sorriu com o rosto inteiro, abriu bem os braços e pareceu prestes a se atirar em mim, mas então parou. Joseph hesitou.

— Vai ficar? — perguntou, com cautela.

Olhei para minha mãe em busca de uma resposta.

— Por enquanto — disse ela.

— Isso! — Joseph fechou os braços em volta de mim, mas quando tentei fazer o mesmo, ele pulou para longe. — Cuidado com o terno — falou, me olhando irritado.

Minha nossa.

— Assumiu o controle de alguma empresa na lista Fortune 500 enquanto eu estava fora?

— Ainda não. Devemos nos vestir como a pessoa que mais admiramos e escrever um discurso pelo ponto de vista dela para a escola.

— E você é...

— Warren Buffet.

— Não sabia que ele era adepto dos lenços no bolso.

— Não é. — Daniel apareceu da cozinha, os dedos sobre um livro bastante grosso, cujo título não pude ler. — Esse foi o toque especial de Joseph.

— Espere, não é domingo? — perguntei.

Daniel assentiu.

— É. Mas mesmo com todo o recesso de primavera para praticar, nosso irmãozinho não parece querer vestir outra coisa.

Joseph ergueu o queixo.

— Eu gosto.

— Eu também — falei, e baguncei seu cabelo antes que Joseph recuasse.

Daniel sorriu para mim.

— Bom tê-la de volta, irmãzinha. — Seus olhos eram calorosos, e nunca me senti tão feliz por estar em casa. Daniel passou a mão pelo cabelo, criando uma bagunça que desafiava a gravidade. Inclinei a cabeça. O gesto era incomum para ele. Era mais parecido com...

Noah saiu da cozinha antes que eu pudesse terminar o pensamento. Ele próprio segurava um livro enorme.

— Está completamente errado sobre Bakhtin... — começou, então olhou de meus pais para mim e para Daniel, então de volta para mim.

Esquece o que eu disse. Nunca me senti tão feliz por estar em casa até *agora*.

— Mara — cumprimentou Noah, casualmente. — Bom ver você.

Bom não fazia justiça a meus sentimentos. Tudo o que eu queria era puxar Noah para dentro do quarto e abrir meu coração. Mas estávamos sob observação, então tudo o que pude dizer foi:

— Igualmente.

— Sr. Dyer — disse Noah a meu pai —, está parecendo muito bem.

— Obrigado, Noah — respondeu papai. — Aquela cesta que comprou para mim como lembrança me impediu de passar fome. A comida do hospital quase me matou.

Os olhos de Noah se detiveram nos meus antes que respondesse:

— Então fico muito feliz por ter salvado sua vida.

8

NOAH FALOU COM MEU PAI, MAS AS PALAVRAS ERAM PARA MIM. Um lembrete nada sutil do que ele fez por mim depois do que *eu* fiz com meu pai, e doeu. Todos continuaram conversando, mas parei de ouvir, até que minha mãe me puxou de lado.

— Mara, posso falar com você um segundo?

Pigarreei.

— Claro.

— Vocês decidam o que querem jantar — gritou mamãe, então me levou pelo longo corredor até meu quarto.

Passamos por nossos próprios rostos sorridentes na parede, pela galeria de fotos de família. Quando passei pelo retrato de vovó, não pude deixar de vê-lo com novos olhos.

— Quero conversar com você sobre Noah — disse mamãe, depois que entramos no quarto.

Fique tranquila.

— O que é? — perguntei, e deslizei na cama até encostar as costas na parede azul-marinho. Apesar de tudo, percebi-me estranhamente relaxada em meu quarto. O escuro me fazia sentir mais como eu mesma.

— Ele tem passado bastante tempo aqui, o que sei que sabe, mas também depois que você... partiu.

Parti. Então é assim que vamos nos referir ao que aconteceu.

— Noah se tornou um dos amigos mais próximos de Daniel e é ótimo com Joseph, na verdade. Mas sei que vocês estão... juntos... e tenho algumas preocupações.

Ela não era a única. Noah fora ao hospital hoje porque sabia sobre Jude. Sabia que eu estava com problemas. E fora lá porque eu precisava.

Mas será que estava lá porque *queria* estar? Eu ainda não sabia, e parte de mim estava com medo de descobrir.

— Estou nervosa — continuou mamãe. — Com toda a pressão que já está sofrendo... eu gostaria de conversar com Noah sobre sua.. situação.

Meu rosto corou. Não pude evitar.

— Queria pedir sua permissão.

Um enigma. Se respondesse não, ela talvez não me deixasse vê-lo. Noah era a única pessoa no planeta que sabia a verdade, então ser cortada disso — *dele* — não era uma perspectiva animadora. E se mamãe não me deixasse vê-lo, mesmo que Noah ainda *quisesse* me ver depois que tivéssemos a chance de conversar de verdade, sair de fininho seria difícil.

Mas minha mãe falando com Noah? Sobre minha precária saúde mental? Quase me sentia encolher.

Meus dedos se enroscaram na colcha branca e felpuda, mas acho que ela não reparou.

— Acho que sim — respondi, por fim.

Mamãe assentiu.

— Todos gostamos dele, Mara. Só quero estabelecer alguns parâmetros para vocês dois.

— Claro... — Minha voz falhou quando mamãe saiu, e esperei quase em agonia. Palavras como "distúrbio esquizotípico" e "antipsicóticos" certamente seriam citadas. Qualquer garoto em sã consciência correria, sem dúvida.

Mas depois de alguns minutos percebi que ainda conseguia ouvir a voz de mamãe: estavam conversando no quarto de Joseph? Ficava apenas a dois quartos de distância...

Fiquei de pé e inclinei o corpo para fora da porta, no corredor, a fim de ouvir.

— Tem certeza quanto a isso?

Não era a voz de mamãe. Era a de papai.

— Preferiria que os dois ficassem aqui onde podemos observá-los. Os pais dele sairão a semana que vem toda, e não há mesmo supervisão lá...

Mamãe não estava conversando com Noah: estava conversando com meu pai, *sobre* Noah. Saí um pouco mais para o corredor e entrei no banheiro dos meus irmãos, logo ao lado do quarto de Joseph, para bisbilhotar direito.

— E se eles terminarem, Indi?

— Temos problemas maiores — disse minha mãe, com amargura.

— Só não gosto de pensar no que algo assim poderia fazer com ela. Mara é muito... ela me assusta às vezes — terminou papai.

— Acha que ela não *me* assusta?

Talvez eu não quisesse ouvir essa conversa, afinal. Na verdade, estava ficando bastante certa de que não queria, mas parecia que estava grudada no lugar.

Mamãe ergueu a voz:

— Depois de ver o que minha mãe passou? Isso me assusta *muito*. Estou *apavorada* por ela. Minha mãe era, em grande parte, funcional, graças a Deus, mas se soubéssemos na época o que sabemos agora sobre doenças mentais... Talvez eu tivesse percebido que era mais sério antes que fosse tarde demais...

— Indi...

— Talvez pudesse ter conseguido a ajuda de que ela precisava, e minha mãe tivesse vivido uma vida mais satisfatória... Ela era tão *sozinha*, Marcus. Eu costumava achar que era excêntrica, não que tivesse alucinações.

— Você não tinha como saber — falou papai baixinho. — Era apenas uma criança.

— Nem sempre. Nem sempre fui criança. Eu... — A voz de mamãe falhou. — Eu estava perto demais para ver que havia algo realmente errado. Sabe como foi a única vez que a aconselhei a procurar ajuda? Ela apenas... apenas *mudou*. Ficou muito mais cuidadosa perto de mim depois disso. Eu queria pensar... queria pensar que ela estava melhorando, mas estava preocupada demais com meus próprios problemas... na faculdade, às vezes passava meses sem ter notícias, e não...

Uma longa pausa. Mamãe estava chorando. Minhas entranhas se reviraram.

Depois de um minuto, ela falou de novo:

— De toda forma — sua voz soou mais baixa —, isso é sobre Mara. E é assustador, sim, mas não podemos mais agir como se ela fosse uma adolescente normal. As mesmas regras não se aplicam. Não... não antecipei essa coisa com Jude.

Meu ombro estava pressionado contra a parede do banheiro e começou a doer, mas descobri que não conseguia me mover.

— Ela é um... ela é complicada — disse mamãe por fim.

Ela é um caso complicado foi o que ela *quase* falou.

— E acha mesmo que ajuda Noah estar aqui?

— Não sei. — A voz de mamãe estava embargada e aguda. — Mas acho que tentar mantê-los separados só vai criar uma unidade: eles contra nós. Ela vai correr na direção oposta.

Verdade.

— E, se Noah estiver aqui, então Mara vai querer estar aqui, e isso vai fazer com que seja mais fácil observá-la.

Também verdade, infelizmente.

— Ela não está mais na escola, não tem nenhum amigo que tenhamos conhecido... não é normal, Marcus. Mas é normal uma adolescente querer um namorado. O que significa que, neste momento, Noah é a coisa mais normal na vida dela.

Mal sabiam eles.

— Mara se sente confortável perto dele. Noah a tirou daquela depressão no dia do aniversário dela... Acho que ele ajuda a manter Mara no aqui e no agora, e nós precisamos que ela fique aqui. Minha mãe era tão isolada. — Sua voz falhou com a palavra, e houve mais uma pausa longa. — Não quero isso para minha filha. É bom para Mara ter alguém da própria idade com quem pode conversar sobre as coisas.

— Queria que ela tivesse alguém do sexo feminino — murmurou papai.

— Ele não vai se aproveitar.

Ah, é?

— Já falei com ele — acrescentou mamãe.

Pode me matar.

— Por favor, ele é um adolescente. Não entendo a vantagem disso para ele...

Valeu mesmo, pai.

— Mara não tem permissão para sair, eles não ficarão juntos na escola...

Minha mãe o interrompeu:

— Se espera o pior das pessoas, é exatamente isso o que vai conseguir.

— Imagino o que a família do garoto pensa sobre ele ficar tanto tempo aqui. — Uma mudança de assunto diplomática. Bela jogada.

Mamãe fez um ruído de desdém.

— Duvido que tenham notado: são uma confusão. O pai dele é algum figurão dos negócios e, pelo que Noah contou, parece um imbecil irritadiço. A madrasta está sempre fora porque não consegue lidar com isso. As crianças basicamente se criaram sozinhas.

Conheci a madrasta de Noah, e ela tinha parecido legal. Talvez até se importasse com ele. Já o pai...

— Espere... figurão dos negócios... não é *David* Shaw?

— Não perguntei o nome.

— Deve ser — falou papai, e emitiu um assobio baixo. — Minha nossa.

Isso eu queria ouvir.

— Você o conhece?

— Ouvi falar dele. Há um ano foram entregues algumas indiciações federais sobre os executivos de uma das subsidiárias da megacorporação dele... Aurora Biotech? Euphrates International, talvez? Há dezenas, não lembro qual foi.

— Talvez ele precise de um advogado de defesa para crimes de colarinho branco?

— Ha-ha.

— Seria mais seguro.

— Isso depende. — A voz de papai estava mais alta agora. Devia ter aberto a porta do quarto de Joseph para sair.

— De quê?

— De com quem você se envolve — respondeu ele, e saiu do quarto.

Eu me afastei da porta e esperei que as passadas de meus pais sumissem. O modo como falaram de mim — o que *pensavam* de mim...

Principalmente meu pai. Não conseguia parar de pensar no que disse.

Não entendo a vantagem disso para ele.

Meu pai achava que eu não tinha nada a oferecer a Noah. Que ele não tinha motivo para querer ficar comigo.

Mesmo enquanto me rebelava contra a ideia, uma minúscula e deprimida parte de mim imaginou se ele poderia estar certo.

Por fim, me recompus o suficiente para impedir o choro. Pelo menos até voltar ao quarto. Mas, para minha surpresa, já estava ocupado.

As longas pernas de Noah se apoiavam em minha cadeira, e o queixo repousava, preguiçoso, sobre sua mão. Noah não estava sorrindo. Não parecia ansioso. Não parecia *nada*. Apenas parecia inexpressivo.

Você é minha garota, dissera Noah no tribunal.

Ainda era verdade?

Noah arqueou uma sobrancelha.

— Você está encarando.

Corei.

— E daí?

— Está encarando desconfiada.

Não sabia como expressar meus pensamentos, mas algo a respeito do tom calmo e indiferente de Noah e de sua postura lânguida me impediu de me aproximar. Então apenas fechei a porta e me recostei na parede.

— O que está fazendo aqui?

— Estava discutindo Bakhtin, Benjamin e uma tese sobre pensamentos *de se* e *de re* serem relevantes para noções do eu com seu irmão mais velho.

— Às vezes, Noah, sinto uma vontade avassaladora de socar seu rosto.

Um sorriso arrogante lhe surgiu na boca.

— Isso não ajuda — falei.

Noah ergueu o olhar para mim através daqueles cílios injustamente longos, mas não se moveu um centímetro.

— Devo ir embora?

Só me diga por que está aqui, era o que eu queria falar. *Preciso ouvir.*

— Não. — Foi tudo o que falei.

— Por que simplesmente não me diz o que a está incomodando? Está bem.

— Não esperava vê-lo aqui depois... Não sabia se ainda estávamos... — Minha voz sumiu, irritantemente, mas levou vários segundos até Noah preencher o silêncio.

— Entendo.

Meus olhos se semicerraram.

— Entende?

Noah se esticou e ficou de pé, mas não se aproximou. Recuou contra o canto de minha escrivaninha e apoiou as palmas das mãos na superfície lustrosa.

— Você achou que depois de ouvir que alguém que a feriu, alguém que a feriu tanto que você tentou matá-lo, ainda estava vivo, eu simplesmente a deixaria para lidar com isso por conta própria. — Ainda estava calmo, mas o maxilar de Noah tinha se contraído levemente. — É isso que pensa.

Engoli em seco.

— Você disse no tribunal...

— Me lembro do que disse. — A voz de Noah não tinha um tom, mas um leve sorriso surgiu nos seus lábios. — Poderia argumentar que você faz de mim um mentiroso, mas eu era um mentiroso muito antes de nos conhecermos.

Não consegui entender suas palavras.

— Então o quê? — perguntei. — Apenas mudou de ideia?

— As pessoas com quem nos importamos sempre valem mais para nós que as pessoas com quem não nos importamos. Não importa o que finjam. — E, pela primeira vez no que pareceu um bom tempo, Noah soou verdadeiro. Ficou parado enquanto me observava. — Não achava que você precisava fazer a escolha que disse que fez naquele momento. Mas, se eu *precisasse* escolher entre alguém que amo e um estranho, escolheria aquele que amo.

Pisquei. A escolha que eu *disse* que fiz?

Não sabia se Noah estava confessando que não se *importava* com o que eu tinha feito ou se não acreditava mais que eu tinha feito. Parte de mim estava tentada a insistir que ele falasse mais, mas a outra parte...

A outra parte não queria saber.

Antes que pudesse me decidir, Noah prosseguiu:

— Mas não acredito que você tenha o poder de retirar o livre-arbítrio de alguém. Não importa o quanto queira.

Ah. Noah achava que, mesmo que eu tivesse, de alguma forma, colocado a arma na mão daquela mulher, eu *não a fiz* puxar o gatilho. Então, a seus olhos, eu não era responsável.

Mas e se ele estava errado? E se eu *fosse* responsável?

Senti-me sem equilíbrio e me apoiei com mais força contra a parede.

— E se eu pudesse?

E se tivesse feito?

Abri os olhos e vi que Noah tinha dado um passo em minha direção.

— Não pode — respondeu, com a voz firme.

— Como sabe?

Deu mais um passo.

— Não sei.

— Então como pode dizer isso?

Mais dois.

— Porque não importa.

Sacudi a cabeça.

— Não entendo...

— Estava mais preocupado com o que suas escolhas fariam a *você* que com quais seriam as consequências para os outros.

Mais um passo e ele estaria perto o suficiente para me tocar.

— E agora? — perguntei.

Noah não se moveu, mas os olhos buscaram os meus.

— Ainda preocupado.

Virei o rosto.

— Bem, tenho problemas maiores — falei, imitando as palavras de minha mãe. Não precisei explicar mais, pelo visto. Um olhar no subitamente tenso rosto de Noah me disse que ele sabia do que eu estava falando.

— Não deixarei que Jude a machuque.

Minha garganta ficou seca quando ouvi o nome. Lembrei-me do quadro congelado na televisão da ala psiquiátrica, a imagem embaçada de Jude na tela. Lembrei-me do relógio em seu pulso.

O relógio.

— Não sou só eu — falei, quando meu coração se acelerou. — Ele estava usando um relógio, o mesmo que você viu na sua... na sua...

Visão, pensei. Mas não conseguia dizer em voz alta.

— Usava o mesmo relógio que Lassiter — falei, em vez disso. — *O mesmo*. — Encarei Noah. — Quais são as chances?

Noah ficou em silêncio por um momento. Então falou:

— Acha que ele pegou Joseph.

Não era uma pergunta, mas assenti em concordância.

A voz de Noah era baixa, mas forte.

— Também não deixarei que ele machuque sua família, Mara.

Inspirei devagar.

— Nem posso dizer a meus pais para tomarem cuidado. Pensarão que só estou sendo paranoica como minha avó.

As sobrancelhas de Noah se franziram em confusão.

— Ela se suicidou — expliquei.

— O quê? Quando?

— Eu era bebê — falei. — Minha mãe me contou ontem. Está ainda mais preocupada por termos um "histórico familiar de doença mental".

— Vou pedir que umas pessoas vigiem sua casa.

Noah parecia calmo. Relaxado. O que só aumentava minha frustração.

— Meus pais vão acabar notando, não acha?

— Não esses caras. São de uma firma de segurança particular e são muito, muito bons. Meu pai usa o serviço deles.

— Por que seu pai precisa de segurança particular?

— Ameaças de morte e tal. O de sempre.

Era minha vez de ficar confusa.

— Ele não trabalha com biotecnologia?

Um sorriso sarcástico se formou nos lábios de Noah.

— Um eufemismo para "brinca de Deus", de acordo com os grupos religiosos e ambientais que odeiam suas subsidiárias. E você já viu nossa casa. Ele não é exatamente reservado.

— *Seu pai* não vai reparar?

Noah gesticulou com um dos ombros.

— Nem todos trabalham para meu pai, então duvido — respondeu. — E, além do mais, ele não ligaria.

Sacudi a cabeça incrédula.

— É incrível.

— O quê?

— Sua liberdade. — Mesmo antes de tudo acontecer, antes do sanatório, antes de Rachel morrer, meus pais tinham de saber tudo sobre minha vida. Aonde iria, com quem iria, quando voltaria. Se eu fosse fazer compras, minha mãe precisava saber o que tinha comprado e, se eu fosse ao cinema, insistia em conversar sobre o que assistira. Mas Noah entrava e saía do palácio da família como se fosse ar. Podia ir ou não para aula. Podia desperdiçar dinheiro feito água ou se recusar obstinadamente a dirigir um carro de luxo. Podia fazer tudo o que quisesse sempre que quisesse, e ninguém perguntava.

— Seus pais se importam com você — disse Noah, então. A voz estava baixa, mas havia uma amargura que me calou. Embora Noah não tivesse dito mais nada, e embora sua expressão ainda estivesse impassível e indecifrável, ouvi as palavras implícitas: *Agradeça por tê-los.*

Eu queria me bater. A mãe de Noah fora assassinada diante de seus olhos quando ele era criança: sabia que não deveria agir como se a grama do vizinho fosse mais verde. *Era* grata por ter meus pais, mesmo que a marcação estivesse fora de controle, mesmo que não acreditassem em mim quando eu contava a verdade mais difícil que havia. Era algo estúpido de se dizer, e desejei poder recuperar as palavras. Ergui o rosto para encontrar Noah, para sussurrar desculpas contra sua pele, mas ele tinha se afastado.

Ele se atirou em minha cama e voltou para o assunto Jude:

— Se não conseguirmos descobrir onde ele mora...

Ocupei o lugar em que Noah estava e me recostei contra a escrivaninha.

— Espere, onde *está* morando? Ele está legalmente morto. Não é como se pudesse arrumar um emprego e alugar um apartamento.

Noah ergueu as sobrancelhas.

— O que foi? — perguntei.

— Estamos em Miami — disse ele, como se fosse óbvio.

— E daí?

— E daí que não há falta de métodos para conseguir dinheiro e moradia sem um número de seguridade social. Mas imagino...

— Imagina...?

— Será que teria voltado para a casa dos pais? Depois do desabamento. — Noah encarou meu teto.

— Acha que sabem que Jude está vivo?

Noah fez que não com a cabeça. Respondeu:

— Se soubessem, teriam contado a outros a esta altura, e nós saberíamos.

Minha voz ficou baixa:

— Daniel disse que as mãos dele foram cortadas.

— Ele me contou.

Segurei a borda da escrivaninha.

— Não faz nenhum *sentido*. Como ele sobreviveu? Como isso é possível?

Noah roeu a unha do polegar ao se recostar em meu travesseiro.

— Como qualquer parte disso é possível? — perguntou ele, aos sussurros.

Como, *realmente*? Como Noah conseguia curar? Como eu conseguia matar?

O quarto ficou sombrio, e o assunto me deixou inquieta. Me afastei da escrivaninha e me aproximei com cuidado da cama. De Noah, mas sem tocá-lo.

Abaixei o rosto para ele. Nem mesmo uma semana antes, estava deitada ao lado daquele garoto inquietantemente lindo, sentindo seu coração bater contra minha bochecha. Queria estar ali agora, mas tinha medo de me mexer.

Então falei em vez disso:

— Acha que ele é como nós?

— Isso ou os restos que encontraram não eram dele.

Sacudi a cabeça.

— Não teriam feito um teste de DNA? — indaguei.

Os olhos de Noah se semicerraram enquanto ele encarava o nada.

— Só se tivessem motivo para acreditar que não era ele. Mesmo assim, registros podem ser falsificados, e cobaias, compradas. — Havia um tom exaltado em sua voz, algo que não estava ali antes.

— Quem faria...?

Minha pergunta foi cortada por Daniel gritando nossos nomes.

— Já vou! — berrei de volta.

Noah tirou as pernas da minha cama, com o cuidado de evitar meu corpo e meus olhos conforme se levantou.

— Não sei, mas não vamos descobrir em seu quarto.

— E não tenho permissão de sair sem uma babá. — Eu não podia deixar de parecer amarga. — Então você está por conta própria.

Noah sacudiu a cabeça e então, por fim, olhou para mim.

— Não vou deixá-la por mais tempo do que precisar. — Ele estava exaltado de novo. — Não assim.

Desejei que fosse mais porque ele não queria ficar longe do que porque ele achava que precisávamos ficar juntos.

— Então... por quanto tempo vai ficar? — Meu tom era mais ansioso do que pretendi. Muito mais.

Mas meu meio sorriso preferido apareceu no rosto dele. Eu queria morar ali.

— Por quanto tempo me quer? — perguntou Noah.

Por quanto tempo posso tê-lo?, pensei.

Antes que conseguisse responder qualquer coisa, Daniel gritou de novo.

— Infelizmente — disse Noah, olhando para a porta. — Creio que seja minha deixa. Seu pai queria passar sua primeira noite de volta como uma família.

Eu poderia ter suspirado.

— Mas sua mãe sabe tudo sobre minha vida caseira fria e vazia, e ficou com pena desse vira-lata sem dono diante dos seus olhos.

— Bem, você é de dar dó mesmo — falei, incapaz de impedir o sorriso.

— Contei a ela que minha enorme mansão ficará terrivelmente solitária esta semana em particular, então espero ficar bastante por aqui. A não ser que você seja contra?

— Não sou.

— Então te vejo amanhã — falou Noah, e foi até a porta. — E vou formular um plano para trabalhar no seu pai também.

— Meu pai?

Noah deu um sorriso.

— Nós nos entendemos um pouco no hospital, mas acho que ele gosta de bancar o pai ignorante: "Também fui um garoto adolescente um dia, me lembro de como era", e tal, tal, tal. — Mas Noah falou com carinho.

— Você *gosta* deles — percebi.

As sobrancelhas de Noah se ergueram inquisidoramente.

— Tipo, como pessoas — expliquei.

— E a outra opção seria... como mobília?

— Eles são meus *pais*.

— Até aí entendi, sim.

Fiz uma careta.

— Isso é estranho.

— O que, exatamente?

— Não sei — falei, tentando encontrar as palavras certas. — Saber que você, tipo, falou com eles sem eu estar aqui?

— Bem, se está preocupada com sua mãe me mostrando suas fotos mais vergonhosas de infância, não fique.

Graças a Deus

— Já as vi.

Droga.

— Sou especialmente fã de seu corte de cabelo do quinto ano — disse ele, com sarcasmo.

— Cale a boca.

— Me obrigue.

— Cresça.

— Nunca. — O sorriso de Noah ficou maldoso, e devolvi um igual, apesar de não querer. — Eles vão relaxar, sabe. Ficarão mais flexíveis. Contanto que continue melhorando.

Ergui as sobrancelhas.

— Esse é seu modo de me dizer para ficar na minha?

Com isso, Noah encurtou a distância entre nós. Inclinou o corpo até que os lábios roçaram minha orelha. Meu pulso acelerou com o contato, e meus olhos se fecharam com a sensação da barba por fazer em minha bochecha.

— É meu modo de dizer que não suporto olhar para minha cama sem você nela — disse Noah, e as palavras me fizeram estremecer. — Então tente evitar ser trancafiada.

Senti Noah se afastar e abri os olhos.

— Vou trabalhar nisso imediatamente — sussurrei.

Um último sorriso maldoso.

— É bom mesmo.

10

DEPOIS QUE NOAH FOI PARA CASA, MEU PAI CONTOU UMAS PIA-
das ruins no jantar, Joseph falou a 70 mil quilômetros por
hora, minha mãe me observou atentamente, e Daniel foi seu
amável e pretensioso eu habitual. Foi quase como se eu jamais
tivesse partido.

Quase.

Quando terminamos, minha mãe me observou tomar os vários antipsicóticos que agora me tinham sido receitados, mas dos quais eu não precisava, então todos foram para seus respectivos quartos. Passei pelo primeiro conjunto de portas francesas no corredor, mas parei de súbito quando achei ter visto uma sombra se mover do lado de fora.

O ar saiu de meus pulmões.

Os postes da rua projetavam uma luz extraordinariamente forte no quintal, o qual estava coberto por uma névoa fina. Não *parecia* haver nada lá, mas era difícil enxergar.

Meu coração estava batendo tão alto que eu ouvia. Na semana anterior, teria ignorado como se não fosse nada; apenas minha mente malcomportada dominada pelo medo. Teria corrido para o quarto e me enterrado sob as cobertas e sussurrado para a escuridão que não era real. Só tinha medo de mim mesma, então: do que poderia ver, do que poderia fazer. Mas agora, agora havia algo real a temer.

Agora havia Jude.

Mas se ele quisesse me machucar, por que apareceria na Croyden uma vez e me deixaria em paz? Por que aparecer no restaurante cubano e desaparecer segundos depois? Se tivesse mesmo sequestrado Joseph, meu irmão ainda estava ileso quando o encontramos. E por que entraria caminhando na delegacia, perto o bastante para que o visse, perto o bastante para que o tocasse, logo antes de sair?

Qual era o objetivo? O que *queria*?

Fiquei de pé, em silêncio, na segurança de minha casa, a respiração acelerada enquanto os olhos procuravam por Jude através do vidro. A escuridão não revelava nada, mas eu ainda tinha medo.

Trinquei o maxilar quando percebi que sempre teria medo. Agora que sabia que Jude estava vivo, que estava aqui, não conseguiria entrar no banheiro sem querer abrir a cortina do chuveiro para me certificar de que ele não estava atrás dela. Eu não poderia descer um corredor escuro sem imaginá-lo no fim. Cada partir de um galho se tornaria um passo de Jude. Eu o imaginaria em todo canto, estivesse ali ou não.

Era *isso* o que Jude queria. Era esse o objetivo.

Então destranquei a porta e saí.

Fui envolvida pelo som uniforme de grilos assim que meu pé tocou o quintal. Era uma rara noite fria em Miami: a chuva de mais cedo tinha se tornado névoa, e o céu da noite estava completamente obscurecido por nuvens. Se não fosse março na Flórida, teria pensado que estava prestes a nevar.

Inspirei o ar úmido, uma das mãos ainda na maçaneta conforme o vento sacudia algumas gotas de chuva teimosas das árvores. Alguém poderia estar lá fora; *Jude* poderia estar lá fora, mas meus pais estavam do lado de dentro. Não havia nada que ele pudesse fazer.

— Não tenho medo de você — falei para ninguém. A brisa carregou minhas palavras para longe conforme arrepiava os pelos de minha pele. Ele podia estar vivo, mas não passaria *minha* vida aterrorizada por causa dele. Recusava-me. Se medo era o que Jude queria de mim, me certificaria de que não o teria.

Um mosquito zumbiu em minha orelha. Desviei dele e pisei em algo úmido.

Algo macio.

Recuei de volta para a casa, buscando o interruptor das luzes externas. Elas se acenderam.

Arquejei.

O corpo imóvel de um gato cinza estava deitado a centímetros de onde eu estava, entranhas aberta, a pele manchada de vermelho. Meus pés estavam ensopados de sangue.

Cobri a boca para segurar o grito crescente.

Porque não podia gritar. Não podia fazer um ruído. Se fizesse, meus pais viriam correndo. Perguntariam o que aconteceu. Veriam o gato. Veriam a mim.

Perguntariam o que eu estava fazendo do lado de fora.

Ouvi a voz de mamãe na cabeça:

— *Ela era paranoica. Desconfiada.*

Era o que meus pais pensariam de mim se contasse que havia alguém ali. Que eu era paranoica. Desconfiada. Doente. Ficariam preocupados, e, se eu quisesse ficar em casa, ficar livre, não poderia arriscar esses pensamentos.

Então apaguei as luzes e voltei para dentro abaixada. Deixei uma trilha de pegadas ensanguentadas no corredor. Peguei papel higiênico do banheiro de meu irmão e esfreguei o sangue que manchava meus pés até ficarem limpos. Então limpei o chão. Verifiquei todas as trancas de todas as portas. Só por precaução.

Então, por fim, escapei para o quarto.

Somente então percebi que estava tremendo. Olhei para os pés. Ainda sentia o pelo macio, molhado e morto...

Corri para o banheiro e vomitei.

Estava com o cabelo colado atrás do pescoço e com as roupas encharcadas contra a pele. Deslizei para o chão e abracei os joelhos ao peito, o azulejo era frio debaixo de mim. Deixei os olhos se fecharem.

Talvez o gato tivesse sido morto por outro animal. Outro gato. Um guaxinim, talvez.

Isso era possível. Mais que possível: era *provável.*

Então escovei os dentes. Lavei o rosto. Obriguei-me a ir para cama. Disse a mim mesma que tudo estava bem até que, de fato, percebi que estava começando a acreditar.

Até acordar na manhã seguinte e olhar no espelho.

Duas palavras escritas nele, rabiscadas com sangue:

POR CLAIRE

O quarto girou. Vomitei na pia.

Então chorei.

Jude sabia o que tinha acontecido naquela noite. Que fui eu quem fez o sanatório desabar. Que fui eu quem matou Claire. Era por isso que estava aqui.

Queria gritar por meus pais. Mostrar a eles o gato, a mensagem: prova que Jude realmente estava vivo e que estava aqui.

Mas não era prova suficiente. Minhas mãos tremiam, mas me equilibrei contra a pia e pisquei com força. Desejei conseguir ignorar o pânico que tentava emergir, ameaçando destruir minhas mentiras cuidadosamente construídas. Forcei meus pés a se moverem. Verifiquei as janelas do quarto e o restante da casa também. Todas as portas estavam trancadas.

Por dentro.

Semicerrei os olhos. Se mostrasse a mensagem a eles, poderiam pensar que eu mesma a escrevi.

Poderiam pensar que eu mesma matei o gato, percebi horrorizada. Prefeririam acreditar *nisso* a que em Jude vivo.

A ideia roubou a última gota de esperança de meu coração. Jude tinha estado em meu *quarto*. Deixara um animal morto do lado de fora da casa e uma mensagem com sangue no meu espelho, e eu não podia contar a meus pais. Não podia contar nada a eles ou seria enjaulada em um hospício enquanto Jude me provocava do outro lado das barras.

Sem Noah, estaria verdadeira e totalmente sozinha nisso.

Meu pai talvez estivesse certo. Se eu perdesse Noah, minha sanidade iria junto.

11

ESTAVA COM A ADRENALINA A TODA NAQUELA MANHÃ CINZENTA E não conseguia parar de me mexer, com medo de que, se o fizesse, desabaria. Limpei o sangue do espelho. Obriguei-me a tomar café, a sorrir para meus pais enquanto se arrumavam para me levar ao programa. O ar estava sufocante: tinha caído outro temporal à noite. Antes de sairmos, verifiquei do lado de fora para ver se tinha deixado alguma pegada no quintal, desde o gato até a casa.

O gato tinha sumido.

O carro parecia se fechar ao meu redor, e, embora tenha participado da conversa, não conseguia me lembrar do que meus pais tinham dito. Náusea mastigava os restos do que quer que estivesse em meu estômago, e eu estava encharcada de suor.

Desejei manter a compostura enquanto minha mãe se debatia contra os engarrafamentos, e, quando ela estacionou em um discreto shopping aberto em South Miami, obtive sucesso. Nós três seguimos para a frente de uma loja ensanduichada entre um Vigilantes do Peso e uma Petco, e minha mãe apertou meu braço no que presumi que devesse ser um gesto de conforto. Contanto que achassem que o que eu tinha não passava de nervosismo, ficaria bem.

Um homem que se parecia muito com Papai Noel esperava do lado de dentro da porta.

— Marcus Dyer? — disse ele para meu pai, assim que entramos Papai assentiu.

— Sam Robins?

O homem deu um sorriso breve e estendeu o braço, puxando o tecido da camisa polo vermelha sobre a barriga.

— Bem-vindo ao programa Horizontes — disse ele, animado. Então falou comigo. — Sou o conselheiro de admissões. Como estava a rodovia I-95?

— Podia estar pior — respondeu mamãe. Ela olhou para além do homem, para o espaço atrás dele. — A Dra. Kells está?

— Ah, ela virá para a avaliação de inscrição — disse ele, com um sorriso. — Só estou aqui para familiarizar vocês. Entrem. — O homem gesticulou para que entrássemos.

O interior era bem mais iluminado do que esperei, e moderno, pelo que pude ver. Horizontes era todo de paredes brancas e móveis brilhantes, pontuado por alguns objetos tranquilizadores de arte abstrata em tons de azul. E, embora eu não pudesse ver muito de onde estávamos, dava para perceber que era enorme. Poderia ter sido uma academia na vida passada.

O Sr. Robins indicou várias áreas cobertas por paredes e deu nome a elas conforme passamos: a sala de estar comunitária, o estúdio de artes, o estúdio de música, o refeitório, e por aí vai. Parecia orgulhoso do fato de espelhar a estrutura da instituição residencial, completa com um jardim Zen meditativo no centro. Algo a respeito de "familiaridade" e "consistência", mas não prestei muita atenção porque não me importava. Já estava contando os segundos para poder ver Noah e contar a ele o que acontecera. O que encontrei.

O que Jude havia deixado.

Mas os adultos me olhavam esperançosos, esperando que dissesse algo. Então falei a primeira coisa que me veio à mente.

— Onde está todo mundo? — Não tinha visto nenhum outro adolescente desde que entramos.

— Estão na terapia de grupo — respondeu o Sr. Robins. — Provavelmente não teve muitas oportunidades de ler seu material, não foi?

Entre minha internação involuntária e a descoberta do gato mutilado?

— Não.

— Bem, não tem problema, não mesmo. Vamos inteirá-la rapidinho. Apenas me siga, e vou acomodá-la. — Ele olhou por cima do ombro. — Você é psicóloga, Dra. Dyer?

— Sim — respondeu minha mãe, conforme o seguimos pelo corredor estranhamente claustrofóbico. O teto dava a impressão de bocejar acima de nós, mas os espaços pelos quais passávamos pareciam apertados.

— Qual é sua especialidade?

— Trabalho com casais, principalmente.

— Isso é maravilhoso! — E fez exatamente a mesma pergunta para meu pai. Imaginei que já soubesse, qualquer um que assistisse ao noticiário provavelmente sabia.

O Sr. Robins, por fim, entrou com meus pais em uma sala nos fundos que claramente não era dele. Uma pilha de papéis estava precariamente empilhada na mesa de vidro.

Ele indicou um banco do lado de fora.

— Está bem, Mara, pode se sentar aqui fora enquanto converso sobre algumas coisas com seus pais? — Ele me lançou uma piscadela.

Se eu não estivesse apavorada, teria revirado os olhos diante da condescendência. Torci para que não precisasse lidar muito com ele depois daquele dia. Não custava sonhar.

A porta do escritório se fechou com meus pais do lado de dentro, e fiquei sentada na tábua de madeira terrivelmente desconfortável adiante. Não havia muito para ver, e percebi que estava encarando distraidamente o encanamento no teto aberto quando algo macio acertou meu ombro, então quicou para o chão.

Eu me encolhi — era aquele tipo de manhã —, mas era apenas um pedaço de papel amassado. Abri e vi uma coruja mal desenhada com um balão de fala que dizia:

!!!

Virei para trás.

— Ora, ora, agora estou passado, se não é Mara Dyer.

12

J AMIE

Sem os dreadlocks e mais alto, mas, definitiva e inconfundi-velmente, Jamie. Sorri tão abertamente que meu rosto doeu. Dei um salto para abraçá-lo, mas ele ergueu as mãos de modo defensivo antes que eu conseguisse.

— Não, não me toca.

— Não seja babaca — respondi, ainda sorrindo.

A expressão de Jamie era igual à minha, embora ele parecesse tentar não demonstrar.

— Estou falando sério. São rigorosos com isso — disse ele, me olhando de cima a baixo.

Fiz o mesmo. Sem o cabelo grande, as maçãs de Jamie pareciam mais altas, o rosto mais anguloso. Mais velho. Os jeans lhe cabiam extraordinariamente, e a camiseta era justa no corpo. Na camisa estava a imagem do que pareciam ser homens da Grécia Antiga de braços dados em fileira e chutando como dançarinas. Estava tão estranho.

Ao mesmo tempo, ambos perguntamos:

— O que está fazendo aqui?

— Damas primeiro — falou Jamie, e fez uma leve reverência.

Ergui o rosto para o teto enquanto pensava no que dizer.

— TEPT — decidi, por fim. — Algumas alucinações aqui e ali. Essas bobeirinhas. E você?

— Ah, meus pais foram persuadidos de que seria uma medida preventiva inteligente me mandar para cá antes que eu cometesse alguma chacina na escola. — Ele sentou no banco.

Minha boca se escancarou.

— Não está falando sério.

— Infelizmente, estou. Nossos melhores amigos de Croyden se certificaram de que fosse isso que os adultos oniscientes pensariam quando plantaram aquela faca na minha mochila.

Anna e Aiden, aqueles babacas. Pelo menos eu não precisaria mais ver os dois diariamente. Sorte minha.

Sorte deles.

Sentei de volta no banco, e Jamie continuou:

— Incapazes de compreender a noção de que minha primeira ameaça de passar ebola para Aiden tinha sido uma brincadeira, fui considerado reincidente e, portanto, o departamento de aconselhamento, formado pelos árbitros máximos da sabedoria, me marcou como "perigo em potencial". Eles, por sua vez, rabiscaram isso por todo meu histórico. — O tom de voz debochado de Jamie mudou. — Palavras têm poder. E posso ser privilegiado e ter um QI mais alto que qualquer um de nossos ex-professores, mas quando as pessoas olham para mim o que veem? Um adolescente negro do sexo masculino. E não há nada tão assustador para algumas pessoas quanto um jovem negro revoltado. — Ele colocou chiclete na boca. — Então é isso. Cá estou.

Ofereci um pequeno sorriso a Jamie.

— Pelo menos estamos juntos, né? — falei.

Ele sorriu.

— É o que parece.

Meus olhos se detiveram na cabeça raspada dele.

— O que aconteceu com seu cabelo?

— Ah. — Jamie passou a mão nele. — Depois que pais angustiados ouvem que seu filho é um "perigo em potencial", decidem que todos os atributos de "perigo em potencial" precisam ir embora. Adeus, cabelo longo. Adeus, música rebelde. Adeus, videogames deliciosamente violentos. — Jamie exagerou no biquinho. — Basicamente, posso jogar xadrez e ouvir jazz suave. Essa é minha vida agora.

Sacudi a cabeça.

— Odeio pessoas.

Ele me cutucou com o cotovelo.

— É por isso que somos amigos. — Jamie fez uma pequena bolha de cor turquesa, então puxou de volta para dentro da boca. — Na verdade, vi Anna semana passada, quando minha mãe me arrastou para um Whole Foods. Ela não me reconheceu.

— Você disse alguma coisa a ela?

— Sugeri educadamente que dirigisse o carro para baixo de um penhasco.

Sorri. Sentia-me mais leve só por estar com ele e fiquei tão aliviada por não precisar aturar aquele suplício ridículo sozinha. Estava prestes a confessar isso quando a porta do escritório se abriu diante de nós e o Sr. Robins olhou para fora.

Ele olhou para Jamie e para mim.

— Pode vir, Mara — anunciou.

Jamie se levantou.

— E vou me atrasar para a terapia de eletrochoque! — Então me encarou e falou, piscando um dos olhos: — Vejo você por aí, Mara Dyer. — Jamie cumprimentou o Sr. Robins, deu meia-volta e saiu.

Mordi o lábio para conter um sorriso e entrei no escritório com o rosto apropriadamente sombrio.

— Sente-se — falou o Sr. Robins, e fechou a porta atrás de mim.

Deslizei para uma cadeira de plástico desconfortável ao lado de meus pais e esperei ouvir minha sentença.

— Só quero explicar algumas coisas, e então você assinará alguns papéis.

— Tudo bem...

— O Programa Não Residencial Horizontes, ou PNRH, como gosto de chamar, é parte de uma avaliação comportamental geral na qual seus pais estão inscrevendo você. Espera-se que esteja aqui cinco dias na semana, de 9 horas até às 15 horas, sem faltar, exceto por uma ausência justificada acompanhada de um atestado médico. Seu sucesso aqui dependerá inteiramente de sua participação nas atividades e na terapia de grupo e...

— E acadêmica? — Não era uma aluna do nível de Daniel, mas jamais houve um futuro para mim que não incluísse faculdade. Não gostava de pensar sobre como minhas aventuras na psicoterapia o afetariam.

— Vai concluir o currículo com o auxílio de tutores, mas a ênfase no Horizontes, Mara, não é em realização acadêmica, e sim em realização *pessoal*.

Mal posso esperar.

— Conforme eu estava dizendo, sua participação é fundamental para seu sucesso. Depois de um período de duas semanas, haverá uma reavaliação para determinar se este é o lugar certo para você, ou se seria prudente transferi-la para uma instituição de tratamento residencial.

Então esse era o teste. Para ver se eu conseguiria dar certo no mundo real sem nenhum... problema. Ergui o rosto para as expressões ansiosas de meus pais quando a palavra *residencial* ecoou em minha mente.

Era um teste no qual eu precisava passar.

13

QUANDO O SR. ROBINS TERMINOU O SERMÃO, ESTENDEU uma caneta.

Meus pais tinham explicado essa parte para mim — o "consentimento informado". Eu precisava concordar; o Horizontes requeria. E não me importava com a ideia em teoria, mas sentada ali, naquele lugar estranho, naquela cadeirinha dura, encarando a caneta, hesitei. Depois de alguns segundos desconfortáveis, obriguei-me a aceitá-la, e assinei meu nome.

— Bem! — falou o Sr. Robins, juntando as mãos. — Agora que foi resolvido, arranjei um tour para vocês com Phoebe Reynard, outra aluna do Horizontes. Sim — disse ele, assentindo de modo significativo —, todos são *alunos* aqui. Alunos da *vida*.

Ai, Deus.

— Cada um de vocês é designado para um colega, e Phoebe será a sua. Isso significa que ela será sua parceira na maioria dos exercícios. Não tão diferente de uma escola normal, certo?

Claro.

— Ela deve chegar em um minuto. Enquanto isso, trouxe uma mochila hoje?

Tinha levado, na verdade. Levava a bolsa da escola por hábito, mesmo que aquilo definitivamente não fosse a escola. Assenti para o Sr. Robins.

— Posso ver?

Entreguei a ele.

— Precisará ser revistada sempre que passar pela porta. Tudo que você trouxer deverá ser catalogado, e contrabandos serão removidos.

— Contrabandos como...

— Drogas, cigarros, álcool, celulares, laptops. Permitimos aparelhos de música portáteis, mas sem acesso à internet. Então seu iPod — disse ele, assentindo para os fones de ouvido pendendo do bolso canguru do meu moletom — não será problema. Levarei sua bolsa para revista e me certificarei de que a receba de volta o mais rápido possível — falou, com um sorriso cheio de dentes. — Tem algo mais nos bolsos, Mara?

Pisquei.

— Hã, barbante ou nada?

— Como é?

Ergui as sobrancelhas e falei:

— É uma frase de *O Hobbit*, não sabe?

Ele pareceu preocupado.

— Um o quê?

— É um livro — intrometeu-se papai. Ele me olhou e piscou um olho.

O Sr. Robins olhou de papai para mim.

— Tem um livro no bolso?

Tentei muito não suspirar.

— Não há nada em meus bolsos, é o que quero dizer.

— Ah — falou o Sr. Robins. — Bem, então não vai se incomodar em esvaziá-los.

Não foi um pedido. Levaria um tempo para me acostumar com isso. Esvaziei os bolsos e encontrei alguns trocados, um envelope de açúcar, um recibo e, é claro, meu iPod.

— Só isso — falei, e dei de ombros.

— Ótimo! — Ele indicou que eu poderia guardar tudo de novo.

Assim que terminei, uma garota alta com cabelo liso tingido de preto colocou a cabeça para dentro da porta.

— Sr. Robins?

— Ah, Phoebe. Phoebe Reynard, conheça Mara Dyer, sua nova colega.

Estendi a mão. A garota me olhou cautelosamente, os olhos estavam determinados no rosto largo de lua. O nariz da garota tinha uma curva arrebitada perfeita que não combinava muito bem com o resto das feições: parecia perdido, como se tivesse vagueado até acabar no rosto errado.

Depois de me inspecionar pelo que pareceu uma hora, Phoebe aceitou minha mão e lhe deu um apertão fraco e suado, depois a soltou como se estivesse pegando fogo.

Estranho. Os olhos de Phoebe voltaram para o Sr. Robins.

— Está bem, vou mandar vocês no tour — disse ele — enquanto converso com seus pais um pouco, Mara, e os apresento a alguns funcionários. Phoebe, sabe o que fazer.

Phoebe assentiu, então saiu sem dizer uma palavra. Mostrei para meus pais um discreto polegar levantado, então segui Phoebe para fora.

Ela me levou por um corredor diferente, escassamente decorado com pôsteres motivacionais sem ironia. Fiquei esperando que dissesse algo conforme passamos pelas diferentes seções dentro do espaço, mas Phoebe não falou. Que tour incrível.

— Então... — comecei. Como quebrar o gelo? — Hã, como você está?

Ela parou subitamente e me encarou.

— O que disseram para você?

Ai, Deus.

— Nada — respondi devagar. — Só estava puxando conversa.

Phoebe me olhou com raiva. Continuou me olhando com raiva. Mas, quando eu estava prestes a sair correndo de volta para meus pais, Jamie reapareceu. Ele ficou em posição de sentido.

— Vim resgatá-la — anunciou.

— Não deveria estar aqui — murmurou Phoebe.

— Ora, ora, não seja difícil, Phoebe. — Os olhos dele não saíram de cima da garota, mas as palavras seguintes de Jamie foram para mim: — Sam já voltou para você?

— Não — respondi.

— Então tem os próximos dez minutos livres. Quer torná-los significativos?

Olhei para Phoebe: estava ignorando nós dois. Os lábios se moviam, mas nenhum som saía.

— É uma pergunta retórica? — perguntei a Jamie.

Jamie sorriu.

— Gostaria de se juntar a nós, Phoebe? — falou.

— Estou ocupada.

As sobrancelhas dele se aproximaram.

— Com o que, diga-me, por favor?

Phoebe não respondeu. Em vez disso, desceu até o chão e se alongou como uma tábua. Achei isso muito alarmante, mas Jamie apenas deu de ombros.

— Não adianta — disse ele para mim. Então: — Não se esqueça da terapia de grupo, Phoebe — falou antes de sairmos.

— Então, aonde vamos? — perguntei.

— Isso importa?

Segui Jamie até uma área aberta com sofás de couro branco e brilhante. Ele gesticulou com a mão diante do corpo.

— A sala comunal. Onde compartilhamos nossos *sentimentos*.

Afundei em um sofá. Lembrei-me de quando encontrei Jamie no primeiro dia em Croyden. Não fazia tanto tempo assim, mas poderia muito bem ter sido há um milhão de anos. Ele quebrou o código da hierarquia social e me mostrou o lugar. Tive sorte de ele estar ali.

— Por que essa cara? — perguntou Jamie.

— Eu estava fazendo uma?

— Estava toda saudosa.

— Só um pequeno déjà vu.

Jamie assentiu devagar.

— Eu sei. É como se tivéssemos acabado de fazer isso.

Sorri e olhei para sua camiseta bizarra mais uma vez. Inclinei a cabeça para a imagem das dançarinas da Grécia Antiga.

— O que é isso?

Jamie abaixou o rosto e esticou a imagem.

— Ah. Um coro grego.

— Ah.

Ele se recostou no sofá de couro e sorriu.

— Não se preocupe, ninguém entende.

— Humm. — Inclinei a cabeça, avaliando Jamie. — É estranho estarmos os dois aqui, certo?

Um gesto de ombros sem significado.

— Bem, de todos os programas de modificação comportamental em toda a Flórida, fico feliz por ter entrado justamente no seu — falei, sorrindo. Então lhe lancei um olhar sábio. — Deve ser o destino.

Jamie acariciou o queixo.

— Um pensamento legal, mas não há *tantos* programas assim. Não tão chiques quanto este. — Ele indicou a sala reluzentemente vazia. — É para cá que os privilegiados enviam seus rebentos degenerados: nada de colar macarrão ou fazer colagens de papel para nós. — Ele fez uma pausa significativa. — Só nos deixam *criar* com *ricciolini* aqui.

— Nem mesmo sei o que é isso.

— Coisa chique, asseguro.

— Confio na sua palavra — respondi, quando adolescentes começaram a entrar na sala. Jamie acrescentou um comentário aos sussurros a cada um que entrava: — Phoebe é a psicótica, Tara é a cleptomaníaca, Adam é o sádico, e Megan é a fóbica.

Ergui uma sobrancelha.

— E você?

Ele fingiu considerar a pergunta.

— O tolo sábio — falou Jamie, por fim.

— Isso não é um diagnóstico.

— Isso é você quem está dizendo.

— E eu? — perguntei.

Jamie inclinou a cabeça, me avaliando.

— Ainda não descobri sua falha fatal.

— Avise quando descobrir — falei, não totalmente de brincadeira. — E quanto a todo o resto?

Ele deu de ombros.

— Depressão, ansiedade, distúrbios alimentares. Nada chique. Como Stella — acrescentou Jamie, assentindo na direção de uma garota com feições marcadas e cabelo preto cacheado. — Ela quase se passa por normal.

— Quase? — perguntei, e ao mesmo tempo ouvi meu nome ser chamado atrás de mim.

— Aí você está! — falou o Sr. Robins. Ele se aproximou de mim com meus pais e a Dra. Kells ao encalço: a médica estava vestida do modo caro e impecável de sempre. — Mara, já conheceu a Dra. Kells. É a diretora de psicologia clínica daqui.

A Dra. Kells sorriu. A maquiagem neutra fez com que as linhas ao redor da sua boca parecessem mais fundas.

— É bom vê-la de novo — cumprimentou-me.

Não exatamente.

— Igualmente — respondi.

O Sr. Robins me devolveu a bolsa transpassada.

— Liberada — disse ele, quando coloquei a bolsa sobre o ombro. O olhar do Sr. Robins percorreu a sala. — Então, Phoebe mostrou o lugar?

Antes ou depois de se estatelar no chão?

— Sim — menti. — Muito prestativa.

— E já conheceu Jamie — disse o Sr. Robins, os olhos se detendo em meu amigo. Que, aliás, abandonou prontamente nosso sofá por uma poltrona do outro lado da sala.

— Nós nos conhecíamos em Croyden — expliquei.

— Ah. Que coincidência!

Minha mãe se abaixou para afastar uma mecha de cabelo de meu rosto.

— Preciso ir trabalhar, querida.

— E você precisa ir para a terapia de grupo — disse a Dra. Kells para mim, com um sorriso. — Estou ansiosa para ter a chance de conhecê-la melhor.

Eu, por outro lado, não fazia a menor questão.

Meus pais me abraçaram em despedida, o Sr. Robins pediu licença, e a Dra. Kells voltou-se para mim.

— Fico muito feliz por tê-la aqui — repetiu antes de sair.

Forcei um sorriso em resposta, então encarei meus colegas sozinha.

Havia 14 de nós, alguns jogados em sofás, outros aconchegados em poltronas, alguns sentados no chão. Eu me acomodei em uma cadeia e coloquei a bolsa no chão. Uma mulher sorridente e sardenta, enfeitada com uma echarpe de cabeça bronze, óculos de aro de tartaruga e uma saia longa com várias camadas estava sentada no braço de um dos sofás. Ela bateu palmas com autoridade, e suas pulseiras tilintaram.

— Estamos prontos para começar? — perguntou a conselheira de *vibe* iogue-hippie.

— Sim — murmuraram todos em resposta.

— Ótimo! Hoje temos alguém muito especial conosco — anunciou, sorrindo em minha direção. — Pode se apresentar ao grupo?

Ergui o braço com um aceno meio desconfortável.

— Sou Mara Dyer.

— Oi, Mara — respondeu o coro. Exatamente como nos filmes.

— Estamos tão felizes por você estar aqui, Mara. Meu nome é Brooke. Agora, só para conhecê-la um pouco melhor, adoraria que nos contasse de onde é, quantos anos tem e um desejo especial e secreto. Todos compartilharemos em seguida. Parece bom?

Fenomenal.

— Sou de uma cidade próxima de Providence. — Fui recebida por 13 olhares arregalados. — Fica em Rhode Island. Tenho 17 anos. E desejaria não estar aqui — terminei. Não pude resistir.

Meu desejo secreto rendeu uma risadinha de Jamie, mas ele foi o único que compartilhou de meu senso de humor, ao que pareceu. Ninguém mais sequer deu um sorriso. Ah, bem.

— Entendemos como se sente, Mara — falou Brooke. — É um grande ajuste. Agora, vamos seguir em sentido horário. — Ela apontou para um garoto sentado em uma poltrona à minha esquerda. Ele começou a falar, mas não ouvi, porque Phoebe se sentou ao meu lado e fui distraída pelo cheiro do hálito dela em meu rosto. Phoebe colocou um papel dobrado no meu colo.

Uma carta de amor, talvez? Será que eu tinha tanta sorte? Abri.

Não era uma carta de amor. Nem carta alguma. O pedaço de papel era uma foto minha, deitada na cama. Com o pijama que usei na noite anterior. Estava olhando para a câmera, mas não dava para ver meus olhos.

Eles tinham sido raspados.

14

Fiquei paralisada de medo, como se fosse um boneco e Phoebe tivesse cortado as cordas que me moviam.

— Caiu de sua bolsa — sussurrou ela.

Encarei a foto inexpressiva até ouvir meu nome. Enfiei a fotografia no bolso e perguntei se poderia usar o banheiro. Brooke assentiu. Peguei a bolsa e saí correndo.

Quando entrei, me escondi em uma cabine e vasculhei a bolsa. Separei uma edição de livro antiga que encontrei na garagem e decidira ler — de papai, acho, da faculdade —, e também o caderno de desenhos, no qual não tinha ânimo de desenhar, e alguns lápis de carvão e canetas.

E minha câmera digital. A que meus pais me deram de aniversário. Não me lembrava de tê-la colocado na bolsa.

Minha pulsação acelerou quando retirei a foto do bolso de trás e a encarei. Liguei a câmera, apertei o botão de menu e esperei.

A última foto tirada apareceu na tela. Era a mesma que estava em minha mão.

Na foto anterior eu aparecia dormindo, usando as mesmas roupas que da noite anterior, o corpo em uma posição diferente. E a foto antes dessa. E a foto antes dessa.

Havia quatro delas no total.

O horror enfraqueceu meus joelhos, mas me apoiei contra a cabine. Precisava continuar de pé. Precisava ver se havia algo, qualquer coisa, algum modo de poder provar que Jude havia tirado as fotos, que ele estava vivo e em meu quarto me observando dormir. Verifiquei as características da câmera enquanto me obrigava a respirar.

Ela tinha um timer.

Minha bolsa tinha sido revistada: quem quer que a tivesse verificado teria visto a foto impressa, mas para eles, era só isso que pareceria. Apenas uma foto minha dormindo. Poderiam ter pensado que eu mesma raspei os olhos.

E, se mostrasse a câmera digital a eles ou a meus pais, poderiam pensar que eu mesma tinha tirado todas as fotos; que usei o timer da câmera para programar as fotos. O *porquê* não importava: eu tinha acabado de voltar de uma estadia involuntária em uma unidade psiquiátrica. O *porquê* nunca mais importaria.

Abafei os gritos que queria soltar e não podia. Coloquei a câmera e a foto de volta na bolsa. Voltei para a sala comunal e fiz um esforço para ficar sentada quieta. Phoebe, a psicótica, me encarou o tempo todo.

Eu a ignorei, me desapeguei. Estava sendo testada, dissera o Sr. Robins, avaliada para ver se conseguiria sobreviver no mundo dos pacientes não internados, e precisava provar que conseguiria.

Então, quando a sessão finalmente acabou, me agarrei a Jamie; precisava da distração.

— Sente falta de Croyden? — perguntei, a voz falsamente tranquila.

— Claro. Principalmente quando nos obrigam a falar positivamente de nós mesmos com *Carruagens de fogo* a todo volume ao fundo.

Obrigada, Jamie.

— Diga que está brincando?

— Quem dera. Pelo menos a comida é boa — respondeu, quando entramos na fila do almoço.

Estava prestes a perguntar o que comeríamos quando um grito lancinante ecoou da frente da fila. Já estava agitada, e aquilo quase me fez perder a compostura. Observei, congelada, uma garota loura com o rosto delicado de uma boneca se separar do grupo.

— Megan — falou Jamie ao meu ouvido. — A coitada tem medo de tudo. Isso acontece muito.

Megan estava agora encostada na parede oposta, apontando para algo.

Um "aluno" grande e comicamente bonito caminhava na direção em que o indicador estendido dela apontava. Ele se agachou no momento em que fiquei na ponta dos pés para tentar ver.

— É uma cobrinha — gritou ele. O garoto a ergueu com as duas mãos.

Exalei. Nada de...

Megan gritou de novo quando o garoto rasgou a cobra ao meio.

Fiquei paralisada por um segundo, sem acreditar no que vi. O gato na noite passada e agora isso; o ódio subiu e me agarrei a ele. Era melhor que o medo. Não pude fazer nada em relação ao gato, mas podia fazer algo em relação àquilo.

Empurrei as pessoas na fila quando o garoto, que mais precisamente lembrava um homem de Cro-Magnon, deixou os pedaços inertes caírem no carpete com um olhar satisfeito.

Ele era bem mais alto que eu, mas encarei-o.

— Qual é seu *problema*?

— Parece chateada — disse o garoto, inexpressivo. — É só uma cobra.

— E você é só um panaca.

Jamie apareceu ao meu lado e abaixou o rosto para a sujeira.

— Vejo que conheceu Adam, nosso sádico residente.

Adam empurrou Jamie para a parede com um dos braços.

— Pelo menos não sou a bicha residente.

Houve comemoração e coro de "Briga! Briga! Briga!", o qual sumiu com a voz alta e rouca de um conselheiro gritando:

— Parem!

Mas Jamie não estava remotamente abalado. Ele estava sorrindo, na verdade, e encarava diretamente Adam, o qual o mantinha preso à parede.

— Bata — disse. A voz baixa. Provocando.

E Adam pareceu muito feliz em obedecer. Ele recuou o punho fechado, mas um conselheiro corpulento com camisa social amassada e apertada demais chegou primeiro e puxou os braços de Adam para trás. As veias nos braços e no pescoço de Adam pulsavam, fazendo as tatuagens no antebraço parecerem se mover. Adam tinha um corte de cabelo militar estilo escovinha, e o couro cabeludo estava completamente vermelho. Era meio cômico, sinceramente.

— Wayne — falou Brooke, gesticulando para o conselheiro —, ajude Adam a se acalmar. Jaime, você e eu vamos discutir isso mais tarde.

— Discutir o quê? — perguntou Jamie, inocentemente. — Eu não estava fazendo nada.

Outro adulto, um cara com rabo de cavalo, falou para Brooke:

— Ele incitou.

Jamie se virou para o sujeito.

— Não incitei nada, caro Patrick. Estava calma, porém indignadamente, de pé aqui enquanto Adam, desnecessariamente, acabava com a vida de um réptil.

— Duas horas — falou Brooke, em tom afiado. — Vai perder a terapia teatral.

— Puxa, que saco.

Ri com escárnio. As pessoas sussurravam ao nosso redor, olhando enviesado. Jamie parecia gostar.

— Aquilo foi corajoso — falei para ele, quando avançamos na fila.

— Que parte?

— A parte em que agiu como se quisesse que ele batesse em você. Jamie pareceu pensativo.

— Acho que até queria — replicou. — Engraçado: é como se vir para cá tivesse me deixado *mais* beligerante.

— Humm — murmurei.

— O quê?

— Você acaba de me fazer pensar em algo que meu pai sempre diz. Ele ergueu as sobrancelhas de modo questionador.

— Coloque um ladrão de galinha numa prisão de segurança máxima — expliquei —, e ele vai sair sabendo estuprar e saquear.

— Exatamente — replicou Jamie, assentindo. — Minha vontade de bater nas coisas é diretamente proporcional à alegria da equipe. E tenho achado tudo ultrairritante ultimamente. E todos. — Conforme chegamos ao fim da linha, vi Wayne entregar pequenos copos de papel para cada um dos colegas diante de nós. Olhei para Jamie.

— Remédios primeiro, depois a comida — explicou ele.

— Para todos nós?

— O pacote completo — disse Jamie, quando a fila avançou. — Terapia com medicamentos em conjunto com terapia de conversa, blá-blá-blá. — Então foi a vez dele. Jamie pegou dois copinhos de papel da marca Dixie com o conselheiro, aquele que separou a quase briga.

— Oi, Wayne — cumprimentou Jamie, alegre.

— Olá, Jamie.

— Saúde. — Jamie virou o conteúdo de um copo, então do outro. Wayne olhou para mim.

— Você é a próxima — anunciou.

— Sou nova...

— Mara Dyer — disse ele, e me entregou dois copos. Olhei dentro deles. Um estava cheio de água; o outro, de comprimidos. Comprimidos não familiares: só reconheci um.

— O que são? — perguntei ao homem.

— Seus remédios.

— Mas não estou tomando todos esses.

— Pode falar com a Dra. Kells sobre isso mais tarde, mas, por enquanto, precisa tomá-los.

Semicerrei os olhos para o conselheiro.

— Regras são regras — disse o homem, e deu de ombros. — Tome logo.

Virei os copos e engoli.

— Abra a boca — falou Wayne.

Fiz como pedido.

— Bom trabalho.

Será que ganho uma estrelinha dourada? Não falei isso, mas tive vontade. Em vez disso, saí atrás de Jamie e comemos juntos. Miraculosamente, até consegui rir.

No momento em que estava começando a pensar que aquele lugar poderia não ser tão terrível, a Dra. Kells apareceu no canto do salão e chamou meu nome.

— Boa sorte — falou Jamie, quando levantei da mesa.

Mas não precisava de sorte. Apesar da noite ruim e da manhã pior, eu conhecia bem o roteiro. Conseguiria fazer dar certo.

Quando saí da sala de jantar, no entanto, dedos se apertaram ao redor do meu pulso e me puxaram para um canto. Meus olhos o seguiram até chegarem ao rosto de Phoebe. Olhei para trás; estávamos fora de vista.

— De nada — disse ela, sem expressão na voz.

Puxei o braço de volta.

— Pelo quê?

O rosto de Phoebe era uma máscara sem emoção.

— Por consertar seus olhos.

15

ENTÃO, PHOEBE, A PSICÓTICA, TINHA RASPADO MEUS OLHOS. Não Jude.

Fiquei aliviada e com raiva ao mesmo tempo. Jude tirara as fotos e se certificara de que eu as encontraria hoje, e aquilo era assustador e terrível, sim.

Mas fiquei feliz porque ele não raspou meus olhos. Não soube bem por que, mas fiquei.

Phoebe saiu andando antes que eu pudesse responder. Respirei fundo e segui a Dra. Kells pelo longo corredor, mas parecia que as paredes estavam se estreitando. Phoebe tinha me desequilibrado, e eu precisava retomar o controle das emoções.

Depois do que pareceu uma caminhada de 16 quilômetros, cheguei a uma porta aberta perto do fim do corredor. A Dra. Kells já havia entrado.

A sala era branca, como as demais, e a única mobília, uma mesa de madeira clara e duas cadeiras brancas que pareciam encolhidas pelo espaço de sobra. A Dra. Kells estava atrás da mesa, e um homem postava-se ao seu lado.

Ela sorriu para mim e gesticulou para uma das cadeiras. Obedientemente me sentei, mas quase a errei. Estranho.

— Como foi o tour? — perguntou ela.

— Bom — menti de novo.

— Excelente. Gostaria de apresentá-la ao Dr. Vargas. — O homem ao lado da Dra. Kells sorriu. Ele era jovem, provavelmente na casa dos 20 anos, com cabelo cacheado e óculos. Lembrava um pouco Daniel, na verdade.

— O Dr. Vargas é neuropsicólogo. Trabalha com alguns de nossos alunos que sofreram de traumatismos cranianos ou outros males agudos que causam problemas.

— Prazer conhecê-lo — falei.

— Igualmente. — Ainda sorrindo, ele passou para trás de mim, em direção à porta. — Obrigado, Dra. Kells.

— O prazer foi meu.

Ele fechou a porta, então a Dra. Kells e eu ficamos sozinhas. A Dra. Kells saiu de trás da mesa e se sentou na cadeira ao lado da minha. Ela sorriu. Não tinha caneta, papel ou nada consigo. Apenas... observou.

O ar pareceu pesado, e meus pensamentos ficaram tão lentos quanto segundos transformados em minutos. Ou talvez não tivessem: o tempo era elástico na gigante sala vazia. Meus olhos percorreram o entorno, procurando um relógio, mas não parecia haver um.

— Então — disse a Dra. Kells, por fim. — Acho que deveríamos começar falando sobre por que está aqui.

Hora do show. Busquei na memória os sintomas do TEPT para me certificar de que o que eu relatasse copiasse *aquele* diagnóstico, e não o de esquizofrenia. Ou pior.

— Estou aqui — falei, com cuidado —, porque sobrevivi a um trauma. Minha melhor amiga morreu. — Pausa significativa. — Tem sido muito difícil para mim, e fico pensando nisso. Tive alucinações. E flashbacks. — Parei. Seria o suficiente?

— E foi por isso que sua família se mudou para a Flórida — disse a Dra. Kells.

Sim.

— Certo.

— Mas não é por isso que está neste programa.

Engoli em seco.

— Acho que ainda não superei o trauma. — Tentei parecer inocente, mas soei nervosa.

Ela assentiu.

— Ninguém espera que tenha superado — respondeu. — Mas o que estou perguntando é se entende por que está *aqui*. Agora.

Ah. Ela queria saber de Jude — que eu acreditava que ele estava vivo. Precisava responder, mas era uma corda bamba. Se falasse com cuidado demais, ela perceberia que a estava manipulando. Mas se falasse muito levianamente, poderia decidir que eu era mais louca do que era na verdade.

Então respondi:

— Meu pai levou um tiro. Eu... achei que ele pudesse morrer. E me apavorei. Fui até a delegacia e apenas comecei a gritar. Eu não era... não me senti como eu mesma. Era muito com que lidar. — Meu estômago se revirou. Esperava que ela prosseguisse.

Ela não prosseguiu.

— Na delegacia, você mencionou seu namorado, Jude.

Odiava ouvir o nome dele.

— Ex — falei.

— O quê?

— Ex-namorado.

— Ex-namorado — repetiu ela, me dando o mesmo olhar que vi no rosto da Dra. West alguns dias antes. — Mencionou seu ex-namorado, Jude. Disse que ele está aqui.

As palavras *POR CLAIRE* apareceram em vermelho na parede branca atrás da cabeça da Dra. Kells. Senti uma descarga de terror antes de piscar para fazê-las sumirem.

— A informação em sua ficha diz que seu namorado, Jude... ex-namorado, desculpe... e suas amigas Rachel e Claire morreram no desabamento do Sanatório Estadual para Lunáticos Tamerlane, em Rhode Island.

— Sim. — Minha voz era um sussurro.

— Mas você disse que Jude está aqui — repetiu ela

Não falei nada.

— Você o viu depois aquela noite, Mara?

Fiquei petrificada. Controlei o tom de voz.

— Isso seria impossível.

A Dra. Kells apoiou o cotovelo na mesa e o queixo na mão. Ela me olhou com empatia.

— Quer saber o que acho?

Surpreenda-me.

— Nem imagino.

— Acho que se sente culpada pela morte da sua melhor amiga. Pela morte do seu namorado.

— Ex! — gritei. Merda.

A Dra. Kells nem se encolheu. Estava com a voz calma:

— Aconteceu alguma coisa entre você e Jude, Mara?

Eu estava respirando com dificuldade, mas não percebi. Fechei os olhos. *Controle-se.*

— Por favor, diga a verdade — pediu ela baixinho.

— Que diferença faz? — Uma lágrima rolou por minha bochecha. Droga.

— Vai ser tão mais difícil ajudar se não contar. E quero muito ajudar você.

Fiquei em silêncio.

— Sabe — falou a Dra. Kells, recostando-se de volta na cadeira. — Alguns jovens estão neste programa há anos. Começaram aqui e então passaram para nosso centro residencial. Estão lá desde então. Mas não acho que precise disso. Acho que esta é uma situação transitória para você. Para ajudá-la a voltar para onde deveria estar. Você foi abalada por tudo o que aconteceu nos últimos seis meses... e isso é *compreensível.* Sobreviveu a um acidente catastrófico.

Não foi um acidente.

— Sua melhor amiga morreu.

Eu a matei.

— Você se mudou.

Para tentar esquecer o que fiz.

— Sua professora morreu.

Porque quis que ela morresse.

— Seu pai levou um tiro.

Porque controlei a mão de alguém.

— Isso é mais trauma que a maioria das pessoas enfrenta na vida inteira, e você vivenciou isso em seis meses. E acho que vai ajudar se falar sobre isso comigo. Sei que já falou com outros terapeutas...

Dos quais gostava muito mais.

— Mas está aqui e acho que mesmo que não *queira* estar aqui, pode descobrir que não é um desperdício de tempo.

As lágrimas agora desciam sem parar.

— O que quer que eu diga?

— O que aconteceu com Jude?

Minha garganta pareceu seca, e meu nariz coçava devido ao choro.

— Ele... me beijou — falei. — Quando não quis que beijasse.

— Quando?

— Naquela noite. Na noite em que ele...

Morreu, foi o que quase disse. Mas ele não morreu. Ainda estava vivo.

— Ele fez mais alguma coisa?

— Tentou. — Então contei à Dra. Kells sobre aquela noite e o que Jude tentou fazer.

— Ele estuprou você? — perguntou ela.

Sacudi a cabeça com determinação.

— Não.

— Até que ponto chegou?

Meu rosto se encheu de calor.

— Ele me empurrou contra a parede, mas...

— Mas o quê?

Mas eu o impedi.

— O prédio desabou antes que algo mais acontecesse.

A Dra. Kells inclinou a cabeça para o lado.

— E aí ele morreu e você sobreviveu — concluiu ela.

Não falei nada.

Ela se inclinou para a frente, só um pouco.

— Jude diz a você para fazer coisas que não quer fazer, Mara?

Queria sacudi-la. Ela achava que Jude era alguma coisa demoníaca imaginária sentada em meu ombro, sussurrando pensamentos malignos em meu ouvido.

— Acha que Jude está vivo? — perguntou a Dra. Kells de novo.

Queria agarrar o colarinho da blusa de seda azul perfeitamente passada e gritar: "Ele *está* vivo!", bem na cara dela. Precisei de uma força de vontade colossal só para dizer a palavra "Não".

A Dra. Kells suspirou.

— Mara, quando mente, preciso ajustar seu tratamento para isso. Não quero precisar tratá-la como se fosse uma mentirosa patológica. Quero poder confiar em você.

Ela não confiaria em mim se contasse a verdade, mas, no momento, eu não estava mentindo de modo convincente.

— Não acho que ele esteja vivo — falei, com firmeza. — Sei que não está. Mas às vezes...

— Às vezes...

— Às vezes me assusta, sabe? — enrolei. — A ideia de que ele possa estar? Como um monstro escondido em meu armário ou sob a cama. — Pronto. Talvez isso desse a ela o que queria sem me fazer parecer muito maluca.

A Dra. Kells assentiu.

— Entendo perfeitamente. Acho que seu medo faz sentido e é algo em que eu gostaria de trabalhar durante seu tempo aqui.

Exalei aliviada.

— Eu também — menti de novo.

— Digamos, hipoteticamente, que Jude não tenha morrido no sanatório.

Não quis dizer que queria trabalhar nisso *hoje*.

— Certo...

— Digamos que ele esteja na Flórida.

— Certo...

— O que acha que estaria fazendo aqui? Qual é seu medo?

Eu estava pisando em território perigoso, mas não sabia como fugir da pergunta.

— Que esteja... que estaria me seguindo. — O que estava.

— Por que Jude iria querer vir até a Flórida para segui-la?

O gato mutilado. As palavras no meu espelho, escritas com sangue. As fotos. Minha pulsação acelerou quando pensei nisso.

— Para me assustar — falei.

— Por que ele iria querer isso?

Porque tentei matá-lo. Porque matei a irmã dele.

Aquelas eram as respostas que vinham à mente, mas é claro que não poderia dizê-las. Sacudi a cabeça e perguntei:

— Por que ele me atacaria, para início de conversa?

— Essas perguntas são diferentes, Mara. Estuprad...

— Ele não me estuprou.

A Dra. Kells me encarou por tempo demais.

— Ele não. Eu... — Eu o impedi antes que tivesse a chance. — Jude não me estuprou. O que você ia dizer?

— Ia dizer que estupro se trata de poder, não de sexo — começou a Dra. Kells. — Trata-se de usar a força ou a ameaça dela para controlar outra pessoa.

— Então talvez, se ele estivesse vivo, o que não está, Jude me perseguiria para me mostrar que pode me controlar. Que pode me deixar com medo. — Isso se encaixava.

A Dra. Kells me olhou atentamente.

— Você me contou muitas coisas hoje, Mara. E vou pensar nelas por um tempo. Mas, se estiver interessada, posso dizer o que estou pensando agora.

Estava tão animada para ouvir as ponderações dela quanto estaria para receber um enema.

— É claro.

— Quando estava na delegacia — disse a Dra. Kells —, contou ao detetive que matou Claire e Rachel.

Lá vem.

— Isso me faz pensar que se sente muito culpada, muito responsável pela morte de sua melhor amiga. Por ter feito sua família se mudar para a Flórida. Por tudo o que aconteceu com sua família desde então. Acho que vivenciou dois traumas: a agressão sexual de Jude e, então, o desabamento. E acho que, de alguma forma, se sente mais poderosa ao imaginar que *você* impediu que Jude fizesse o que achava que ele estava prestes a tentar fazer. E, para cada evento ou coincidência negativa que aconteceu desde então, imaginar que você os desencadeou, que os fez acontecer, faz com que sinta como se tivesse algum nível de controle inexistente. Mas, inconscientemente, acredita que *não* tem controle; e isso está se manifestando no medo de que Jude possa estar vivo.

Eu não tinha certeza de como conseguiria ficar sã enquanto ouvia constantemente que sou louca.

— Isso é bem interessante — falei, devagar.

— Posso perguntar uma coisa, Mara?

Tenho escolha?

— Claro.

— O que você quer?

Inclinei a cabeça.

— Agora?

— Não. Em geral.

— Eu quero... Eu quero. — Tentei pensar. O que eu *queria*?

Voltar para quando meu maior problema era que Claire estava tentando roubar minha melhor amiga? Voltar para antes de sequer *conhecer* Claire? E Jude?

Mas isso também era antes de Noah.

Eu o visualizei, ajoelhado a meus pés. Amarrando meus cadarços. Erguendo o rosto para mim com aqueles olhos azuis, aquele meio sorriso que eu amava tanto.

Não iria querer voltar para antes de Noah. Não queria perdê-lo. Só queria...

— Ficar melhor — respondi, por fim. Para minha família. Por Noah. Por mim mesma. Queria me preocupar com coisas como entrar mais cedo na faculdade, e não com internação involuntária. Jamais seria normal, mas talvez pudesse entender como viver uma vida quase normal.

— Fico tão feliz por ouvi-la dizer isso — falou a Dra. Kells, e ficou de pé. — Podemos ajudar você a melhorar, mas precisa querer, ou não há nada que possamos fazer.

Assenti e tentei ficar de pé também, mas tropecei. Tentei me recostar contra a mesa e me equilibrar, mas minhas sinapses estavam lentas, e apenas curvei o corpo.

A Dra. Kells apoiou a mão em minhas costas.

— Está se sentindo mal?

Ouvi um eco das palavras dela... na voz de outra pessoa.

Em minha mente.

Pisquei. Os olhos da Dra. Kells estavam cheios de preocupação. Consegui assentir, mas a movimentação embaçou meus pensamentos. O que estava errado comigo?

— Qual é o problema? — perguntou ela. A Dra. Kells me olhou com curiosidade, e me senti estranha. Como se ela estivesse esperando que algo acontecesse.

Senti-me paranoica. Desconfiada.

Quando tentei falar, ela saiu de foco.

— Água? — perguntou, e ouvi outro eco, de muito longe.

Devo ter assentido, porque a Dra. Kells me ajudou a me sentar e disse que voltaria logo. Ouvi a porta se abrir atrás de mim, depois se fechar.

Então apaguei.

ANTES
Calcutá, Índia

APOIEI A BOCHECHA NA JANELA DA CARRUAGEM E OLHEI PARA fora por trás da cortina, para as brilhantes flores bege que se abriam das árvores e para as ervas verdes que se agarravam aos seus troncos. Ervas daninhas pendiam dos galhos acima de nós, baixas o suficiente para que as tocasse, mas eu não queria. Conhecia aquele mundo, o verde mundo de pedras cobertas de musgo e folhas reluzentes, o precioso mundo colorido das flores selvagens e do pôr do sol. Não me interessava mais. O mundo minúsculo daquela carruagem era fascinante e novo.

— Está se sentindo mal?

Ouvi as palavras do homem branco, a pergunta nelas, mas não entendi o significado. A voz do sujeito era fraca do fundo da carruagem. Não quis olhar para seu rosto.

A carruagem parou, e meus pequenos dedos afundaram no luxuoso assento. *Veludo*, dissera o homem quando passei os dedos pela primeira vez no banco, maravilhada. Nunca havia sentido nada tão macio: esse tipo de coisa não existia no mundo de pelos e pele.

Seguíamos em ritmo lento, muito mais lento que os elefantes, e avançamos sem parar, por vários dias e noites. Por fim, a floresta úmida deu lugar à terra árida, e o verde cedeu espaço ao marrom e ao preto. O cheiro pungente de fumaça enchia o ar, misturando-se ao de sândalo na carruagem.

Os cavalos reduziram a velocidade, e olhei para fora de novo. Fiquei chocada com o que vi.

Feras enormes, imóveis — maiores do que qualquer uma que eu tivesse visto —, se erguiam da água. As trombas magricelas subiam até o céu, e elas estavam cheias de homens, embora as próprias feras não se movessem. Havia barulhos que eu jamais ouvira, estrangeiros e esquisitos. O gosto de temperos cobria minha língua, e minhas narinas se enchiam com o odor de terra molhada.

O homem branco esticou o braço para apontar para as enormes bestas.

— Navios — disse, então desceu o braço trêmulo. Os músculos do homem eram finos e fracos, e ele afundou de volta nas sombras, a respiração pesada.

Então paramos. A porta da carruagem se abriu, e um homem de rosto gentil com roupas azul-claras estendeu o braço para mim.

— Venha — falou, em uma língua que eu entendia. A voz do homem parecia água morna aquecida pelo sol. Não tive medo dele, então fui. Esperei que o homem branco me seguisse, como tinha feito quando saímos da carruagem durante a viagem, mas ele não saiu. O homem se virou na direção da porta, embora ainda estivesse com o rosto nas sombras. Estendeu uma pequena bolsa preta para o homem de azul, o braço trêmulo devido ao esforço.

— Volte no último dia de cada semana e meu caixa a encherá, contanto que a garota esteja com você.

O Homem de Azul pegou a bolsa e fez uma reverência com a cabeça.

— O Raj é generoso.

O homem branco riu. O som era fraco.

— A Companhia das Índias Orientais é generosa. — Ele gesticulou para que eu voltasse para a carruagem. Eu me aproximei. O homem branco indicou que eu abrisse a mão.

Abri. Ele colocou nela algo frio e brilhante. Fiquei enojada com a textura seca da pele do sujeito.

— Permita que ela compre algo bonito — disse ele, para o Homem de Azul.

— Sim, senhor. Qual é o nome da menina?

— Não sei. Meus guias tentaram fazê-la falar, mas ela se recusa a conversar com eles.

— Ela entende?

— A garota assente ou faz que não com a cabeça em resposta a perguntas feitas em hindi ou sânscrito, então acredito que sim. Tem um olhar aguçado. Vai aprender inglês rápido, acho.

— Será uma linda noiva.

O homem branco gargalhou, dessa vez mais forte.

— Acho que minha esposa discordaria. Não, a garota será minha protegida.

— Quando voltará para buscá-la?

— Parto hoje para Londres, e os negócios me manterão ocupado por pelo menos seis meses. Mas espero retornar logo em seguida, talvez com minha esposa e filho. — O homem tossiu.

— Quer água?

A tosse do homem branco ficou mais violenta, mas ele gesticulou com a mão.

— Está com saúde para a viagem? — questionou o Homem de Azul.

O homem branco não respondeu até o acesso terminar. Então falou:

— É a Doença do Rio. Preciso apenas de água limpa e descanso.

— Talvez minha mulher possa preparar-lhe um extrato antes de partir.

— Ficarei bem, obrigado. Estudei medicina depois do Seminário Militar, em Croydon. Agora preciso ir. Cuide-se, e da menina também.

O Homem de Azul assentiu, e outro sujeito voltou para a escuridão. O cheiro da carruagem cessou.

O Homem de Azul foi para a frente então, até os cavalos, e falou com o sujeito sentado no alto na própria língua. A nossa.

— Prepare uma mistura de alho seco, suco de limão, mel, tamarindo e cúrcuma selvagem. Faça com que ele beba quatro vezes a cada hora. — Então tirou dois círculos brilhantes de dentro da bolsa preta e os deu para o homem. *O cocheiro*, era como o homem branco o chamava. Ele assentiu uma vez e ergueu as rédeas.

— Espere. — O Homem de Azul ergueu a mão.

O cocheiro esperou.

— Estava presente quando ele encontrou a garota? — prosseguiu o Homem de Azul.

Os olhos pretos do cocheiro se voltaram para os meus, então desviaram. Ele sacudiu a cabeça devagar.

— Não. Mas meu amigo, um mensageiro do grupo, estava. — O cocheiro não concedeu mais nada, mas estendeu o braço para o Homem de Azul, que suspirou e colocou mais dois discos prateados na palma da mão calejada.

O sujeito sorriu, revelando os poucos dentes restantes. Seus olhos se voltaram para os meus.

— Não gosto que ela ouça.

O Homem de Azul se virou para mim.

— Pode ir explorar — anunciou, e me indicou a direção dos navios.

Sim, assenti e fingi ir embora. Em vez disso, encostei o corpo contra o outro lado da carruagem. Não conseguiam me ver. Esperei e ouvi.

O Homem de Azul falou primeiro:

— O que ouviu?

A voz do cocheiro era baixa quando respondeu:

— Estavam caçando um tigre a alguns dias de viagem de Prayaga. Seguiram o animal para dentro das árvores no dorso de elefantes, mas, sem aviso, eles pararam. Nada conseguia fazê-los prosseguir, nem doces ou galhos. Este tolo — disse o cocheiro, batendo na carruagem — insistiu que continuassem a pé, mas apenas três homens o acompanhavam. Um era um estrangeiro, o guia do homem branco, talvez. Outro era o cozinheiro. O último era um caçador, o irmão do mensageiro, meu amigo.

— Prossiga.

— Seguiram as pegadas do animal para um mar de grama alta. Todos os caçadores sabem que a grama alta oculta a morte, e o irmão, o caçador, quis voltar. O outro homem, o estrangeiro, insistiu para que avançassem, e o homem branco obedeceu. O cozinheiro os seguiu, mas o caçador se recusou e partiu sozinho. Nunca mais foi visto.

— O que aconteceu? — O Homem de Azul parecia curioso, e não assustado.

— Os três homens seguiram as pegadas do tigre durante horas, até que elas desapareceram em uma poça de sangue.

— De uma caça recente?

— Não — respondeu o cocheiro. Os cavalos bateram os cascos e relincharam inquietos. — Se tivesse sido uma vítima do tigre, haveria pegadas saindo da poça de sangue. Haveria ossos e carne, pele e pelos. Mas não havia nada. Nenhuma carcaça. Nenhuma fuga. E nenhuma mosca tocava naquilo. Eles circundaram a poça e examinaram a grama. Foi quando viram as pegadas. Eram de uma criança, estavam ensopadas de sangue.

— E elas levaram a essa menina?

— Sim — falou o cocheiro. — A garota estava enroscada nas raízes de uma árvore, dormindo. E, cerrado em seu punho, havia um coração humano.

17

MEUS OLHOS SE ABRIRAM SUBITAMENTE. AS CORES VÍVIDAS do pesadelo foram lavadas pelo branco. Eu estava na cama, encarando um teto. Mas não era *minha* cama: não estava em casa. A pele estava úmida com suor e o coração acelerado. Estiquei o braço em busca do sonho, tentando agarrá-lo antes que se dissipasse.

— Como está se sentindo?

Os últimos traços do sonho se dissolveram com a voz. Soltei um suspiro lento e inclinei o corpo sobre cotovelos rígidos e rangentes para ver a quem ela pertencia. Um homem com rabo de cavalo marrom entrou em meu campo visual. Eu o reconheci, mas não me lembrava do nome.

— Quem é você? — perguntei, cautelosa.

O homem sorriu.

— Sou Patrick, e você desmaiou. Como está se sentindo? — perguntou de novo.

Fechei os olhos. Estou enjoada de estar enjoada.

— Bem — respondi.

A Dra. Kells apareceu atrás de Patrick nesse momento.

— Você nos assustou, Mara. Tem hipoglicemia?

Meus pensamentos estavam ainda lentos, mas o coração, e acelerado.

— O quê?

— Hipoglicemia — repetiu ela.

— Acho que não. — Passei as pernas para a lateral da cama pequena e dura. Sacudi a cabeça, mas isso só aumentou a dor. — Não.

— Tudo bem. O exame de sangue nos dirá com certeza.

— Exame de sangue?

Ela olhou de relance para meu braço. Um pedaço de algodão estava preso na dobra do cotovelo: alguém tinha tirado meu moletom e o deixara dobrado ao pé da cama. Pressionei a mão contra a pele sensível e tentei não parecer aterrorizada.

— Foi uma emergência. Estávamos preocupados com você. — A Dra. Kells sentiu necessidade de explicar. O que significava que, pelo visto, eu *parecia* aterrorizada. — Ligamos para sua mãe, ela mandou seu pai para buscá-la mais cedo. Tenho certeza de que não é nada, mas é melhor prevenir que remediar.

Esperei em silêncio até ele chegar. Papai deu um grande sorriso quando me viu, mas percebi que estava preocupado. Ele se curvou.

— Como está se sentindo?

Chateada porque tiraram sangue. Com raiva por ter desmaiado. Com medo de que aconteça de novo, porque já aconteceu antes.

Aconteceu antes de um flashback na exposição de arte à qual Noah me levou, e depois de uma caçada ao meu irmão, no meio da noite. Aconteceu depois que bebi sangue de galinha em uma loja de vodu que não parecia mais existir. E cada vez que eu desmaiava, os limites da realidade ficavam embaçados, me deixando confusa. Desorientada. Sem saber o que era real. Isso tornava quase impossível que confiasse em mim mesma, e isso era difícil suportar.

Mas é claro que eu não podia contar a meu pai nada disso, e ele estava esperando por uma resposta. Então, apenas falei:

— Eles tiraram sangue. — E deixei por isso mesmo.

— Estavam assustados por você. E parece que sua glicose estava *mesmo* em níveis baixos. Quer tomar sorvete a caminho de casa?

Papai parecia tão esperançoso, então assenti para agradá-lo.

Ele deu um sorriso.

— Fantástico — respondeu ele, e me ajudou a levantar da cama. Peguei o moletom e fomos para a saída. Procurei por Jamie, mas não consegui encontrá-lo.

Meu pai se curvou sobre um cesto perto da porta e tirou de dentro um guarda-chuva de cabo largo.

— Tempestade lá fora — disse, indicando o vidro com a cabeça. Cortinas de chuva açoitavam o asfalto, e meu pai se debateu com o guarda-chuva ao abrir a porta. Abracei o corpo, encarando o estacionamento de nosso abrigo abaixo do toldo. Imaginei que horas seriam. O único outro carro no estacionamento além do de meu pai era uma velha picape branca. O resto das vagas estava vazio.

Papai fez uma expressão de desculpas.

— Acho que vamos ter de correr.

— Tem certeza de que consegue correr? — perguntei.

Ele bateu no ponto abaixo da caixa torácica.

— Em plena forma. *Você* tem certeza de que consegue correr?

Assenti.

— Se não, pode ficar com o guarda-chuva.

— Estou bem — falei, encarando a chuva.

— Tudo bem. No três. Um — começou ele, flexionando o joelho à frente. — Dois... Três!

Disparamos para o dilúvio. Meu pai tentou segurar o guarda-chuva acima de minha cabeça, mas era inútil. Quando abrimos nossas respectivas portas, estávamos ensopados.

Papai sacudiu a cabeça, espalhando gotas de chuva no painel. Sorriu, e foi contagiante. Talvez sorvete fosse mesmo uma boa ideia.

Deu partida no carro e começou a sair do estacionamento. Como reflexo, verifiquei meu rosto no espelho lateral.

Estava com o cabelo grudado no rosto, e pálida. Mas parecia bem. Talvez um pouco magra. Um tanto cansada. Mas normal.

Então meu reflexo piscou um olho. Embora eu não tivesse piscado.

Pressionei os olhos com as palmas das mãos. Estava vendo coisas porque me sentia estressada. Com medo. Não era real. Eu estava bem.

Tentei me fazer acreditar nisso. Mas, quando abri os olhos, uma luz piscou no espelho, cegando-me.

Apenas faróis. Apenas faróis do carro atrás de nós. Virei o corpo no assento para ver, mas a chuva estava tão forte que não conseguia discernir nada além de luzes.

Meu pai saiu do estacionamento para a estrada, e os faróis nos seguiram. Agora pude ver que pertenciam a uma caminhonete. Uma picape branca.

A mesma do estacionamento do shopping.

Estremeci e me encolhi no moletom, então estiquei o braço e liguei o aquecedor.

— Frio?

Assenti.

— O sangue da Nova Inglaterra está escasseando rápido — disse papai, sorrindo.

Ofereci um sorriso fraco.

— Está bem, menina?

Não. Olhei para o vidro embaçado na lateral. Os faróis ainda pairavam atrás de nós. Virei o corpo para ver melhor pelo vidro traseiro, mas não dava para enxergar quem dirigia.

A caminhonete nos seguiu para a estrada.

Senti enjoo. Limpei a testa suada com o antebraço e fechei os olhos bem apertados. Precisava perguntar.

— Aquela é a mesma caminhonete do estacionamento? — Tentei não parecer paranoica, mas precisava saber se meu pai também a via.

— Humm?

— Atrás de nós.

Os olhos de papai se voltaram para o retrovisor.

— Que estacionamento?

— O perto do Horizontes — falei, devagar, com os dentes trincados. — Aquele do qual saímos há dez minutos.

— Não sei. — Os olhos de meu pai voltaram para a estrada. Ele obviamente não havia notado e não achou que fosse particularmente importante.

Talvez não fosse. Talvez o estresse das fotos, da entrevista, tivesse causado o desmaio, o qual desencadeara minha alucinação de um reflexo desobediente no espelho. Talvez a caminhonete atrás de nós fosse apenas uma caminhonete qualquer.

Verifiquei o espelho lateral de novo. Poderia jurar que os faróis estavam mais perto agora.

Não pense nisso. Olhei para a frente, para nada em especial, ouvindo a varredura hipnotizante e mecânica dos limpadores de para-brisa. Meu pai estava quieto. Ele esticou o braço para ligar o rádio quando ouvimos pneus cantando.

Viramos a cabeça para cima quando fomos banhados por luz. Papai girou o volante para a esquerda no momento em que a picape atrás de nós virou para a direita, quase arrancando a lateral na altura do banco traseiro.

Papai gritou alguma coisa. Não, estava me dizendo algo. Mas eu não conseguia ouvir, porque quando a caminhonete parou ao nosso lado, minha mente bloqueou tudo, menos a visão de Jude atrás do volante.

Gritei por papai. Ele precisava olhar. Precisava ver. Mas estava gritando também.

— Se segura!

Meu pai tinha perdido o controle do carro. Uma onda escura de pânico ameaçava me puxar para baixo conforme o carro girava no asfalto escorregadio devido à chuva. A caminhonete costurou o trânsito por várias pistas e disparou à frente. Meu coração batia forte contra as costelas e agarrei o centro do painel do carro com uma das mãos. Bile subiu em minha garganta: ia vomitar. Nós íamos bater. Jude havia nos seguido, e agora íamos bater.

Assim que pensei nisso, mergulhamos em silêncio.

— Babaca! — gritou papai. Olhei para ele. Suor banhava sua testa, e as veias no pescoço estavam alteradas.

Foi quando reparei que não estávamos nos movendo.

Não estávamos nos movendo.

Não batemos.

Ficamos ali, imóveis, na pista mais à esquerda — a de maior velocidade. Carros desviavam de nós e buzinavam.

— Ninguém sabe dirigir nesta porcaria de cidade! — Papai bateu o punho no painel, e eu me sobressaltei. — Desculpe — disse, rapidamente. — Mara... Mara? — A voz de meu pai estava rouca de preocupação. — Está tudo bem?

Devo ter parecido terrível, porque a expressão de meu pai passou de fúria para pânico. Assenti. Não sabia se conseguiria falar.

Meu pai não o viu. Ele não viu Jude. Fui a única a enxergá-lo.

— Vamos levar você para casa — murmurou papai consigo mesmo. Ele ligou o carro, e seguimos rastejando pelo restante do caminho.

Até os aposentados nos antigos Buicks azuis buzinavam para nós. Meu pai não poderia ter se importado menos.

Entramos na garagem vazia, e ele correu para abrir minha porta, segurando o guarda-chuva acima de nossas cabeças. Disparamos para a casa, papai vasculhando em busca da chave até que finalmente abriu a porta.

— Vou fazer chocolate quente. O sorvete fica para depois, está bem? — disse ele, com um sorriso fraco. Estava preocupado de verdade.

Obriguei-me a falar:

— Chocolate quente, sim. — Esfreguei os braços quando uma cortina de chuva acertou a enorme janela da sala, me assustando.

— E vou desligar o ar; está congelando nesta casa.

Um sorriso falso.

— Obrigada.

Papai me segurou e me abraçou tão forte que achei que fosse quebrar. Consegui abraçá-lo de volta, e, quando nos separamos, ele seguiu para a cozinha e começou a fazer muito barulho.

Não fui a lugar algum. Só fiquei de pé ali, na entrada, rígida. Ergui o rosto para o espelho com moldura dourada acima do antigo bufê de nogueira ao lado da porta. Meu peito subia e descia rapidamente. Minhas narinas estavam dilatadas, meus lábios pálidos e sem sangue.

Eu estava fervilhando. Mas não de medo.

De ódio.

Meu pai poderia ter se ferido. Morrido. E dessa vez não era minha culpa.

Era de Jude.

18

MINUTOS OU SEGUNDOS DEPOIS, ME AFASTEI DO ESPELHO E entrei no quarto. Mas quando abri a porta, fiquei muito inquieta ao ver olhos me encarando de volta.

Uma boneca estava placidamente apoiada em minha escrivaninha, o corpo de tecido encostado em uma pilha de antigos livros escolares. O sorriso costurado fazia uma curva alegre. Os olhos escuros não enxergavam, mas estavam estranhamente concentrados em minha direção.

Era a boneca de minha avó, contara minha mãe quando eu era pequena. Ela a deixou para mim quando eu era apenas um bebê, mas nunca brinquei com ela. Jamais dei nome à boneca. Nem mesmo *gostava* dela: passou a morar abaixo de uma variedade rotativa de outras brinquedos e bichos de pelúcia no meu baú de brinquedos, e, conforme cresci, se mudou do baú para um canto esquecido do armário, para ser então obscurecida por sapatos e roupas fora de moda.

Mas ali estava ela, sentada em minha mesa. Imóvel.

Pisquei. É claro que estava imóvel. Era uma boneca. Bonecas não se movem.

Mas ela *havia* se movido. Porque, na última vez que a vi, a boneca estava guardada em uma caixa, apoiada em pilhas de fotos antigas e outros bagulhos, no meu quarto de Rhode Island. Uma caixa que eu não abria desde...

Desde a festa à fantasia.

Busquei a lembrança daquela noite. Eu me vi caminhar até o armário, preparando-me para tirar o vestido verde-esmeralda de vovó, e encontrar uma caixa de papelão aberta no chão do armário. Nem me lembrava de pegá-la. Não me lembrava de tê-la aberto.

Voltei atrás na memória. Então me vi recuar para fora do armário, observei os sapatos de minha mãe voltarem para meus pés. Observei a água na banheira fluir de volta para a torneira...

A noite em que vi a boneca foi aquela em que me queimei.

A pele em minha nuca formigou. Tinha sido uma noite ruim para mim. Estava estressada por causa de Anna e me sentia humilhada por Noah, e voltei a memória para ainda mais cedo, quando cheguei em casa. Eu me vi esticar o braço para abrir a porta, mas...

Ela se abriu antes que eu a tocasse.

Achei que tivesse alucinando naquela noite — e tinha. Imaginei os brincos de vovó no fundo da banheira quando estavam em minhas orelhas o tempo todo. Presumi que tivesse esquecido de tirar a caixa do armário também.

Isso foi antes de eu saber que Jude estava vivo. Se ele esteve em meu quarto na noite passada, poderia ter estado no meu quarto *naquela* noite.

Minhas mãos se fecharam em punhos. *Ele* tirou a caixa do meu armário. *Ele* a abriu.

E queria que eu soubesse. Que estava revirando minhas coisas. Observando enquanto eu dormia. Conspurcando meu quarto. Conspurcando minha casa.

E quando saí de dentro dela, Jude perseguiu a mim e a meu pai de volta.

Eu estava tremendo antes, mas agora fervilhava. Sentia-me fora de controle e não poderia deixar que meu pai me visse daquele jeito; ele já estava bastante em pânico. Contive o ódio e o medo, e tirei as roupas encharcadas, então as atirei na pia. Liguei o chuveiro e inspirei profundamente enquanto o banheiro se enchia de vapor. Entrei na água quente e deixei que cobrisse minha pele, desejei que meus pensamentos fossem lavados por ela.

Não funcionou.

Tentei me lembrar que não estava sozinha naquilo. Que Noah acreditava em mim. Que ele viria mais tarde e, quando chegasse, eu contaria tudo.

Repeti as palavras incessantemente, esperando que me acalmassem. Fiquei no chuveiro até a água ficar fria. Mas, quando saí, olhei para a escrivaninha e vi que a boneca não estava mais sorrindo amavelmente.

Ela sorria com malícia.

Os pelos de meu corpo se eriçaram enquanto fiquei ali de pé, enrolada apenas na toalha, encarando a boneca, meu coração batendo descontroladamente no peito.

Não, não a boneca. *A coisa.*

Arranquei-a da escrivaninha. Caminhei até o armário e a enfiei em uma das caixas. Sabia, *sabia* que a expressão da boneca não havia mudado. Minha mente estava me pregando peças porque se sentia estressada e em pânico e com raiva, e era o que Jude queria.

Abri a gaveta da escrivaninha, tirei de dentro um pedaço de fita adesiva e fechei a caixa com ela, aprisionando a coisa do lado de dentro. E, então, me vesti e desci de volta para meu pai, como se nada tivesse acontecido, porque não tinha escolha.

O tempo deveria curar todas as feridas, mas como poderia, se Jude ficava arrancando a casca?

Era o início da tarde, e Daniel, Joseph e minha mãe tinham todos voltado para casa. Falavam alto uns com os outros enquanto meu pai se apoiava nos armários da despensa, segurando uma caneca rachada com as duas mãos.

— Mara! — Mamãe correu até mim e me abraçou assim que me viu.

Daniel apoiou o copo. Nossos olhos se encontraram por cima do ombro de mamãe.

— Graças a Deus está bem — sussurrou ela. — Graças a Deus.

O abraço durou um tempo desconfortavelmente longo, e, quando minha mãe me soltou, seus olhos estavam úmidos. Ela rapidamente limpou as lágrimas e seguiu para a geladeira.

— O que posso pegar para você? — perguntou.

— Estou bem — falei.

— Que tal uma torradas?

— Não estou com muita fome.

— Ou biscoitos? — Mamãe ergueu um pacote de massa de biscoito pré-pronta.

— É, biscoitos! — exclamou Joseph.

Daniel fez uma careta que interpretei como *responda sim*.

Forcei um sorriso.

— Biscoitos seriam ótimos.

Assim que as palavras saíram de minha boca, Joseph retirou uma forma de biscoitos de baixo do forno. E também o papel-alumínio. Pegou o pacote de massa de biscoito de mamãe e preaqueceu o forno antes que ela pudesse começar.

— Que tal um pouco de chá? — perguntou mamãe, tentando achar algo, qualquer coisa, para fazer.

Daniel assentiu, me encarando.

— Eu adoraria — falei, acompanhando a deixa dele.

— Fiz chocolate quente — lembrou-lhe papai.

Minha mãe esfregou a testa.

— Certo. — Ela tirou uma caneca do armário com porta de vidro e serviu o conteúdo de uma panela dentro dela, então a entregou para mim.

— Obrigada, mãe.

Ela prendeu uma mecha dos cabelos curtos e lisos atrás da orelha.

— Estou tão feliz por você estar bem.

— Miami tem os piores motoristas do mundo — murmurou papai.

Os lábios de mamãe formaram uma linha fina enquanto ela se ocupava ao fazer um bule de café. Meus olhos se voltaram para a janela da cozinha e verifiquei o quintal através da chuva.

Eu procurava por Jude, percebi, com uma pontada de vergonha. Estava me tornando paranoica. E eu não queria ser paranoica.

— Ei, mãe? — perguntei.

— Humm?

— Você tirou minha boneca da caixa? — *Havia* uma chance de ela, e não Jude, ter tirado a boneca, e eu precisava ter certeza.

Mamãe ergueu o rosto da cafeteira, confusa.

— Que boneca?

Exalei pelo nariz.

— Aquela que tenho desde bebê.

— Ah, a boneca de vovó? Não, querida. Não a vi.

Não foi isso que perguntei, mas tinha minha resposta. Ela não tocou na boneca. Eu sabia quem tinha tocado, e aquilo não poderia continuar.

Olhei para o relógio do micro-ondas, imaginando quando Noah chegaria. Precisava me comportar normalmente até que aparecesse.

— Então, como foi o Dia Um do recesso de primavera? — perguntei a Daniel entre goles de chocolate quente. O líquido estava quente, mas não me aqueceu completamente.

— Fomos para o Miami Seaquarium.

Quase engasguei.

— O quê?

Daniel gesticulou com um dos ombros.

— Joseph queria ver a baleia.

— Lolita — falei, apoiando a bebida.

Papai olhou para meu irmão.

— Espere, o quê? — Quis saber.

— É o nome da baleia assassina — explicou Daniel.

— Como foi? — perguntou mamãe.

Joseph deu de ombros e falou:

— Meio triste.

— Como assim? — A testa de papai se enrugou.

— Me senti mal pelos animais.

Minha vez.

— Noah foi com vocês? — Não me importava de verdade em saber. Só queria descobrir a resposta para minhas perguntas implícitas sem precisar vocalizá-las ou ligar para ele. Que, aliás, eram: "Onde estava Noah?" e "Ele vai voltar?"

— Não, mas chegará em uma hora — respondeu Daniel. — Mãe, ele pode ficar para o jantar? — Daniel piscou para mim pelas costas de mamãe.

Obrigada, Daniel.

— Por que pergunta para ela e não para mim? — questionou papai.

— Pai, Noah pode ficar para o jantar?

Meu pai pigarreou.

— A família de Noah não quer passar algum tempo com ele?

Daniel fez uma careta.

— Acho que não, na verdade.

— Quem quer biscoitos? — perguntou mamãe. Vi o olhar que ela trocou com papai quando abriu o forno e o cheiro do paraíso preencheu a cozinha.

Meu pai suspirou.

— Por mim não tem problema — falou, e me entregou o próprio celular. — Ligue para ele.

Recuei devagar para fora da cozinha, então corri até meu quarto. Disquei o número de Noah.

— Alô?

A voz dele era calorosa, profunda e como um *lar*, e meus olhos se fecharam em alívio ao ouvi-la.

— Oi — falei. — Eu deveria contar que você está convidado para jantar.

— Mas...?

— Algo aconteceu. — Mantive a voz baixa. — Em quanto tempo pode chegar?

— Vou entrar no carro agora.

— Noah?

— Sim?

— Prepare-se para passar a noite aqui.

19

UMA HORA DEPOIS, NOAH AINDA NÃO TINHA APARECIDO. Eu estava inquieta e não queria ficar em meu quarto maculado.

Daniel me surpreendeu espreitando a sala de estar enquanto eu fingia ler um dos livros de faculdade de meus pais que encontrei na garagem. Eu estava esperando Noah, mas não havia por que ser óbvia.

— O que há, irmãzinha?

— Nada — respondi, encarando a página amarelada.

Daniel se aproximou de mim e pegou o livro que eu lia. Então o colocou de cabeça para cima.

Droga.

— Você teve um dia e tanto — disse ele, baixinho.

— Já tive melhores — falei. — E piores.

— Quer conversar sobre isso?

Queria, mas não podia. Não com ele. Sacudi a cabeça e trinquei os dentes para afastar a dor na garganta.

Daniel se sentou na poltrona baixinha de estampa preta e dourada diante de mim.

— Não se preocupe com a chave, aliás — falou, casualmente.

Ergui o rosto do livro.

— Que chave?

— Minha chave de casa? — Ele ergueu uma das sobrancelhas. — Aquela que estava no chaveiro que você pegou sem permissão? Aquela sobre a qual perguntei quando estava no... quando estava fora?

— Sua chave tinha sumido — comentei, devagar.

— É isso que venho tentando comunicar, sim. Mas papai a copiou hoje, então não tem problema. Por que a tirou do chaveiro?

Mas eu não estava mais ouvindo Daniel. Eu pensava nas fotos tiradas com minha câmera. A boneca na escrivaninha, tirada da caixa. As palavras no espelho.

As portas trancadas pelo lado de dentro.

Eu não peguei a chave de Daniel. Jude pegou. Era assim que entrava e saía sem arrombar a porta, e poderia fazer isso sempre que quisesse agora. A ideia perturbou minha mente, e o horror deve ter aparecido em meu rosto, porque Daniel perguntou se eu estava bem.

O modo como perguntou, como se tudo o que quisesse fazer no mundo fosse me ajudar, quase me partiu o coração. Ele era meu irmão mais velho: me ajudava com *tudo*, e eu queria tanto poder ter a ajuda dele com aquilo. Daniel era a pessoa mais inteligente que eu conhecia; se ao menos pudesse tê-lo ao meu lado.

Mas, então, uma expressão se estampou no seu rosto. Hesitante. Incerta. Como se não soubesse o que dizer para mim. Como se eu o assustasse.

Aquilo soprou para longe qualquer pingo de esperança que eu poderia ter sentido.

— É — respondi, sorrindo. — Não lembro da chave. — Dei de ombros, tímida. — Desculpe.

Odiava mentir para ele, mas, depois que menti, Daniel visivelmente relaxou e isso me fez querer chorar. Ele inclinou a cabeça.

— Tem certeza de que não quer conversar?

Não.

— Sim — respondi.

— Como quiser — replicou Daniel, tranquilo, e voltou para o caderno. Então ele começou a escrever. Alto.

E começou a murmurar. Fechei o livro.

— Estou incomodando? — perguntou meu irmão, inocentemente.

Sim.

— Não.

— Que bom. — Daniel voltou a escrever, riscando o lápis furiosamente contra o papel, virando as páginas do livro com um nível de ruído sem comparação.

Ele obviamente não me deixaria afundar na solidão. Desisti.

— O que está escrevendo?

— Um trabalho.

— Sobre?

— As passagens autorreferenciais em *Dom Quixote*.

— Está no recesso de primavera.

— É para semana que vem — respondeu Daniel, então ergueu o rosto. — E me diverte.

Revirei os olhos.

— Só você acha trabalho de casa divertido — falei.

— Cervantes comenta a narrativa dentro da própria narrativa. Acho engraçado.

— Humm. — Reabri meu livro. Para cima dessa vez.

— O que você não está lendo? — perguntou ele.

Joguei o livro para Daniel em resposta. Ele disse:

— *Memórias e confissões íntimas de um pecador justificado: escritas pelo próprio*, de James Hogg? Nunca ouvi falar.

— Eis algo que não ouço com frequência. — E, apesar de tudo, aquilo levou um sorriso a meus lábios.

— De fato — disse Daniel, estudando o livro. Ele o virou, então começou a ler o resumo na quarta capa. — Parte romance gótico, parte mistério psicológico, parte metaficção, parte sátira, parte estudo de caso de uma ideologia totalitária, *Memórias* explora as primeiras teorias psicológicas sobre a dupla consciência, blá-blá-blá, teoria da predestinação, blá-blá-blá, a obra-prima de James Hogg é um estudo psicológico do poder do mal, um retrato aterrorizante da conquista sutil do diabo sobre um homem correto. — Ele fez uma careta. — Onde encontrou isto?

— Na garagem. Pareceu interessante.

— Sim, está obviamente fascinada. — Ele se levantou e me devolveu o livro. — Mas não é isso que deveria estar lendo.

— Não?

— Não. Não se mexa. — Daniel sumiu dentro do próprio quarto e voltou um minuto depois, carregando um livro. Ele o entregou a mim.

Fiz uma careta ao ler o título em voz alta.

— *Mil palavras obscuras para o vestibular?*

— Melhor ir decifrando — disse meu irmão. — Faltam apenas dois meses para o exame.

— Está falando sério? Acabei de ser tirada da escola.

— Temporariamente. Por motivos de saúde. Assim, aliás, foi como papai conseguiu que o diretor mudasse seu F em espanhol para um Incompleto, então essa coisa do Horizontes não é uma perda total. Pode começar a preparação para os exames de admissão nas faculdades agora e prestar vestibular em junho, caso queira tentar de novo em outubro.

Não respondi. Coisas como notas e exames admissionais pareciam completamente estranhas em comparação com meus problemas atuais. E odiava podermos conversar tão facilmente — *tão normalmente* — sobre livros, a escola e qualquer coisa, exceto o que estava *realmente* acontecendo comigo. Observei meu irmão escrever, as palavras fluíam pela caneta sem hesitação. Entregue um problema abstrato a Daniel e ele o resolve em segundos.

O que me deu uma ideia.

— Sabe — falei, devagar —, tem algo sobre o qual queria falar com você.

Ele ergueu as sobrancelhas. Então apoiou o caderno.

— Não se mexa — falei a Daniel, então disparei para o quarto. Peguei um caderno e uma caneta na escrivaninha, então corri de volta para a sala. Não podia contar a meu irmão sobre meus problemas reais, porque ele não acreditava que *eram* reais.

Mas se contasse que *não eram* reais, talvez ele pudesse, de verdade, ajudar.

20

VOLTEI PARA A SALA E OLHEI PELA ENORME JANELA PANORÂmica. Ainda nenhum sinal do carro de Noah. Bom. Ele jamais concordaria com isso.

Sentei no sofá e coloquei o caderno espiralado no colo de modo chamativo.

— Então — falei para meu irmão, casualmente —, no Horizontes nos deram um trabalho — comecei, a mentira se desenvolvia. — Para, hã, transformar em ficção nossos... problemas. — Aquilo parecia certo. — Disseram que escrever é catártico. — A palavra preferida de mamãe.

Meu irmão abriu um sorriso.

— Isso parece... divertido, né?

Ergui as sobrancelhas.

— Está bem — emendou ele —, divertido talvez seja a palavra errada.

— "Idiota" seria mais apropriado — falei, acrescentando um revirar de olhos. — Querem que trabalhemos as coisas em um espaço seguro e criativo. Não sei.

Meu irmão assentiu devagar.

— Faz sentido. Meio que uma terapia com bonecos para as crianças.

— Não sei o que é isso, e fico feliz.

Daniel gargalhou.

— Mamãe me contou uma vez, o terapeuta usa um boneco para indiretamente citar os sentimentos da criança de um modo impessoal, e aí a criança transfere os sentimentos para o boneco. Seu trabalho parece a versão adolescente.

Claro.

— Exatamente. Então, agora preciso escrever uma história sobre *mim*, mas que não sou eu, e preciso de ajuda.

— Com enorme prazer. — Daniel curvou o corpo para a frente e esfregou as mãos. Ele caiu na minha história. — Então. Qual é a premissa?

Por onde começar?

— Bem... alguma coisa estranha está acontecendo com essa garota...

Daniel levou a mão ao queixo e ergueu a cabeça para o teto.

— Basicamente o padrão — disse ele. — E familiar. — Sorriu.

— E ela não sabe o que é.

— Tudo bem. É algo estranho tipo sobrenatural ou algo estranho normal?

— Estranho sobrenatural — respondi, sem hesitar.

— Quantos anos ela tem?

— É adolescente.

— Certo, é claro — disse, e piscou um olho. — Alguém mais sabe o que está acontecendo com ela?

Só Noah, mas ele estava tão perdido quanto eu. E todo mundo a quem tentava contar não acreditava.

— Ela contou para quem conhece, mas ninguém acredita nela — respondi.

Daniel assentiu sabiamente.

— O efeito Cassandra. Amaldiçoada por Apolo com visões proféticas que sempre se tornavam realidade, mas nas quais ninguém jamais acreditava.

Perto o bastante.

— Isso mesmo.

— Então todo mundo acha que sua "protagonista" é louca — disse Daniel, indicando aspas com os dedos no ar.

Todos parecem achar.

— Basicamente.

Um sorriso apareceu nos lábios de Daniel.

— Mas *ela* é uma narradora não confiável que por acaso está falando a verdade?

Parece que sim.

— É.

— Tudo bem — assentiu Daniel. — Então, o que está acontecendo de verdade com você... quero dizer, com ela?

— Ela não sabe, mas precisa descobrir.

— Por quê?

Porque é uma assassina. Porque está perdendo a cabeça. Porque está sendo atormentada por alguém que deveria estar morto.

Avaliei meu irmão. A postura era relaxada, os braços apoiados casualmente sobre as laterais da poltrona de estampa preta e dourada. Daniel jamais acreditaria que as coisas estavam acontecendo comigo, as coisas que eu podia fazer, eram *reais* — além de Noah, quem acreditaria? —, mas era importante me certificar de que achasse que *eu* não acreditava que eram reais também. Precisava me certificar de que Daniel não pensasse que eu acreditava em minha ficção, ou isso o deixaria desconfiado.

Então inclinei a cabeça para trás e olhei para o teto. Permaneça casual, vaga.

— Alguém está atrás dela...

— Seu antagonista, bom...

— E ela está piorando. Precisa descobrir o que está acontecendo.

Daniel apoiou o queixo na mão e ergueu as sobrancelhas.

— Que tal um personagem tipo Obi-Wan barra Gandalf barra Dumbledore barra Giles?

— Giles?

Daniel sacudiu a cabeça com tristeza.

— Odeio que jamais a tenha conseguido persuadir a assistir a *Buffy: a caça vampiros.* É uma falha em seu caráter, Mara.

— Acrescente à lista.

— Enfim — continuou Daniel —, jogue um personagem sábio e misterioso para entrar e ajudar você, quero dizer, sua heroína na missão, oferecendo a orientação tão necessária ou aceitando-a como pupila.

Queria ter essa sorte.

— Não há Dumbledore.

— Ou seja bem tradicional e arrume um Tirésias — disse ele, assentindo consigo mesmo. — De Édipo *Rei*.

Olhei irritada para Daniel.

— Sei quem é Tirésias.

Mas Daniel me ignorou. Estava ficando animado.

— Faça-o cego, mas capaz de "ver" mais que ela. Gosto disso.

— Sim, Daniel, já saquei, mas não há figura misteriosa.

Ele gesticulou com a mão como se me ignorasse.

— Você acabou de começar a trabalhar nisso, Mara. Invente um.

Trinquei os dentes.

— Espere um segundo — falou Daniel, rapidamente, esfregando as mãos. — Vai fazê-la órfã?

— Por quê?

— Bem, se não fizer, pode colocar a família para ajudar — disse ele, e sorriu. — Poderia dar a ela um irmão mais velho cheio de perspicácia e profundamente sábio.

Se ao menos o meu irmão mais velho cheio de perspicácia e profundamente sábio acreditasse em mim...

— Acho que isso pode ser um pouco transparente demais — resmunguei, frustrada. — É um trabalho de escrita criativa, não de memórias.

— Exigente, exigente — disse Daniel, revirando os olhos. — Que peça ajuda ao indispensável Google, então.

Já conseguia visualizar: a busca por "jovens com poderes" geraria um bilhão de resultados sobre os X-Men, romances e filmes derivados.

— Ela nem mesmo saberia o que pesquisar no Google — falei, e afundei de volta no sofá. Aquilo não estava acontecendo como eu esperava.

Daniel esfregou o queixo, semicerrando os olhos.

— Que tal um sonho significativo e extraordinário?

Claro, só vou estalar os dedos.

— Isso é um pouco... passivo?

— Justo. A não Mara é uma vampira ou uma criatura de algum tipo, mas ainda não sabe?

Espero seriamente que não.

— Acho que não... — respondi. — Ela tem, tipo... um poder.

— Tipo telepatia?

— Não.

— Telecinese?

Acho que não. Sacudi a cabeça.

— Profecia?

— Não. — Não queria contar a ele o que a personagem, o que *eu* fazia. — Ela ainda não conhece a extensão do poder.

— Faça com que ela teste. Tente coisas diferentes.

— Seria perigoso.

— Humm... como se ela atirasse laser dos olhos?

Sorri com ironia

— Algo assim.

— Então ela poderia ser uma super-heroína ou uma supervilã. Humm. — Daniel dobrou uma das pernas sob o corpo. — É uma situação Peter Parker ou Clark Kent?

— O que quer dizer?

— Tipo, sua personagem nasceu com essa coisa, a la Super-Homem, ou adquiriu, como o Homem-Aranha?

Uma pergunta excelente, excelente... para a qual eu ainda não tinha resposta.

— A esquisitice começou...

Quando? Quando *começou*? Não foi no meu aniversário de 17 anos; nele foi apenas quando me lembrei do que tinha feito.

O que tinha feito no sanatório.

Então o sanatório foi o início? Quando Rachel morreu? Quando eu a matei?

Ouvi a voz de Rachel na mente nesse momento.

— *Como vou morrer?*

Os pelos de minha nuca se eriçaram.

— Ela brincou com um tabuleiro de Ouija.

— BUM! — Daniel ergueu o punho no ar. — Sua personagem está possuída.

Minha garganta se apertou.

— O quê?

— Devia ter contado antes, o tabuleiro de Ouija muda tudo.

Esfreguei a testa.

— Não entendo.

— Tabuleiros de Ouija são condutores para o mundo espiritual — explicou Daniel. — Sempre, sempre são más notícias. Se sua protagonista brincou com uma, e coisas estranhas começaram a acontecer, é porque a coitada está possuída. Você viu *O exorcista*. Você — disse Daniel, apontando — tem uma história de terror nas mãos.

Sacudi a cabeça.

— Não acho que ela esteja possuída...

— Ela está possuída — insistiu Daniel, de modo sábio. — Gosto disso. Ela vai piorar muito antes de melhorar... *se* melhorar. Muito conflito, e você pode usar todos os clichês do gênero. Um bom modo de lidar com o problema super-heroína barra supervilã também. — Faróis surgiram em nossa garagem, e Daniel se levantou.

— O que quer dizer? — perguntei rapidamente. Precisava ouvir a continuação.

— Se ela é heroína, usará os superpoderes para o bem e derrotará a coisa. Se for vilã, vai ceder a tudo. Vai se tornar a coisa. E quem quer que seja o herói, provavelmente derrotará *sua personagem*. — Ele enfiou o caderno debaixo do braço. — Mas você deveria escolher o ângulo da heroína, ou seus terapeutas podem se preocupar com você, quero dizer, com *ela*. — Daniel olhou pela janela. — Parece que *seu* herói chegou — comentou, com um risinho, assim que seu celular tocou. Daniel o levou à orelha. — Alô?

— Espere...

— É Sophie... ajudo mais depois, tudo bem? — Daniel se virou para ir embora.

— A namorada antes da irmã?

Daniel deu tchau e piscou um olho, então desapareceu no próprio quarto.

Fiquei ali, paralisada, ainda tentando processar tudo o que meu irmão tinha dito, quando a cabeça dele surgiu à porta.

— Deveria escrever na primeira pessoa e no presente, aliás... assim ninguém vai saber se ela sobrevive à possessão, embora isso crie um espaço narrativo problemático. — E sumiu de novo.

— Mas ela não está possuída.

— Então é uma vampira — gritou meu irmão do quarto.

— Ela não é uma vampira!

— Ou lobisomem, eles também são populares!

— **ELA NÃO É UM LOBISOMEM!**

— **AMO VOCÊ!** — berrou Daniel, então fechou a porta.

Observei Noah se aproximar de nossa casa, o andar lânguido, apesar da chuva. Eu estava diante da porta antes que ele sequer batesse, e, assim que o vi, puxei Noah para dentro.

Ele ficou de pé ali, no foyer, com os cabelos molhados em cachos na direção dos olhos e gotículas de chuva caindo da camiseta ensopada sobre o piso lustroso de madeira.

— O que aconteceu?

Não respondi. Levei Noah para meu quarto em vez disso. Abri a bolsa transpassada e entreguei a ele a foto que Jude tirou de mim. Então comecei a falar.

21

NOAH FICOU TENSO ENQUANTO ME ESCUTAVA, OS MÚSCULOS visivelmente rígidos sob a camiseta ensopada. Passava a mão grosseiramente pelos cabelos molhados, empurrando-os para trás e torcendo-os para cima conforme os avaliava. Mostrei-lhe a câmera também, e Noah olhou a foto. Quando finalmente falou, estava com um tom perigoso na voz.

— Onde as encontrou?

— No Horizontes, hoje. A câmera estava na minha bolsa. A foto também.

— São de ontem à noite? — perguntou Noah, sem erguer o rosto.

— Sim.

— As portas estavam trancadas? Suas janelas?

Assenti.

— Mas ele tem a chave — respondi.

— Como?

Olhei para o chão.

— Tem quase um dia inteiro do qual não me lembro — falei. — Estava com as chaves de Daniel na delegacia, mas depois disso, apaguei tudo. — Me sentia irritada agora, mas comigo mesma. — Ele poderia ter roubado a chave ali, a caminho da unidade psiquiátrica, *na* unidade psiquiátrica... não sei.

Noah abaixou o rosto para as fotos.

— Esta foi tirada do pé de sua cama — falou, mecanicamente. Os olhos de Noah se detiveram em meu armário. — Ele devia estar de pé ali.

Cheguei mais perto de Noah e encarei enquanto ele avaliava a imagem, então Noah desceu para a próxima foto. Era de meu perfil, meu braço estava jogado acima da cabeça, o cobertor na altura da cintura.

Falei dessa vez:

— Ele estava na minha janela quando tirou esta. — As palavras, o pensamento, preencheram minhas veias de gelo. Quanto tempo Jude ficou ali me observando?

Noah abriu a porta do quarto. Apontou para um dos conjuntos de portas francesas no corredor, a apenas 1,5 metro.

— Ali foi provavelmente onde ele... Mara?

Ergui o rosto para Noah. Seus olhos estavam sombrios com preocupação.

— Você está bem? — perguntou.

Somente então percebi que não estava respirando direito. Era como se um punho espremesse meus pulmões.

Noah me levou de volta ao quarto e fechou a porta. Ele me apoiou contra a porta, apoiando as mãos fortes em minha cintura.

— Respire — sussurrou Noah.

Tentei. Mas com a pressão dos dedos de Noah contra a pele, com os olhos cinza como tempestade encarando os meus, com o calor e a proximidade de Noah, a apenas centímetros de distância, achava difícil por outros motivos. Assenti de qualquer modo.

E então Noah se afastou.

— Liguei para a empresa de segurança depois que saí ontem, mas a pessoa que queria estava em uma missão até o dia seguinte. Não achei... — Ele fechou os olhos, silenciosamente furioso. — Jamais deveria ter te deixado.

— Não é sua culpa — falei, porque não era. — Mas estou feliz por você ficar esta noite.

Ele me olhou, e havia algo ríspido no olhar de Noah.

— Achou mesmo que eu não ficaria? Depois do que acabou de me contar?

Dei de ombros.

— Fico um pouco incomodado com sua insegurança — disse Noah. — Falei que não deixaria que Jude a machucasse, e foi sério. Se não me quisesse na casa, eu dormiria no carro.

As palavras de Noah arrancaram um sorriso de meus lábios.

— Como conseguiu convencer meus pais a deixarem você ficar?

— Vou levar Joseph para pescar amanhã. Está tudo certo.

— É isso? — perguntei.

— Às 5h30 da manhã.

— Mesmo assim — falei, olhando para Noah por um bom tempo. — Estou impressionada.

— Por quê?

— Você tem minha mãe nas mãos...

— Me dou bem com mulheres mais velhas, é verdade.

— E todo mundo adora você — falei.

Com isso, Noah parou.

— Acho que seu pai, na verdade, gosta menos de mim a cada dia que passa.

— Papai não sabe que você salvou a vida dele.

Noah não respondeu. Voltou a verificar as fotos em vez disso.

— Seus olhos nesta...

Ah. O trabalho de Phoebe.

— Isso não foi Jude — falei. — Tem uma garota no Horizontes... é seriamente louca, Noah, não só, tipo, neurótica ou maníaca ou sei lá... ela disse que a foto caiu da minha bolsa, então a entregou para mim assim.

Ele ergueu a fotografia contra a lâmpada do candelabro branco da vovó.

— Tem certeza de que foi ela quem os raspou?

Assenti.

— Ela admitiu. Disse que os "consertou".

— Isso é bem perturbador — disse Noah, e parou. — É horrível lá?

Dei de ombros.

— Jamie ajuda — respondi.

— Espere... Jamie... Roth?

— É. Ele foi banido para lá depois da expulsão.

— Intrigante — disse Noah, antes de eu continuar o relato de tudo o que aconteceu. Eu o observei atentamente enquanto contava sobre o gato morto, as palavras no espelho, o quase acidente e a boneca. Mas, depois da reação inicial às fotos, ele parecia... impassível.

Cuidadosamente impassível.

E, quando relatei minha conversa com Daniel, incluindo o fato de que meu irmão achava que eu estava possuída, Noah pareceu *tranquilo*.

— Possuída com... emoção? — perguntou ele, devagar.

Semicerrei os olhos para Noah.

— *Possuída*, possuída.

— E ele acredita nisso, por que, exatamente? — Noah se voltou para meu banheiro. — Posso pegar uma toalha?

— É claro — falei, desabando na cama enquanto Noah desaparecia. — Contei a ele o que estava acontecendo comigo.

Noah emergiu com a cabeça baixa, esfregando uma toalha nos cabelos. Quando esticou o corpo, vi que estava sem camisa.

A arquitetura de seu corpo atraiu meus olhos como um ímã. Noah tinha um físico de linhas definidas e marcadas; o cós da calça jeans era baixo, expondo os finos ossos do quadril que me faziam querer tocá-los.

Eu tinha visto tanto dele antes, mas não em meu quarto, não daquela forma. Aquilo levou uma descarga de calor para minha pele.

— Achei que tivéssemos nos decidido contra isso, para evitar um cenário de internação? — Noah pendurou a toalha na maçaneta da porta do banheiro. — Posso pegar uma camisa emprestada?

Levei alguns segundos para me recompor antes de conseguir responder.

— Não acho que as minhas caberiam — falei, os olhos ainda sobre a silhueta esguia dele. — Peça a Daniel.

O olhar de Noah deslizou até a porta do meu quarto.

— Eu iria, mas não acho prudente sair do seu quarto assim.

Certo.

— Certo — falei. Saí, voltei e joguei para Noah uma das camisas de meu irmão. Ele a abriu acima da cabeça, e seus músculos esbeltos se tencionaram sob a pele. Fiquei paralisada.

— Então — disse Noah por fim, infelizmente vestido e encostado em minha escrivaninha. — Contou a seu irmão o que tem acontecido?

— Mais ou menos... Disse que o Horizontes nos deu um trabalho idiota de transformar em ficção nossos problemas, então descrevi o que estava acontecendo com minha falsa protagonista.

— Ah, bom — falou Noah, assentindo, sério. — Fiquei com medo que fosse óbvia na descrição.

Revirei os olhos.

— Ele caiu *porque* é óbvio. Transformar os problemas em ficção com propósitos terapêuticos é crível. Eu ter a habilidade de matar pessoas com a mente, um pouco menos.

Noah inclinou a cabeça.

— Justo.

— De toda forma — prossegui —, a conclusão dele é que estou possuída, e acho que faz algum sentido, Noah.

Ele passou os dedos pelos cabelos caóticos mais uma vez.

— Mara, você não está possuída.

— Mas estou perdendo a noção do tempo e brinquei com um tabuleiro de Ouija.

— *Eu* nunca brinquei com um tabuleiro de Ouija — disse Noah.

— Mas *eu* sim. E previu a morte de Rachel.

Previu que eu a mataria.

Noah sentou na cadeira da minha escrivaninha e ouviu.

— Rachel perguntou à tábua como morreria seis meses antes de o sanatório desabar — expliquei. — E *a tábua soletrou meu nome*. Nem mesmo *pensei* nisso na época.

— Ironia dramática.

Semicerrei os olhos para Noah.

— Mara — disse ele, preguiçosamente. — Há milhões de explicações para o cenário que acabou de descrever.

— Milhões?

— Está bem, não milhões. Duas. Uma é que Claire, Rachel ou ambas moveram a peça sozinhas.

— Também achei que fosse Claire que tivesse feito...

— A outra é que talvez você mesma a tenha movido.

Cruzei os braços na altura do peito.

— Por que faria isso?

Noah gesticulou com um dos ombros.

— Talvez estivesse chateada com Rachel e, inconscientemente, soletrou o próprio nome.

Não falei nada, mas minha expressão devia ser fatal, porque Noah se empertigou e continuou:

— De qualquer forma, tem alguma porcaria acontecendo, é óbvio, mas não acho que esteja possuída.

— Por que não?

— Por diversos motivos, o mais óbvio é que, com tal porcaria acontecendo com nós dois, apesar das manifestações diferentes, se eu não estou possuído, então você também, provavelmente, não está possuída.

Ergui o queixo.

— Qual é sua teoria, então?

— Já considerei várias.

— Conte.

Noah estampou um tom entediado enquanto as enumerava.

— Mutação genética, lixo tóxico, isótopos radioativos, hormônios de crescimento no leite...

— Mas não possessão? — Ergui as sobrancelhas. — E quanto a reencarnação?

— Dá um tempo — disse Noah, com desprezo interessado.

— Isso vindo da pessoa que acabou de tentar culpar hormônios de crescimento no leite. Sério mesmo?

— Não falei que eram *boas* teorias. E são mais possíveis que qualquer uma das suas.

Eu me recostei e encarei o teto.

— Quem diria que Daniel seria mais útil que você?

Ficamos os dois em silêncio enquanto a chuva batia no telhado.

— Está bem — falou Noah, por fim. — O que mais ele tinha a dizer?

Virei a cabeça para olhar para Noah.

— Ele sugeriu que eu colocasse uma figura sábia e misteriosa para ajudar a personagem na busca.

— Genial, exceto pelo fato de que não parece haver uma figura sábia e misteriosa. O que mais?

— Espere — falei, quando uma ideia se formou. Lembrar do tabuleiro de Ouija do aniversário de Rachel me fez lembrar do que fiz no meu. Lembrei de... — Lukumi — falei, devagar.

— O pastor? O pastor de vodu? Voltamos àquilo, é?

— Você parece cético.

— Bem, tenho dúvidas, sim, mas acho que deveria ter previsto isso.

— Me lembrei do que precisava lembrar, Noah. Exatamente como ele falou que aconteceria.

— O que pode ser explicado como efeito placebo.

Encarei Noah.

— Acho que devemos procurá-lo.

— Já fizemos isso, Mara — disse Noah, calmamente. — Voltamos para Little Havana e não encontramos respostas.

— Exatamente — falei, inclinando o corpo para a frente. — A loja *desapareceu*. Tem alguma coisa a respeito dele.

— Também fiquei curioso com relação a isso — confessou Noah, as pernas esticadas languidamente diante do corpo. — Então pesquisei. *Botânicas* costumam ser operações de uma noite, por causa das questões com a crueldade animal. Se os proprietários acharem que pode haver uma batida, limpam tudo e somem. O que explica as galinhas soltas por Hialeah. Satisfeita?

Sacudi a cabeça, ficando cada vez mais frustrada.

— Por que continua buscando a ciência?

— Por que continua buscando a magia?

— Deveríamos procurá-lo — falei, de novo, e com petulância.

— Vodu não é exatamente a Igreja Católica, Mara. Perguntar aos moradores: "Com licença, será que você teria o celular daquele feiticeiro?", provavelmente não vai ajudar muito.

Eu estava prestes a replicar quando Daniel empurrou a porta. Ele olhou de um lado para outro entre nós.

— Hã, eu ia convidar os dois para jantarem comigo e com Sophie, mas o clima aqui está meio tenso. Tudo bem?

— Aonde vamos? — perguntei, rapidamente. Precisava sair daquela casa.

— Sophie estava pensando em comida cubana — disse Daniel, cauteloso.

Noah e eu demos sorrisos idênticos. Então ele me encarou e falou:

— Conheço o lugar perfeito.

22

Antes de sairmos, minha mãe fez Daniel e Noah jurarem que me olhariam a cada segundo, e me fez levar o celular de papai também, por garantia. Teria colocado um monitor no meu tornozelo se pudesse, mas eu não me importava: estava apenas feliz por sair.

Buscamos Sophie a caminho do restaurante. Ela praticamente saltou para dentro do carro e beijou Daniel na bochecha. Ele ficou todo vermelho. Sophie deu um enorme sorriso. Ficavam bem juntos, eu precisava admitir.

O par perfeito conversou sobre algum concerto de algum violinista famoso no Centro de Artes Performáticas na semana seguinte, e apoiei a bochecha contra a janela fria do Civic de Daniel.

As estradas alagadas passavam correndo por nós. Postes projetavam cones amarelos de luz nas casas abaixo deles; as construções do bairro chique de Sophie deram lugar aos estilos detonados conforme nos aproximávamos do restaurante. Em um sinal vermelho, reparei em um gato nos observando do teto de um carro estacionado. Quando o gato me viu, retraiu o focinho e ciciou.

Talvez eu tivesse imaginado.

O restaurante estava iluminado por pisca-piscas do lado de fora, e o cheiro de massa frita invadiu o ar úmido.

— Qualquer que seja esse cheiro — falou Sophie, quando entramos —, é isso que vou comer.

— Churros — falou Noah. — É uma sobremesa.

Sophie colocou os curtos cabelos louros para trás das orelhas.

— Não ligo. Esse cheiro é uma *loucura*.

— E a fila também — comentou Daniel, de olho na multidão reunida. Dezenas de pessoas estavam de pé, rindo, conversando, todas esperando lugar.

— Está sempre cheio — falei.

— Já veio aqui? — perguntou Sophie.

— Duas vezes. — Uma em meu aniversário. E outra na primeira vez... na primeira vez que Noah e eu saímos juntos. Sorri ao me lembrar, no momento em que Noah disse:

— Volto já.

A multidão se amontoava no bar.

— Ai, meu Deus — gritou Sophie, olhando para uma vitrine com as camisetas promocionais verdes e brancas do restaurante atrás do balcão. — São tão fofas.

— Quer uma? — perguntou Daniel.

— Seria brega se eu dissesse que sim?

— Sim — respondeu meu irmão, mas estava sorrindo.

Sophie franziu o nariz.

— Adoro brega.

Eu também, em pequenas doses.

Discretamente me afastei deles em direção à caixa de vidro com as sobremesas. Não me importava com a comida: meus olhos vagaram até a parede ao lado dela, para os panfletos presos em um enorme quadro de avisos. Foi assim que encontrei Abel Lukumi. Talvez desse sorte de novo.

Verifiquei centenas de palavras o mais rápido que consegui quando Daniel apareceu de novo ao meu lado.

— A mesa está pronta — disse ele. — Vamos.

— Um segundo — pedi. Meu irmão suspirou e saiu para se sentar com Sophie. Mas, como prometido, não me deixou sozinha.

— Encontrou alguma coisa? — A voz de Noah era como veludo, aconchegante ao lado de minha orelha. Sacudi a cabeça, mas então quatro letras chamaram minha atenção.

kumi.

Surgiam sob a ponta de outro panfleto. Dobrei o de cima, sentindo uma descarga de esperança...

A palavra completa *era* Lukumi, mas, quando semicerrei os olhos e tentei ler as letras pequenas, percebi que estava com problemas para entender a frase. Ou estava fora de contexto, ou meu espanhol já estava falhando pela falta de uso.

— É uma igreja — disse Noah, lendo o texto comigo. — Igreja de Lukumi.

Mordi o lábio.

— Bem, ele é um sacerdote... talvez seja a igreja dele?

Noah pegou o iPhone e digitou algo.

— É claro — falou, parecendo resignado.

— O quê?

Noah me mostrou a tela. Havia centenas de milhares de resultados: a maioria relacionada com a Igreja de Lukumi e um caso na Suprema Corte que mencionava o nome.

— É outro nome para vodu — disse ele, e me encarou. — Para a religião. Qualquer que fosse o nome do homem, não era Abel Lukumi.

Ele tinha usado um nome falso.

Tentei não deixar o desapontamento aparecer enquanto comia, mas era difícil. Sophie não pareceu notar, e Daniel fingiu não perceber. Quando terminamos o jantar, saímos do prédio cheios de caixas de isopor com as sobras de bananas-da-terra e feijões.

— Foi *incrível* — disse Sophie, a voz sonhadora. — Não acredito que morava a vinte minutos daqui e nunca soube deste lugar.

— Boa escolha — concordou Daniel, dando um leve soco no ombro de Noah. Todos voltamos para o carro, e Sophie colocou o iPod na estação e escolheu uma obra tensa e obscura que queria que Daniel e Noah ouvissem. Mas, assim que a música se desenvolveu para um crescendo, alguma coisa pequena acertou nosso para-brisa e escorregou para baixo.

Sophie gritou. Daniel freou e parou.

Os pneus derraparam levemente no asfalto molhado, e nos vimos sob uma poça de luz. O poste iluminava uma mancha de sangue no vidro, e os limpadores de para-brisa varriam, espalhando o vermelho.

Nem tínhamos saído da Calle Ocho, mas estava tarde e não havia ninguém atrás de nós, então meu irmão saiu do carro. Noah seguiu.

O carro estava silencioso, mas as batidas de meu coração retumbavam nos ouvidos. Eles ficaram do lado de fora por menos de um minuto antes de as portas do carro se abrirem com um rangido de novo.

— Foi um pássaro — disse Noah, passando para o banco traseiro, ao meu lado. Ele entrelaçou os dedos nos meus e comecei a me acalmar.

— Um corvo — esclareceu Daniel. Ele parecia abatido e culpado. Sophie estendeu a mão e a apoiou no braço dele.

— Sinto muito — disse ela, baixinho.

Meu irmão ficou sentado ali, imóvel, na pista. Sacudiu a cabeça.

— Nunca bati em nada na vida int...

A frase foi interrompida por outro estampido baixo, dessa vez no teto.

Dessa vez, o carro não estava se movendo.

— O que.. — começou Daniel.

Mas antes que pudesse terminar a frase, o estampido foi seguido por dezenas mais. E não apenas em nosso carro, mas também na estrada, nos carros estacionados que ladeavam a rua.

Ficamos chocados, em silêncio, conforme a corja de corvos caía do céu.

23

Depois de deixarmos Sophie em casa, Daniel e Noah debateram teorias a caminho de casa. A tempestade. Doença. Havia um monte de possibilidades científicas, mas uma sensação me corroía.

Uma sensação de que era outra coisa.

Os segundos pareceram séculos enquanto esperava que Noah fosse para meu quarto naquela noite. Encarei o relógio na mesa de cabeceira, mas as horas passaram e ele não apareceu. Noah não disse que iria, mas presumi.

Talvez tivesse presumido errado.

Talvez ele tivesse caído no sono?

Tirei a coberta e saí do quarto. O quarto de hóspedes ficava do outro lado da casa, mas estava confiante de que poderia ir até lá silenciosamente e ver se ele ainda estava acordado. Apenas para verificar.

Fiquei do lado de fora do quarto de hóspedes e ouvi. Nenhum barulho. Entreabri a porta.

— Sim? — A voz de Noah. Bem acordado.

Abri o restante da porta. Uma pequena luminária estava em uma mesa de tampo circular no canto do quarto, mas Noah estava coberto por sombras. Ainda estava vestido e lia, o rosto completamente coberto por um livro. Noah o abaixou o suficiente para revelar os olhos.

— Oi — falei.

— Oi.

— Oi — repeti.

Noah abaixou mais o livro.

— Está tudo bem?

Entrei no quarto e fechei a porta atrás de mim.

— Só vim dizer boa noite.

— Boa noite — respondeu Noah, e voltou para o livro.

Não tinha ideia do que estava acontecendo, mas não gostava daquilo. Dei meia-volta na direção da porta, então parei. Olhei outra vez para Noah.

Ele arqueou uma sobrancelha.

— O que foi?

Vou dizer de uma vez.

— Vou dizer de uma vez.

Noah esperou.

— Achei que você iria para meu quarto.

— Por quê?

Bem, isso doeu. Estiquei o braço para a porta.

Noah suspirou.

— Não posso, Mara.

— Por que não?

Noah largou o livro que estava lendo e atravessou o quarto. Parou ao meu lado, mas olhou para a janela. Segui os olhos dele.

Dali eu conseguia ver o corredor ridiculamente longo que dava em meu quarto, além de os três conjuntos de portas francesas que se estendiam na largura do corredor. A luz do corredor estava acesa, o que tornava quase impossível ver qualquer coisa do lado de fora. Mas, se alguém *entrasse*, Noah não deixaria de perceber.

Era por isso que ele não tinha ido?

— Você pode ficar de olho em meu quarto da minha cama também, sabe? — falei.

Noah levou a mão até meu rosto. Eu não estava esperando por esse gesto e perdi o fôlego. Ele então roçou o polegar em minha pele e sob meu maxilar, erguendo meu rosto e aproximando nossos olhos.

— Sua mãe confia em mim — disse Noah, baixinho.

Um sorriso malicioso curvou minha boca.

— Exatamente.

— Não, Mara, ela *confia* em mim. Se for pego em sua cama, não poderei mais vir. Não assim. E *preciso* estar aqui.

Fiquei tensa ao me lembrar das palavras que dirigi a ele, nem mesmo uma semana antes, antes de saber que Jude estava vivo. Quando só tinha medo de mim mesma.

— *Eu quero um namorado, não uma babá.*

As circunstâncias tinham mudado, mas o sentimento não.

— Você não *precisa* estar aqui — respondi. — Não precisa fazer nada que não queira.

— Quero estar aqui.

— Por quê?

— Não posso deixar nada acontecer a você.

Fechei os olhos, frustrada. Ou Noah não entendia o que eu tentava dizer, ou escolhia me ignorar.

— Devo ir? — perguntei.

Sua mão ainda estava em meu rosto, e o toque de Noah era impossivelmente macio.

— Deve.

Eu não ia implorar. Então me afastei de Noah e estendi o braço para a porta.

— Mas não vá — disse ele, no momento em que toquei a porta.

Eu me virei para Noah e voltei para dentro do quarto. Ele fechou a porta atrás de mim. Eu estava com as costas contra a madeira, e Noah, quase encostado em meu corpo.

Fui atrás de Noah com total intenção de apenas dormir quando o encontrasse. Mas agora o pulsar de meu sangue, de meu desejo, transformava o ar ao nosso redor.

Fui consumida pelo movimento lento do canto de sua boca e pela necessidade de provar aquele sorriso. Queria mergulhar os dedos sob a bainha da camisa de Noah e explorar a linha macia de pelos que desaparecia dentro da calça jeans. Sentir a pele de Noah sob meus dentes, seu maxilar, com a barba por fazer, em meu pescoço.

Mas ali, agora, com Noah a apenas centímetros de mim e nada para nos impedir, não me mexi.

— Quero beijar você — sussurrei, em vez disso.

Ele aproximou o rosto, baixando-o até a altura do meu. Mas não até minha boca. Até minha orelha.

— Vou deixar.

Os lábios de Noah tocaram minha pele, e, de repente, aquilo foi demais. Agarrei sua camiseta com o punho fechado e puxei-o contra meu corpo o mais perto que pude, mas ainda não parecia próximo o bastante. Minhas mãos estavam presas entre os planos rígidos de sua barriga e minha própria maciez, e eu estava quase sem fôlego de desejo, tremendo.

Mas Noah permanecia imóvel.

Até que seu nome saiu de meus lábios em um gemido desesperado. Então suas mãos estavam em meus quadris, e a boca, em minha pele. Ele me ergueu, e enrosquei o corpo no dele. Estava pressionada contra a porta, e os botões de cobre na calça jeans de Noah faziam pressão contra mim, e a dor era deliciosa, e não o suficiente, não mesmo. Sua bochecha áspera eletrizou a curva entre meu pescoço e o ombro, e recostei o corpo, completamente sem sentidos. Noah agarrou minha cintura e me ergueu, então roçou os lábios contra os meus. Macios. Tentadores. Esperando que os beijasse.

Uma lembrança de nós dois juntos, na cama de Noah, um emaranhado de braços, pernas, línguas e cabelos. Noah enroscado em mim enquanto me despia com a boca. Nossas bocas eram fluentes na língua um do outro, e nos movíamos com uma só mente, compartilhávamos o mesmo fôlego. Até que Noah parou de respirar. Até que ele quase morreu.

Como Jude deveria.

Como desejava que tivesse.

Estremeci contra a boca de Noah, e meu coração disparou contra seu peito. Não imaginei Noah quase morrendo. Eu me *lembrei* disso. E tive medo de que acontecesse de novo.

Noah me deslizou para baixo.

Eu estava sem fôlego e sem equilíbrio.

— O que foi?

— Você não está pronta — disse ele, ao se afastar.

Engoli em seco.

— Estava pensando nisso, mas então você apenas... parou.

— As batidas do seu coração estavam fora de controle.

— Talvez por que eu estivesse gostando.

— Talvez porque não esteja pronta — falou Noah. — E não vou insistir.

Depois de um minuto em silêncio, finalmente concedi:

— Tenho medo.

Noah ficou quieto.

— Tenho medo de beijar você. — Tenho medo de ferir você.

Noah retirou meu cabelo do rosto com carinho.

— Então não precisa.

— Mas eu quero. — Jamais fui tão sincera.

Os olhos dele eram calorosos.

— Quer me contar do que tem medo?

Minha voz saiu clara:

— De ferir você. De matar você.

— Se me beijar.

— Sim.

— Por causa daquele sonho.

Fechei os olhos.

— Não foi um sonho — respondi.

Senti os dedos de Noah na cintura.

— Se não foi um sonho, então o que acha que aconteceu?

— Já te contei.

— Como isso aconteceria?

Estudei seu rosto, em busca de algum traço de deboche. Não encontrei.

— Não sei. Talvez seja parte de... *mim* — falei, e percebi que *ele* soube o que quis dizer.

— Apenas beijar?

Dei de ombros.

— Sexo não?

— Nunca fiz sexo.

— Estou ciente disso. Mas se me lembro direito, não pareceu se preocupar com isso naquela noite em meu quarto. — Um leve sorriso se formou no canto da boca de Noah.

Eu sabia exatamente de que noite ele estava falando. Foi a noite em que Noah finalmente percebeu o que eu podia fazer, quando matei tudo que respirava na casa dos insetos, no zoológico; tudo, menos nós.

Achei que deveria largá-lo naquele momento, para que Noah ficasse em segurança. Pensei que deveria largar todos que amava. Mas Noah não me deixou, e fui grata, porque não queria largá-lo. Eu o queria mais perto, o mais perto possível. Não estava pensando direito. Não estava pensando nem um pouco.

— Não sei — falei, sentando na cama. — Como deveria saber?

Noah seguiu meus passos e se jogou na cama, puxando-me para baixo para junto dele. Minha coluna ficou pressionada contra seu peito. O pingente prateado que Noah sempre usava era frio contra minha pele, que estava exposta pela regata. A batida do coração dele me acalmou.

Noah tracejou meu braço com o dedo e segurou minha mão.

— Não precisamos fazer nada, Mara — assegurou-me, baixinho, conforme meus olhos começaram a se fechar. Queria me enroscar na voz de Noah e morar ali. — Isto é, de verdade, o suficiente.

Tive um último pensamento antes de cair no sono.

Não para mim.

24

ANTES

Índia. Província desconhecida.

O HOMEM DE AZUL ABAIXOU O ROSTO ATÉ MIM QUANDO OS cavalos puxaram a carruagem para longe, levantando poeira.

— Qual é seu nome?

Eu o encarei.

— Você me entende?

Assenti.

— Não sei o que seu guardião contou, mas está sob meus cuidados agora. Daremos um nome a você.

Fiquei calada.

Ele soltou um leve suspiro.

— Temos uma jornada adiante. Está se sentindo bem?

Assenti de novo, e nossa jornada começou.

Fiquei triste por deixar os navios. Viajamos a pé e montados num elefante, de volta para a floresta, e o sol estava quase se pondo quando chegamos à aldeia. A terra sob meus pés era seca, e o ar, silencioso e imóvel. Senti cheiro de fumaça; havia muitas pequenas cabanas que se estendiam sobre a terra, mas não havia pessoas.

— Entre — falou o Homem de Azul, e gesticulou para uma das cabanas. Meus olhos lutaram contra a escuridão.

Algo se moveu perto de mim: uma figura emergiu das sombras. Eu só conseguia ver uma pele macia, marrom e impecável presa a um fiapo de menina. Ela era mais alta que eu, mas não consegui ver seu rosto. Mechas de cabelo preto caíam, inertes, abaixo de seus ombros.

— Filha — disse o Homem de Azul. — Temos uma convidada.

A garota deu um passo para a luz, e pude, finalmente, vê-la. Era simples, mas havia uma doçura, uma expressão aconchegante no rosto limpo, que a deixava bonita. A garota sorriu para mim.

Sorri de volta.

O Homem de Azul apoiou a mão no ombro da menina, então.

— Onde está sua mãe?

— Uma mulher entrou em trabalho de parto.

O Homem de Azul pareceu confuso.

— Quem?

Ela sacudiu a cabeça.

— Não daqui. Uma estrangeira, o marido veio buscar minha mãe. Ela disse que voltaria assim que pudesse.

Os olhos do Homem de Azul se semicerraram.

— Preciso falar com você — avisou à garota. Então se virou para mim. — Espere aqui. Não saia. Entendeu?

Assenti. Ele puxou a filha para longe, para fora da cabana. Ouvi sussurros, mas não consegui entender as palavras. Momentos depois, a garota retornou. Sozinha.

Não falou comigo. Não a princípio. Deu um passo em minha direção, então virou as palmas das mãos para cima. Não me mexi. A garota deu mais um passo, perto o bastante para que eu lhe sentisse o cheiro, intenso e terroso. Gostei dele e também de como ela era aconchegante. A garota estendeu o braço então, e permiti que me tocasse. Ela se agachou em um canto e me sentou a seu lado. Puxou-me contra seu vestido limpo com a familiaridade de alguém que sabia como eu me encaixaria. Agitei o corpo, tentando ficar confortável.

— Não deve ir lá fora — disse ela, entendendo errado meus movimentos.

Parei.

— Por quê?

— Então você consegue falar? — disse a garota, com um pequeno sorriso. — Não é seguro.

— É tão quieto.

— As pessoas estão doentes. O barulho as machuca.

Não entendi.

— Por quê?

— Nunca ficou doente?

Sacudi a cabeça.

Ela sorriu e me lançou um olhar malicioso.

— Todo mundo fica doente. Você é cheia de artimanhas.

Não entendi o que ela quis dizer, então perguntei:

— O Homem de Azul é seu pai?

— O Homem de Azul? — perguntou a menina, os olhos brilhando. — É assim que o chama?

Não respondi.

Ela assentiu.

— Sim, ele é. Mas você pode chamá-lo de tio, e minha mãe de tia, quando ela voltar. — A garota parou. — E pode me chamar de irmã, se quiser.

— Meu pai e minha mãe ficaram doentes? — perguntei, embora não me lembrasse de meu pai ou de minha mãe. Não me lembrava de ter nenhum dos dois.

— Talvez — concedeu a menina, baixinho, e me puxou de volta para si. — Mas você está com a gente agora.

— Por quê?

— Porque vamos cuidar de você.

Sua voz era gentil e carinhosa, e, de repente, tive medo por ela.

— Você está doente? — Eu quis saber.

— Ainda não. — Então a menina se levantou.

Eu a segui rapidamente. Ela não era como os outros. Eu queria que ela ficasse.

A garota olhou para trás.

— Eu não estava indo embora — assegurou-me.

— Eu sei — respondi, mas a segui mesmo assim.

Não fomos longe. Simplesmente viramos em outro cômodo pequeno, esse com diversos tapetes no piso coberto de palha. A garota se abaixou atrás de um deles e segurou um monte de tecido, além de agulha e linha. Pegou um pote cheio de algo escuro e retirou um chumaço daquilo com a mão fechada. Então dobrou o tecido ao redor do objeto macio e murmurou uma música simples — consistia em apenas algumas notas — enquanto começava a costurar.

Fiquei hipnotizada pelas mãos dela.

— O que é isso?

— Um presente. Algo para você brincar, para que nunca se sinta sozinha.

Senti algo como medo.

— Quero brincar com você.

Ela deu um sorriso caloroso e alegre.

— Podemos brincar juntas.

Aquilo me deixou feliz e me sentei no tapete, embalada na melodia e no ritmo dos seus dedos. Logo, a forma sem definição nas mãos dela se tornou outra coisa: identifiquei uma cabeça logo no início, então dois braços e pernas. A coisa desenvolveu olhos e cílios, e um sorriso preto fino, então fileiras de pontos de cabelos negros. Então a garota mais velha fez um vestido e o colocou por cima da cabeça estofada.

Quando terminou, voltei a me aconchegar na dobra de seu braço.

— Gosta de sua boneca? — A garota a ergueu até um feixe de luz. Havia um ponto vermelho na parte interna do braço da boneca, onde ela a segurava. Onde o pulso deveria estar.

Não respondi.

— O que é isso vermelho? — perguntei.

— Ah. — Ela me entregou a boneca e examinou o próprio dedo. — Eu me espetei. — E levou o dedo até a boca.

Tive medo por ela.

— Está machucada?

— Não, não se preocupe.

Segurei a boneca perto de mim.

— Qual é o nome dela? — perguntou ela, gentilmente.

Fiquei em silêncio por momento. Então respondi:

— Foi você quem fez essa coisa. Você escolhe.

— É uma boneca, e não uma coisa — corrigiu a garota. — Não posso escolher por você.

— Por quê?

— Porque ela é sua. Há poder em um nome. Talvez depois de conhecê-la melhor, consiga decidir...

Concordei, e a garota mais velha ficou de pé, me erguendo consigo. Meu estômago fez um ruído.

— Você está com fome.

Assenti.

Ela acariciou o alto de minha cabeça, alisando meus grossos cabelos escuros.

— Estamos todos com fome — falou, baixinho. — Posso acrescentar mais água à sopa. Gostaria de um pouco antes do jantar?

— Sim.

Ela fez que sim e me avaliou.

— Tem força o suficiente para buscar água em um poço?

— Sou *muito* forte.

— A manivela é *bem* pesada.

— Não para mim.

— É um poço *bem* profundo...

— Eu consigo. — Queria mostrar a ela, mas também queria sair. O ar abafado da cabana estava me sufocando, e minha pele parecia comprimida.

— Então vou lhe contar o segredo para chegar até lá, mas precisa me prometer que não vai entrar nas profundezas do bosque.

— Prometo.

— E, se encontrar alguém, precisa prometer não contar à pessoa onde fica.

— Prometo.

A garota sorriu, então colocou a boneca de volta em minha mão.

— Leve-a aonde for.

Agarrei a boneca com força e a levei ao peito antes que a garota me mostrasse a saída. Os olhos dela me seguiram conforme corri para a luz do sol poente. O cheiro de carne queimada ardia em minhas narinas, mas não era desagradável. Uma espessa névoa de fumaça pendia no ar e queimava meus olhos mesmo acima das árvores.

Segui a trilha que me foi indicada. O poço *era* bem longe e quase escondido por vegetação fechada. Era grande também: precisei ficar na ponta dos pés para olhar para dentro dele. Era escuro. Sem fundo. Tive vontade de jogar a boneca ali dentro.

Não joguei. Apoiei-a ao lado da pedra desgastada, e meus braços finos começaram o trabalho de puxar a água para cima quando ouvi uma tosse.

Próxima.

Fiquei tão assustada que soltei a manivela. Peguei a boneca e a abracei forte enquanto caminhava para o outro lado do poço.

Uma senhora estava sentada, encostada, contra o tronco de uma tamareira, as rugas profundas, dobradas sobre si mesmas. Os olhos escuros eram vagos e úmidos. A mulher estava fraca.

E acompanhada.

Alguém estava agachado sobre ela, um homem com ondulados cabelos pretos e uma bela e perfeita pele. Ele levou um copo aos lábios da senhora, e água escorreu pelo queixo dela. A mulher tossiu de novo, me assustando.

Os olhos como obsidiana do homem se detiveram nos meus, e algo reluziu por trás deles. Algo que eu não conhecia ou compreendia.

A mulher seguiu o olhar dele e se concentrou em mim. O olhar me manteve imóvel no chão conforme os olhos se arregalavam, a parte branca visível ao redor das íris. O homem apoiou a mão tranquilizante no ombro da senhora, então me encarou de novo.

Senti uma onda de enjoo no fundo da barriga e dobrei o corpo. Vermelho serpenteava na borda de minha visão. Minha cabeça girava. Aspirei por oxigênio e devagar, bem devagar, me levantei.

A mulher começou a tremer e sussurrar. O sujeito, surpreso, curioso, mas sem medo, inclinou a cabeça para ouvi-la. Sem perceber, dei um passo à frente também.

Ela sussurrava cada vez mais alto. Era a mesma palavra, apenas uma palavra, que a mulher repetia diversas vezes. O braço frágil se ergueu, o dedo da senhora apontou para mim, em riste, como uma acusação.

— Mara — sussurrou ela, repetidas vezes. Então começou a gritar.

25

— MARA — DISSE UMA VOZ, AQUECENDO MINHA PELE. Meus olhos estavam abertos, mas as árvores tinham sumido. A luz do sol tinha desaparecido. Havia apenas escuridão.

E Noah ao meu lado, os dedos apoiados em meu rosto.

Um pesadelo. Apenas um pesadelo. Exalei devagar e então sorri, aliviada, até que percebi que não estávamos na cama.

Estávamos diante da porta do quarto de hóspedes. Eu a tinha aberto; minha mão estava apoiada na maçaneta.

— Aonde vai? — perguntou Noah, baixinho.

A última coisa de que eu me lembrava era cair no sono ao lado dele, embora não devesse. Minha casa estava maculada, mas, nos braços de Noah, me sentia segura.

Mas eu os deixei durante a noite. Deixei *Noah*.

Estava caminhando no sono.

Os detalhes do sonho permaneciam no fundo de minha mente, densos como fumaça. Mas não sumiram conforme recobrei a consciência. Não sabia aonde ia no sonho ou por que, mas agora que estava acordada, precisava verificar algo antes que me esquecesse.

— Meu quarto — respondi, a voz clara.

Precisava ver aquela boneca.

Puxando Noah atrás de mim, caminhei silenciosamente até o quarto. Noah me ajudou a tirar a boneca da caixa em que a havia enterrado, sem fazer perguntas. Não falei nada enquanto a olhava, minha pele parecia se contrair enquanto eu a segurava.

O sorriso preto da boneca estava um pouco desbotado — do tempo ou de lavagens, não sabia —, e o vestido que ela usava era mais novo, mas mesmo assim rústico. Definitivamente feito a mão. À exceção disso? À exceção disso, era bizarramente semelhante à boneca em meu sonho.

Talvez mais que semelhante.

Lembrei-me de algo então.

Havia um ponto vermelho na parte interna do braço da boneca, onde a garota a segurava.

Ergui a manga da boneca.

— *O que é isso vermelho?* — perguntara à garota mais velha.

— *Ah* — respondera ela, e tinha me entregado a boneca. A garota examinou o dedo. — *Eu me furei.*

Olhando para a boneca agora, vi um ponto escuro, de um marrom avermelhado, na parte interna do braço. Onde deveria estar o pulso.

Meu corpo pareceu morto quando minha pele tocou a da boneca. Não sabia o que o sonho significava, se é que significava algo, mas não me importava. Estava começando a odiar aquela coisa e queria me livrar dela.

— Vou jogá-la fora — sussurrei para Noah. Ele pareceu confuso. Eu explicaria de manhã. Não poderíamos ser pegos e, quanto mais falássemos, mais arriscávamos.

Noah observou enquanto coloquei sapatos, fui do lado de fora e joguei a boneca sobre os sacos de lixo cheios na caçamba que meu pai já havia levado ao acostamento. Ela seria levada em breve, então eu não pensaria na boneca nem sonharia com ela; ou a veria ser usada como instrumento de tortura por Jude.

Voltamos para a cama de Noah. A boneca e o pesadelo me deixaram inquieta, e não quis dormir sozinha. Apoiei a cabeça contra o ombro dele, e meus olhos se fecharam, embalados pela sensação da respiração silenciosa e constante de Noah sob minhas mãos. Quando acordei, ainda estava escuro. Mas Noah permanecia ao meu lado, na cama.

Estava cansada, mas aliviada.

— Que horas são?

— Não sei — respondeu Noah, mas a voz não estava pesada de sono.

Recuei para olhá-lo.

— Estava acordado?

Noah fingiu se espreguiçar.

— O quê? Não.

Virei de lado e sorri.

— Estava sim. Estava me observando dormir.

— Não. Isso seria assustador. E chato. Observá-la tomar banho, quem sabe...

Eu o soquei no braço, então me aconcheguei mais fundo nas cobertas.

— Por mais que eu esteja gostando disso — prosseguiu Noah, ao se virar, apoiando-se nos braços —, e acredite, estou gostando — acrescentou, abaixando o rosto para me encarar conforme um sorriso malicioso se formava em seus lábios —, creio que precisa ir.

Sacudi a cabeça. Noah assentiu.

— Ainda está escuro. — Fiz biquinho.

— Pescaria. Com Joseph. Você precisa voltar para o quarto antes que ele acorde.

Suspirei dramaticamente.

— Eu sei — falou Noah, o sorriso mais largo. — Também não iria querer dormir sem mim.

Revirei os olhos e saí de baixo dele.

— Agora você estragou tudo.

— Como eu pretendia — disse Noah, recostando-se contra os travesseiros. Seus olhos me seguiram até a porta.

Tortura. Eu a abri.

— Mara?

— Noah?

— Use esses pijamas de novo.

— Babaca — falei, sorrindo. Então saí. Andei até o quarto, passei pelas portas francesas no corredor, a noite ainda escura além delas. Apressei o passo, odiando ser lembrada daquilo que não podia ver.

De *quem* não podia ver.

Era quase manhã. Jude não arriscaria invadir tão perto da luz do dia. A ideia me reconfortou e deitei na cama, meus pais completamente alheios. Fechei os olhos. Não tive problemas para dormir.

Os problemas começaram quando acordei.

Por volta das 8 horas, meu pai bateu à porta para se certificar de que eu estava acordada. Saltei da cama e fui até a cômoda escolher roupas para o Horizontes.

Mas quando abri a gaveta de calcinhas, a boneca de minha avó estava ali dentro.

Fiz de tudo para não gritar. Recuei da cômoda e me tranquei no banheiro, deslizando pela parede de ladrilhos até o piso frio. Levei a mão fechada à boca.

Será que Jude estava me observando ontem à noite? Ele me viu jogar a boneca fora? E então a colocou de volta no meu quarto enquanto eu dormia com Noah?

Arrepios enrugaram minha pele, que brilhava com suor. Mas não podia deixar que papai soubesse que havia algo errado. Precisava me vestir, parecer e agir como se tudo estivesse normal. Como se eu fosse saudável, Jude estivesse morto e nada daquilo estivesse acontecendo.

— Levante — sussurrei para mim mesma. Fiquei no chão por mais um segundo, então me pus de pé. Abri a torneira, fechei a mão em concha sob a corrente de água e a levei aos lábios, olhando para meu reflexo no espelho ao esticar o corpo.

Congelei. Os contornos de meu rosto pareciam estranhos. Sutilmente pouco familiares. Minhas maçãs do rosto eram mais acentuadas, meus lábios, inchados como se eu tivesse acabado de beijar alguém; as bochechas estavam coradas, e meus cabelos grudavam na nuca como cola.

Fiquei paralisada. A água escorreu entre meus dedos.

O som do líquido batendo na porcelana me trouxe de volta. Minha garganta doía; liguei a torneira de novo e peguei mais um punhado de água na mão, bebendo, sedenta, da palma. Aquilo me esfriou de dentro para fora. Olhei no espelho de novo.

Ainda parecia diferente, mas me senti um pouco melhor. Estava cansada, assustada, irritada, frustrada e obviamente estressada. Talvez estivesse ficando doente também. Talvez fosse por isso que eu parecia estranha. Virei o pescoço, estiquei os braços acima da cabeça, então bebi de novo. Minha pele se arrepiou, como se eu estivesse sendo observada.

Olhei para a cômoda. A boneca ainda estava lá dentro.

— Quase pronta? — gritou papai do corredor.

— Sim — gritei de volta. Dei as costas para o espelho e me vesti. Olhei uma última vez para a cômoda antes de sair do quarto.

A boneca precisava ir embora.

26

— BOM DIA — CUMPRIMENTOU PAPAI, QUANDO FInalmente surgi na cozinha.

— Bom dia. — Peguei duas barras de cereais e uma garrafa de água da despensa, entornando metade desta enquanto papai terminava o café. Seguimos para o carro.

Ele abaixou as janelas depois que entramos. Estava incrivelmente lindo do lado de fora: azul, sem nuvens e ainda nem um pouco quente, mas a parte de dentro da minha pele queimava mesmo assim.

— Como está se sentindo, menina?

Olhei para papai.

— Por quê?

— Parece um pouco cansada.

— Valeu, pai...

— Ah, sabe o que quero dizer. Ei, adivinhe que filme aluguei?

— Hã... não?

Papai fez uma pausa significativa.

— *Free Willy* — falou, com um enorme sorriso.

— Tudo bem...

— Você amava esse filme... Costumávamos assistir o tempo todo, lembra?

Tipo, quando eu tinha 6 anos.

— E Joseph só fala do problema das orcas agora, então achei que poderíamos assistir juntos, como uma família. — Então acrescentou: — Aposto que Noah gostaria.

Não pude deixar de sorrir. Ele estava obviamente se esforçando.

— Está bem, pai.

— É animador.

— Tudo bem, pai.

— Transformacional...

— *Está bem*, pai.

Ele sorriu e sintonizou a estação de rock clássico, e ficamos em silêncio. Mas, ao voltar àquele carro, percebi que estava reflexivamente olhando pelo espelho lateral. Procurava a caminhonete, percebi.

Procurava por Jude.

Passei a viagem inteira até o Horizontes preocupada se o veria atrás de nós, mas não vi. Papai me deixou e fui bem recebida por Brooke, que me apresentou à arteterapeuta com quem trabalharia alguns dias na semana. Ela me fez desenhar uma casa, uma árvore e minha família — algum tipo de teste, definitivamente — e, quando se deu por satisfeita com os resultados, me direcionou à terapia de grupo. Metade dos alunos precisava compartilhar seus medos.

Fiquei muito feliz por estar na outra metade.

Phoebe permaneceu distante de mim naquele dia, e Jamie me fez rir como sempre fazia. As horas se passaram sem grandes acontecimentos, mas percebi que estava olhando de relance para fora sempre que podia, esperando que a caminhonete branca surgisse no estacionamento.

Ela não apareceu.

Quando meu pai e eu estacionamos diante de casa naquela tarde, o carro de mamãe já estava na garagem. Mais importante, o de Noah também.

Senti uma onda de alívio. Precisava contar a ele sobre a boneca em meu quarto naquela manhã, sobre *Jude* em meu quarto na noite passada, enquanto dormíamos. Quase saí do carro ainda em movimento.

— Diga a sua mãe que fui cuidar da lista de compras — falou papai, revirando os olhos. — Volto logo.

Assenti e bati a porta. Ele não saiu com o carro até eu estar dentro de casa.

Tiros de metralhadora irromperam da sala de estar. Entrei e encontrei Noah e Joseph jogados no chão com os controles nas mãos, os olhos colados à TV.

Nossa conversa precisaria esperar.

— Como foi a pescaria? — perguntei, em um tom casual que não combinava com meu humor. Passei pelo arco até a cozinha e abri a geladeira. Estava com fome, mas nada parecia bom.

— Não fomos, na verdade, pescar — respondeu Noah, ainda semicerrando os olhos para a tela.

— O quê? Por quê?

Joseph se balançou para a frente, agarrando o controle com força. Ele não respondeu.

— Joseph não quis matar nenhum peixe — disse Noah —, embora não pareça ter problemas com matança... Desgraçado!

Alguma coisa explodiu alto, e meu irmão deixou o controle cair e ergueu as mãos.

— O campeão invicto. — Ele lançou um sorrisinho irritante para Noah.

— Que bom — falei.

Noah me olhou.

— Onde está a lealdade?

— Estava falando dos peixes, mas vale para o jogo também. — Bati a palma da minha mão na de Joseph num gesto de "toca aqui". Então eu mesma lancei a Noah um sorrisinho implicante. — A família vem primeiro.

— Vocês dois são do mal.

— Vou ser vegetariano — contou-me Joseph.

— Mamãe vai achar que coloquei isso na sua cabeça. — Eu não comia carne desde o show de vodu de aniversário: sempre que olhava para ela, sentia gosto de sangue na boca.

Me joguei no sofá.

— Então, o que vocês fizeram se não pescaram?

— Saímos com o barco e procuramos golfinhos — respondeu Joseph.

— Inveja. Viram algum?

Noah assentiu.

— Um pequeno grupo. Precisamos ir bem longe.

— O barco foi tão legal — comentou Joseph. — Pode ir com a gente da próxima vez.

Sorri.

— Isso é muito generoso da sua parte.

— Bem — disse Noah, levantando-se e se espreguiçando. Os dedos tocavam o teto. — Não sei quanto a você, mas depois de deixar seu irmão ganhar, estou bem faminto.

Joseph semicerrou os olhos para Noah.

— Mentiroso.

— Prove — disparou Noah de volta.

— Eu *posso* provar.

— Está bem — falei —, essa rivalidade está ficando um pouco intensa. Sim, Noah, estou com fome.

— Então, se me dá licença, meu nêmesis — disse ele a Joseph. — Faremos a revanche outro dia.

— Vai perder mesmo assim.

. O canto da boca de Noah se ergueu conforme ele se dirigia à cozinha. Juntei-me a ele e o observei vasculhar a geladeira.

— Que tal um... pepino? — falou, erguendo um.

— Você não é muito bom nisso.

— Está certo, então. Vamos pedir alguma coisa por telefone.

Olhei para trás de nós, na direção do corredor.

— Onde está minha mãe?

Noah sacudiu a cabeça.

— Uma das amigas veio buscá-la para tomar um café, acho.

— E Daniel?

— Saiu com Sophie. Sou responsável pelo bem-estar de todos até ela voltar.

— Deus nos ajude — falei, sorrindo, mas fiquei contente. Abaixei a voz. — Então, ontem à noite...

— Pizza! — gritou Joseph.

— Devemos? — gritou Noah de volta. Ele se virou para mim. — O que você quer?

— Pizza não — concordei. — Estou me sentindo meio nojenta.

— Nojenta. De fato. Consegue pensar em algum alimento em especial que a faça se sentir menos nojenta?

Dei de ombros.

— Não sei... sopa?

— Sopa de ervilha, talvez?

— Odeio você.

— Mas você não quer saber de nada. Comida chinesa?

Sacudi a cabeça e olhei pela janela. Não me importava de verdade. Só queria conversar.

— Não importa, está tornando isso muito difícil. Joseph! — gritou Noah.

— O quê?

— Onde estão Daniel e Sophie?

— Avigdor's! — berrou meu irmão.

Noah me olhou com as sobrancelhas erguidas.

— Por mim está bem — respondi.

— Que tipo de comida é essa? — perguntou Noah a Joseph, ainda aos gritos.

— Israelense!

— Têm sopa?

— E sushi também!

— Parem com a gritaria! — berrei, então afundei na mesa da cozinha. Apoiei a cabeça nas mãos enquanto Noah mandava uma mensagem de texto para Daniel, pedindo para que trouxesse comida para casa. Por fim, Joseph abandonou o video game e foi para o quarto.

E nos deixou sozinhos. Abri a boca para falar, mas Noah me interrompeu antes que eu conseguisse:

— O que fez na terapia hoje?

— Compartilhamos nossos medos. Ouça, ontem à noite...

— Isso parece apropriadamente infernal.

— Não precisei compartilhar, eles dividiram o grupo ao meio. Minha vez é amanhã...

— Daniel está ansioso para ver — disse Noah, me interrompendo de novo. — Ele contou que vai a uma coisa com terapia familiar em alguns dias. Deve ser maravilhoso.

— É — falei. — Quero dizer, não. Noah, vai ficar esta noite?

— Na verdade, fiz planos para nos encontrarmos com seu novo guardião. Por quê?

— Ia sugerir que você dormisse no meu quarto dessa vez.

Noah me deu um olhar malicioso.

— Não que eu necessariamente me oponha, mas por quê?

As palavras *Jude esteve em meu quarto* congelaram em minha língua.

Quando finalmente as pronunciei, minha voz pareceu diferente. Aterrorizada. Odiava aquilo.

Odiava ter medo dele. E odiava o modo como Noah ficava tenso quando via isso.

Então engoli em seco. E tranquilizei a voz.

— Ele me deixou um presentinho na gaveta de calcinhas — falei, casualmente, trabalhando para fingir tranquilidade.

Os olhos de Noah não deixaram os meus, mas sua expressão relaxou um pouco.

— Ouso perguntar?

— A boneca — expliquei. — Ele deve ter me visto jogá-la fora.

— Mara...

Sacudi a cabeça.

— Devia estar assistindo, sorrateiro, de algum arbusto ou algo assim.

— Mara — repetiu Noah, mais alto.

— A cerca viva do vizinho é bem alta — continuei. — Qual é o *problema* dele?

— *Mara*.

— O quê?

— Não foi Jude — disse Noah, baixinho.

— Não foi Jude, o quê?

— A boneca no seu quarto. Ele não a colocou lá.

Pisquei, sem entender.

— Então quem colocou?

Pareceu uma eternidade antes de Noah, finalmente, responder:

— Você.

27

— DO QUE VOCÊ ESTÁ FALANDO? — MINHA VOZ ERA baixa. Trêmula. — Eu a joguei fora.

Noah assentiu.

— E depois, mais tarde, você acordou e se levantou. Não disse nada, então presumi que tivesse saído para pegar uma bebida ou algo assim, mas, considerando os eventos recentes, quando não voltou, resolvi segui-la. Você saiu pela porta dos fundos.

Dedos invisíveis apertavam minha garganta.

— Por que não me acordou?

— Achei que *estivesse* acordada — falou Noah, a voz comedida e equilibrada. — Perguntei o que estava fazendo, e você respondeu que tinha cometido um erro, que jogou fora algo que queria guardar. Parecia completamente decidida: foi para fora e observei quando tirou a boneca da lata de lixo e a trouxe de volta. Você entrou no quarto e então quase voltou para cama, até que sugeri que lavasse as mãos primeiro. Você riu, lavou as mãos, voltou para a cama e imediatamente caiu no sono. Não se lembra de nada disso?

Sacudi a cabeça porque não tinha certeza se conseguia falar. Nada como aquilo tinha acontecido antes. Eu tinha pesadelos, claro, e apagara outras vezes, sim. Mas aquilo era novo.

Diferente.

Como meu reflexo no espelho.

Engoli em seco.

— Pareço diferente para você?

Noah franziu a testa.

— Como assim?

— Esta manhã, depois... depois de encontrar a boneca na gaveta. — *Depois de tê-la colocado ali*, não disse. — Olhei no espelho e me senti como... como se parecesse diferente. — Ergui o rosto para Noah, imaginando se ele via, mas Noah apenas sacudiu a cabeça. — Olhe de novo.

Noah pegou meu rosto nas mãos e me aproximou. Tanto que enxerguei as manchas de azul-marinho, verde e dourado em seus olhos enquanto me avaliava. O olhar de Noah era incisivo. Penetrante.

— Acertei? — perguntei, sussurrando.

Noah não disse nada.

Porque eu estava certa.

— Estou certa, não estou?

Ele semicerrou os olhos até que só consegui ver fendas azuis.

— Você não parece *diferente* — disse Noah. — Só...

— Só *diferente*. — Afastei o corpo. Estava frustrada. Ansiosa. Olhei na direção do quarto, na direção da boneca. — Tem alguma coisa acontecendo comigo, Noah.

Ele estava inquietantemente silencioso.

Noah sabia que eu parecia diferente. Só se recusava a admitir. Eu não sabia por que e, naquele momento, nem me importava. Só havia uma coisa na minha mente, e apenas uma. Fiquei de pé.

— Onde estão as chaves do seu carro?

— Por quê? — perguntou ele, devagar.

— Porque quero queimar aquela boneca.

Meus pais ficariam preocupados se me vissem acender uma fogueira no quintal e queimar uma boneca que eu possuía desde que era bebê, então precisávamos de algum outro lugar para fazer aquilo.

— Tem uma lareira, certo? — perguntei, enquanto me dirigia à porta.

— Várias, mas não podemos sair.

Fechei os olhos.

— Joseph. — Droga.

— E você. Se não estivermos aqui quando seus pais voltarem... tenho certeza de que não preciso lembrá-la da visita recente à ala psiquiátrica.

Como se eu pudesse esquecer.

Noah passou a mão pelo maxilar.

— Eles confiam em mim *aqui*, com Joseph, por uma hora, talvez. Mas não posso sair com você sozinho.

— Então estou presa aqui indefinidamente.

— A não ser que...

— A não ser que o quê?

— Que os levemos junto.

Encarei Noah, esperando pelo fim da piada.

Era aquilo mesmo, pelo visto.

— Não está falando sério.

— Por que não? Um convite para a residência dos Shaw pegaria muito bem com sua mãe. Ela está louca para conhecer minha família, e Ruth pode distraí-la enquanto fazemos uma fogueira e entoamos um canto.

— Não é engraçado.

Um meio-sorriso surgiu nos lábios de Noah.

— É sim — respondeu ele. — Um pouco — acrescentou, quando meus olhos se semicerraram. — Mas se prefere que não se conheçam, eu poderia queimar a boneca para você...

— Não. — Sacudi a cabeça. Noah não entendia, e isso nem importava para ele. Estava disposto a tudo, como sempre. Mas eu precisava ver com os próprios olhos o fim da boneca. — Quero estar lá.

— Então é o único jeito — respondeu Noah, dando de ombros.

— Não está preocupado em perder a credencial de pena?

— Como é?

— Se seus pais encantarem *meus* pais, talvez você não possa mais vir tanto aqui.

Uma expressão indecifrável passou pelo rosto de Noah.

— Sua mãe é inteligente — falou, com a voz baixa. — Vai ver as coisas do jeito que são. — Noah se levantou e retirou o celular do bolso traseiro da calça jeans. — Pedirei que Ruth a convide amanhã. Para um chá de mulheres.

— Seu pai não estará lá?

Noah arqueou uma sobrancelha.

— Altamente improvável. E, se estiver, vou me certificar de remarcarmos.

— Mas quero conhecê-lo.

— Eu preferiria que não — disse Noah, ao procurar o número no iPhone.

— Por quê? Tem vergonha?

Houve um toque amargo no sorriso de Noah, e ele respondeu sem erguer o rosto para mim.

— Com certeza.

Comecei a me sentir um pouco desconfortável.

— De mim?

— *Dele.*

— Tão ruim assim?

— Você não faz ideia.

Quando minha mãe voltou para casa, Noah me instruiu a perguntar se poderia caminhar com ele. Mudei o peso do corpo entre os pés enquanto ela me encarava e avaliava.

— Voltem em meia hora — disse minha mãe, por fim.

Sorri, surpresa

— Tudo bem.

— E não saia do quarteirão.

— Tudo bem.

Mamãe me entregou o próprio celular.

— Estou confiando em você — disse, baixinho.

Assenti, então Noah e eu saímos. Ele caminhou graciosamente à frente, as passadas tão longas que quase precisei correr para acompanhá-lo.

— Então, aonde vamos *de verdade*?

— Caminhar — insistiu ele, olhando adiante.

— É, isso eu saquei. Onde?

Noah apontou para o fim da rua, para um carro preto estacionado sob um enorme carvalho.

— Tem alguém que quero que conheça.

Quando nos aproximamos, um homem de aparência comum saiu do banco do motorista. Ele lançou um sorriso imperturbável.

— John — cumprimentou Noah, assentindo —, gostaria de apresentá-lo a sua missão.

John estendeu a mão.

— Mara Dyer — disse ele, quando a apertei —, um prazer conhecê-la.

Noah me encarou.

— John trabalha para uma firma de segurança tão segura que nem tem um nome há... quanto tempo mesmo, John?

— Desde antes de você ser um conceito — falou o homem, ainda sorrindo.

A resposta me surpreendeu: John não parecia *tão* velho assim. E não era alto, forte ou tinha um ar de guarda-costas de maneira alguma. Tudo a respeito dele era comum, desde as roupas esquecíveis até o rosto esquecível.

— Ele vai revezar os turnos com o parceiro. Juntos, os dois protegeram quatro presidentes, sete membros da família real e nove príncipes sauditas.

— E agora você — completou John.

Noah passou uma das mãos ao redor de minha cintura e levou a outra pelo meu pescoço até a bochecha, erguendo meu queixo com o polegar. Sua voz era baixa quando falou:

— Não deixarão que nada aconteça a você.

Não deixarei que nada aconteça a você, era o que ele queria dizer.

E poderia estar certo, se Jude fosse tudo com o que eu precisasse me preocupar. Mas ninguém podia me proteger de mim mesma.

28

NOAH OFERECEU ENCONTRAR UMA DESCULPA PARA FICAR NAquela noite, mas eu estava com medo de abusar da benevolência de meus pais. Ele não poderia ficar *todas* as noites, obviamente, porém, mais importante, eu precisava saber que ficaria bem sozinha.

E, naquela noite, fiquei. Deitei na cama e permaneci lá até de manhã. Nada estava fora do lugar quando acordei. O ordinarismo me deixou animada. Noah tinha levado a boneca de minha avó antes de sair, e, mais tarde naquele dia, ela teria ido embora para sempre. John estava vigiando minha casa. Noah confiava em John, e eu confiava em Noah, e, embora odiasse admitir, aquela manhã foi a primeira vez sem ele em que, de fato, me senti segura.

Procurei por Jude apenas uma vez a caminho do Horizontes e estava anormalmente alegre enquanto os conselheiros me testavam. O dia passou correndo em um borrão de mundanidade animadora, considerando que minha situação não era, nem remotamente, mundana, e eu pude, de fato, me preocupar com algo relativamente normal para variar. A preocupação: minha mãe e a madrasta de Noah tomarem chá.

Ele estava certo quanto ao convite: mamãe realmente mal podia esperar para conhecer Ruth. A caminho da casa de Noah naquela tarde, os pais dele eram tudo em que ela conseguia falar. Não deixei de reparar que minha mãe estava mais alinhada e maquiada que o normal. Quase me senti culpada por usá-la como uma distração.

Quase.

Mamãe ficou calada assim que esse pensamento me ocorreu. Virei para ver o que garantira o silêncio, e fiquei surpresa ao descobrir que tínhamos entrado no bairro de Noah.

Os olhos de mamãe se detinham em cada mansão pela qual passávamos, uma completamente diferente da outra. Quando chegamos ao portão de ferro com arabescos que anunciava a entrada da casa de Noah, falei a ela para subir com o carro. Uma câmera pequena se virou em nossa direção.

Minha mãe me lançou um olhar.

— Esta é a casa de Noah? — Não era muito visível atrás das árvores, não até que o portão alto se abrisse e entrássemos. — Uau. — Era a palavra certa. O gramado luxuriante era ladeado por estátuas brancas e convergia para uma enorme fonte no centro: um deus grego agarrava uma garota que parecia se tornar uma árvore. Minúsculas sebes baixas brotavam e formavam trilhas com desenhos intricados na grama.

E havia a casa. Enorme e imponente, arquiteturalmente linda e grandiosa. Minha mãe ficou estupefata, mas eu não enxergava exatamente como ela, não agora que sabia o quanto Noah não suportava aquele lugar.

Paramos diante da propriedade, onde Albert, o mordomo, valete ou como fosse chamado dos Shaw nos recebeu com um sorriso primoroso, que combinava com o terno primoroso. Eu meio que esperava que Noah estivesse esperando à porta por nós, mas eis que era a própria Ruth.

— Dra. Shaw — cumprimentou mamãe, sorrindo.

A madrasta de Noah sacudiu a cabeça.

— Por favor, me chame de Ruth. É um prazer conhecê-la — respondeu, encantada. Ruth alisou o vestido de linho que cobria sua silhueta minúscula e nos pediu para entrar quando minha mãe a assegurou de que não, o prazer era todo dela.

Nenhuma outra formalidade foi trocada, no entanto, porque assim que meus pés calçados em tênis tocaram o piso de mármore decorado, fui atacada por Ruby, a pug maligna dos Shaw. Que, aparentemente, só era maligna comigo. A salsicha coberta de pelo grunhiu, ignorando completamente minha mãe, mas mesmo depois de Noah puxá-la e pegá-la nos braços, a cadela continuou rosnando para mim.

— Garota má — disse Noah, com carinho. Ele a beijou na cabeça enquanto a cadela exibia os dentes minúsculos e tortos.

Fiquei a uma boa distância.

— Onde está Mabel? — perguntei. Seria bom vê-la de novo, toda feliz, saudável e segura.

— Ocupada — respondeu Noah, tranquilo.

Escondida, era o que queria dizer. Escondida de mim.

Mamãe não pareceu notar nada estranho, nem mesmo quando a cadela avançou em minha jugular. A madrasta de Noah e a casa tinham sua total e completa atenção.

— Ouvi falar tanto de você. — Minha mãe comentou com Ruth quando passamos sob um candelabro enorme pingando cristais

Ruth ergueu uma sobrancelha.

— Apenas coisas boas, espero? — Ela arrumou um vaso abarrota-do de rosas brancas sobre uma mesa de tampo de pedra que possivel-mente pesava quase uma tonelada. — Não importa — disse, com malí-cia. — Não responda.

Mamãe riu.

— É claro — mentiu ela, com a facilidade com que eu costumava fazer. Impressionante. — É realmente um prazer poder finalmente co-nhecer a família de Noah. Adoramos tê-lo por perto. Seu marido está aqui? — perguntou minha mãe, inocentemente. Sabendo muito bem que ele não estava.

O sorriso de Ruth não falhou, mas ela sacudiu a cabeça.

— Temo que David esteja em Nova York no momento.

— Bem, talvez outro dia.

— Ele adoraria — disse Ruth. Ela mentia tão bem quanto Noah.

Noah se inclinou para mim e falou:

— Sabe, isso está rapidamente se tornando tão doloroso quanto você previu que seria.

— Falei.

— Certo, então — disse Noah, em voz alta. — Tenho certeza de que vocês, senhoras, têm muito a discutir e prefeririam fazê-lo com privacidade, certo?

Ruth olhou para minha mãe em busca de uma deixa.

Mamãe gesticulou para nós.

— Vão.

Noah entregou a cadela, que se contorcia, para Ruth.

— Farei um tour pela casa com você — ofereceu ela, e levou minha mãe embora.

Eu não tinha ideia de quanto tempo o tour, a conversa ou aquela reunião levariam, então apressei Noah para subir a escadaria larga e sinuosa, e corri atrás dele até o quarto, sem parar para apreciar a vista.

Assim que chegamos, no entanto, não pude deixar de encarar. Encarar a cama baixa, simples e moderna, uma ilha no meio de um mar organizado de livros. Encarar as janelas do chão ao teto, que derramavam a luz do sol âmbar nas prateleiras que cobriam o cômodo. Parecia uma eternidade desde que estive ali, e senti saudades.

— O que foi? — perguntou Noah, quando reparou que não tinha me mexido.

Entrei.

— Queria poder viver aqui. — Desejei poder ficar.

— Não queria, não.

— Está bem — falei, os olhos atraídos por todas as lombadas. — Queria ter seu quarto.

— Não é um prêmio de consolação terrível, admito.

— Queria que pudéssemos nos agarrar em sua cama.

Noah suspirou.

— Eu também, mas creio que temos um ritual de cremação para conduzir.

— Sempre tem alguma coisa.

— Não é? — Noah pegou a boneca da escrivaninha, no nicho, e finalmente tirei os olhos dos livros, pronta para começar o show. Noah me levou para uma de provavelmente dezenas de salas de estar não utilizadas. As paredes eram verde-menta e pontuadas com castiçais de metal ornamentados. Havia alguma mobília, mas estava toda coberta por lençóis.

Noah me entregou a boneca e começou a vasculhar a sala. Imediatamente apoiei a boneca no braço do que parecia ser uma poltrona. Não queria tocá-la.

— O que está fazendo? — perguntei.

— Estou me preparando para começar uma fogueira. — Ele abria e fechava gavetas.

— Não fuma mais?

— Não perto de seus pais — respondeu Noah, ainda vasculhando. — Mas sim.

— Não tem fósforos?

— Um isqueiro, em geral. — Então Noah ergueu o rosto, agachado. — Meu pai refez a fiação das lareiras para que funcionassem a gás. Estou procurando o controle remoto.

A frase acabou com minha fantasia de jogar um fósforo na boneca tosca e observá-la queimar. Até que me aproximei da lareira. A lenha parecia terrivelmente real.

— Hã, Noah?

— O quê?

— Tem certeza de que funciona a gás?

Ele se aproximou da lareira e então removeu a tela.

— Aparentemente não. Merda.

— O quê?

— Dá para sentir o cheiro de uma fogueira de verdade lá embaixo, acho.

Eu não me importava. Queria acabar com aquilo.

— Pensaremos em algo. — Peguei a boneca da poltrona com dois dedos, beliscando o pulso dela. Ergui a boneca diante do corpo. — Acenda.

Noah pensou por um momento, mas sacudiu a cabeça e se virou para ir embora.

— Espere aqui.

Joguei a boneca no chão. Por sorte, não precisei esperar muito: Noah voltou rapidamente com fluido de isqueiro e fósforos de cozinha. Ele se aproximou da lareira e acendeu um fósforo. O cheiro de enxofre preencheu o ar.

— Vá em frente — instigou, depois de a fogueira pegar.

Hora do show. Peguei a boneca do chão e a joguei nas chamas, enchendo-me de alívio conforme a consumiam. Mas, então, o ar se encheu com um cheiro amargo e familiar.

163

Noah fez uma careta.

— O que é isso?

— Tem cheiro de... — Levei alguns segundos para finalmente identificar. — De cabelo queimando — respondi, por fim.

Ficamos os dois em silêncio depois disso. Observamos a fogueira e esperamos até que os braços da boneca derretessem até se tornar nada e a cabeça ficar escura e cair. Mas então notei algo se enroscar nas chamas. Algo que não parecia tecido.

— Noah...

— Estou vendo. — A voz dele parecia resignada.

Eu me aproximei.

— Isso é...

— É papel — completou Noah, confirmando meu medo.

Xinguei.

— Precisamos apagar!

Noah deu de ombros languidamente.

— Vai ter estragado quando trouxer água.

— Vá mesmo assim! Cruzes.

Noah deu meia-volta e saiu enquanto me agachei na lareira, tentando ver com mais clareza. O papel dentro da boneca ainda estava queimando. Eu me inclinei ainda mais para perto; o calor acendeu minha pele, levou cor a minhas bochechas quando me aproximei...

— Saia — disse Noah. Eu me afastei, e Noah apagou as chamas. Fumaça se ergueu e ciciou da lenha.

Imediatamente estiquei a mão para as brasas que se extinguiam, esperançosa de que talvez alguma parte do papel tivesse escapado ilesa, mas Noah apoiou a mão com firmeza em minha cintura.

— Cuidado — falou, e me afastou.

— Mas...

— O que quer que fosse — disse, determinado — não existe mais.

Fiquei magoada pelo arrependimento. E se fosse algo importante? Algo de minha avó?

E se tinha algo a ver comigo?

Fechei os olhos e tentei parar de me reprimir. Não havia nada que eu pudesse fazer com relação ao papel agora, mas pelo menos a boneca estava destruída. Não precisaria mais olhar para ela, e Jude não poderia mais me assustar com aquela coisa. Tinha valido a pena.

Tinha valido muito a pena.

Por fim, o fogo se apagou, e fiquei de pé diante dele, satisfeita por não ter restado nada. Mas então algo chamou minha atenção. Algo prateado nas cinzas.

Olhei mais perto.

— O que é aquilo?

Noah também reparou. Ele inclinou o corpo para olhar comigo.

— Um botão?

Sacudi a cabeça.

— Não tinha botões. — Estiquei o braço para pegar a coisa, mas Noah puxou meu pulso e sacudiu a cabeça.

— Ainda está quente. — Então Noah se agachou e colocou a própria mão nas cinzas.

Fiz menção de impedi-lo.

— Achei que ainda estivesse quente?

Ele olhou por cima do ombro.

— Já esqueceu?

Que ele podia se curar? Não. Mas...

— Não dói?

Minha única resposta foi um dar de ombros indiferente conforme Noah enfiou a mão no fogo apagado. Ele não se encolheu enquanto remexeu as cinzas.

Noah cuidadosamente extraiu a coisa brilhante. Colocou-a na palma da mão aberta, limpou a fuligem e ficou de pé.

Tinha 2,5 centímetros, não mais que isso. Uma linha fina de prata — metade dela moldada em forma de pena, a outra metade, uma adaga. Era interessante e lindo, exatamente como o garoto que sempre a usava.

Noah ficou impossivelmente parado quando abaixei o colarinho de sua camiseta. Olhei para o pingente ao redor do seu pescoço, aquele que ele jamais tirava, e então encarei de volta o pingente em sua mão.

Eram exatamente iguais.

29

UE DIABOS ESTAVA ACONTECENDO?

— Noah — falei, a voz baixa.

Ele não respondeu. Ainda estava encarando o pingente.

Precisava me sentar. Não me incomodei com a mobília. O chão serviria muito bem.

Noah não se mexeu.

— Noah — chamei de novo.

Nenhuma resposta. Nada.

— *Noah*.

Ele me olhou finalmente.

— De onde veio seu pingente? — perguntei.

A voz dele estava baixa e fria:

— Encontrei. Nas coisas de minha mãe.

— Ruth? — perguntei, embora já soubesse a resposta.

Noah sacudiu a cabeça em negativa, como esperava. Seus olhos se detiveram no pingente outra vez.

— Foi logo depois de nos mudarmos para cá. Reclamei a biblioteca como meu quarto e peguei minha guitarra quando... não sei. — Ele passou a mão pelo maxilar. — Voltei para baixo com a sensação de que precisava desempacotar as coisas, embora estivesse com jet-lag e exausto e planejasse desmaiar por uma semana. Mas fui direto para essa caixa. Dentro dela havia um pequeno baú cheio da prataria de minha mãe, Naomi. Comecei a separar a prataria sem motivo algum e, então, abri o baú. Sob a gaveta em que guardavam as facas, ali estava — disse ele, assentindo para o pingente. — Comecei a usar naquele dia.

Noah abaixou a mão — para me entregar o pingente, pensei —, mas, em vez disso, me puxou do chão e me colocou no sofá coberto com um lençol, ao seu lado. Ele me entregou o objeto. Meus dedos se fecharam em torno dele no momento em que Noah perguntou:

— Onde conseguiu essa boneca?

— Era de minha avó — falei, encarando o punho fechado.

— Mas de onde ela veio?

— Eu não...

Estava prestes a dizer que não sabia, então me lembrei das cenas embaçadas de um sonho. Vozes sussurradas. Uma cabana escura. Uma garota gentil costurando uma amiga para mim.

Talvez eu soubesse. Talvez tivesse assistido enquanto era feita.

Por mais impossível que fosse, contei a Noah o que me lembrava. Ele ouviu atentamente, os olhos semicerrados conforme eu falava.

— Mas nunca vi o pingente — falei, quando terminei. — A garota jamais o colocou dentro.

— Poderia ter sido costurado depois — respondeu Noah, a voz equilibrada.

Com o que quer que fosse aquele papel também.

— Acha... acha que aconteceu de verdade? — perguntei. — Acredita que o sonho poderia ser real?

Noah não disse nada.

— Mas, se foi real, se aconteceu mesmo... — Minha voz sumiu, mas Noah terminou a frase.

— Então não foi um sonho — disse, para si mesmo. — Foi uma lembrança.

Ficamos em silêncio enquanto tentava absorver a ideia.

Não fazia sentido. Para se lembrar de algo, é preciso vivê-lo.

— Quase nunca saí do subúrbio — falei. — Nem mesmo vi selvas e aldeias. Como poderia me lembrar de algo que nunca vi?

Noah encarava o nada e passava a mão devagar pelos cabelos. Sua voz ficou muito baixa:

— Memória genética.

Genética.

Minha mente conjurou a voz de mamãe.

— *Não é você. Pode ser químico ou comportamental ou mesmo genético...*

— *Mas quem em nossa família teve algum tipo de...*

— *Minha mãe* — dissera ela. — *Sua avó.*

Isso foi logo antes de mamãe contar sobre os sintomas de vovó.

Os sintomas de vovó. A boneca de vovó.

A memória de vovó?

— Não — falou Noah, sacudindo a cabeça. — É loucura.

— O que é?

Noah fechou os olhos e falou, como se memorizado:

— A ideia de que algumas experiências podem ser armazenadas no DNA e passadas para gerações futuras. Algumas pessoas acham que explica a teoria de Jung do inconsciente coletivo. — Noah abriu os olhos, e o canto de sua boca se ergueu. — Eu mesmo sou mais partidário de Freud.

— Por que sabe disso?

— Eu li.

— Onde?

— Em um livro.

— Que livro? — perguntei, rapidamente. Noah pegou minha mão e fomos ao quarto dele.

Dentro, Noah verificou as prateleiras.

— Não estou vendo — falou, por fim, os olhos ainda nas estantes, que ocupavam a extensão do quarto.

— Qual é o nome?

— *Novas teorias em genética.* — Noah puxou um livro grosso, então o devolveu. — De Armin Lenaurd.

Juntei-me a ele na busca.

— Você não organiza alfabeticamente — falei, ao passar os olhos pelas lombadas.

— Correto.

Não havia ordem em nenhum dos títulos, pelo menos nenhuma que eu conseguisse discernir.

— Como encontra alguma coisa?

— Apenas lembro.

— Você apenas... lembra. — Havia milhares de livros. Como?

— Tenho boa memória.

Inclinei a cabeça.

— Fotográfica?

Noah gesticulou com um ombro.

Então era por isso que jamais anotava nada na escola.

Nós dois continuamos a procurar o livro. Cinco minutos se passaram, e aí dez, então Noah desistiu e se sentou na cama primorosamente arrumada. Tirou a guitarra da caixa e começou a tocar notas sem objetivo.

Continuei minha busca. Não esperava que o livro tivesse todas as respostas, ou qualquer uma, na verdade, mas queria saber sobre aquilo e estava levemente irritada por Noah não parecer se importar. No entanto, assim que minhas costas começaram a doer por ficar agachada para ler os títulos na estante mais baixa, achei-o.

— Ponto — sussurrei. Puxei o volume com o dedo e o tirei da prateleira: o livro era surpreendentemente pesado, com letras douradas desbotadas na capa e na lombada com acabamento de tecido.

Noah franziu a testa.

— Estranho — disse ele, ao me ver ficar de pé. — Não lembro de tê-lo colocado aí.

Levei o livro até a cama e me sentei ao lado de Noah.

— Não é exatamente uma leitura leve, né?

— Não se pode ser exigente.

— O que quer dizer?

— Era tudo o que eu tinha no voo de Londres para os Estados Unidos.

— Quando foi isso?

— No recesso de inverno. Voltamos à Inglaterra para ver meus avós, os pais de meu pai — esclareceu Noah. — Acidentalmente, coloquei o livro que estava lendo na bagagem despachada, e esse estava no bolso do assento diante de mim.

O livro já estava pesando em meu colo.

— Não parece que caberia.

— Primeira classe.

— É claro.

— Meu pai levou o jato.

Fiz uma careta.

— Eu aceitaria e imitaria completamente seu desprezo, mas preciso dizer, entre todo o lixo inútil no qual ele sangra dinheiro, desse não me arrependo. Sem fila. Sem tortura de segurança. Sem pressa.

Aquilo parecia mesmo valer a pena. Concordei:

— Não precisa tirar os sapatos ou o casaco ou...

— Ou ser apalpado por um agente excessivamente dedicado da TSA. Nem mesmo precisa mostrar a identidade, meu pai é patrão do piloto e da equipe. Literalmente apenas aparecemos no aeroporto particular e entramos. É extraordinário.

— Parece ser — murmurei, e abri o livro.

— Preciso levá-la para algum lugar um dia desses.

Ouvi um sorriso na voz dele, mas aquilo apenas me frustrou.

— Nem mesmo posso vir a sua casa sem supervisão de um adulto.

— Paciência, pequena gafanhoto.

Suspirei.

— Fácil dizer. — Começamos a virar as páginas, mas meus olhos recaíam sobre jargões. — O que mais o Sr. Lenaurd pensa?

— Não quis ler a coisa toda: era infinitamente chata. O que você disse apenas me lembrou dele, como o autor acredita que algumas experiências que jamais tivemos podem ser passadas geneticamente.

Pisquei devagar quando uma chave se encaixou na fechadura.

— Super-Homem — falei comigo mesma.

— Como é?

Ergui o rosto das páginas para Noah.

— Quando Daniel estava tentando me ajudar com a redação falsa para o Horizontes, perguntou se a coisa que minha personagem falsa tem, a coisa que *eu* tenho, foi adquirida ou se existia desde que ela, eu, tinha nascido. Homem-Aranha ou Super-Homem — falei, e fechei o livro. — Sou o Super-Homem.

Noah pareceu divertido com a conclusão.

— Por mais encantador que ache esse conceito, creio que nossos atributos não naturais tenham sido adquiridos.

— Por quê?

Ele apoiou a guitarra no chão, então me encarou.

— Quantas vezes já desejou que alguém morresse, Mara? Alguém que a corta na estrada e coisas assim?

Provavelmente mais do que conseguia lembrar. Respondi com um "Humm" desinteressado.

— E, quando era pequena, provavelmente até gritou para seus pais que desejava que eles morressem também, não?

Possivelmente. Dei de ombros.

— No entanto, aqui estão eles. E, quanto a mim, minha habilidade não teria passado despercebida quando era criança: precisava tomar vacina e coisas como todo mundo. Certamente alguém teria notado que podia me curar, não?

— Espere — falei, inclinando o corpo para a frente. — Quando *você* se deu conta de que podia se curar?

A mudança no humor de Noah foi sutil. A postura lânguida se enrijeceu, embora estivesse esticado na cama, e havia algo distante nos olhos de Noah quando o encarei.

— Eu me cortei e não havia vestígios disso no dia seguinte — disse, parecendo entediado. — De toda forma — continuou Noah —, só pode ter sido adquirido. Caso contrário, teríamos reparado muito antes de agora.

— Mas você disse que nunca ficou doente...

— Nós *deveríamos* pensar em por que diabos o mesmo pingente, bastante incomum, estaria no baú de prataria de minha mãe e costurado na boneca assustadora da sua avó.

O rosto de Noah se suavizou em uma máscara ilegível, aquela que ele guardava para todo mundo. Havia algo que Noah não estava contando, mas insistir agora não me levaria a lugar algum.

— Está bem — falei, deixando aquilo de lado por um momento. — Então sua mãe e minha avó tinham a mesma joia.

— E a esconderam — acrescentou Noah.

Peguei o pingente de prata do bolso traseiro e o coloquei na palma da mão. Os detalhes eram complexos, reparei enquanto o examinava. Impressionante, considerando o tamanho.

Ergui o rosto para Noah.

— Posso ver o seu?

Ele hesitou por talvez uma fração de segundo antes de passar o fino cordão preto por cima da cabeça. Noah o colocou na minha mão; o pingente prateado ainda estava quente da pele dele.

Comparei os dois com os olhos de uma artista. As linhas da pena, o contorno do meio cabo da adaga. Os pingentes *pareciam* iguais, mas algo me incomodou. Virei o pingente — o meu — ao contrário, então percebi o que era.

— São imagens espelhadas um do outro.

Noah se inclinou sobre minha mão aberta, então me olhou por baixo dos cílios.

— São mesmo.

— E não são idênticos — falei, apontando as leves imperfeições que distinguiam um do outro. — Parecem feitos a mão. E o desenho é um pouco... é um pouco tosco, certo? Meio que lembra as gravuras de livros antigos. E os símbolos...

— Porra — disse Noah, inclinando a cabeça contra a cabeceira. Os olhos se fecharam, e Noah sacudia a cabeça. — Símbolos. Nem pensei.

— O quê?

— Nem me incomodei em pensar nisso nesse contexto — disse ele, levantando da cama quando entreguei o pingente de volta. — Apenas vi, soube que era de minha mãe e usei porque era dela. Mas você está certa, poderia significar alguma coisa, principalmente porque há dois. — Ele se dirigiu para o nicho.

— Eu ia dizer que lembra os símbolos em um brasão de família.

Noah parou no meio do caminho e se virou bem devagar.

— Não somos parentes.

— Eu sei, mas...

— Nem pense nisso.

— Saquei — falei, enquanto Noah tirava o laptop da escrivaninha e o levava até a cama.

O que Daniel tinha dito sobre usar o Google?

— Então, a preponderância de resultados para "símbolo pena significado" cita a deusa egípcia Ma'at — leu Noah. — Aparentemente, ela julgava as almas dos mortos ao pesar seus corações contra uma pena. Se a deusa considerasse uma alma indigna, esta era enviada para o submundo para ser consumida... por uma criatura bizarra parte crocodilo-leão-hipopótamo, parece. — Ele virou a tela para que eu pudesse ver. Era, de fato, bizarra. — Enfim, se a alma fosse boa e pura, parabéns, você ganhou a entrada para o paraíso. — Noah digitou outra coisa.

— Que tal "adaga vírgula símbolo"?

— Já abri em outra aba, mas, infelizmente, a busca não retornou muita coisa.

— Tentou "pena e adaga símbolo" juntas?

— Sim. Nada aí também. — Noah fechou o laptop.

— Quantos resultados você disse que a coisa da pena gerou?

— Nove milhões ou mais. E uns quebradinhos.

Suspirei.

— Mas a maioria dos primeiros era sobre a deusa egípcia — falou Noah, animado. — Isso é alguma coisa.

— Na verdade... não.

— Bem, estamos mais adiante do que estávamos ontem.

Ergui as sobrancelhas.

— Ontem, quando acordei e descobri que estava caminhando no sono.

— Isso.

— Ontem, quando estava pronta a culpar meu perseguidor-que-deveria-estar-morto pelo incidente da boneca-bizarra-na-gaveta-de-calcinhas.

— Sei aonde vai com isso.

— Que bom — falei, e entreguei o pingente de minha avó para ele. — Estava começando a me preocupar por você não se importar.

— É isso o que acha mesmo? — disse Noah, friamente. Então. — Por que está me dando isto?

— Não quero perdê-lo — falei. Mas também não queria usá-lo.

Noah me avaliou com cuidado, mas fechou os dedos em torno do pingente.

— Tenho alguém verificando a questão com Jude — informou então, a voz equilibrada. — Um investigador particular com quem meu pai trabalhou. Está tentando descobrir onde ele mora, o que se revela difícil, considerando que Jude está completamente fora do radar e, aparentemente, não é burro o suficiente para usar os canais da imigração ilegal para pedir ajuda.

Esfreguei a testa.

— Ele *era* meio burro.

— Bem, não está agindo assim.

— Talvez tenha ajuda?

Noah assentiu.

— Considerei isso, mas quem além de você sabe que Jude está vivo?

— Outra pergunta — resmunguei. Afundei na cama e virei o rosto para encarar Noah. — Por que não me disse que estava procurando por ele?

— Não conto tudo a você — respondeu Noah, indiferente.

As palavras doeram, mas não tanto quanto o modo como as disse.

— De toda forma — falou Noah —, quanto ao pingente, pelo menos agora sabemos que em algum momento os caminhos de sua avó e de minha mãe se cruzaram por meio de quem quer que os tenha feito. Procurarei nas coisas dela para ver se encontro mais alguma coisa.

Fiquei quieta.

— Mara?

Sacudi a cabeça.

— Eu não deveria ter queimado a boneca, Noah. Deveria ter procurado uma costura ou algo assim...

— Não tinha como você saber.

— Havia um pedaço de papel também.

— Eu vi.

— Poderia ter sido a resposta para *tudo* isso.

Noah carinhosamente colocou uma mecha de meu cabelo para trás da orelha.

— Não faz sentido se preocupar com isso agora.

— Quando seria uma boa hora para me preocupar com isso?

Noah me lançou um olhar.

— Não precisa ficar irritadinha.

Mordi o lábio, então exalei.

— Desculpe — falei, olhando para o teto, que seguia um padrão de espirais no gesso. — Eu só... estou preocupada com esta noite. — Minha voz se embargou. — Não quero dormir.

Não sabia onde estaria quando acordasse.

30

NOAH SE LEVANTOU SUBITAMENTE, ENTÃO ATRAVESSOU O quarto. Trancou a porta enquanto me encarava.

— Arriscado — falei.

Noah ficou em silêncio.

— E quanto a nossos pais?

— Esqueça. — Noah voltou para a cama e ficou ao lado dela, com o rosto abaixado para mim. — Não me importo com eles. Diga o que fazer e eu farei. Diga o que quer e é seu.

Quero fechar os olhos à noite e nunca sentir medo de abri-los para ver Jude.

Quero acordar de manhã a salvo na cama e nunca me preocupar se estarei em outro lugar.

— Não sei — falei em voz alta, que tinha um tom horrível de desespero. — Tenho medo... tenho medo de estar perdendo o controle.

Tenho medo de estar me perdendo.

A ideia era como uma farpa na mente. Sempre ali, sempre ardendo, mesmo quando não se tinha consciência dela. Mesmo quando não se estava pensando a respeito.

Como Jude.

Noah manteve o olhar em mim.

— Não deixarei que isso aconteça.

— Não pode impedir — falei, a garganta se fechando. — Só pode assistir.

Levou alguns segundos antes que Noah, por fim, falasse:

— Eu tenho assistido, Mara. — A voz era agressivamente impassível.

Meus olhos se encheram de lágrimas de ódio.

— O que vê?

Sabia o que via quando me olhava: uma estranha. Assustada, aterrorizada e fraca. Era isso o que ele enxergava também?

Eu me levantei.

— Conte — falei, a voz com um tom frio. — Diga o que vê. Porque não sei o que é real e o que não é, ou o que é novo ou diferente, e não posso confiar em mim mesma, mas confio em você.

Noah fechou os olhos.

— Mara.

— Quer saber? — falei, cruzando os braços sobre o peito, contendo-me. — Não diga, porque posso não me lembrar. Escreva, então talvez, algum dia, se eu melhorar, me deixe ler. Caso contrário, vou mudar um pouquinho todo dia e nunca saberei quem fui até depois de ter desaparecido.

Os olhos de Noah ainda estavam fechados, e suas feições, relaxadas, mas percebi que ele tinha fechado as mãos em punhos.

— Você não tem noção do quanto odeio não poder ajudá-la

E ele não tinha noção do quanto eu odiava precisar de ajuda Noah disse antes que eu não estava quebrada, mas estava, e ele estava descobrindo que não podia me consertar. Mas eu não queria ser o pássaro ferido que precisava ser curado, a garota doente que precisava de compaixão. Noah era diferente, como eu, mas não estava *quebrado* como eu. Nunca ficou doente ou sentiu medo. Era forte. Sempre no controle. E, embora tivesse visto meu pior lado, não tinha *medo* de mim.

Desejei não ter medo de mim mesma. Queria sentir outra coisa.

Noah estava de pé ao lado da cama, o corpo rígido devido à tensão.

Eu queria me sentir no comando. Queria sentir *Noah*.

— Me beije — falei. A voz determinada.

Os olhos de Noah se abriram, mas ele não se mexeu. Estava me avaliando. Tentando entender se estava falando sério ou não. Noah não queria me forçar antes de eu estar pronta.

Então precisava mostrar a ele que estava.

Puxei Noah com paixão para a cama macia, e ele não protestou. Rolei para baixo dele, e Noah se ergueu sobre mim, seus braços, a jaula perfeita.

Estávamos com as testas encostadas. Daquele ângulo, era impossível ignorar a extensão de seus cílios, o modo como roçavam nas bochechas quando Noah piscava. Era impossível ignorar o formato da sua boca, a curva dos lábios de Noah quando ele dizia meu nome.

Era impossível não querer saboreá-los.

Arqueei o pescoço e os quadris, e estiquei meu corpo em direção ao dele. Noah, entretanto, pousou uma mão em minha cintura e, com toda a gentileza, me afastou outra vez.

— Devagar — falou. Aquela palavra estremeceu por cada nervo de meu corpo.

Noah se inclinou muito, muito levemente e permitiu que seus lábios roçassem meu pescoço. Minha pulsação acelerou com o contato. Então ele se afastou.

Ele podia escutar, lembrei-me. Cada batimento. A maneira como minha respiração se alterava ou não. Noah estava achando que meu coração estava acelerado de medo, e não de desejo.

Precisava mostrar que estava enganado.

Arqueei o pescoço para longe do travesseiro, virei os lábios na direção da orelha dele, então sussurrei:

— Continue.

Para meu choque total, Noah continuou.

Ele tracejou a linha do meu maxilar com a boca. Estava com o corpo erguido acima do meu e não me tocava em nenhum outro lugar. Então enganchou o dedo sob a gola da minha camiseta e a puxou para baixo, formando um leve V, expondo um triângulo de pele. Noah beijou a reentrância na base de meu pescoço. Então desceu. Uma vez.

Minha mente girava. Presa ao colchão pelo espaço entre nós, mas estava desesperada para fechar aquele espaço; desesperada para sentir a boca de Noah na minha.

— Agora?

— Não — sussurrou ele contra minha pele.

A boca de Noah me fazia doer, doce e furiosa. Era impossível ficar parada, mas quando meu corpo instintivamente se curvou na direção do dele, Noah se afastou.

— Agora? — falei, inspirando.

— Ainda não. — Os lábios dele encontraram minha pele de novo, dessa vez, sob a orelha.

No momento em que achei que não poderia suportar mais, Noah abaixou a boca até a curva de meu ombro e roçou minha pele com os dentes.

Eu estava em chamas, ardendo, inundada pelo calor e pronta para implorar.

Achei ter visto o leve indício de um meio sorriso na boca de Noah, mas sumiu antes que pudesse ter certeza. Porque seu olhar desceu de meus olhos para *minha* boca, então seus lábios tocaram os meus.

O beijo foi tão suave que não teria acreditado que aconteceu se não tivesse visto. Os lábios de Noah eram macios como uma nuvem, e eu queria senti-los mais. Com mais força. Mais desejo. Passei os dedos pelos seus cabelos perfeitos e entrelacei os braços ao redor de seu pescoço. Fechei-os ali. Fechei Noah ali dentro.

Mas então ele os soltou. Afastou o corpo e recuou de joelhos até estar na ponta da cama. Disse:

— Ainda estou aqui.

— Eu sei — falei, frustrada e sem fôlego.

Um sorriso ergueu o canto da boca de Noah, preguiçoso e sublime.

— Então por que parece tão irritada?

— Porque — comecei —, porque você está sempre no controle. E eu, não. Não perto de você.

Eu me sentia, e provavelmente parecia, um animal selvagem enquanto Noah se ajoelhava ali como um príncipe arrogante. Como se o mundo fosse dele se quisesse esticar o braço e tomá-lo.

— Você é tão *calmo* — falei, alto. — É como se não precisasse disso. — Não precisasse de mim, pensei, mas não falei. Então pude ver, pelo modo como o sorriso delinquente de Noah se suavizou, que ele sabia o que quis dizer.

Noah chegou para a frente, na minha direção, então para meu lado, os músculos esguios dos braços se flexionavam com o movimento.

— Não tenho certeza se você entende o quanto quero deitá-la diante de meu corpo e fazer com que grite meu nome.

Fiquei boquiaberta.

Então por que não deita? era o que eu queria perguntar.

— Por que não deita?

Noah levou a mão até a curva do meu pescoço. Tracejou com um dedo minha coluna, a qual se enrijeceu ao toque.

— Porque parte de você ainda *está* com medo. E não quero que sinta isso. Não nesse momento.

Queria discutir que não sentia mais medo. Que nos beijamos e ele ainda estava ali, e então, talvez, eu *tivesse* sonhado que Noah quase morrera, talvez não *fosse* real. Mas não conseguia dizer essas coisas, porque não acreditava nelas.

O beijo não foi nada como aquele. Quando nos beijamos antes, eu não sabia o suficiente para sequer *ter* medo. De mim mesma. Do que eu poderia fazer com ele. Não sabia o suficiente para me segurar.

Agora estava ciente demais, hiperciente, e o medo me acorrentava. E Noah percebia.

— Quando está com medo, sua pulsação muda — disse ele. — Sua respiração. As batidas do seu coração. O som que você faz. Não posso ignorar isso e não vou, mesmo que ache que eu deveria ignorar.

Era torturante, o desejo e o medo, e eu me sentia desamparada.

— E se eu sentir medo para sempre?

— Não sentirá. — A voz de Noah era suave, mas determinada.

— E se eu sentir.

— Então esperarei para sempre.

Sacudi a cabeça com determinação.

— Não. Não vai.

Noah afastou o cabelo de meu rosto. Me fez olhar para ele antes de falar:

— *Chegará* o momento em que não haverá nada que você vai querer mais que nós dois. Juntos. Quando estiver livre de todo o medo e não houver nada em seu caminho. — A voz de Noah era sincera, a expressão dele, séria. Eu queria acreditar nele. — E *aí sim* vou fazer você gritar meu nome.

Abri um sorriso.

— Talvez eu faça você gritar o meu — respondo.

31

UM SORRISO LENTO E ARROGANTE SURGIU NOS LÁBIOS DE NOAH.

— Desafio lançado. — Ele se afastou e destrancou a porta. — Amo um desafio.

— Pena que não seja o único.

— Concordo. — Noah indicou o corredor com a cabeça. — Vamos.

Levantei, mas antes de sair do quarto de Noah, peguei o livro.

— Posso pegar emprestado?

— Pode — disse ele, segurando a porta aberta para mim. — Mas preciso avisar que caí no sono na página 34.

— Estou motivada.

Noah me levou pelo longo corredor, nossos passos abafados pelos tapetes orientais felpudos. Viramos diversas esquinas antes de ele finalmente parar diante de uma porta, puxar algo longo e fino do bolso traseiro e, então, enfiá-lo em uma fechadura de aparência antiga.

— Isso é útil — falei, quando a fechadura estalou.

Noah empurrou a porta.

— Tenho minhas utilidades.

Estávamos diante de um pequeno quarto que parecia, de verdade, um armário enorme. Havia pilhas de prateleiras temporárias e caixas ladeando a parede.

Meu olhar deslizou sobre as pilhas.

— O que é tudo isso?

— As coisas de minha mãe — respondeu Noah, puxando uma corda que pendia do teto. Uma luminária antiga, de vidro leitoso, iluminava o espaço. — Tudo que ela possuía está em algum lugar deste quarto.

— O que está procurando?

— Não tenho certeza. Mas ela deixou o pingente para mim, e sua avó deixou o mesmo pingente para você... talvez encontremos algo sobre eles em alguma carta ou foto ou algo assim. E, se há uma conexão entre sua habilidade e sua avó, então talvez...

A voz de Noah sumiu, mas ele não precisava terminar a frase, porque eu entendia.

Podia haver uma conexão entre a mãe dele e *ele*. Conseguia ver que ele esperava que isso fosse verdade.

Noah abriu uma caixa e me entregou um maço de papéis. Comecei a ler.

— O que estão fazendo aqui?

Tomei um susto com a voz pouco familiar de sotaque inglês. Os papéis flutuaram até o chão.

— Katie — falou Noah, sorrindo para a garota. — Você se lembra de Mara.

Eu com certeza me lembrava de Katie. Era tão linda quanto o irmão: os mesmos cabelos castanhos, com mechas douradas, e as feições elegantes de ossos finos de Noah. Cílios e pernas gigantes. *Fascinante* era a palavra que vinha à mente.

Katie me olhou devagar, de cima a baixo, então falou para Noah:

— Então é *aí* que tem passado suas noites.

A expressão dele se enrijeceu.

— Qual é seu problema?

Katie o ignorou.

— Não está em um hospício ou algo assim? — perguntou ela para mim.

Fiquei sem palavras.

— Por que está sendo assim? — perguntou Noah, rispidamente.

— O que está fazendo aqui? — devolveu ela.

— O que parece?

— Parece que está vasculhando as merdas da mamãe. Papai vai te matar.

— Ele precisaria voltar para fazer isso, não? — rebateu Noah, com desprezo no tom de voz. — Vá comer alguma coisa, nos falamos depois.

Katie revirou os olhos. Então gesticulou para mim.

— Ótimo ver você de novo.

— Uau — falei, depois que ela foi embora. — Isso foi...

Noah passou a mão apressadamente pelos cabelos, torcendo as mechas.

— Desculpe. Ela sempre foi um pouco arrogante, mas anda insuportável nas últimas semanas.

Então é aí que tem passado suas noites.

— Você ficou muito tempo fora nas últimas semanas — falei. Talvez eu não fosse a única que precisava de Noah por perto.

Ele ignorou a inferência.

— *Katie* tem passado muito tempo com sua melhor amiga, *Anna*, nas últimas semanas. Não é uma coincidência — disse Noah, a voz inexpressiva. — Não está agindo assim porque eu estava com você.

Mas senti uma pontada de culpa mesmo assim.

— Minha família... não é igual a sua — disse ele.

— O que quer dizer?

Noah fez uma pausa, avaliando as palavras antes de falar:

— Somos estranhos que por acaso moram na mesma casa.

A voz estava suave, mas havia mágoa sob as palavras que pude sentir ou até ouvir. Não importava como Noah se sentia em relação à situação da família, o fato de ele passar tanto tempo longe não ajudava a melhorá-la. E não importava o que dizia, ambos sabíamos que eu era o motivo.

— Você deveria ficar em sua casa esta noite — falei.

Ele fez que não com a cabeça.

— Não por causa daquilo.

— Deveria ficar aqui por alguns dias. — Foi difícil para mim, mas não quis admitir.

Noah fechou os olhos.

— Sua mãe não vai me deixar ficar durante a semana depois que as aulas recomeçarem em Croyden.

— Vamos pensar em alguma coisa — respondi, embora não acreditasse muito.

Então ouvi uma voz familiar demais me chamar do primeiro andar.

— Está pronta, Mara? — gritou mamãe.

Não estava, mas não tinha escolha.

Mamãe ficou em silêncio durante a viagem de volta para casa, o que foi absurdamente frustrante porque, pela primeira vez em muito tempo, eu queria, de verdade, conversar com ela. Mas cada pergunta que fazia me garantia respostas brevíssimas, verbais ou não:

— Vovó me deixou outra coisa além daquela boneca?

Um aceno negativo com a cabeça.

— Deixou alguma coisa para você quando morreu?

— Dinheiro.

— E quanto a... bens? — Não queria ser muito óbvia.

— Apenas os brincos de esmeralda — disse ela. — E algumas roupas.

E o pingente que deixei com Noah, do qual mamãe parecia não saber nada.

— Nenhuma carta nem nada? Cadernos?

Mais um não com a cabeça enquanto ela encarava a rua à frente.

— Não.

— E quanto a fotos?

— Ela odiava fotos — respondeu mamãe, baixinho. — Nunca me deixou tirar nenhuma. Aquela no corredor é a única que tenho.

— Dela no dia do casamento — falei, uma ideia se formando.

— Sim.

— Quando se casou com vovô.

Uma pausa.

— Sim.

— *Ele* morreu mesmo em um acidente de carro?

Mamãe inalou com força.

— Sim.

— Quando?

— Quando eu era pequena — respondeu ela.

— Você tinha tias ou tios?

— Éramos apenas mamãe e eu.

Tentei imaginar como seria. *Solitário* era a palavra que vinha à mente.

Era estranho perceber como eu sabia pouco sobre a vida de minha mãe antes de nós. Antes mesmo de papai. Eu me sentia culpada por jamais ter pensado nela como outra coisa além de mamãe. Queria saber mais: não apenas por causa da esquisitice sobre vovó, embora esse fosse o catalisador.

— *Somos estranhos que por acaso moram na mesma casa* — dissera Noah sobre a própria família.

Mamãe parecia um pouco como uma estranha também. E, naquele momento, eu não queria que fosse.

Mas quando abri a boca para fazer outra pergunta, ela me interrompeu antes que eu pudesse:

— Foi um dia longo, Mara. Podemos falar sobre essas coisas outra hora?

— Tudo bem — respondi, baixinho, então tentei mudar de assunto. — O que achou da madrasta de Noah?

— Eles são... tristes — Foi tudo o que mamãe concedeu, e deixou por isso mesmo.

Eu estava impossivelmente curiosa, mas ela claramente não tinha humor para compartilhar. O exemplar obscenamente pesado de *Novas teorias em genética* esmagava meu colo; tentei começar a ler no carro, mas fiquei enjoada. Precisaria esperar, mas não tinha problema.

Tudo parecia bem, estranhamente. Sim, Katie havia sido grosseira. Sim, a coisa com o colar era esquisita. Mas Noah e eu tínhamos nos beijado.

Nós nos *beijamos*.

Ele não passaria a noite, mas eu o veria no dia seguinte, depois do Horizontes. E então seria fim de semana, e poderíamos passá-lo buscando respostas juntos.

E também, talvez, nos beijando.

Quando estacionamos em nossa rua, quase deixei de ver John andando com um cachorro, misto de terrier, pelo quarteirão. Vê-lo fez com que eu me sentisse ainda mais leve.

Jude queria me assustar, e ele tinha conseguido, mas aquilo acabaria agora. Ele precisaria encontrar outra coisa com a qual ocupar sua segunda vida.

32

—TUDO BEM, GENTE — falou Brooke, batendo palmas duas vezes. — Vamos finalmente terminar essa rodada de compartilhamento com Mara, Adam, Jamie, Stella e Megan. Vamos todos pegar nossos diários do medo.

A falta de entusiasmo entre meus compatriotas do Horizontes era palpável, mas eu era a rainha da apatia. Noah estava, teoricamente, rondando Little Havana em busca de respostas e vasculhando as coisas da mãe. Eu queria estar com ele, mas, em vez disso, estava ali, e aquilo me irritava.

Alguns alunos pegaram cadernos com redações de dentro das pequenas bolsas que carregavam. Outros caminharam até a estante de livros para pegar os seus. Phoebe estava entre os últimos. Ela se sentou ao meu lado.

Senti vontade de mudar de lugar.

— Quem quer começar? — perguntou Brooke, olhando para cada um de nós em fileira.

Não faça contato visual.

— Ah, por favor! — Ela agitou o dedo. — Todos terão de falar em algum momento.

Silêncio ressonante.

— Mara — falou Brooke. — Que tal você?

É claro.

— Ainda estou... confusa... a respeito dos... parâmetros desse... exercício — falei.

Brooke assentiu.

— É muito para absorver, eu sei, mas você tem se saído muito bem nos últimos dias! Não se preocupe, vou ajudá-la com isso. Então, o que vamos fazer é uma lista de situações que nos deixam ansiosas ou com medo. Então numeramos as coisas, um para as que nos deixam muito pouco ansiosas, e dez para situações que nos deixam extremamente ansiosas. — Brooke se levantou e foi até uma estante baixa no canto da sala. Pegou um caderno de redação. — E, com terapia de exposição, confrontamos nossos medos aos poucos. É por isso que levamos diários, para escrever sobre sentimentos e ansiedades, ver até onde chegamos desde o ponto de partida e encontrar semelhanças com nossos colegas durante a terapia de grupo. — Ela olhou para meu colo, então para a bolsa transpassada sob minha cadeira, recém-revistada em busca de contrabando e considerada inofensiva. — Onde está seu diário?

Sacudi a cabeça.

— Não recebi um diário.

— É claro que recebeu. No primeiro dia, não se lembra?

Não.

— Humm.

— Verifique a bolsa.

Verifiquei. Vasculhei a mochila e vi o pequeno caderno de desenho que levava comigo para a arteterapia, junto a alguns cadernos em espiral, mas não um de redação.

— Tem certeza? — perguntou ela.

Assenti, verificando a bolsa de novo. Nada fora do lugar, exceto por um pedaço de papel solto no fundo.

Brooke suspirou.

— Tudo bem, então, pegue um caderno em branco hoje — concedeu, e me entregou o caderno com uma caneta. — Mas tente encontrar, por favor? — Ela então se voltou para o grupo. — Está bem, gente. Quero que abram na página mais recente de seu diário do medo. Mara, como não tem certeza de onde está o seu, comece a listar algumas ansiedades e enumere como descrevi, está bem? Na verdade, vamos todos tirar cinco minutos para revisar a lista e ver se conseguimos encontrar outra coisa que queremos dizer.

Adam tossiu e pareceu ter soado como "besteira".

— Gostaria de dizer alguma coisa, Adam?

— Eu disse que é besteira. Fiz isso em Lakewood. É idiota.

Brooke se levantou e inclinou a cabeça, indicando que Adam deveria se levantar e segui-la. Ele obedeceu, e os dois saíram para o lado. Brooke falou baixo e pacientemente, mas eu não conseguia distinguir as palavras.

Desejei que Jamie estivesse sentado mais próximo para que eu pudesse perguntar o que era Lakewood. Infelizmente, estava do lado oposto da sala.

Mas Stella estava logo ao meu lado.

— *Ela poderia se passar por normal* — dissera Jamie a respeito de Stella.

O que a tornava mais normal que eu. Talvez eu pudesse fazer uma nova amiga.

Inclinei o corpo em sua direção e perguntei:

— O que é Lakewood?

— Uma prisão — respondeu Stella, estalando os dedos.

Eu a encarei inexpressiva.

— Um centro de tratamento residencial de segurança?

Ainda nada.

Stella suspirou.

— Sabe como este lugar alimenta o programa residencial do Horizontes? — perguntou.

— Um pouco?

— Somos avaliados aqui, no programa diário, então dizem a nossos pais se acham que somos sãos o bastante para nos darmos bem aqui ou se acham que nossos problemas são tão sérios que precisam de tratamento residencial. — Ela enrolou uma mecha do cabelo cacheado ao redor dos dedos. — O programa de tratamento residencial, ou PTR, do Horizontes é um regime de internação, mas você pode se locomover, ir e vir do quarto e coisas assim; o retiro está próximo, você vai ver. Enfim, isso é um PTR normal. No PTR de segurança, você fica basicamente trancado no quarto, a não ser que alguém vá buscá-la. É seguida por todo canto. Lakewood fica no meio do nada, praticamente todos os PTR ficam, mas sem a comida boa e os conselheiros que se importam de verdade. É basicamente a última parada antes da institucionalização pelo Estado. — Ela inclinou a cabeça para o lado. — Você é nova nessa coisa de adolescente perturbada, não é?

Olhei na direção de Adam com novos olhos.

— Aparentemente.

— Veterana — falou Stella, e deu de ombros.

Eu estava curiosa para saber pelo que ela estava ali, mas Stella não disse voluntariamente, e ali não era exatamente uma prisão.

— Bem, Adam — falou Brooke, em voz alta. — Se não quer participar, precisarei informar à Dra. Kells, e você precisará fazer terapia com ela.

— Ele não pertence a este lugar — falou Stella, baixinho, conforme Adam e Brooke voltavam para nosso círculo. Eu queria perguntar mais, mas Brooke estava pronta para seguir em frente.

De volta para mim.

Com sucesso, evitei mencionar qualquer um dos meus medos reais (e válidos) com origens em Jude e no sobrenatural ao tagarelar um bando de medos benignos e normais, como insetos e agulhas. Jamie tentou testar a paciência de Brooke com respostas como "falência intelectual" e "macacos-marinhos", enquanto Megan sinceramente listou toda fobia da qual eu já tinha ouvido falar e diversas que nunca soube que existiam ("Dorafobia" é o medo de pelos).

Isso garantiu um comentário irritante de Adam, o qual Jamie, em seguida, acusou de temer "inadequações físicas" de uma natureza muito íntima, o que resultou no que achei ser um sermão injusto de Brooke, e também causou outro confronto entre os dois garotos. Eu estava torcendo para que Jamie acertasse um soco bem merecido na cabeça troglodita de Adam, mas o enfrentamento terminou antes de ficar animado demais. Stella conseguiu se safar sem participar. Garota sortuda. Sem querer vi de relance o diário de medos dela, mas só li uma palavra ("vozes") antes de rapidamente virar o rosto

Humm.

Quando terminamos, entregamos os cadernos para Brooke e ela então pediu por voluntários para uma "sessão enxurrada". A mão de

Megan se ergueu, abençoada seja, e tive o desprazer de observar os enormes olhos castanhos da pobre garota se arregalarem de terror conforme Brooke a guiava por cenário após cenário no qual Megan encontrava e então se via confinada em espaços apertados. Brooke conversou com ela durante a sessão: primeiro, Megan ficou sentada ali e imaginou um armário se aproximando. Então imaginou caminhar na direção deste. Depois para dentro dele. Então Brooke a guiou para cada vez mais perto de um armário na vida real. Quando o medo ameaçou tomar conta de Megan, a garota disse uma palavra que comunicou a Brooke que ela não suportaria mais, então as duas recuaram. Mas Megan estava empenhada: uma Verdadeira Crente. Parecia mesmo querer melhorar. Admirável.

Quando a sessão terminou, todos aplaudimos e oferecemos palavras encorajadoras: "Muito bem!", "Ótimo trabalho!", "Você é tão forte!". Pontos de exclamação inclusos.

Fizemos uma pausa para o lanche nesse momento — exatamente como no jardim de infância! —, e peguei meu livro de desenhos para trabalhar em um projeto abestalhado para o qual tinha sido designada: escolher uma emoção e desenhá-la. O que eu *queria* desenhar era um dedo médio erguido, mas faria um gatinho em vez disso. Pessoas normais adoram gatinhos.

Mas, quando coloquei a mão dentro da bolsa para apanhar o caderno, minha mão se fechou sobre aquele pedaço de papel solto.

Eu o peguei. Desdobrei. Li o que dizia à medida que os pelos em minha nuca se eriçavam:

Estou de olho em você.

33

JUDE, SUSSURROU MINHA MENTE, ENQUANTO O MEDO ME CORRIA pelas veias.

Virei o rosto; meus olhos procuravam por ele com vontade própria.

Não estava ali.

Não poderia estar. E não poderia ter estado em minha casa na noite passada. Não com John vigiando.

Então me lembrei do primeiro dia no Horizontes. Phoebe roubando a foto de minha bolsa. Apagando meus olhos.

Ela havia se sentado ao meu lado na terapia de grupo hoje.

Jude não escrevera o bilhete. Tinha sido ela.

Mas por quê?

Esqueça isso. Ela era louca. Era esse o motivo.

Peguei o bilhete e o enfiei com raiva no bolso traseiro, e esperei o fim da terapia de grupo parte II, recostada na cadeira e apertando as palmas das mãos contra os olhos. Minha vida estava ferrada o suficiente sem acrescentar as porcarias de Phoebe à pilha. Wayne apareceu com remédio para alguns de nós — inclusive eu —, e os virei de dentro do copinho de papel. O gosto que deixaram era amargo, e não me incomodei em aguá-lo. Só observei o relógio e contei os segundos até ter a chance de confrontar Phoebe.

Brooke voltou tranquilamente segurando uma xícara do que deveria ser café orgânico certificado e uma pilha de folhas de papel. Começou a distribuir os papéis conforme escolhíamos nossas cadeiras, inclusive Phoebe. A garota psicótica observou a sala e fez questão de se sentar o mais longe possível de mim.

Peguei o papel de Brooke com um pouco de força demais. Havia fileiras de rostos ridículos desenhados, contorcidos em diversas expressões exageradas e, imaginei, os "sentimentos" correspondentes. Uma criança de olhos fechados mostrando a língua pelo canto da boca enquanto dava um risinho, com os cabelos espetados e bagunçados, para significar "furtivo"; uma garota de rosto plácido e marias-chiquinhas nos cabelos, com os olhos fechados e os braços cruzados acima da palavra "segura". Havia uma predominância de línguas para fora e olhos desvairados. Brooke começou a entregar canetas.

— Quero que todos circulem o rosto e o sentimento que melhor descreve seu humor hoje. — Ela me olhou. — Isso se chama verificação dos sentimentos. Fazemos duas vezes por semana.

Tirei a tampa da caneta e comecei a circular: irritada, desconfiada, furiosa, enraivecida. Devolvi o papel.

Os sentimentos deviam estar evidentes em meu rosto, pois eu era o foco de mais de uma dezena de olhares. Mas não de Phoebe. Ela encarava o teto.

— Parece que tem muitos sentimentos interessantes agora, Mara — falou Brooke, de modo encorajador. — Quer compartilhar primeiro?

— *Adoraria*. — Levantei o quadril e tirei o bilhete do bolso traseiro. Entreguei a Brooke. — *Alguém* colocou isto em minha bolsa esta manhã — falei para Brooke, mas olhando para Phoebe com raiva.

Brooke abriu o bilhete, lendo-o. E manteve o comportamento calmo.

— Como se sente em relação a isso?

Semicerrei os olhos.

— Não era esse o motivo da verificação dos sentimentos? Por que não me diz o que *você* acha disso?

— Bem, Mara, acho que é algo que claramente a deixou chateada.

Gargalhei sem humor.

— Sim, claramente.

Adam ergueu a mão. Brooke se voltou para ele.

— Sim, Adam?

— O que diz?

— Estou de olho em você — respondi. — Diz "estou de olho em você".

— E o que acha disso, Mara? — perguntou Brooke.

Se Phoebe não admitiria, eu a acusaria e deixaria as fichas caírem como quisessem.

— Acho que Phoebe o escreveu e colocou em minha bolsa.

— Por que acha isso?

— Talvez porque ela seja *doida de pedra*, Brooke.

Jamie bateu palmas devagar.

— Jamie — falou Brooke, tranquilamente. — Não tenho certeza se isso é produtivo.

— Estava aplaudindo Mara pelo uso extraordinariamente apropriado do termo "doida de pedra".

Brooke ficou irritada.

— Gostaria de compartilhar alguma coisa, Jamie?

— Não, é basicamente isso.

— Meu cotovelo está doendo — intrometeu-se Adam.

— Por que escreveu isso, Phoebe? — perguntei.

Ela parecia mais insana que nunca.

— Não escrevi.

— Não acredito em você.

— Não escrevi! — gritou Phoebe. Então se jogou no chão e começou a se balançar.

Fantástico. Esfreguei a mão sobre o rosto enquanto Brooke se dirigia até a parede para apertar um botão no qual eu não tinha reparado antes. Phoebe ainda estava se balançando no chão, mas, quando Brooke voltou as costas para ela, me encarou.

Então sorriu.

— Sua merdinha — sussurrei.

Brooke se virou.

— Disse alguma coisa, Mara?

Semicerrei os olhos para Phoebe, que tinha tapado as orelhas agora. Patrick Rabo de Cavalo tinha aparecido e tentava puxá-la do tapete.

— Ela está fingindo — falei, ainda encarando Phoebe.

Brooke abaixou o rosto para aquela psicótica, mas pude ver que não acreditava em mim. Então ergueu o rosto para o relógio.

— Bem, não temos muito tempo, de toda forma. Patrick — pediu Brooke —, pode levar Phoebe até a Dra. Kells? — E então, com a voz baixa, acrescentou: — Posso chamar Wayne pelo *pager* se acha que ela precisa relaxar.

E veja só. Phoebe levantou do chão. Mágico.

— O resto de vocês, peguem os diários e tirem alguns minutos para escrever sobre seus sentimentos. Vamos conversar de novo sobre o que aconteceu mais tarde, está bem? E não esqueçam... amanhã é o dia da família. Todos devem trabalhar na lista de dez coisas que sua família não sabe sobre você, mas que gostariam que soubesse.

E com isso todos se levantaram e pegaram os diários para escrever. Eu só fingi. Estava furiosa. Phoebe podia enganar Brooke e a Dra. Kells, e o resto deles — eu sabia por experiência própria que isso não era difícil —, mas não podia me enganar. Phoebe escrevera o bilhete, e eu a faria admitir.

E logo antes do fim do dia, tive a chance.

Eu a encontrei em um pequeno saguão, escrevendo alguma coisa no *próprio* diário com concentração robótica e fria.

Olhei em volta. Não havia ninguém no corredor, mas eu não queria falar muito alto. Mantive a voz baixa.

— Por que fez aquilo? — perguntei.

Phoebe ergueu o rosto para mim, toda inocência.

— Fiz o quê?

— Escreveu o bilhete, Phoebe.

— Não escrevi.

— Sério — falei, o temperamento se incendiando. — Não vai mesmo admitir isso? Eu nem me importo, Deus sabe que já tem problemas o bastante, só quero ouvi-la dizer.

— Não escrevi — respondeu Phoebe, roboticamente.

Segurei o portal com uma das mãos e o apertei. Precisava ir embora ou perderia a calma.

— Não escrevi — falou Phoebe de novo. Mas seu tom de voz tinha mudado; ele me fez virar o rosto para ela. Phoebe me encarava agora, os olhos concentrados e claros.

— Já ouvi isso.

Phoebe abaixou os olhos de volta para o diário. Um sorriso se abriu em seus lábios.

— Mas fui eu quem o colocou na sua mochila.

34

MEU SANGUE FICOU GELADO.

— O que você disse?

Phoebe começou a murmurar.

Fui até ela e me agachei para poder encará-la.

— Repita o que falou. Agora mesmo. Ou vou contar para a Dra. Kells. Agora mesmo.

— Meu namorado me deu o bilhete — disse ela, com a voz cantada.

— Quem é seu namorado, Phoebe?

— *You are my Sunshine, my only Sunshine, you make me happy, when skies are gray* — cantarolou, então voltou a murmurar.

Eu queria separar a cabeça de Phoebe de sua coluna. Minhas mãos se fecharam em punhos. Precisei de toda força do corpo naquele momento para não bater nela.

Quase, *quase* quis matá-la.

Fechei os olhos. Depois de um minuto de paralisia, virei e fui embora. Vamos chamar isso de progresso.

Estava mais que pronta para aquele dia inútil acabar. Quando cheguei em casa, quis tentar decifrar *Novas teorias em genética* e também ver se Noah tinha tido sorte revirando a Calle Ocho sozinho. Mas Joseph me puxou para uma guerra de video game antes de eu conseguir chegar ao quarto, e, quando liguei para Noah depois de perder três vezes, ele soou estranho.

Noah perguntou se eu estava bem. Respondi que sim e, então, imediatamente, o ataquei com perguntas. Mas ele me interrompeu rapidamente, dizendo que nos falaríamos no dia seguinte.

Desliguei me sentindo um pouco inquieta e me odiei por isso, por me sentir insegura. Estávamos passando quase todos os momentos juntos, e fui eu que sugeri que ele ficasse mais tempo na própria casa, mais tempo longe. Mas a voz de Noah parecia tão distante, e estávamos lidando com tanta coisa — *eu* estava lidando com tanta coisa —, que parte de mim não pôde deixar de imaginar se minha carga estava ficando pesada demais para ele querer suportar.

Quando o último dia de minha primeira semana no Horizontes chegou, me vi prestes a descarregar parte desse fardo diante de meu irmão mais velho. Era o Dia da Terapia em Família, e eu estava completamente desanimada com a ideia de Daniel testemunhar todo o cenário da irmã psicótica, ao vivo e em cores. Fomos recebidos pelo conselheiro Wayne, que nos levou à área comum em que fomos divididos em minigrupos. A maioria das pessoas trouxera os pais, mas alguns seletos, como eu, escolheram irmãos mais velhos ou mais novos. E, quando nos separaram para salas menores, Jamie entrou seguido de perto por uma garota mais velha, cheia de sardas e de aparência bastante infantil que eu não reconheci, fiquei boquiaberta ao ver que ele era parte desse grupo.

A garota devia ser sua famigerada irmã. Aquela que Jamie contou que Noah deflorara em algum jogo deturpado de vingança.

Aquilo podia ser interessante.

Jamie se sentou em uma cadeira de plástico, as pernas recém-crescidas esticadas diante do corpo. A irmã se sentou ao lado com postura idêntica. Sorri, embora Jamie ficasse olhando para a porta.

Por causa do modo como nos tinham dividido, havia a chance de acabarmos com Wayne ou com outra pessoa que seria a "facilitadora" hoje, e era o que esperávamos. Brooke era avoada, mas incansável.

— Oi, gente! — Brooke entrou como se dançasse valsa.

Infelizmente, sem sorte.

— Alunos do Horizontes, que manhã maravilhosa! Familiares, *muito* obrigada por estarem aqui. Vamos *todos* nos apresentar em círculo, parece bom? Porque somos *todos* família aqui.

Olhei de relance para Daniel. Ele parecia encarar Brooke com desconfiança. Eu o amava tanto por isso.

Brooke apontou para Jamie primeiro.

— Por que não começa?

— Oi, sou Jamie! — disse, debochando do entusiasmo dela.

— Oi, Jamie! — falou Brooke, sem perceber.

A irmã dele — se era mesmo ela — contraiu os lábios no que presumi ter sido uma tentativa de não rir.

— Quem trouxe hoje, Jamie?

A garota respondeu e ergueu a mão como um aceno:

— Stephanie Roth. Sou a irmã sortuda de Jamie.

— Oi, Stephanie — dissemos todos.

E assim prosseguiu até todos termos nos apresentado e a nosso familiar. Brooke fez com que cada um de nós lesse da lista de coisas que desejaríamos que nossos familiares presentes soubessem sobre nós, mas não sabiam. A minha era basicamente porcaria, e foi por isso que fiquei surpresa quando Daniel começou a ler a dele. Aparentemente, nossos familiares tinham recebido a tarefa, sem que soubéssemos, de criar uma lista também.

— Queria que Mara soubesse que tenho inveja dela.

Virei o corpo para encará-lo.

— Não pode estar falando sério.

Brooke agitou o indicador.

— Sem interrupções, Mara.

Meu irmão pigarreou.

— Queria que soubesse que acho que é a pessoa mais engraçada da Terra. E que, sempre que não está em casa, sinto como se estivesse sem minha comparsa de crimes.

Minha garganta se apertou. Não chore. Não chore.

— Eu queria que soubesse: *ela* é a preferida da mamãe de verdade...

Sacudi a cabeça nessa parte.

— ...a princesa que mamãe sempre quis. Que mamãe costumava vesti-la como uma bonequinha e exibir Mara como se fosse sua maior realização. Queria que Mara soubesse que nunca me importei, porque ela é minha preferida também.

Meu queixo estremeceu. Droga.

— Queria que ela soubesse que sempre tive conhecidos em vez de amigos porque passei todo tempo fora da escola estudando ou treinando no piano. Queria que soubesse que é literalmente tão inteligente quanto eu, seu QI é UM PONTO mais baixo — falou Daniel, erguendo os olhos para me encarar. — Mamãe nos testou. E que ela poderia conseguir as mesmas notas se não fosse tão preguiçosa.

Deixei o corpo afundar na cadeira e posso ou não ter cruzado os braços de modo defensivo.

— Queria que soubesse que tenho muito orgulho dela, e que sempre terei, não importa o que aconteça.

— Lenços? — Brooke me entregou uma caixa.

Nãããããããão. Furiosamente, pisquei para afastar as lágrimas que embaçavam minha visão, e sacudi a cabeça.

— Estou bem — respondi, a voz rouca.

Ah, é. Muito bem.

— Isso foi maravilhoso, Daniel — falou Brooke. — Por que não aplaudimos Mara e Daniel?

Inserir palmas escassas aqui.

— E podemos fazer uma breve pausa e nos dar um segundo para nos reconectarmos com os sentimentos.

TÃO HORRÍVEL. Disparei para o banheiro. Joguei um pouco de água no rosto, e, quando o sequei, Stephanie Roth estava recostada no balcão.

Ela sorriu.

— Oi — cumprimentou. — Eu sou...

— Sei quem você é — interrompi. Minha voz ainda estava rouca. Pigarreei. — Eu sei.

— Certo, as apresentações.

Não exatamente.

— Ouvi falar muito de você — avisei, percebendo depois disso que: a) não era verdade, e b) o que ouvi não era necessariamente lisonjeiro.

— E eu de você, Mara Dyer — falou Stephanie, e me lançou um sorriso enigmático. — Jamie me contou que é a nova namorada de Noah Shaw.

Ergui as sobrancelhas.

— Ele disse isso?

— Na verdade, as palavras exatas foram "a nova coisinha de Noah". Sorri e joguei fora a toalha de papel.

— Parece mais com ele.

— Bom para você.

Ó-ou.

— Humm...

— Digo, em relação a Noah.

Semicerrei os olhos para Stephanie.

— Detecto sarcasmo?

Stephanie sacudiu a cabeça. Estava com uma expressão séria.

— Não.

— Porque Jamie, tipo, odeia ele.

Ela prendeu o cabelo louro em um rabo de cavalo.

— Eu sei.

Imaginei até que ponto poderia insistir, porque certamente estava curiosa.

— Ele o odeia pelo que Noah... fez com você — falei, por fim.

Então a expressão dela mudou. Stephanie pareceu cautelosa de súbito. Com a postura mais reta, falou:

— Noah contou a você o que aconteceu?

— Jamie contou.

— Mas não Noah?

— Perguntei a ele se deveria acreditar em Jamie, e Noah respondeu que sim.

Stephanie me deu um olhar lento, reticente.

— Mas você não perguntou. — Stephanie cruzou os braços atléticos e me avaliou. Eu estava completamente sem noção do que dizer a seguir.

Então tentei fugir.

— Vejo você lá dentro, acho — falei, enquanto me dirigia para a porta.

Mas Stephanie estendeu o braço para me impedir.

— Fiz um aborto.

— Humm. — Eu tinha certeza de que exibia aquele olhar de cervo surpreendido por faróis de carro. Olhei, desesperada, para a porta. — Não sou exatamente qualificada para...

— Noah foi comigo.

Congelei.

— Ele era...

Stephanie sacudiu a cabeça com veemência.

— Não. Não era dele. Mas isso meio que... — Ela parou, ergueu o rosto para o teto. — Isso meio que deu início a tudo.

Não falei nada. Quero dizer, o que se *pode* falar numa situação dessas?

— Noah me chamou para sair — continuou ela. — Ele só tinha 15 anos, embora não parecesse. Eu o achava meio engraçado, então aceitei, apesar de estar saindo com outro cara, de outra escola, havia um tempo. Depois que ficamos juntos, Noah admitiu que só me chamou para sair porque achava que Jamie estivesse com a irmã *dele*. Você sacaneia minha família, eu sacaneio a sua; esse tipo de coisa.

Assenti com cautela. Isso se encaixava no que eu sabia.

— E, não sei, achava que Jamie não deveria se agarrar publicamente com uma aluna do oitavo ano. Eles tinham a mesma idade, mas mesmo assim... Então, entrei no jogo, o qual não envolvia nada além de fingir me derreter por Noah na frente de Jamie durante o jantar e coisas do tipo. Mas eu estava com outro cara. Vamos chamá-lo de Kyle.

A voz de Stephanie ficou ríspida:

— Estávamos juntos por, tipo, uns seis meses, em total segredo. Meus pais teriam o odiado — falou, quase aos sussurros. — E estávamos transando. O que meus pais também teriam odiado. — Stephanie olhou para a porta do banheiro. Para resumir, em algum momento devo ter deixado de tomar uma pílula, então minha menstruação atrasou e, bum, duas linhas rosa. Contei ao Kyle, que disse que não era problema dele... eu era fácil e devia estar "trepando com todo mundo por aí". — Stephanie revirou os olhos. — Esse era pra casar, obviamente.

— É o que parece — falei, baixinho.

Ela deu um meio sorriso.

— Eu *sabia* que não estava pronta para um bebê e que adoção não era para mim. Sabia o que queria, tinha certeza, mas me senti... sozinha. — Ela recostou na parede e me encarou. — Não confiava em minhas amigas para guardarem o segredo, meus pais teriam perdido a cabeça se descobrissem, e a ideia de ir sozinha até uma casa do programa Paternidade Planejada era torturante. Guardar tudo isso só me fez sentir... me sentia ferrada.

Os olhos dela ficaram severos, e Stephanie encarou o chão.

— Noah me viu chorando perto das máquinas de lanches da escola, eu estava tão arrasada que saí contando tudo para o coitado. — Ela sorriu ao se lembrar. — Mas Noah foi ótimo. Usou seus contatos e marcou uma consulta para mim com um ginecologista particular, e fez questão de me acompanhar. De toda forma, chorei muito depois... Odiava me sentir como se aquilo fosse um segredinho sujo, embora fosse o que eu queria e me sentisse *aliviada*. — Seus lábios se contraíram até virarem uma linha. — Noah me viu a caminho do almoço alguns dias depois e perguntou como eu estava, e caí no choro. Jamie passou, Noah saiu, Jamie tirou as próprias conclusões e achou que ele tivesse terminado comigo. Eu estava chateada demais para corrigi-lo.

Eu não conseguia mais ficar calada.

— Então deixou todo mundo pensar que Noah tinha sacaneado você? Depois de ter te ajudado?

Stephanie sacudiu a cabeça.

— Liguei para Noah assim que voltei para casa naquela noite, disse a ele que contaria outra coisa para Jamie, inventaria uma mentira diferente, mas Noah falou que não se importava, e pelo *modo* como falou? Acreditei. É engraçado — comentou Stephanie, embora não tivesse sorrido. — Acho que há uma parte dele que *quer* ser odiado. Noah só mostra o que quer que você veja. É tão fechado... aquilo me fez pensar que ele jamais contaria.

— Não contou — falei, devagar. — Mas por que você está falando isso para *mim*? — Não que eu não tivesse apreciado o gesto, porque apreciava.

O sorriso de Mona Lisa surgiu de novo.

— Às vezes os maiores segredos a gente só consegue contar para um estranho. — Stephanie se apoiou na parede pintada de cinza e inclinou a cabeça. Ela me avaliou. — Não me importo com o que pensa de mim... Fiz a escolha certa para minha vida e não me arrependo. Se acha que sou uma pessoa horrível, uma assassina e que vou para o inferno, nunca precisaremos nos ver de novo. Mas magoaria meus pais se soubessem, e Jamie... ele é incrível e a pessoa mais leal que já conheci. Mas é um pouco...

Stephanie coçou o nariz.

— É muito crítico. Dono da verdade. Eu o amo de morrer, mas Jamie tem essa visão do mundo preta e branca. Tipo, ele te adora, mas estava criticando você mais cedo por estar com Noah mesmo sabendo que vai acabar com o coração partido. Jamie guarda rancor *por uma eternidade*. Noah definitivamente tem os momentos babacas, e tem muita escuridão ali dentro. Soube que já fez umas coisas seriamente perturbadoras. Talvez a magoe, não sou um oráculo. — Stephanie deu de ombros. — Mas no infame caso de Noah Shaw *versus* Stephanie Roth? Ele não é culpado.

Ela se dirigiu à porta. Stephanie apoiou a mão na maçaneta.

— Eu só... quando te vi lá fora, com seu irmão... — Então abaixou os ombros. — Só queria que soubesse.

— Espere — falei, e a mão dela desceu para a lateral do corpo. — Por que não conta a Jamie agora? Faz anos.

— Ele tem outras porcarias com que lidar, e está aceitando essa coisa do Horizontes com muita dificuldade. Ou melhor, está aceitando com muita dificuldade o fato de que nossos pais não acreditam numa palavra do que diz.

Eu sabia como era isso.

— Além disso, Jamie é adotado, e acho que a questão do aborto pode incomodá-lo.

Sacudi a cabeça.

— Acho que não. Acho que ele iria querer saber a verdade.

— Não há verdade — respondeu Stephanie, de modo misterioso. — Apenas perspectivas. Filosofia I. — E piscou um olho.

Mas apesar do tom tranquilo, eu podia ver que Stephanie estava mordendo a parte interna da bochecha.

— Não quero que ele saiba, está bem? — disse, depois de uma pausa. Stephanie me encarou. — Então não conte. — E, dito isso, saiu pela porta.

Fiquei olhando para as costas dela. Jamie achava que estava sendo leal ao odiar Noah, que, na verdade, tinha apenas ajudado. E Stephanie não estava chateada com a escolha: só tinha medo do que o irmão pensaria dela por tê-la feito.

Será que eu era tão diferente assim?

Costumava pensar que não havia nada que pudesse fazer para mudar o modo como minha família me enxergava. Não havia nada que eu não pudesse contar a eles.

Mas agora sabia que isso não era verdade. Caminharei para sempre com histórias dentro de mim que as pessoas que mais amo jamais poderão ouvir.

35

SOBREVIVI À MINHA PRIMEIRA SEMANA NO HORIZONTES SEM MA-
tar ninguém ou ser morta, e, quando chegou a sexta-feira à tarde,
eu estava relativamente animada. Noah ligou e perguntou se eu
queria que passasse o fim de semana, ao que, lógico, respondi
afirmativamente, apesar do fato de ele ainda parecer um pouco distante.
Então Noah convenceu Ruth a sair da cidade e fez com que ela ligasse
para minha mãe e perguntasse se o abrigaria. Mamãe respondeu sim
sem hesitar: fiquei surpresa, mas é aquela história de a cavalos dados
não se olham os dentes. Sabe como é.

Metade da família estava dentro, metade estava fora quando Daniel e eu chegamos em casa de nossa sessão de irmãos no Horizontes. E
como nada mais estava planejado e não tinha nada para fazer, peguei o
Novas teorias em genética, que estava convenientemente apoiado em minha mesa, e o levei até a sala de estar para ler.

— Mara?

A voz de Daniel. A mão de Daniel em meu ombro. Abri os olhos e
vi que estava com o rosto esmagado contra a sexta página.

Caí no sono. Fantástico.

Limpei a boca para o caso de estar babando.

— Que horas são?

— Nem 17 horas. Escolha interessante de travesseiro. Título?

Entreguei o livro a Daniel. Ele semicerrou os olhos para o exemplar. Então para mim.

— O quê?

— Nada. Só parece uma escolha incomum.

— Para mim, você quer dizer.

— Não sabia que se interessava por genética, só isso.

Sentei e cruzei as pernas sob o corpo.

— O que aconteceu com aquela história de "queria que Mara soubesse que é tão inteligente quanto eu"?

— Nada. Ainda é verdade. Mas o que despertou o súbito interesse?

— Noah disse algo sobre memória genética que me deixou curiosa. Falou que leu sobre isso aqui. — Indiquei o livro com a cabeça. — Mas as únicas coisas que peguei na introdução foram referências ao evemerismo e a arquétipos junguianos...

— *Evêmero*, uau. Isso desperta um flashback de menção honrosa em inglês no oitavo ano.

— Sério...

— Você também foi aluna da O'Hara, não? Ela a obrigou a fazer aquele trabalho em que devia escolher um mito e inventar uma interpretação "histórica"?

— Sim...

— Acho que acabei fazendo algo sobre Afrodite e heteronormatividade, não lembro muito, exceto que foi brilhante, mesmo para mim — disse Daniel, com um sorriso. — Por que está lendo isso mesmo?

— Para alcançar a iluminação a respeito da memória genética. Só tenho mais de seiscentas páginas para terminar.

Daniel fez uma careta e coçou o nariz.

— O quê?

— Não para, tipo, desencorajar você ou nada, mas memória genética é ficção científica, não fato científico.

Lancei um olhar cansado para meu irmão.

— Desculpe, mas é — defendeu ele. — Não pode ser revisado por pares ou experimentado...

— Isso não significa que é impossível.

— Significa que é improvável.

Pensei em tudo por que tinha passado e em todas as coisas pelas quais *ainda* passava, nenhuma delas poderia provar.

— Só porque não se pode provar algo, não significa que não é real. — Estendi a mão para o livro.

Daniel desviou do alcance do meu braço e abriu o exemplar na primeira página.

— Talvez eu dê uma lida mesmo assim.

Estendi o braço de novo, flexionando os dedos.

— Pegue emprestado depois que eu terminar.

— Mas você não está lendo. Está dormindo nele. Vou colocar em meu quarto... pode pegá-lo quando quiser. Ah, e pergunte a mamãe sobre Jung, ela vai gostar.

— Daniel...

— TEM UM JACARÉ NA PISCINA DO MAX! — gritou Joseph do saguão de entrada. Ele entrou correndo para a sala, o rosto alegre pela agitação.

— De que tamanho? — perguntou Daniel, e colocou o livro gigante atrás do corpo.

— Grande — falou Joseph, os olhos arregalados. — Muito grande.

Minha vez.

— Você viu?

Joseph sacudiu a cabeça.

— Ele mandou um e-mail. Vão chamar aquele cara pra ir tirar o jacaré.

— Que cara? — perguntou Daniel.

— Espere, aquele cara do Animal Planet? — perguntei.

Joseph assentiu furiosamente.

— Ele me convidou para assistir. A mãe está pirando porque têm uma gata que gosta de sair e ainda não a encontraram.

Gelo percorreu minhas veias quando me lembrei...

O corpo imóvel de um gato cinza estava a centímetros de onde eu estava, a carne exposta, o pelo manchado de vermelho.

Minha mãe surgiu na cozinha.

— O gato de Max também sumiu?

Daniel arqueou uma sobrancelha.

— Também?

Eu precisava ficar calma. Precisava prosseguir com o show.

— Os Delaney acabaram de me perguntar se algum de nós viu a gata *deles*. — A casa da família fazia fronteira com a nossa pelos fundos. — Está sumida desde domingo.

Desde que voltei para casa.

As sobrancelhas de Joseph se abaixaram.

— Foi quando o cachorro de Jenny fugiu.

Quem é Jenny?, perguntei a Daniel sem emitir som.

— Angelo — respondeu Daniel. — Do outro lado da rua, à esquerda.

Joseph olhou de volta para mamãe.

— Mãe, me leva até a casa do Max?

— Estou um pouco cansada, querido.

Joseph olhou para Daniel, então para mim. Simultaneamente dissemos:

— Eu não.

Joseph juntou as mãos em uma oração fingida.

— POR FAVOR, me levem! Nunca mais vou pedir outra coisa, juro

— Mara precisa ficar e me ajudar com o jantar — disse mamãe.

Minha vez de fazer careta, embora estivesse espetacularmente aliviada.

— Preciso?

— Daniel, leve Joseph, por favor? — pediu mamãe. Daniel já estava pegando a chave do carro dela.

— Obrigada.

Joseph socou o ar, mas se virou para mim antes de ir.

— Você vai ao parque hoje à noite, não vai?

Ergui uma sobrancelha.

— Que parque?

— Tem um parque de diversões em Davie — falou mamãe. — Achei que seria divertido se fôssemos todos.

— Volto logo — falou Daniel, quando saiu da cozinha e deixou o *Novas teorias* no balcão. Então colocou a cabeça para dentro de casa para um último olhar de *me deve uma*.

Devia mesmo. Lembrar do gato tinha me deixado inquieta, embora soubesse que John estava do lado de fora, vigiando nossa casa. Jude não aparecera desde que ele chegara, e os animais sumidos poderiam ser uma coincidência, mas me deixavam nervosa e...

E mamãe estava me olhando.

Sorri para ela. Um grande sorriso.

— O que posso fazer? — perguntei, toda entusiasmada e alegre.

— Gostaria de arrumar a mesa?

— Claro! — Comecei a esvaziar o lava-louças enquanto mamãe começou a remexer a despensa.

— Como estão as coisas no Horizontes? — perguntou ela.

Então foi por *isso* que tinha me aliviado.

— Estão ótimas!

— Que tipo de coisas tem feito?

Além de novos inimigos?

— Humm, em terapia teatral, ontem, escolhemos monólogos de livros antigos e então os interpretamos.

— Você gostou?

Assenti com seriedade.

— Gostei.

— Mesmo?

— É divertido fingir ser outra pessoa.

— Que livro escolheu?

— Humm, *O médico e o monstro*.

— Que papel interpretou?

O monstro.

— O médico.

Ela colocou algo no forno, escondendo o rosto.

— Como estão as coisas com Noah?

Ah. Era sobre aquilo que ela queria conversar *de verdade*.

— Estão bem. — Acho. — Iguais, sabe?

— O que vocês fazem juntos?

Além de fugir de meu perseguidor e queimar bonecas?

— Conversamos.

— Sobre o quê?

Memória genética.

— Livros.

Possessão.

— Filmes.

Jude.

— Pessoas de quem não gostamos.

— Conversam sobre o que está acontecendo com você?

Tentei lembrar da conversa que ouvi entre meus pais, logo depois da visita à ala psiquiátrica. Mamãe disse que era bom para mim ter alguém que ouvia...

— Ele é um bom ouvinte — falei.

— Conversam sobre o que está acontecendo com ele?

O quê?

— Do que está falando?

Ela se virou para me encarar, as feições neutras e o olhar direto. Mamãe buscou algo em meus olhos, mas o que quer que fosse, não encontrou, porque continuou:

— Os pais de Noah vão sair da cidade este fim de semana e mandaram a irmã para a casa de uma amiga, então falei que ele poderia ficar aqui.

Assenti.

— Eu sei... — Esperei pela parte ruim.

— Só quero me certificar de que não preciso me preocupar com vocês dois.

Sacudi a cabeça com empatia.

— Não. Sem preocupações.

Minha mãe misturou algo em uma vasilha e então apoiou no balcão.

— Quão sério é o relacionamento de vocês?

— Não sério o bastante que precise se preocupar — falei, com um sorriso suave, buscando um modo de distraí-la antes que o papo ficasse seriamente esquisito. — Ei, mãe — comecei, me lembrando da conversa com Daniel. — O que sabe sobre arquétipos junguianos? — Melhor transição do mundo.

Ela pareceu apropriadamente surpresa.

— Uau, não penso nisso desde a faculdade... Eu poderia falar mais sobre Jacques Lacan que sobre Carl Jung, ele era mais minha praia, mas, vejamos — disse, devagar, conforme os olhos se voltavam para o teto. — Tem o Eu, lembro, a Sombra — ela os contava nos dedos —, a Persona... Esqueci os dois outros principais... Há outras *representações* arquetípicas, no entanto, a Grande Mãe, o Demônio, o Herói... — A voz dela sumiu por um segundo, antes do rosto de mamãe se alegrar. — Ah! E o Sábio e o Trickster também... e lembro de algo sobre Édipo, mas ele poderia estar surgindo de Freud? E Apolo, talvez... — disse ela, antes de ser interrompida por uma batida à porta.

Eu já estava saindo da cozinha quando mamãe me pediu para ver quem era.

Abri a porta e vi Noah ali, de camisa xadrez de manga comprida, jeans escuro, óculos de sol que escondiam os olhos. Parecia perfeitamente desarrumado e perfeitamente inexpressivo.

Noah só mostra o que quer que você veja.

— Onde está todo mundo? — perguntou ele, com tom de voz impassível.

Afastei as palavras de Stephanie.

— Minha mãe está na cozinha — respondi. — E Daniel e Joseph foram ver alguém retirar um jacaré de uma piscina.

As sobrancelhas de Noah se ergueram sobre as lentes escuras.

— Pois é.

Ele suspirou.

— Acho que vou precisar esperar.

— Pelo quê?

Noah olhou para a cozinha. Nenhum ruído de mamãe. Ele sacudiu a cabeça.

— À merda com isso. — Enfiou a mão no bolso traseiro e me entregou um pedaço de papel.

Não. Não um pedaço de papel. Uma foto. Uma fotografia em cores desbotada de duas garotas: uma loura e alegre, exibindo o meio sorriso de Noah, e a outra...

— Puta merda — sussurrei.

A outra era minha avó.

36

— NOAH — DISSE MAMÃE, SURGINDO DA COZINHA E limpando as mãos em uma toalha. — Sentimos sua falta.

Enfiei a foto no bolso traseiro o mais sorrateiramente que pude.

— Obrigado por me receber — disse Noah. — Tenho algo para você, de meus pais...

Minha mãe sorriu e sacudiu a cabeça.

— Completamente desnecessário.

— Está no carro, vou buscar — disse Noah. Ele saiu, e corri para o quarto, então escondi a foto antes que mamãe a visse, eu derramasse água na imagem ou ela espontaneamente pegasse fogo.

Quando voltei, Noah e minha mãe estavam conversando na cozinha.

— Então, que lugar de Londres costumava visitar? — perguntou-lhe Noah, enquanto misturava o que achei que fosse molho de salada.

— Ah, sabe como é, o de sempre. — Mamãe deu de ombros diante da pia. — O palácio de Buckingham, o Big Ben, esse tipo de coisa.

— Sua mãe cresceu lá?

Cem pontos para Noah Shaw. Quase o cumprimentei por mímica no ar.

Mamãe assentiu.

— O que ela fazia?

— Era estudante — respondeu minha mãe, a voz ríspida.

— Isso é tão interessante... Que universidade?

Minha mãe apoiou a vasilha de salada diante de Noah.

— Cambridge.

Nossos olhos se encontraram.

— Darwin College — continuou ela. — Estava na faculdade para fazer o PhD, mas não terminou. Acho que isso sempre a incomodou. Tudo bem, vocês dois — disse mamãe, rindo para nós. — Obrigada pela ajuda, estão livres.

Aquela era a única vez na vida em que eu preferiria conversar com minha mãe a levar meu namorado para o quarto.

— Não tem problema — disse Noah. Aparentemente sentia o mesmo.

Mamãe limpou as mãos.

— Terminei. Não há mais nada a fazer. Podem ir — disse ela, gesticulando para que saíssemos e acabando com a conversa. *Calhou* de ela praticar um ato de tamanha confiança quando tudo o que eu queria, de verdade, eram mais respostas. Mas Noah e eu tínhamos sido dispensados, e, se não saíssemos, minha mãe poderia ficar desconfiada.

Quando estávamos sozinhos no quarto, fechei a porta quase completamente, virei para Noah e falei:

— Puta merda.

— Bem colocado.

Estava completamente chocada e recuei até a cama.

— Onde a encontrou?

— Uma caixa qualquer com coisas de minha mãe.

Esfreguei a testa.

— Então elas se conheciam.

— Parece que sim. Onde está a foto?

Fui até a escrivaninha e peguei a foto na gaveta, então a entreguei a Noah.

— Como sabia que era minha avó? — perguntei-lhe.

Noah ergueu o rosto para mim, perplexo.

— Sério?

213

— Sim...

— Não vê a semelhança?

Olhei para a foto de novo. Algo me incomodava em relação a ela, mas não era isso.

— Quando foi tirada?

Noah virou a fotografia.

— Em 1987. — Noah parou. — Minha mãe estaria na universida-de. Em Cambridge.

— Espere — falei, quando uma ideia se formou. — Seus pais estu-daram lá juntos, não foi?

— Sim — disse Noah, devagar.

— Pode perguntar a seu pai? Talvez ele se lembre disso. — Indi-quei a foto.

— Ele não conversa sobre ela. — A voz de Noah ficou inexpressiva.

— Mas...

— Não conversa — repetiu. Então: — Poderia tentar Ruth, talvez. Ela também estudava lá.

Um olhar para Noah me avisou que eu não iria muito longe, a menos que insistisse, e não tinha certeza se deveria. Não com relação à família dele.

Voltei o olhar para a foto em minhas mãos. Então saí do quarto, para o corredor. Noah me seguiu. Olhei para a fotografia e para o por-ta-retratos de vovó contra a da parede, então percebi o que estava fora do normal.

— Ela está exatamente igual — falei.

Os olhos de Noah seguiram os meus. Levou muito tempo antes que qualquer um de nós falasse.

— Elas não poderiam ter frequentado Cambridge na mesma épo-ca — comentei, depois de voltarmos ao quarto. Sentei de volta na cama — Minha avó estava morando nos Estados Unidos quando *sua* mãe estava na faculdade.

— Mas ela costumava visitar Londres todo ano quando sua mãe era pequena. Talvez tenham se conhecido em uma dessas viagens?

— Acho que sim, mas parecem meio... conhecidas, não parecem? — falei, encarando a foto. — Como se fossem amigas.

— Todo mundo parece assim nas fotos.

Esfreguei a testa.

— Por que tirar uma foto de alguém que mal conhece então? É estranho.

As sobrancelhas de Noah se uniram.

— É possível que ela tenha ido a Londres mais vezes do que sua mãe tenha conhecimento?

Suspirei.

— A esta altura, tudo é possível — falei, e parei. — Talvez ela fosse imortal.

Ao ouvir isso, Noah deu um sorriso.

— Eu ia sugerir "viajante do tempo", mas, claro. — Ele esticou os braços casualmente atrás da cabeça, expondo um filete da barriga acima da cintura baixa do jeans.

Tortura. Pigarreei e olhei a foto de novo.

— Minha mãe contou que o retrato é a única foto que tem de vovó. Ela morreria se visse a sua.

O sorriso de Noah sumiu. A expressão me fez querer falar de outra coisa.

— Ainda tem o pingente? — perguntei.

— Sim. — Suas feições estavam suaves. — Quer de volta?

Não queria.

— Está mais seguro com você — respondi. — Tenho medo de perder. — Ou de jogar fora. — Só estava imaginando se talvez descobriu mais alguma coisa?

Noah sacudiu a cabeça uma só vez antes de perguntar:

— Qual é o nome de solteira de sua mãe?

— Sarin, por quê?

— Vou pedir que Charles pesquise isso — disse, indicando a foto.

— E Charles é...

— O investigador particular.

— Ele descobriu alguma coisa sobre Jude?

Noah virou o rosto.

— Beco sem saída após beco sem saída. Encontrou as respostas que queria naquele livro?

— Ainda não tive a chance de ler — falei, casualmente.

Um meio sorriso se formou na boca de Noah.

— Caiu no sono, não foi?

Ergui o queixo.

— Não.

— Em que página?

— Não caí no sono.

— Em que página?

Ok, fui pega na mentira.

— Seis — respondi. — Mas estava muito cansada.

— Não estou julgando. Mal consegui terminar aquela introdução obscenamente pomposa.

— E quanto a situação com Lukumi? — falei, mudando de assunto. — Alguma sorte?

A voz de Noah se alegrou um pouco:

— Na verdade, voltei para Little Havana quando você estava no Horizontes, e catei as *botânicas*, exatamente como pediu.

— E?

— E — prosseguiu Noah, devagar. — Imagine por um momento como foram receptivos quando *eu* entrei e comecei a fazer perguntas.

— O quê? Seu espanhol é perfeito.

Ele arqueou uma sobrancelha.

— Um olhar para mim e seus maxilares visivelmente se trancaram. O dono achou que eu trabalhava no Departamento de Saúde e começou a me mostrar a loja, repetindo "nenhum bode, nenhum bode".

Dei um risinho.

— Que bom que eu a divirto.

— Tiro minha diversão de onde posso ultimamente. E, por falar no Horizontes, quase tive um... incidente.

— De que natureza? — perguntou Noah, com cautela.

— Tem essa garota, Phoebe... Ela fica me *provocando*. Quase perdi a calma com ela. — Lembrar daquilo me encheu de frustração. — E se alguém me irritar e eu mandar a pessoa se jogar da ponte?

Noah sacudiu a cabeça.

— Você jamais diria isso.

— Ah, é?

— Diria que se atirasse em uma fogueira.

— Ajuda muito. Obrigada.

Noah ficou de pé nesse momento, então se juntou a mim na cama.

— Só digo isso porque tenho certeza de que não é assim que funciona.

— *Como* funciona, então? — perguntei, em voz alta, os dedos enroscados no cobertor. Estavam quase tocando os dele. Meus olhos subiram para o rosto de Noah. — Como cura as coisas?

Achei ter visto um leve toque de surpresa na expressão de Noah diante da mudança repentina na conversa, mas ele respondeu inexpressivo:

— Sabe que todos têm digitais, obviamente.

— Obviamente.

— Para mim, tudo tem uma impressão aural também. Um tom individual. E quando alguém, ou alguma coisa, está doente ou ferida, o tom desafina. Quebra. Eu só... sei naturalmente como corrigir.

— Não entendo.

— Porque você não é uma pessoa musical.

— Obrigada.

Noah deu de ombros.

— Não é insulto. Daniel entenderia. Se sua mãe não estivesse na cozinha, eu mostraria.

— Como?

— Você tem um piano. Enfim, é tipo... — Ele olhou para a frente, em busca de palavras. — Pense na melodia de uma música que conhece bem. E, então, imagine uma nota dessa música ser alterada para o tom errado ou para uma nota completamente diferente.

— Mas como você conserta?

— Se você perguntasse a um jogador de basquete como fazer um lance livre perfeito, ele não poderia descrever o processo fisiológico que faz isso possível. Ele apenas... faz.

Inspirei.

— Mas há tanta gente — comentei.

— Sim.

— E animais.

— Sim.

— Deve ficar barulhento.

— Fica — falou Noah —, mas como eu disse antes, aprendi a desligar, a não ser que queira me concentrar em um som em particular. —

Noah sorriu. — Prefiro — ele passou um dedo por meu braço — ouvir você.

— Como é meu som? — perguntei, mais aos sussurros do que pretendia. Nossa, tão previsível.

Noah pensou na resposta por um momento antes de dizer.

— Dissonante — respondeu, por fim.

— Como assim?

Outra longa pausa.

— Instável.

Humm.

Noah sacudiu a cabeça.

— Não da forma como está pensando — disse, a sombra de um sorriso nos lábios. — Na música, acordes consonantes são pontos de chegada. De descanso. Não há tensão. — Ele tentou explicar. — A maioria dos refrãos de música pop é consonante, e é por isso que a maioria das pessoas gosta deles. Grudam na cabeça, mas são intercambiáveis entre si. Chatos. Já os intervalos dissonantes, são cheios de tensão — falou, me encarando. — Não se pode prever para que lado vão. Isso deixa as pessoas de mente limitada desconfortáveis e frustradas, porque não entendem o objetivo, e as pessoas odeiam o que não entendem. Mas aquelas que entendem — ele levou a mão ao meu rosto — acham fascinante. Lindo. — Noah tracejou o formato de minha boca com o polegar. — Como você.

37

AS PALAVRAS ME AQUECERAM POR COMPLETO, MESMO ENquanto Noah afastava as mãos. Eu tinha certeza de que estava atordoada.

— Seus pais — disse ele, ao olhar para a porta.

Entendi. Mas mesmo assim...

— Gosto de ouvir sobre sua habilidade — falei, os olhos na boca de Noah. — Conte mais.

A voz dele estava tranquila.

— O que quer saber?

— Quando notou pela primeira vez?

Quando a expressão de seu rosto mudou, percebi que tinha feito aquela pergunta antes e reconheci o olhar fechado. Noah estava se afastando de novo. Estava se fechando.

Estava me trancando do lado de fora.

Algo estava acontecendo com ele, e eu não sabia o que era. Noah ficava mais distante, mas ainda não tinha ido embora. Então, rapidamente, falei outra coisa:

— Você me viu em dezembro, depois do desabamento do sanatório, certo?

— Sim.

— Quando estava ferida.

— Sim — disse de novo. Para qualquer outra pessoa, teria parecido entediado. Mas eu estava aprendendo e agora reconhecia outra coisa na voz de Noah. Algo que jamais saía daqueles lábios inconsequentes e despreocupados.

Cautela.

Eu estava insistindo em alguma coisa profunda e queria saber o que era.

— Já viu outras pessoas feridas — continuei, mantendo o tom de voz igual. — Quatro?

Noah assentiu.

Com o tom tranquilo, falei:

— Inclusive Joseph.

Assentiu de novo.

Então, tive uma ideia. Belisquei meu braço. Observei Noah para ver se havia alguma reação. Não houve, até onde percebi.

Belisquei de novo.

Ele semicerrou os olhos.

— O que, exatamente, está fazendo?

— Viu quando me belisquei?

— É um pouco difícil de ignorar.

— Quando contou que me viu pela primeira vez — comecei —, em dezembro, no sanatório, disse que enxergou o que *eu* estava vendo com *meus* olhos. E, quando Joseph estava drogado, você o viu pelos olhos de outra pessoa, a pessoa que o drogou, certo? Mas não teve uma... visão agora, teve? Então existe algum fator além da dor — falei, avaliando o rosto de Noah. — Não quer saber o que é?

— É claro — respondeu Noah, com indiferença.

— Já testou?

Seus olhos ficaram mais determinados então.

— Como poderia? Você é a única que já vi que sabe.

Mantive os olhos nos dele.

— Podemos testar juntos.

Noah sacudiu a cabeça imediatamente.

— Não.

— Precisamos.

— Não. — A palavra era sólida, definitiva e entrelaçada com alguma coisa que eu não conseguia identificar muito bem. — Não precisamos. Não tem absolutamente nada em jogo exceto informação.

— Mas foi você quem disse que o que estiver acontecendo comigo também está acontecendo com você, e esse foi seu argumento para eu não estar possuída, certo?

— E também porque isso é idiotice.

Ignorei Noah.

— Então, descobrir como sua habilidade funciona poderia me ajudar a descobrir a minha. E ninguém se machucaria...

A expressão de Noah ficou muito séria, a voz, perigosamente baixa:

— Exceto você.

— É *ciência*...

— É loucura — rebateu Noah. Ele estava completamente imóvel, mas totalmente inquieto. — Nunca me arrependi de contar a verdade a você. Não me faça começar.

— Não quer saber o que *somos*?

Algo brilhou em seus olhos, surgiu e sumiu antes que eu conseguisse identificar.

— Não importa o que somos. Importa o que fazemos. — O maxilar de Noah se contraiu. — E não vou deixar que faça isso.

Deixar?

— Não cabe somente a você.

Não havia nada além de apatia na voz de Noah quando finalmente respondeu:

— Vou embora.

— Já ouvi *essa* antes. — Assim que as palavras saíram de minha boca, desejei poder retirá-las. A expressão de Noah estava suave e sem cor, como vidro. — Desculpe — comecei a dizer. Mas, então, alguns segundos depois, quando a expressão de Noah ainda não tinha mudado, falei: — Na verdade, não peço desculpas. Quer ir porque não concordo com você? Ali está a porta. — Gesticulei dramaticamente com as mãos, para dar ênfase.

Mas Noah não saiu. Minha explosão derreteu o que tinha congelado dentro dele, e seu olhar recaiu sobre mim.

— Eu queria que você tivesse um cachorro.

— Ah, é? — Ergui as sobrancelhas. — Por quê?

— Para eu poder passear com ele.

— Bem, *nunca* vou ter um cachorro, porque cachorros morrem de medo de mim ou me odeiam, e você não me ajuda a entender...

— Cale a boca. — Noah fechou os olhos.

— Cale a boca *você* — repliquei, com muita maturidade.

— Não... pare. Diga aquilo de novo.

— Dizer o que de novo?

— Sobre cachorros. — Seus olhos ainda estavam fechados.

— Ou têm medo de mim ou me odeiam?

— Lutar ou fugir — disse Noah, como se algo obviamente tivesse se encaixado. — É isso.

— O que é?

— A diferença entre os humanos e os animais que você... conhece — gesticulou ele. — Quando fomos ao zoológico e os insetos morreram, foi porque quase a obriguei a tocar aqueles que mais a assustavam. Mas, depois que estavam mortos, não podia mais forçá-la.

Fugir.

Noah passou a mão sobre a boca.

— Nos pântanos Everglades, você estava morrendo de medo de não chegarmos a Joseph a tempo, então eliminou o que estava em seu caminho, reagiu, sem precisar pensar. — Ele passou os dedos pelos cabelos. — Foi forçada e, inconscientemente, forçou de volta.

Eu sabia o que viria a seguir e adiantei:

— Mas com Morales...

— Não teve medo — disse Noah.

— Estava com raiva. — *Lutar.*

— Há reações bioquímicas diferentes que ocorrem em resposta a emoções diferentes, como o estresse...

— Adrenalina e cortisol, eu sei — falei. — Também fiz biologia no nono ano.

Noah me ignorou.

— E são processadas de formas diferentes pelo cérebro... deveríamos ler mais sobre isso.

— Tudo bem — falei. Mas ainda estava frustrada. Noah, mais uma vez, conseguiu voltar a conversa para mim, evitando, assim, o que eu queria saber sobre ele.

Então falei:

— Ainda acho que deveríamos testar sua habilidade.

Os olhos de Noah ficaram determinados... Ele estava desconfortável de novo.

— Quer fazer isso cientificamente? Aqui — disse ele, e ficou de pé. Atravessou o quarto e pegou um frasco de Tylenol que eu tinha deixado na prateleira de livros. Então o colocou no chão. — Vamos usar o método científico: minha hipótese é que você pode manipular as coisas com a mente.

Esquivando-se de novo. Noah não acreditava de verdade que eu podia fazer aquilo: só estava tentando me distrair. Acompanhei o que dizia, por enquanto.

— Telecinese?

— Acho que não exatamente, mas, para entender o que *pode* fazer, seria útil saber o que não pode fazer. Então, aqui, mova isto.

— Com a mente.

— Com a mente — disse ele, tranquilamente. — E saberei se não estiver tentando.

Encarei Noah com raiva.

Ele acenou para mim com a cabeça.

— Vá em frente.

Está bem. Faria aquilo e, então, seria minha vez de obrigar *Noah* a fazer alguma coisa. Sentei no chão, cruzei as pernas e me inclinei para a frente, encarando o frasco.

Cerca de vinte segundos e silêncio inútil depois, Daniel bateu e empurrou a porta até abri-la completamente.

— Estou aqui para avisar que vamos sair para o parque em aproximadamente vinte minutos. — Ele parou. Senti meu irmão abaixar o rosto para mim, então levantar até Noah, depois para mim de novo. — Hã, o que estão fazendo?

— Mara está tentando mover o frasco de Tylenol com a mente — respondeu Noah, casualmente.

Olhei para ele com raiva, então voltei o rosto para o frasco.

— Ah, sim — falou Daniel. — Tentei isso uma vez. Mas não com Tylenol.

— O que usou? — perguntou Noah.

— Uma moeda. E também tentei aquele jogo "leve como uma pena, duro como uma prancha", o de levitação, sabe? — falou para Noah. — E tabuleiros de Ouija, é claro. — Voltou-se para mim, acrescentando um olhar significativo e melodramático.

— Você brincou com um tabuleiro de Ouija? — perguntei devagar.

— É claro — respondeu Daniel. — É um rito de passagem da infância.

— Com quem brincou?

— Dane, Josh. — Ele deu de ombros. — Aqueles caras.

— Era seu? — Eu me sentia nervosa sem saber bem por quê. Daniel pareceu ofendido.

— Está brincando?

— O quê? — perguntou Noah.

— Jamais teria um em casa — disse Daniel, sacudindo a cabeça veementemente. — É um condutor para o mundo espiritual, Mara, já falei.

Noah deu um sorrisinho irônico.

— Não acredita nisso de verdade, acredita?

— Ei — respondeu Daniel. — Mesmo homens da ciência como nós têm direito a sentir uns arrepios de vez em quando. Enfim — disse meu irmão, com um sorriso se formando nos lábios enquanto indicava o frasco de Tylenol —, bom ver que está aplicando o velho método acadêmico a *alguma coisa*, Mara. Mas meu cérebro é maior e, se eu não tive sorte com isso...

Voltei minha concentração para o frasco e falei:

— Vá embora.

— Algum progresso na história da vampira?

— VÁ EMBORA.

— Boa sorte! — disse Daniel, animado.

— Odeio você — falei, conforme Daniel fechava a porta.

— Que história de vampira? — perguntou Noah.

Eu ainda estava encarando o frasco. O frasco que não tinha se movido.

— Era a outra teoria dele sobre meu falso *alter ego* — expliquei. — Uma alternativa à possessão.

— Bem, você é terrivelmente pálida.

Exalei devagar. Recusei-me a erguer o rosto.

Noah tocou meu pé descalço e apertou meus dedos.

— E fria.

Puxei os pés de volta.

— Circulação ruim.

— Você poderia me morder, só para testar.

— Odeio você também, aliás. Só para você saber.

— Ah, eu sei. Eu sugeriria sexo de reconciliação, mas...

— Que pena que você tem escrúpulos — falei.

— Agora só está sendo cruel.

— Gosto de provocar você.

— Eu gostaria mais se arrancasse minha roupa primeiro.

Alguém me salve.

— Acho que você deveria ir ajudar Daniel.

— Com o quê?

— Qualquer coisa.

Noah ficou de pé. Havia um sorriso malicioso em seus lábios quando saiu.

Encarei o frasco de Tylenol por mais alguns minutos e tentei visualizá-lo se movendo, mas o frasco não foi a lugar algum e me causei uma dor de cabeça. Abri o frasco, tomei dois comprimidos, então entrei na cozinha arrastando os pés e afundei o corpo junto à mesa, diante de mamãe, que estava sentada ali com o laptop. Apoiei a cabeça nos braços e dei um suspiro dramático.

— Qual é o problema? — perguntou ela.

— Por que os garotos são tão irritantes?

Mamãe deu um risinho.

— Sabe o que minha mãe costumava dizer?

Sacudi a cabeça, ainda na mesma posição.

— Garotos são burros, e garotas significam problema.

Jamais foram ditas palavras mais verdadeiras.

38

GRITOS SATISFEITOS ATRAVESSAVAM O AR À MEDIDA QUE AS atrações do parque giravam, piscavam e passavam acima de minha cabeça. Caminhei com meu irmão mais velho pela multidão. Fazia anos desde que tínhamos ido a um parque, e, assim que chegamos, nosso pai arrastou mamãe para a roda-gigante e Joseph fugiu com meu namorado para vencer algum brinquedo, deixando Daniel e eu sozinhos.

Eu estava cercada de sons e cheiros; manteiga artificial e risadas. Massa frita e gritos me engoliam. Era bom sair assim. Normal.

— Só você e eu, irmã — disse Daniel, enquanto serpenteávamos entre barracas. — O que vamos fazer?

Uma criança passou segurando balões o suficiente para me fazer imaginar quantos mais seriam necessários para que saísse voando. Sorri para a menina, mas assim que ela me olhou nos olhos, disparou para longe. Meu sorriso se desfez.

Passamos sob uma fileira de bichos de pelúcia pendurados.

— Eu poderia ganhar um ursinho para você — falei para Daniel. Meus pés esmagaram pipoca no chão e desviei de uma enorme poça deixada pela garoa.

Ele fez que não com a cabeça.

— Os jogos são roubados.

Noah e Joseph ressurgiram da multidão nesse momento. Meu irmãozinho parecia pálido e perturbado. Os olhos azul-acinzentados de Noah estavam brilhantes com espanto.

— Como foi o brinquedo? — perguntei.

Joseph ergueu o queixo e deu de ombros.

— Legal.

— Ele foi muito corajoso — disse Noah. Um sorriso repuxava-lhe os cantos da boca.

Nós quatro caminhamos até que Joseph nos parou e apontou para cima. Uma enorme e ameaçadora cara de palhaço se erguia sobre a entrada de um prédio de pintura colorida.

— Casa dos Espelhos! Isso!

Não.

Daniel devia ter reparado em minha hesitação, pois apoiou o braço sobre o ombro de Joseph.

— Deixe essa comigo — disse para Noah e para mim. — Vocês dois se divirtam.

— Não façam nada que eu não faria! — gritou Joseph de volta, e a multidão os engoliu.

Um sorriso levemente traiçoeiro surgiu nos lábios de Noah. Meu preferido.

— Parece que estamos sozinhos — falou.

Parecia.

— Parece.

— O que devemos fazer com essa liberdade recém-encontrada?

As luzes piscavam e lhe acentuavam as feições altas das maçãs do rosto. Os cabelos castanhos de Noah estavam uma linda e embaraçada bagunça.

Tenho certeza de que podemos pensar em algo, imaginei. Estava prestes a dizer isso quando ouvi uma voz logo atrás.

— Os jovens apaixonados gostariam de ouvir sua sorte?

Nós viramos e vimos uma mulher vestida na roupa tradicional: saia estampada esvoaçante, confirma. Blusa de camponesa, confirma. Cabelos pretos ondulados derramando-se de uma faixa de cabeça, confirma. Maquiagem demais, confirma. Brincos de argola dourados como manda o regulamento, confirma.

— Acho que não — falei para Noah. Não havia necessidade de tentar o destino. — A não ser que você queira?

Ele fez que não com a cabeça.

— Obrigado mesmo assim — respondeu Noah, enquanto seguíamos.

— Você não deve ir até lá — gritou a mulher para mim.

Senti uma descarga de familiaridade à medida que as palavras me agitaram a mente.

— O que disse? — Eu tinha ouvido aquelas palavras antes.

A vidente me fitou com olhos cautelosos, a expressão misteriosa.

— Venha comigo e explicarei.

Noah suspirou.

— Olhe...

— Não tem problema — falei, olhando para ele. — Quero ir.

Noah ergueu uma sobrancelha, a expressão interessada de um modo sombrio.

— Como desejar — disse para mim, e começamos a andar.

Seguimos a mulher, que abria caminho entre as pessoas até uma pequena tenda listrada. A mulher segurou a abertura. Havia pisca-piscas e cristais, toalhas de mesa estampadas e tapeçarias penduradas. Elas adornavam o pequeno espaço sem ironia. Noah e eu entramos.

A vidente sacudiu a cabeça para Noah.

— Pode esperar lá fora — avisou a cigana. — Minha filha mostrará o lugar. Miranda! — gritou.

Uma garota de olhar emburrado com uma mecha rosa no cabelo surgiu através de uma cortina de contas.

— Por favor, ofereça chá ao rapaz. Mostre a ele onde se sentar.

A garota, que tinha uns 13 ou 14 anos, parecia prestes a revirar os olhos até que reparou em Noah; a silhueta esguia recostada despreocupadamente contra a estrutura, o leve sorriso sarcástico na boca perfeita. O humor dela mudou instantaneamente, e a garota se aprumou.

— Vamos — falou ela, e inclinou a cabeça na direção da cortina.

Noah me olhou.

— Vou ficar bem — assegurei, assentindo. — Vá.

Depois que os dois se foram, a vidente indicou uma cadeira dobrável de plástico ao lado de uma mesa de cartas redonda coberta de tecido barato. Sentei. Havia um baralho diante de mim. Tarô, presumi.

— Dinheiro primeiro — disse ela, e estendeu a mão.

É claro. Coloquei a mão no bolso e retirei o cachê. A mulher enfiou o dinheiro nas dobras da saia e, então, me encarou por um segundo, como se estivesse esperando outra coisa.

Não fazia ideia do que fosse. Quando ela não parou de encarar, falei:

— Então, eu corto o baralho, senhorita...

— Madame.

— Madame... o quê?

— Madame Rose.

— Madame Rose — falei, com uma seriedade debochada. Ergur o olhar para uma bola de cristal sobre uma prateleira. — O pseudônimo também é um requerimento?

Sua expressão era séria.

— Há poder em um nome.

As palavras encheram meu coração com gelo. Ecoavam em minha mente, mas na voz de outra pessoa. Pisquei e sacudi a cabeça para esvaziá-la.

— Tem alguma pergunta? — indagou a mulher, quebrando o silêncio.

Engoli em seco e voltei a concentração para Madame Rose.

— O que quer dizer?

— Uma pergunta para a qual busca resposta.

Um sorriso amargo contorceu meus lábios. Eu tinha milhares de perguntas. Tudo o que *tinha* eram perguntas. *O que está acontecendo comigo? O que eu sou?*

— Tenho muitas perguntas – respondi, por fim.

— Pense com cuidado — avisou ela. — Se fizer as perguntas erradas, receberá as respostas erradas. — Então assentiu para o baralho.

Estendi a mão para ele, mas parei antes que meus dedos o tocassem. Meu coração batia como trovão contra as costelas.

Madame Rose notou minha hesitação e abaixou a cabeça, capturando meu olhar.

— Posso fazer uma leitura diferente, se quiser.

— Diferente como?

— Me dê suas mãos.

Relutantemente, apoiei as mãos nas dela, as palmas para cima. Madame Rose sacudiu a cabeça, e os brincos oscilaram com o movimento. Ela virou o pescoço, os longos cabelos cobriam seu rosto como um véu. Não disse nada. O silêncio se estendeu desconfortavelmente.

— Quanto tempo...

— Shh — ciciou ela. A vidente levantou a cabeça e examinou minhas mãos. Estudou-as por alguns momentos, então fechou os olhos pintados com sombra pesada.

Fiquei sentada ali enquanto a mulher segurava minhas mãos e esperei; pelo que, não sabia. Depois de mais um tempo, não sei quanto, seus lábios vermelhos se abriram. As pálpebras da mulher estremeceram. Ela virou a cabeça levemente para cima e para a esquerda, a testa enrugada de concentração. Os dedos de Madame Rose se agitaram em torno dos meus, então se fecharam. Estava ficando assustada e quase tirei as mãos, mas antes que pudesse, os olhos dela se abriram.

— Você deve deixá-lo. — As palavras da mulher cortaram o ar.

Alguns segundos se passaram antes que encontrasse minha voz.

— Do que está falando?

— Do garoto de olhos cinzentos. Aquele lá fora.

— Por quê? — perguntei, cautelosa.

— O garoto está destinado à grandiosidade, mas, com você, ele está em perigo. Estão ligados, os dois. Deve deixá-lo. Foi isso que vi.

Fiquei frustrada.

— Ele está em perigo por minha *causa*?

— Ele morrerá antes da hora com você ao lado, a não ser que o abandone. Destino ou sorte? Coincidência ou destino? Não sei dizer. — A voz dela tinha ficado suave.

Suave e triste.

Um punho se fechou em volta de meu coração. Tentara deixar Noah uma vez. Não funcionou.

— Não posso. — Foi tudo o que falei para ela, e baixinho.

— Então você o amará até a ruína — disse a vidente, e soltou minhas mãos.

39

ELA TIROU O DINHEIRO DO BOLSO E O DEVOLVEU PARA MIM.

— Não posso aceitar isto de você, e você não pode contar a ele o que falei.

— Isso é conveniente — sussurrei.

— Se você o deixar, conte a ele — disse a mulher, e deu de ombros —, vá em frente. Mas apenas se o deixar. Se ele souber de seu destino e os dois ficarem juntos, isso selará o destino dele. — A vidente indicou a porta.

Não me movi.

— É isso?

— Não posso ajudar mais — disse ela.

Minhas narinas se dilataram.

— Você não ajudou nada. — Minha voz estava afiada, mas então ficou baixa. — Tem algo que eu possa fazer?

A mulher cruzou o pequeno espaço e ficou ao lado da porta.

— Sim. Tem algo que pode fazer. Pode deixá-lo. Se o ama de verdade, vai deixá-lo.

Minha garganta se apertou quando olhei para a vidente. Então saí da tenda batendo os pés.

Noah estava esperando do lado de fora e acompanhou meu passo quando saí pisando duro no chão de terra.

— Notícias ruins? — perguntou, obviamente se divertindo.

Limpei os olhos com o dorso da mão e continuei andando.

— Espere — disse Noah, pegando minha mão e me virando. — Está chorando?

Puxei a mão.

— Não.

— Pare — falou Noah, e ficou parado. Saí apressada e apertei o passo até uma leve marcha. Antes que percebesse, estava correndo.

Estávamos quase de volta à Casa dos Espelhos quando Noah me alcançou. Senti sua mão no meu ombro e me virei.

— Mara — disse Noah, baixinho. — Por que está correndo de mim?

E aquilo me arrasou. As lágrimas caíram mais rápido do que consegui limpar. Noah pegou minha mão e me puxou para trás de uma das barracas de jogos, então me abraçou. Ele acariciou meu cabelo.

— O que ela disse?

— Não posso contar — falei, entre soluços baixos.

— Mas é o motivo pelo qual está chorando, não?

Assenti com o rosto na camisa macia de Noah. Ele parecia tão sólido sob minha bochecha. Não queria me afastar.

Mas Noah deu um pequeno passo para trás, afastando-se, e ergueu meu rosto com a mão.

— Isso vai parecer maldoso, mas não quero que entenda dessa forma.

— Apenas diga. — Funguei.

— Você é ingênua, Mara — disse Noah, baixinho, e a voz era carinhosa. — Um alvo fácil. Algumas semanas atrás foi a hipnose e o vodu. Agora é possessão e tarô.

— Ela não fez uma leitura de tarô.

Noah suspirou e abaixou a cabeça.

— Não importa o que ela fez. O que importa é que você *acredita*. E é altamente sugestionável, ouve algo de passagem e, de súbito, acha que é uma explicação abrangente.

Olhei para Noah com algo como raiva, mas sem o calor de uma irritação de verdade.

— Pelo menos estou tentando encontrar uma explicação.

Os olhos de Noah se fecharam.

— Estou tentando encontrar uma há anos, Mara. Isso não me levou a lugar algum. Olhe — disse ele, ao abrir os olhos, pegando minha mão e entrelaçando os longos dedos nos meus. — Vamos voltar nela agora, e vou oferecer o dobro do dinheiro para que admita a verdade e diga a você que inventou a coisa toda. Para fazer uma cena. Não vou deixar uma charlatã chateá-la assim.

— Ela não aceitou meu dinheiro — falei, baixinho. — Não tinha nada a ganhar ao mentir.

— Nunca se sabe o que uma pessoa tem a ganhar ou perder com alguma coisa. — Noah me levou de volta para o caminho. — Vamos.

Quando chegamos na tenda da vidente, havia uma placa sobre a entrada que dizia VOLTO EM UMA HORA. Noah ignorou-a e puxou a abertura.

A filha da vidente estava sentada em uma pequena poltrona com bastante estofamento lendo uma revista. Havia um tabuleiro de Ouija na mesa diante dela. Virei o rosto.

— Onde está sua mãe, Miranda? — Os olhos de Noah vasculhavam a pequena tenda.

A garota emitiu um estalo ao mastigar o chiclete e me olhou. Soprou uma bolha grande e cor-de-rosa, então a sugou de volta para a boca.

— Ela pegou você de jeito, hein?

Noah arqueou uma sobrancelha para mim.

— O que quer dizer? — perguntei.

— Caiu naquela baboseira de Madame Rose? — perguntou a garota para mim. — Olhe, o nome verdadeiro dela é Roslyn Ferreti, e ela é de Babylon, Long Island. Seria mais preciso aceitar as previsões de uma Bola Oito Mágica — disse a garota. Então voltou para a revista.

Noah abaixou a página com um dedo.

— Onde podemos encontrá-la?

Miranda deu de ombros.

— Provavelmente ficando doidona atrás do Morto que Grita.

— Obrigado — disse Noah, e saímos da tenda. Ele segurou minha mão e caminhamos como se soubéssemos aonde ir. — Está vendo? — falou carinhosamente. — Não é real.

Não respondi. Não confiava em minha voz.

Uma torre intimidadoramente alta se erguia diante de nós, bem ao lado da roda-gigante. Um pequeno carro subia devagar no ar e presumi que, em algum momento, desceria em queda livre. Demos a volta pelos fundos da atração, procurando a mulher conforme caminhávamos. Noah me levou por um caminho de terra. Caminhamos até que ele se tornou grama e, então, por fim, vimos a mulher.

Madame Rose, ou Roslyn Ferreti, estava sentada contra uma pequena pedra, a bainha da saia espalhava-se ao redor dos pés. Fumando um baseado, exatamente como a filha tinha previsto.

— Ei — gritou Noah.

A mulher tossiu e apressadamente levou a mão às costas. Os olhos estavam injetados e sem concentração. Quando me reconheceu, sacudiu a cabeça.

— Já devolvi seu dinheiro.

— Por que disse aquelas coisas? — perguntei, baixinho.

Os olhos vagaram entre nós dois. A mulher levou o cigarro de volta à boca e inalou profundamente.

— Porque eram verdade — respondeu então, exalando as palavras em uma nuvem de fumaça enjoada. Seus olhos começaram a se fechar.

Noah estalou os dedos na frente do rosto dela. A mulher afastou sua mão.

— Ouça bem — começou Noah. — Darei 100 dólares a você se admitir que inventou tudo.

Ela me olhou nesse momento, os olhos atentos subitamente.

— Contou a ele?

Abri a boca para insistir que não tinha contado, mas Noah falou antes que eu tivesse a chance.

— Mil — disse ele, sombriamente.

A mulher olhou por um tempo para Noah.

— Não posso aceitar seu dinheiro.

— Não me sacaneie — falou Noah. — Sabemos que é uma fraude, Roslyn, então, faça um favor a si mesma e admita.

A cabeça dela caiu, e Roslyn a sacudiu.

— Aquela garota, juro que...

— *Roslyn*.

A mulher oscilou a cabeça para trás, como se aquilo fosse algum tipo de inconveniente absurdo.

— Ele me pagou, está bem?

O cabelo se eriçou em minha nuca. Noah e eu trocamos um olhar.

— Quem pagou você? — perguntei.

Ela deu de ombros.

— Um cara.

— Como ele era? — insistiu Noah.

— Alto. Moreno. Bonito. — A vidente sorriu e tentou dar mais uma tragada. Noah arrancou o baseado dos dedos dela e o segurou diante de si, logo além do alcance da cigana.

— Seja específica — exigiu.

A mulher deu de ombros preguiçosamente.

— Ele tinha um ataque.

— Tinha um ataque? — perguntou Noah. — Como assim? Gritou? Passou mal?

— Falava engraçado.

Noah revirou os olhos.

— Ah... Tinha *sotaque*. Certo. Que tipo de sotaque?

— Estrangeiro — disse ela, burra, e começou a dar risadinhas.

— Isso é inútil — falei. Mas pelo menos a mulher não tinha descrito Jude. Um pequeno alívio, mas mesmo assim.

— Não vamos embora até nos dizer exatamente o que aconteceu — insistiu Noah. — O sotaque dele era como o meu?

Ela fez que não com a cabeça.

— O que ele pediu a você?

A mulher suspirou.

— Pediu para levar você para minha tenda — falou a mulher para mim. — Explicou o que dizer a você. — Então ergueu o rosto para Noah. — E disse que você me ofereceria dinheiro e que eu não poderia aceitar.

— Quando foi isso? — perguntei.

— Uns dez minutos antes de eu ver vocês.

Noah passou a mão pelo maxilar.

— Imagino que ele não tenha oferecido um nome? — tentou.

Ela fez que não.

— Tem certeza? — insistiu Noah. — Não tem *qualquer* quantia em dinheiro que eu possa oferecer para você nos dizer?

Um sorriso triste e marcado lhe surgiu nos lábios.

— Deus sabe que eu preciso, querido, mas não posso aceitar dinheiro de nenhum de vocês.

— Por que não?

O olhar dela se voltou para a escuridão.

— Ele me disse que não poderia.

— E daí? — perguntou Noah. — Por que ouvi-lo?

A voz da mulher ficou baixa.

— Porque ele falava sério. — Então ela esticou a mão. Noah devolveu o baseado, e Roslyn ficou ali.

— Peço desculpas — disse ela ao passar, nos deixando sozinhos. A torre acima de nós estava prestes a despencar. Embora todos nela soubessem o que viria, quando caiu, gritaram mesmo assim.

Noah colocou as mãos na curva de minha cintura.

— Conte — pediu.

Noah parecia inumanamente lindo sob as luzes. Quase doía olhar para ele, mas teria doído mais desviar o rosto.

— Conte — disse de novo. Havia urgência na voz, e não tive força para recusar.

— Ela falou que eu teria de deixar você.

Noah me puxou para si. Tirou uma mecha de cabelo de meu rosto, passou os dedos pela curva de meu pescoço.

— Por quê?

Fechei os olhos. As palavras doíam ao sair de minha garganta.

— Porque vai morrer ao meu lado se eu não fizer isso.

Noah passou os braços em volta de meu corpo e me pressionou contra si.

— Não é real — sussurrou, para meus cabelos.

Talvez não fosse. Mas mesmo que fosse...

— Sou egoísta demais para deixar você — falei.

Noah se afastou para que eu pudesse ver seu sorriso.

— E sou egoísta demais para permitir que faça isso — respondeu.

40

QUANDO NOS REUNIMOS COM MINHA FAMÍLIA, ESTAMPEI uma cara feliz. Ainda estava assombrada pelo que Roslyn dissera e pela ideia de que alguém a pagara para aquilo, mas, quando consegui um minuto sozinha com Noah depois de chegarmos em casa, ele avisou que pediria ao Cara Investigador que descobrisse mais a respeito, beijou minha testa e deixou por isso mesmo. Fiquei desapontada, mas Noah não percebeu.

Ou ignorou.

Noah *tentaria* descobrir quem tinha pagado a mulher, eu sabia. Confiava nele. Mas não tinha certeza se ele confiava em mim.

Eu era sugestionável, dissera ele, ao passo que Noah era o oposto. Eternamente cético, e com orgulho. Sim, ele apoiava tudo o que eu queria, não importava o quanto fosse estranho — o episódio com o vodu, queimar a boneca. E, naquela noite, o negócio da vidente; Noah também cedeu por mim, embora achasse que Roslyn estivesse apenas doidona, que as palavras dela não tivessem mais peso que um horóscopo. Noah me satisfazia cada desejo espontâneo, mas eram mais que isso para mim.

O que me fez querer ter a liberdade de procurar respostas sozinha.

Sabia que deveria agradecer por já não estar trancafiada em um hospital psiquiátrico, era grata por isso, mas era difícil não me sentir como uma prisioneira na própria casa em vez disso. E não estava somente sob vigilância de meus pais: também estava sob a de John. Eu queria que ele me guardasse e à casa, com certeza. Porém, embora me sentisse mais segura agora, não me sentia livre. Aquilo não era culpa dele e tampouco de Noah.

Era de Jude.

Noah pediu que eu fosse até o quarto dele depois que todos dormissem naquela noite, e, embora estivesse frustrada e cansada, e ainda pensasse na porcaria da leitura, fui. Óbvio.

Quando abri a porta do quarto de hóspedes, Noah estava na cama, ainda vestido e lendo.

— Que livro? — perguntei, ao fechar a porta e me encostar contra ela.

Ele me mostrou o título: *Convite para uma decapitação*.

Sorri, mas o sorriso não chegou aos olhos.

— Recomendei esse a você — lembrei.

— Verdade.

— E?

— É triste — disse Noah, apoiando o livro na cama.

Minhas sobrancelhas se uniram.

— Achei engraçado.

— Cincinato está em uma prisão que ele mesmo fez. Acho isso triste. — Noah inclinou a cabeça para mim. — Ainda está chateada.

Não era uma pergunta, mas assenti mesmo assim.

— Nesse caso, tenho uma proposta — disse ele.

— Estou ouvindo.

— Tem feito terapia de exposição no Horizontes, certo?

— Sim...

— Para superar seus medos.

Assenti de novo.

— E uma das coisas de que tem medo é de me machucar.

— De matar você — falei, baixinho.

— Se nos beijarmos.

Se eu perder o controle.

— Se ficarmos juntos — falei, pensando nas palavras de Roslyn.

— Quer fazer os dois? — perguntou Noah, inexpressivo.

Muito.

— Sim.

— Então minha proposta é: abordarmos do modo como faria com qualquer outro medo. Primeiro, imagine um encontro com a fonte da fobia. — Um meio sorriso surgiu em seus lábios.

Vi aonde Noah iria com aquilo.

— Quer que eu me imagine beijando você?

— Vou guiá-la pelo processo.

— E então o quê?

— Então — disse ele —, vai se aproximar da fonte, mas não a confrontará ainda.

— E como exatamente isso se dará?

— Tenho certeza de que pensarei em algo. — O timbre de sua voz me despertou.

— Então, quer começar? — perguntei.

Noah olhou para mim da cama.

— Venha.

Obedeci.

Noah me sentou diante de si, de modo que nos encarássemos. Seus cílios quase varriam as maçãs do rosto. Ele mordeu o lábio inferior, e perdi o fôlego enquanto o encarava.

Calma aí.

— Feche os olhos — falou Noah, e fechei.

— Quero que nos imagine juntos em algum lugar que ama.

Assenti.

— Algum lugar seguro.

O quarto evaporou ao nosso redor conforme Noah falava. Caminhei pelos corredores da mente e abri a porta para a casa na qual cresci. Onde brincava no chão com meus antigos brinquedos. Onde Rachel passava a noite e eu ria das piadas dela e contava meus segredos.

— Onde estamos? — perguntou Noah, com a voz baixa.

— Em meu antigo quarto.

— Descreva.

— Tem velhos móveis escuros de madeira que costumavam ser de mamãe quando ela era criança. São antiguidades. Bonitos, mas um pouco arranhados.

— O que mais?

— As paredes são cor-de-rosa, mas pouco se veem sob os rabiscos, os desenhos e as fotos.

— Fotos de...

— De mim. De minha família. De Rachel — falei, a voz quase falhando. Respirei fundo. — Paisagens e coisas assim. Eu colava tudo na parede. — Lembrava-me perfeitamente. — Os papéis flutuam quando abro ou fecho a porta, como se as paredes respirassem.

— Descreva sua cama — pediu Noah, um leve sorriso na voz.

— É de solteiro — respondo, um leve sorriso em minha voz. — De carvalho, como o restante da mobília. Tem dossel.

— Cobertor?

— Uma colcha bem pesada. Era de vovó. Enchimento de penas de ganso e bem grossa.

— De que cor é?

— Feia. — Sorri. — Uma estampa geométrica marrom com preto e branco, esquisita, acho que dos anos 1960.

— Onde, no quarto, está agora?

— Só... De pé no meio dele, acho.

— Certo. Se eu estivesse em seu quarto, onde estaria?

Eu via com uma clareza vívida: Noah à porta.

— De pé ali, à porta — falei, embora nossos corpos agora estivessem a centímetros de distância.

— Estou ali, então — disse Noah, com aquela voz carinhosa, lenta e doce. — Está escuro do lado de fora... é noite. Tem alguma luz em seu quarto?

— A luminária, na mesa de cabeceira.

— Tudo bem. Entro em seu quarto. Devo fechar a porta?

Sim.

— Sim — falei, a respiração ficando mais ofegante.

— Fecho a porta. Atravesso o quarto e encontro você no centro. E então?

— Achei que fosse você me guiando nisso.

— Acho que você também deveria agir um pouco.

— Quais são minhas opções?

— Poderia ler poesia obscura enquanto toco o triângulo, imagino. Ou podemos nos lambuzar em manteiga de amendoim e uivar para a lua. Use sua imaginação.

— Está bem — falei. — Você pega minha mão e recua até a cama.

— Excelente escolha. E então?

— Você se senta e me puxa para baixo também.

— Onde você está? — perguntou Noah.

— Você me puxa para seu colo.

— Onde estão suas pernas?

— Em volta de sua cintura.

— Bem — disse Noah, a voz um pouco rouca. — Isso está ficando interessante. Então, estou na beira de sua cama. Estou te apoiando no colo enquanto você está montada em mim. Meus braços em volta de seu corpo, segurando-a para que não caia. O que estou vestindo?

Sorri.

— A camiseta com todos aqueles buracos.

— Sério?

— É, por quê?

— Achei que estaria usando um smoking em suas fantasias, ou algo assim.

— Como James Bond? Essa parece *sua* fantasia — falei, embora a imagem de Noah em um smoking impecável com os cabelos propositalmente embaraçados, a gravata-borboleta desfeita, pendendo do colarinho... Engoli em seco. Meu sangue fervia sob a pele.

— Katie a odeia.

— A camiseta?

— Sim.

— Ela é sua irmã.

— Então devo ficar com a camiseta?

— Sim.

— Tudo bem. Estou vestindo a camiseta. E na parte de baixo?

— O que costuma vestir para dormir? — perguntei.

Noah não respondeu. Abri os olhos e vi uma sobrancelha arqueada e um sorriso malicioso.

Ai, meu Deus.

— Feche. Os. Olhos — mandou ele. E fechei. — Agora, onde estamos?

— Eu estava montada em você.

— Certo. E estou vestindo...

241

— Calça de malha com cadarço na cintura — respondi.

— Elas são muito finas, sabe.

Estou ciente.

— Uau — fez Noah, e senti a pressão de suas mãos nos ombros. Abri os olhos. — Você ficou tonta — falou, tirando as mãos. — Achei que pudesse cair da cama.

Corei.

— Talvez devêssemos mudar isso para o chão — disse ele, e ficou de pé. Noah se espreguiçou, e era impossível ignorar a silhueta forte, parada a centímetros de distância. Eu me levantei rapidamente e cambaleei.

Noah sorriu e pegou um travesseiro da cama, colocando-o no chão, indicando que deveria me sentar. Sentei.

— Certo — continuou Noah. — Então, o que está vestindo?

— Não sei. Uma roupa de astronauta. Quem se importa?

— Acho que isso deveria ser o mais real possível. Para você — esclareceu Noah, e gargalhei. — Olhos fechados. Vou precisar estabelecer uma punição para cada vez que precisar dizer.

— O que tinha em mente? — perguntei, com malícia.

— Não me tente. Agora, o que está vestindo?

— Um moletom e calça de malha com cadarço na cintura também, acho.

— Alguma coisa por baixo?

— Não costumo andar por aí sem calcinha.

— Costuma?

— Apenas em ocasiões especiais.

— Nossa. Eu estava falando sob o moletom.

— Uma regata, acho.

— De que cor?

— Branca. E o moletom é preto. Calça cinza. Estou pronta para seguir em frente agora.

Senti Noah se aproximar, as palavras mais perto de meu ouvido.

— Para a parte em que me deito e puxo você comigo?

Sim.

— Sobre mim — prossegue.

Porra.

— A parte em que digo que quero sentir a maciez dos cachos em sua nuca? Saber qual é a sensação do seu quadril contra minha boca? — murmurou Noah, contra minha pele. — Memorizar a depressão de seu umbigo, o arco de seu pescoço e a curva de seu... ei.

Senti as mãos quentes de Noah nos ombros. Abri os olhos. Devia estar me movendo na direção dele com os olhos fechados, porque estava quase no seu colo.

— Deve ficar em seu travesseiro — disse Noah.

Mas não quero.

— Não quero — repliquei. As pontas de meus dedos doíam com a vontade de tocá-lo.

— Não deveríamos apressar isso.

Mas eu quero.

— Por que não?

Noah me encarou, olhou para minha boca.

— Porque quero beijá-la de novo — disse ele. — Mas não se alguma parte sua ainda está com medo. Alguma parte sua ainda está com medo?

De que pudesse feri-lo? Matá-lo? Se nos beijássemos? Se ficássemos juntos?

— Não tenho medo de *você*, Noah — falei em voz alta.

— Não conscientemente.

— Nem um *pouco* — repliquei, recuando o corpo e cruzando as pernas.

Ele inclinou a cabeça. Não falou.

— Tenho medo de... mim mesma — esclareci. — Não... não sinto como se estivesse sob controle com você.

Noah franziu as sobrancelhas. Dava para ver as engrenagens se mexendo em sua cabeça.

— O que está pensando? — perguntei.

— Nada.

— Mentiroso. Você nunca está pensando em nada.

— Estou imaginando o que a faria sentir como se estivesse sob controle. O que poderia fazê-la confiar em si mesma sozinha comigo.

— Alguma sorte?

— Eu aviso.

— Bem. — Olhei para o relógio. — Temos algumas horas antes de precisarmos nos levantar de novo.

— Deveríamos dormir — falou Noah, mas não recuou para a cama.

Sorri.

— Deveríamos voltar ao meu quarto — sugeri.

Foi quando ele ficou de pé.

— Que fica logo entre o de Joseph e o de seus pais. E achei que tivesse acabado de dizer que não acreditava que deveríamos apressar as coisas.

Revirei os olhos.

— Estava falando de meu antigo quarto.

— Ah.

Fiquei de pé e entrelacei os dedos nos dele.

— Noah — falei, a voz baixa.

Ele se virou e abaixou o olhar para mim. A sombra de um sorriso tocava a boca de Noah.

— Amanhã — disse ele.

Não devo ter conseguido esconder o desapontamento, porque Noah apoiou o dedo sob meu queixo e o ergueu.

— Amanhã — repetiu, e eu conseguia ouvir a promessa na palavra.

Assenti. Conforme a adrenalina se dissolvia em meu sangue, ele tocou minha testa com os lábios e me levou até a própria cama. Desejei com tudo dentro de mim que pudesse mergulhar na sensação de seu corpo enroscado ao meu ao dormir. Mas, apesar das palavras de Noah naquela noite, só consegui ouvir as de Roslyn ao me deitar nos braços dele, acordada no escuro.

Você o amará até a ruína.

Se o fizesse, arruinaria ambos.

41

MEUS OLHOS ESTREMECERAM E SE ABRIRAM. Estavam sem foco, minha visão estava enevoada enquanto encarava o teto. Não era o teto do quarto de hóspedes.

O teto de Noah.

Eu estava na casa de Noah. Estava na cama dele.

Estava sonhando, percebi. E então o colchão se mexeu ao meu lado.

A palavra *pesadelo* me veio à mente, sem cerimônia, e, subitamente, tive medo.

Mas era apenas Noah, de costas para mim, encarando as fileiras de livros que se estendiam pelo quarto. A pouca luz que entrava pelas cortinas sombreava o lindo rosto de Noah em ângulos definidos.

Ele jamais poderia ser um pesadelo.

Fiquei de joelhos alegremente, com medo de que o movimento errado dissolvesse o sonho. Estendi a mão e, cuidadosamente, empurrei o cabelo de Noah para trás. Parecia tão real, embora ele não se movesse, não respondesse ao meu toque. Passei os dedos pelos cabelos dele porque, quando estava acordada, tinha medo de exagerar nisso.

Mas aquilo não era real, então não havia o que temer. Passei o dedo, a mão, pelo maxilar de Noah, me deliciando com a barba que raspava minha pele. Tocá-lo parecia natural, mas possessivo, e eu não tinha certeza de até onde Noah me deixaria ir.

Não muito, pelo visto. Ele me olhou com olhos translúcidos. O olhar era de desolação e desespero.

— O que foi? — sussurrei, mas Noah não respondeu. Sua expressão me assustava. Ao fitar o rosto e os olhos de Noah, eu só queria fazer com que ele sentisse outra coisa.

Com uma coragem que meu eu acordado não tinha, segurei o rosto de Noah nas mãos, puxei-o para mim e o beijei. Não com força. Foi um beijo leve. Renovado. Suave.

Noah não se moveu em minha direção, não a princípio. Ele fechou os olhos com força, como se eu o tivesse machucado. Corei, fiquei magoada, então recuei.

Mas então aconteceu. Noah afastou meu cabelo do rosto, levando-o para trás dos ombros. Com a palma da mão, me empurrou contra o colchão com muita suavidade. Noah passou para cima de mim, distribuiu beijos leves em minha pele, me provocou com a boca. Ouvi quando sussurrou em minha orelha, mas não pude entender as palavras; minha respiração estava alta demais. Noah passou as mãos sobre as minhas nesse momento, então beijou meus lábios com carinho, uma última vez. Aí recuou, deixando algo para trás na palma da minha mão.

Era pesado, mas macio, e se encaixava ali perfeitamente. Eu não conseguia ver o que era na escuridão, então aninhei o objeto contra o peito. Depois segui Noah até a varanda, para fora do quarto.

Mas, quando saí, meus pés não tocaram nada. Eu flutuava. Virei o rosto para a casa de Noah, mas vinhas escuras a cobriam. Árvores irromperam do chão e quebraram o telhado.

Eu não queria ver aquilo. Fechei os olhos. *Acorde*, falei para mim mesma. *Acorde*.

Mas abri os olhos a tempo de ver a baía afundar no chão. Prédios eram esmagados e desabavam em segundos sob o peso da floresta. A selva tinha sido convidada a entrar, e agora não havia nada que eu pudesse fazer.

Fechei os olhos e me revirei por dentro. Desejei que o pesadelo acabasse.

Mas então ouvi vozes. Passos. Estavam se aproximando, mas minhas pálpebras pareciam cheias de chumbo: não se abriam. Não até que senti o roçar de uma pena na bochecha. Meus pulmões se encheram de ar, e meus olhos se abriram, encharcando meu mundo de cor. Quando acordei, não era eu mesma.

Um homem estava ajoelhado ao meu lado. Ele parecia familiar, mas não sabia o nome dele. Retirou a pena de minha bochecha e a apoiou em uma de minhas mãos. Meu polegar acariciou as pontas dela. Era tão macia.

— Mostre-me o que tem na outra — disse o homem, com carinho.

Obedeci. Abri os dedos e revelei o que estava dentro.

Era o coração de Noah.

Acordei na cozinha, olhando para a janela escura acima da pia. Noah estava ao meu lado. Eu tinha caminhado no sono de novo, mas me enchi de alívio ao olhar para o peito dele: estava muito inteiro, e Noah, muito vivo.

O pesadelo não tinha sido real. Noah estava bem.

Mas então ergui o rosto para os olhos dele, que estavam desolados. Sem esperança. Era a expressão que exibia em meu sonho, antes de me entregar o coração.

— O que foi? — perguntei, em pânico.

— Nada — falou ele, e tocou minha mão. — Volte para a cama.

Noah me acordou algumas horas depois e me apressou para que voltasse à minha cama antes que o restante da casa acordasse. Saí porque precisava, mas estava inquieta e não queria ficar sozinha.

Eu me sentia doente. Estava com os músculos repuxados e doloridos, e minha coluna estalou quando alonguei o pescoço. Minha pele estava quente, e, ao toque das roupas, doía. Eu me sentia errada, como se alguém tivesse me despejado em um corpo diferente da noite para o dia.

O que estava *acontecendo* comigo?

Fui até o banheiro e acendi a luz. Fiquei chocada com o que vi.

Olhar meu reflexo no espelho era como ver minha foto no futuro, como se tivesse envelhecido um ano em uma hora; ainda era eu, mas não exatamente igual. As maçãs de meu rosto pareciam acentuadas, e meus olhos estavam fundos.

Será que eu era a única que conseguia ver?

Será que *Noah* tinha visto?

— *Tudo o que pode fazer é assistir.* — Eu tinha dito a ele, na cama de Noah, mas deitada sozinha.

— *Tenho assistido, Mara.*

Se isso era verdade, então Noah *tinha* de estar me vendo mudar, e o que quer que enxergasse, eu precisava saber. Noah parecera tão assombrado quando acordei na cozinha: eu caminhara dormindo antes, mas ele nunca me olhou daquela forma...

Eu estava profundamente inquieta. Voltei para a cama, mas demorou muito até que finalmente eu caísse no sono.

— Bom dia, dorminhoca — chamou mamãe, o rosto surgindo de trás de minha porta. — É quase meio-dia.

Meus olhos pareciam estar colados. Impulsionei o corpo sobre os cotovelos e resmunguei.

— Está se sentindo bem?

Assenti.

— Apenas cansada.

— Quer voltar a dormir?

Queria, mas não deveria.

— Não, já vou sair.

— Devo preparar almoço para você? Café da manhã, quero dizer?

Eu não estava com fome, mas sabia que deveria comer mesmo assim.

— Obrigada.

Minha mãe sorriu, então saiu. Levantei devagar e me apoiei na cômoda, arqueando as costas.

Ficava vendo Noah na mente. O modo como parecera na noite anterior, na cozinha e em meu sonho. Algo estava muito errado. Precisávamos conversar porque não conseguia entender sozinha: o sonho, os pingentes, minha avó, a foto. Eu estava me desfazendo, e todos os pedaços eram espalhados ao vento.

* * *

Quando me vesti e fui até a cozinha, Joseph estava comendo um sanduíche, mas, além de mamãe, era o único.

— Onde estão... todos? — perguntei. Não queria ser muito óbvia.

— Papai está jogando golfe — falou Joseph entre mordidas.

Próximo.

— Daniel foi ouvir Sophie ensaiar para uma apresentação em algumas semanas.

Próximo.

Mas nenhuma das descrições mencionava Noah. Sentei à mesa e me servi de suco. Olhei para o telefone. Eu ligaria.

— Noah foi buscar algo em casa — falou minha mãe, um sorriso na voz. — Ele volta mais tarde.

Então *fui* óbvia. Excelente.

— Torrada?

— Obrigada — respondi.

— O que quer fazer hoje? — perguntou ela.

— Andar a cavalo — respondeu Joseph, no meio de uma mordida.

— Não tenho certeza se sei aonde ir para fazer isso.

— Noah sabe — falou Joseph. — Ele sabe tudo.

— Vejo que temos uma idolatria acontecendo aqui. — Mamãe me entregou um prato de torrada ao lançar um olhar sábio para Joseph. — Acho que talvez devêssemos dar algum espaço a Noah hoje e permitir que ele faça o que quiser. Por que não vemos um filme?

Meu irmão suspirou.

— Qual?

— O que quiser...

Joseph deu um sorriso maldoso.

— Que não tenha censura maior que 13 anos — acrescentou mamãe.

A expressão dele se fechou. Então se alegrou de novo.

— Que tal *Consequências*?

Mamãe semicerrou os olhos.

— É aquele sobre a peste negra?

Joseph assentiu veementemente.

Mamãe me olhou.

— Tem problema para você?

Eu não queria ir a nenhum lugar específico. Na verdade, não conseguia pensar em nada que preferisse fazer a não ser ter a casa para mim mesma por um tempo. Talvez tentar ler mais do *Novas teorias*, ou pesquisar os símbolos do pingente, a pena; alguma coisa.

Mas minha mãe jamais concordaria em me deixar sozinha e, se eu dissesse que não queria sair, poderia ficar imaginando por quê. E imaginar levaria à preocupação, o que apenas a deixaria menos disposta a me soltar do cativeiro em um futuro próximo. Então cedi. Poderia deixar Joseph feliz, pelo menos.

O filme não começaria por mais uma hora, então me encontrei com tempo para matar. Quase liguei para Noah para perguntar sobre a noite anterior, mas mamãe estava certa. Ele merecia espaço.

E foi por isso que meu estômago se revirou de culpa quando me vi de pé à porta do quarto de hóspedes. Não sabia o que estava procurando até que meus olhos o encontraram.

Não toquei nas coisas de Noah. Não vasculhei a bolsa preta de náilon de Noah. O quarto estava superorganizado, como se ninguém jamais tivesse dormido ali, como se ninguém tivesse entrado. Mas, logo antes de me virar para sair, reparei algo despontando da fenda entre a parede e a cama.

Um caderno.

Noah não fazia anotações.

Dei um passo para dentro do quarto. Talvez não fosse dele. Talvez Daniel ou Joseph o tivessem deixado ali e esquecido, ou talvez pertencesse a um dos amigos deles? Eu poderia olhar a primeira página. Apenas para verificar.

Não. Saí do quarto e peguei o telefone para ligar para Noah. Perguntaria se era dele, e, se fosse, Noah saberia que eu o tinha encontrado, mas não traí sua confiança ao abri-lo.

Esse foi meu monólogo interior enquanto discava o número de Noah, enquanto o número continuava tocando. Por fim, ouvi um clique, mas era apenas a caixa postal. Noah não atendeu.

Momentos depois, me vi de volta ao quarto.

O caderno provavelmente nem era dele. Jamais o tinha visto com um, nunca, e, de toda forma, não havia motivo para Noah levar um caderno para minha casa. E ainda por cima durante o recesso de primavera. Eu apenas folhearia o caderno para ver de quem era. Não leria o conteúdo.

Um enigma à la Gollum/Sméagol. Será que o mal ou o bem venceria?

Dei um passo na direção da cama. Se o caderno fosse de Noah, a lei do universo ditava que eu seria pega.

Mas é mais fácil pedir perdão que permissão. Dei outro passo. Mais um. Então estendi o braço para o caderno, engoli a culpa e comecei a ler.

42

ASSIM COMEÇA O ILUSTRE REGISTRO DAS OBSERVAÇÕES E INDAGAÇÕES DE *Noah Elliot Simon Shaw no que dizem respeito à senhorita Mara (nome do meio ainda desconhecido, deve ser remediado) Dyer e sua proferida metamorfose.*

Mara acaba de sair. Acabamos de imolar a boneca de sua avó, objeto que parecia estar (perturbadoramente) preenchido com cabelo humano, bem como um pingente idêntico ao que possuo. Estamos, os dois, justificadamente inquietos por esse acontecimento, embora tenha fornecido um novo caminho para a exploração da porra do motivo pelo qual somos tão profundamente esquisitos.

Além disso, eu a beijei. Ela gostou.

Naturalmente.

Se tivesse alguém com quem conversar, eu estaria sem palavras. Pisquei com força, então encarei a página, as palavras, na caligrafia de Noah, apenas para me certificar de que estavam mesmo ali.

Estavam. E eu sabia quando Noah tinha começado a escrever. Foi depois de revelar a ele que tinha medo de perder o controle. De me perder. Depois de dizer a ele...

Que tudo o que podia fazer era assistir. Minha própria voz ecoava rispidamente nos ouvidos.

— *Diga o que vê. Porque não sei o que é real e o que não é, ou o que é novo ou diferente, e não posso confiar em mim mesma, mas confio em você.*

Noah fechou os olhos. Disse meu nome. Então falei:

— *Quer saber? Não diga, porque posso não me lembrar. Escreva, então talvez, algum dia, se eu melhorar, me deixe ler. Caso contrário, vou mudar um pouquinho todo dia e nunca saberei quem fui até depois de ter desaparecido.*

Minha garganta parecia apertada. Ele estava escrevendo aquilo por mim.

Poderia parar de ler agora. Colocar o caderno de volta, dizer a Noah que o tinha encontrado e admitir ter lido o início. Poderia contar a ele que só queria ver a quem pertencia, e, depois que percebi que era dele, parei de ler imediatamente.

Mas não parei. Virei a página.

Ruth me informa que, quando papai retornar, minha volta à escola e o comparecimento às aulas é esperado. Ouço pacientemente, mas consigo sentir minha mente vagar quando vejo com detalhes primorosos e miseráveis:

Encaro com desânimo as costas das cabeças dos professores enquanto os ouço murmurarem sobre coisas que já sei. Mato aula e me espreguiço sobre uma mesa de piquenique debaixo da monstruosidade que é o quiosque, e fico deitado ali, completamente parado.

Um grupo de garotas passa, olhando sobre a borda da mesa. Sinto inveja dos camaleões. Abro os olhos, semicerrando-os, e as garotas disparam para longe. Conversinhas, risadinhas e ouço uma delas sussurrar "perfeito demais". Quero sacudir as meninas até tirá-las da ignorância e gritar que a Capela Sistina está cheia de rachaduras.

Em minha vida anterior, pois é isso que parece, embora façam apenas poucos meses, eu flertaria, ou não, com qualquer uma que parecesse remotamente interessante em qualquer dia. Haveria uma candidata, se eu tivesse sorte. Então contaria as horas, os minutos e os segundos até mais um dia inútil finalmente terminar.

Então iria para casa. Ou para uma boate nova com Parker ou algum babaca que usa cardigã sobre os ombros e o colarinho da porra da camisa polo levantado. Sairia cambaleando, duas garotas lindas, sem rosto, agarradas à minha cintura, a batida entediante de música estilo house, sem alma, combinando com o latejar entediante em minhas têmporas, evidente mesmo sob a leve tontura do ecstasy com álcool, e eu beberia e não sentiria nada e riria e não sentiria nada e encararia minha vida pelos próximos três, cinco, vinte anos e a odiaria.

Essa imagem me entedia tão profundamente que estou disposto a morrer, bem agora, apenas para sentir outra coisa.

Quando as palavras terminaram, percebi que não estava mais de pé: tinha recuado até a cama. O caderno, o diário, estava aberto sobre o colchão, e minha mão esquerda cobria minha boca. Eu ouvia a voz de Noah ao ler seus pensamentos, mas havia uma amargura ali que sequer me lembrava de ouvir em voz alta. Virei a página.

O melhor que o dinheiro pode comprar é nada. Nada sobre Lukumi ou quem quer que seja, e nada sobre Jude. Mesmo a busca pela família dele se provou infrutífera. Nada sobre Claire Lowe, Jude Lowe ou os pais William e Deborah desde o desabamento. Houve um obituário no jornal de Rhode Island com instruções para doações e coisas assim, mas os pais se mudaram depois do acidente — ou incidente, devo dizer. E, mesmo com as conexões de investigador particular de Charles, zero. As pessoas podem desaparecer, mas não de pessoas como Charles. É como pensei: quando mais busco, mais longe fica a verdade. Odeio que não possa fazer mais nada. Iria sozinho para Providence, mas não quero deixar Mara aqui.

Talvez diga algo quando a vir, embora, no momento, ela pareça preocupada com alguma psicótica do Horizontes. Não sou o único que não me dá bem com outros. Talvez seja por isso que nos entendemos tão bem.

Aquelas foram as primeiras palavras que me fizeram sorrir. As seguintes desfizeram o sorriso.

Vasculho as coisas de minha mãe morta. Faz anos desde que me incomodei, e sinto-me vazio conforme exploro as caixas cheias, a maioria lotada de livros surrados, com orelhas e sublinhados. Singer, Ginsberg, Hoffman e Kerouac, filosofia, poesia, radicalismo e Beat. As páginas estão gastas, muito lidas, e as folheio. Imagino se é possível conhecer alguém pelas palavras que a pessoa amava. Há fotos presas em alguns dos livros. A maioria de pessoas que não reconheço, mas algumas são dela. Ela parece destemida.

Um livro que destoa me chama atenção — Le Petit Prince. Abro, e uma foto em preto e branco cai: ela, de costas, o rosto abaixado, segurando a mão de um garoto louro. Minha mão, percebo. Meu cabelo escureceu conforme cresci.

Uma mancha vermelha sangra da foto e se espalha, cobrindo os dedos dela, os meus. Ouço gritos e berros, e a voz de um menino implorando para que ela volte.

O texto acabava aí e não recomeçava até a página seguinte. Minha garganta doía, e meus dedos estavam trêmulos, e eu não deveria estar lendo aquilo, mas não conseguia parar.

Mais uma briga.
Já estava irritado com a situação da fraude Lukumi quando ouvi um vagabundo na Calle Ocho dizer algo vagamente insultante para a garota com quem ele estava. Falei algo profundamente insultante de volta. Esperava desesperadamente que me atacasse.
O homem atacou.
Há uma liberdade sem comparação em brigar. Não posso ser ferido, então não temo nada. Eles podem, então temem tudo. Isso facilita, e, portanto, sempre ganho.
Mara telefona. Está esperançosa por respostas, mas não tenho nenhuma, e não quero que ela saiba.

Noah devia ter escrito aquilo na quinta-feira, quando não apareceu. Depois que liguei, ele desligou e eu me preocupei, imaginando por que soava tão distante. Eu estava vidrada.

Quando não a encontro, seu fantasma perambula em minhas veias. E, quando vejo Mara hoje, depois de um dia separados, ela está diferente.

A palavra desliza em meu sangue.

É sutil — tão sutil que não tinha reparado até ela mencionar; talvez eu esteja próximo demais. Mas agora o tempo *separados ressalta as mudanças e observo Mara de perto, para me lembrar. Ainda está linda — sempre —, mas as maçãs do rosto estão mais proeminentes. A clavícula está acentuada como diamante. A delicadeza que amo é lentamente substituída por algo interno ou externo, não sei.*
Não quero contar a ela. Mara ficou arrasada por nada no parque, depois que uma charlatona lhe falou de destino. As coisas já estão bastante precárias.

255

∗ ∗ ∗

Ele escreveu isso ontem.

Tentei unir as coisas que Noah pensava com os instantes em que deve tê-las pensado, momentos em que estava comigo. As palavras recomeçavam no fim da mesma página.

Não consigo esquecer o beijo.

É risível. Mal a toquei, mas foi perturbadoramente íntimo. Ela arqueou o corpo em minha direção, mas apoiei a mão em sua cintura e ela enrijeceu o corpo sob minha palma. Acho que nunca pareceu tão perigosamente linda quanto naquele segundo.

Ela não é a única mudando. Todo dia, Mara me molda em outra coisa.

Sou definitivamente um covarde.

Compartilhar a cama com ela é uma tortura deliciosa. Entrelaço o corpo no dela como musgo em um galho; as batidas de nossos corações se sincronizam, e nos tornamos uma coisa retorcida e codependente. Ela me deixa de joelhos com um olhar, e ouço um violino magoado, um crescendo e diminuendo do violoncelo. Murmura sob minha pele; só quero devorá-la, mas não faço nada além de trincar o maxilar, tocar-lhe o pescoço com os lábios e saborear o tremor daquele acorde. Depois de um tempo, o acorde se suaviza nas pontas, quando ela cai no sono. Seu som é como a canção de uma sereia, me chamando para as pedras.

Ela acha que não a desejo, e é quase ridículo o quanto está errada. Mas ela precisa lutar contra os demônios antes que eu possa provar, ou me tornarei um deles. Ela ouve o nome de Jude, e seu som fica mais ríspido, se ergue; a respiração e o coração aceleram com medo. Ele quebrou algo dentro de Mara, e Deus sabe, eu o farei pagar.

Não posso matar o dragão porque não consigo encontrá-lo, então, por enquanto, fico por perto.

Não é o bastante.

Meu dragão. Meus demônios.

Noah achava que o que Jude fez *comigo* era o que me deixava com medo de *beijá-lo*. Que, se eu ainda estivesse com medo e Noah deixasse as coisas irem longe demais, isso me assombraria do modo como Jude me assombra agora.

256

Não acreditou em mim quando falei que não tinha medo dele. Não entendeu que eu só tinha medo de mim mesma.

Então não havia nada por cinco ou sete páginas. Na décima terceira página, havia mais:

Minha teoria: que Mara pode manipular eventos do modo como posso manipular células. Não tenho ideia de como nós dois conseguimos fazer qualquer dessas coisas, mas não importa.

Tento fazer com que ela visualize algo benigno, mas Mara encara e se concentra, embora seu som não mude. Será que sua habilidade está ligada ao desejo? Será que não quer nada bom?

Pesadelo:

O sol entra fraco pelas janelas de meu quarto, iluminando Mara pelas costas conforme se aproxima de minha cama. Ela veste minha camiseta; uma coisa xadrez preta e branca sem definição que eu não notaria normalmente, mas que, com ela dentro, fica linda.

A pele da coxa nua de Mara roça meu braço quando ela se mexe em meus lençóis. Minha mão segura um livro: Convite para uma decapitação. *Estou tentando ler, mas não consigo avançar da seguinte passagem:*

"Apesar de tudo, amei você e continuarei amando você — de joelhos, com os ombros para trás, exibindo os calcanhares para o carrasco e esticando o pescoço —, mesmo então. E depois — talvez, sobretudo depois —, amarei você, e um dia receberemos uma verdadeira e abrangente explicação e, então, talvez, possamos ficar juntos, você e eu... possamos ligar os pontos... e você e eu constituiremos aquele desenho único que desejo."

Não consigo avançar porque fico imaginando qual seria a sensação da coxa de Mara contra minha bochecha.

Seu grafite rabisca o papel espesso e é a trilha sonora de minha felicidade. Isso e seu som: dissonante, doloroso. A respiração, as batidas do coração e a pulsação de Mara são minha nova sinfonia preferida; estou começando a aprender que notas tocarão, e a interpretá-las. Tem ira, satisfação, medo e desejo: mas ela nunca deixou esse último ir longe demais. Ainda.

O sol canta nos cabelos de Mara quando ela inclina a cabeça, mergulha na direção da página. Ela arqueia o corpo para a frente, a silhueta levemente felina enquanto desenha. Meu coração bate o nome dela. Mara olha por cima do ombro e dá um risinho, como se pudesse ouvir.

Basta.

Jogo o livro no chão — uma primeira edição, não me importo — e inclino o corpo na direção dela. Mara se move com timidez para bloquear o caderno de desenhos. Tudo bem. Não é o que quero mesmo.

— Venha — sussurro para a pele dela. Viro Mara para que me encare. Ela entrelaça os dedos em meu cabelo, e minhas pálpebras se fecham ao toque.

Então Mara me beija primeiro, o que nunca acontece. É um beijo leve, renovado e suave. Cuidadoso. Ainda acha que pode me machucar, de algum modo. Não compreende que isso não é possível. Não faço ideia do que acontece na mente de Mara, mas mesmo que ela leve anos para se soltar, valerá a pena. Eu esperaria para sempre pela promessa de ver Mara, livre.

Recuo para olhar de novo para ela, mas algo está errado. Fora do lugar. Seus olhos estão vítreos e embaçados, brilham com lágrimas.

— Você está bem?

Ela faz que não com a cabeça. Uma lágrima escorre, rola por sua bochecha. Seguro o rosto de Mara nas mãos.

— O que foi?

Ela olha para o caderno de desenho atrás de si. Sai do caminho. Eu o pego.

É um desenho de mim, mas meus olhos estão escurecidos. Semicerro os meus olhos de verdade para ela.

— Por que você desenharia isso?

Ela sacode a cabeça. Fico frustrado.

— Diga.

Mara abre a boca para falar, mas ela não tem língua.

Quando acordo, Mara não está mais na cama.

Fico deitado sozinho, encarando o teto, então o relógio. Três minutos depois das 2 horas da madrugada. Espero cinco minutos. Depois de dez, levanto para ver para onde ela foi.

Encontro Mara na cozinha. Está encarando o próprio reflexo na janela escura com uma longa faca pressionada contra o polegar, e, de repente, não estou em Miami, mas em Londres, no escritório de papai. Tenho 15 anos e estou completamente entorpecido. Circulo a mesa na qual meu pai jamais se senta e pego sua faca. Arrasto o objeto pela minha pele...

Pisco para afastar a lembrança e sussurro o nome de Mara em desespero. Ela não responde, então cruzo a cozinha, pego a mão dela e, com cuidado, apoio a faca.

Mara sorri, e é um sorriso vazio, que congela meu sangue porque já vi aquele sorriso em mim.

De manhã, ela não se lembra de nada.

É 29 de março.

Não consegui respirar ao ler a data. Dia 29 de março é hoje.

43

E U ERA UM CALDEIRÃO FERVILHANTE DE PENSAMENTOS, NENHUM dos quais consegui processar antes de ouvir Daniel chamar meu nome.

Corri para colocar o caderno de volta onde o tinha encontrado, e saí do quarto de hóspedes para a cozinha. Daniel estava girando o chaveiro.

— Vamos sair — anunciou.

Olhei para o corredor.

— Não estou muito com vontade...

— De ficar em casa. Confie em mim. — Daniel me lançou um sorriso enigmático. — Vai me agradecer depois.

Eu duvidava disso. Precisava me sentar, sozinha, e apenas pensar. Sobre o que diria a Noah quando finalmente o reencontrasse. O que contaria a ele depois do que havia lido.

Os textos sobre mim eram uma coisa. Noah os escreveu para mim, para que eu os visse algum dia.

Mas o resto. O resto era dele. *Dele*. Senti enjoo.

— Livrei você de ver aquele filme horroroso com mamãe e Joseph. Vamos — disse Daniel, com um gesto exagerado do braço. — VAMOS.

Ele estava irredutível, então deprimida, segui meu irmão para o carro.

— Aonde vamos? — perguntei, tentando parecer casual. Tentando parecer bem.

— Vamos comemorar seu aniversário.

— Odeio ser portadora de más notícias, mas está um pouco atrasado.

Daniel acariciou o próprio queixo.

— Sim, sim, entendo como possa parecer assim de sua perspectiva iluminada. Mas, na verdade, considerando que seu aniversário técnico resultou no que, doravante, chamaremos de seu "Período Sombrio", foi discutido e acordado que deveria ganhar uma segunda chance.

Olhei para ele pelo canto do olho quanto Daniel entrou na autoestrada.

— Discutido e acordado por...?

— Por todos. Todos no *mundo inteiro*. Não *há* outro tópico de discussão que não seja Mara Dyer, não recebeu o memorando?

Suspirei.

— Não vai me dizer aonde vamos, vai?

Daniel selou os lábios com mímica.

— Certo — repliquei. Foi difícil não sorrir, embora não estivesse com vontade. Meu irmão estava tentando me deixar feliz. Era culpa minha estar arrasada, não dele.

Por fim, paramos em uma marina, o que, obviamente, eu não esperava. Saí do carro, os pés estalando o cascalho, mas Daniel ficou onde estava. Dei a volta para a janela dele, e meu irmão a abaixou.

— É aqui que a deixo — disse Daniel, e fez uma saudação.

Virei o rosto para a entrada. O céu estava começando a mudar, e nuvens cor-de-rosa e acinzentadas surgiam sobre os mastros altos. Ninguém estava ali.

— Devo fazer alguma coisa?

— Tudo será revelado no devido tempo.

Havia um plano, claramente, um plano que possivelmente envolvia Noah, o que me fez querer sorrir e chorar ao mesmo tempo.

— Mamãe sabe? — Foi tudo o que perguntei.

— Meio que... não exatamente.

— Daniel...

— Vale a pena, você merece isso. Ei, olhe atrás de você!

Virei. Um homem de uniforme meio náutico caminhava, vindo de um longo cais, até o estacionamento, um porta-vestido dobrado sobre os braços. Quando voltei o rosto para Daniel, ele fechou a janela. Daniel piscou um olho e acenou.

Um nó se formou em minha garganta quando me virei de volta. Eu não o *merecia*.

O homem de uniforme falou.

— Se fizer a gentileza de vir comigo, senhorita Dyer, a levarei até o barco.

Sorri, mas o sorriso não alcançou meus olhos. Achei que Noah me pegaria lendo o diário, talvez. Ele ficaria com raiva. Nós brigaríamos. Eu explicaria, faríamos as pazes, seguiríamos em frente.

Mas agora que caminhava na direção do que certamente seria um gesto dos mais incríveis, este estava maculado por minha traição. Precisava contar a Noah; quanto mais esperasse, pior seria.

O homem se apresentou como Ron e me levou até o fim do cais. O ar recendia a maresia e algas, e a água batia sob nossos passos pesados. Fui ajudada ao subir os degraus e me pediram que tirasse os sapatos. O deque de madeira clara reluzia sob meus pés descalços, brilhante e impecável.

Depois de embarcarmos, Ron se virou para mim e perguntou se eu queria algo para beber. Falei que estava bem, embora não estivesse.

Uma enxurrada de atividade começou atrás de mim. Nós eram desfeitos, e parecia que estávamos nos preparando para partir.

— Aonde vamos? — perguntei.

— Não será uma viagem longa — respondeu Ron, sorrindo. Olhei para o céu: o sol estava quase se pondo, e imaginei quando Noah surgiria.

Ron me entregou o porta-vestido.

— Fui instruído a dizer que não precisa se trocar, mas que isto foi confeccionado para você, caso queira usá-lo. De toda forma, é seu.

Algo estremeceu em meu peito e minha mente quando peguei o porta-vestido energeticamente.

— Mas, se desejar, posso lhe mostrar a cabine?

Agradeci a Ron, e ele me levou por uma meia escadaria pequena e estreita, quase uma escada de mão. Descemos até um corredor curto que se abria em alguns quartos individuais: um homem com chapéu de chef trabalhava na cozinha, e passamos por dois quartos antes de Ron indicar o terceiro para que eu entrasse. Procurei por Noah em todos eles. Não estava ali.

— Avise se precisar de alguma coisa — falou Ron.

— Obrigada.

Ele inclinou a cabeça e fechou a porta atrás de si, me deixando sozinha.

Eu poderia muito bem estar em um hotel estilo butique. Roupa de cama branca e felpuda adornava a cama, a peça central do quarto, e luminárias idênticas com braçadeiras móveis flanqueavam os lados da cabeceira de couro com efeito matelassê. Havia um pequeno bar embutido na parede sob uma fileira de janelas redondas. Apoiei o porta-vestido na cama e abri o zíper.

Um filete de tecido azul-escuro, quase preto, apareceu, e, quando tirei o vestido tomara que caia — longo, na verdade — do porta-vestido, o tecido parecia água sob meus dedos. Era extraordinário. Tão macio e perfeito que nem parecia real. Coloquei o vestido e olhei para a parede coberta com espelhos.

Era como se estivesse vestindo a própria noite. A cor fazia minha pele parecer creme: impecável, em vez de apenas pálida. O vestido deslizava suavemente sobre cada curva como se tivesse sido ensinado por alguém que conhecia cada linha, depressão e arco de minha silhueta. O ato de vesti-lo era íntimo, e minha pele se encheu de calor.

Mas o mais impressionante de tudo foi que, quando olhei para meu reflexo, este me pareceu mais familiar do que em semanas.

Quando, por fim, tirei os olhos do espelho, abri o armário para conferir se havia sapatos. Não havia. Procurei em alguns lugares onde achei que poderia encontrar sapatos, mas não vi uma caixa.

Ou, mais precisamente, não vi uma caixa de *sapatos*. Conforme meus olhos percorriam o quarto, reparei em uma caixinha na mesa de cabeceira embutida que era parte da cama. Uma caixinha pequena, de veludo preto.

Um porta-joias. Estava apoiado sobre um envelope bege. Abri o envelope com dedos trêmulos e desdobrei o bilhete com o máximo de cuidado. Perdi o fôlego ao ler as palavras na caligrafia de Noah.

Isto pertencia a minha mãe, mas estava destinado a você.

Meu coração batia forte contra as costelas, e minha pulsação estremecia sob a pele quando apoiei o bilhete e, por fim, olhei dentro da caixa.

A JOIA ESCURA ERA DA COR DA MEIA-NOITE E BRILHAVA COM fogo. Cem ou mais diamantes circulavam a safira e se estendiam por um longo cordão, o qual se enrolava na palma da minha mão. Jamais tinha segurado algo tão precioso. Quase tive medo de colocá-lo.

Quase.

Olhei para a porta. Meio que esperava que Noah surgisse para prender o cordão em meu pescoço, mas ele não apareceu, então o prendi eu mesma. Era pesado, mas o peso pareceu certo, de alguma forma, ao redor de meu pescoço.

Penteei o cabelo em um coque, então saí do quarto. Meus pés descalços se firmavam na estreita escada enquanto subia até o deque onde sabia que veria Noah. Meu coração estava acelerado, e mordi o lábio ao chegar no alto.

Ele não estava lá.

Estarrecedor. Soltei devagar o fôlego que não percebi que havia prendido, e olhei ao redor. Estávamos longe da marina agora, flutuando em uma grande extensão de água turquesa escura pontuada com muitos outros barcos. Emaranhados de algas marinhas flutuavam na superfície, a espuma do rastro de outro barco agarrava-se à água. Havia pessoas também: algumas flutuavam em boias, outras soltavam pipa dos deques dos barcos. Um idoso passou boiando por nós em um macarrão de espuma alaranjado, com óculos escuros néon no rosto vermelho e um porta-cerveja cor-de-rosa néon na mão. Um universitário mauricinho vestindo bermuda xadrez e um chapéu de palha idiota pilotava um iate brilhante que atordoava o ar com letras estúpidas e uma batida retumbante e autoritária. Ele atirou a guimba do cigarro na água. Babaca.

Então, conforme navegávamos sob uma ponte levadiça linda e antiga pontuada por postes de rua, a paisagem ao nosso redor mudou. Passamos por um campo de golfe salpicado de palmeiras de um lado e lindas casas na margem oposta. Os quintais eram exuberantes com pessegueiros e oliveiras, ou jardins de rosas com arbustos cercando quadras de tênis enormes. Havia uma escada solitária em um quintal, usada para aparar arbustos no formato de diferentes animais. A casa além do quintal era enorme, estilo toscano, com arcos abertos do chão ao teto.

Apoiei os braços contra a proa, observando as mansões estonteantes; o vidro moderno, as monstruosidades de aço e a tentativa de charme das casas mais antigas que passavam. O barco oscilou suavemente sob meus pés. Vinha me sentindo tão enjoada ultimamente que fiquei levemente surpresa por *não* me sentir enjoada no barco.

Uma explosão de música alta agrediu meus ouvidos, e ergui o rosto. Alguém de uma das casas tinha ligado um gigantesco sistema de alto-falantes externos. Ouvi o choro irritado de guitarras e música eletrônica estalando ao fundo, um cantor berrando sobre ferimentos, agressão e sobre se salvar.

Passamos por uma enorme casa que parecia uma caixa, um retorno aos anos 1960, imaginei, então flutuamos por uma enorme mansão branca com janelas altas que davam para a água. Estátuas gregas ladeavam o jardim intricadamente podado, e algo a respeito dela parecia...

Familiar.

Porque era a casa de Noah. Quase não a reconheci dali: sempre estivera do lado de dentro, olhando para fora, mas agora estava do lado de fora, olhando para dentro.

Mas não vi ou senti qualquer sinal de que pararíamos. Não era para lá, aparentemente, que nos dirigíamos. Curioso.

As casas logo deram lugar à floresta. Uma enorme figueira de raízes aéreas se dobrava para longe dessas raízes, coberta por barba-de-velho que beijava a água. O sol poente refletia na superfície, projetando sombras entrecortadas sob a árvore. Coqueiros dos dois lados se curvavam e oscilavam, carregados de cocos. Então a floresta se tornou menos densa. Passamos por torres de transmissão que não tinham nada preso a elas, a madeira erodida exposta à maré que subia. Uma palmeira com o topo cortado se erguia em posição de sentido à direita, apenas um toco alto que varava o ar.

Então, por fim, vi aonde íamos. Uma pequena ilha surgiu diante de nós: tínhamos passado por tantas, mas senti, simplesmente soube, que Noah estava naquela. Esperando por mim.

Navegamos em torno de um cais estreito que se projetava no oceano. A tripulação ancorou o barco, e Ron me ajudou a desembarcar, mas não se juntou a mim. Apenas assentiu para o fim do pequeno píer, então comecei a andar. A madeira sob meus pés era macia, gasta pelo ar e pela água. Ergui a bainha do vestido — morreria se ele rasgasse — e imaginei para onde me dirigia.

Não precisei imaginar por muito tempo: no fim do cais, pequenas tochas se erguiam do chão, e as chamas guiavam meu caminho. Segui as labaredas pela praia até que, por fim, o vi.

Era difícil reparar no quanto a praia silenciosa e secreta era linda com Noah de pé ali, absurdamente sexy em um smoking de corte elegante, magro e alto, e extravagantemente maravilhoso. Soltei a bainha do vestido ao mesmo tempo que escancarei a boca e deixei os pensamentos e tudo o mais se libertarem também.

— Você chegou — disse Noah.

O som dele, sua *imagem*, me roubou as palavras.

Noah atravessou graciosamente a areia e abaixou a cabeça para me encarar.

— Mara?

Ainda sem palavras.

Noah sorriu aquele sorriso torto, e achei que iria me dissolver.

— Devo ficar preocupado?

Consegui fazer que não com a cabeça.

Noah deu um pequeno passo para trás e me avaliou. Senti os olhos deslizarem sobre minha pele.

— Você vai servir.

Abri um sorriso brilhante.

— Você também — falei, a voz estranhamente rouca.

— Você mencionou um smoking em sua fantasia, então...

— Na verdade — consegui falar —, creio que *você* tenha mencionado o smoking em *sua* fantasia.

Porque eu era limitada demais para compreender como ele ficaria vestido em um. Adorava o guarda-roupa de Noah, no estilo "não me incomodo em me preocupar", com camisetas surradas e jeans destruídos, mas aquilo... não havia palavras.

— Humm — disse ele, pensativo. — Talvez esteja certa.

Meu sorriso se alargou.

— Estou certa.

— Bem — disse ele, a voz tranquila ao olhar de volta para o cais. — Imagino que se preferir ir para casa...

Sacudi a cabeça veementemente.

— Isso serve, então? — perguntou.

Lógico. Assenti.

— Excelente. Oliver vai ficar satisfeito.

— Oliver?

— O alfaiate que quase nunca tenho a chance de usar. Ele ficou animado quando liguei, embora precisasse largar tudo para fazer isso em duas semanas.

— Parece caro.

— Custou 5 mil, mas, por esse olhar em seu rosto, teria pagado 10. Vamos?

Segui a linha do gesto de Noah pela extensão da praia. Havia um cobertor preso na areia branca mais à frente, cercado por tochas. Um pedaço de tecido claro oscilava entre duas árvores.

Noah seguiu na direção do oceano e ficou de pé na beira, onde as ondas lambiam a areia. Segui quase até o fim, com o cuidado de evitar a água. A luz do sol tinha, quase toda, sumido, e nuvens cinzentas perseguiam umas às outras em um céu escuro e entrecortado.

— Isso é o que eu deveria ter dado a você de aniversário — disse Noah, a voz como veludo, mas com o toque de algo que não pude reconhecer. Então ele se virou para mim, e seus olhos desceram até meu pescoço. Noah deu um passo adiante, quase alinhando meu corpo ao dele. Seus dedos elegantes foram até meu pescoço. Eles percorreram a joia. — E isto.

Os dedos tracejaram minha pele, mergulhando sob o colar, então acima.

— E isto — prosseguiu, quando seus dedos pararam sob meu maxilar, erguendo meu rosto na direção do dele. O polegar de Noah percorreu a curva de minha boca, e o rosto lindo e perfeito se inclinou na direção do meu.

— E isto — falou Noah, os lábios a centímetros dos meus.

Ele iria me beijar.

Ele iria confiar em mim.

Em algum lugar entre o barco, o vestido, a praia e o céu, tinha me esquecido do que fizera. Mas agora aquilo rugia de volta, alto em meus ouvidos. Se não contasse a ele agora, jamais contaria. Mentiras nos fazem parecer outra pessoa, mas com Noah, precisava ser eu mesma.

As palavras queimaram minha garganta.

— Eu...

Noah recuou levemente ao ouvir minha voz. Os olhos traduziram minha expressão.

— Não — falou, e pressionou um dedo contra meus lábios. — O que quer que seja. Não diga.

Mas eu disse.

— Eu li. — As palavras levaram meu fôlego. A mão esquerda de Noah deixou minha pele.

É mentira, sabe? Não é mais fácil pedir perdão que permissão. Nem um pouco.

45

— DESCULPE — COMECEI A DIZER. — NÃO...
— Quis sim — falou Noah, a voz fria.
Olhava para o oceano. Não para mim.
— Só achei...
— Precisamos? Precisamos fazer isso?
— Fazer o quê? — perguntei, baixinho.
— *Isso.* — A palavra foi como um jato de ácido. — Isso... o que quer seja. — A voz tinha voltado à impassibilidade. — Me pediu para escrever o que visse. Escrevi. Então você leu sem pedir. Tudo bem. — Noah gesticulou com os ombros de modo maldoso e indiferente. — Acho que parte de mim não teria deixado ali se não quisesse que você lesse. Então, está feito. Acabou. — Ele olhava para a frente, para a escuridão. — Não importa.
— Importa sim.
Noah se virou para mim com uma graciosidade predatória.
— Tudo bem, Mara. — Sua voz dilacerava meu nome. — Quer saber como descobri minha habilidade? Como soube, pela secretária de meu pai, que nos mudaríamos para mais uma casa infeliz dois dias antes da mudança, porque ele não podia se dar o incômodo de me contar por conta própria? Como me senti tão entorpecido com isso e com tudo que eu tinha certeza de que não poderia existir de verdade? Que eu

provavelmente deveria ser feito de nada, para conseguir sentir tanto vazio, que a dor que a lâmina causou em minha pele foi a única coisa que me fez sentir real?

Sua voz ficou estranhamente inexpressiva.

— Quer ouvir que *gostei* disso? Que quis mais? Ou quer ouvir que, quando acordei no dia seguinte e não encontrei qualquer vestígio de um corte, nenhum indício de uma cicatriz se formando, tudo o que senti foi um desapontamento avassalador?

Não havia nada além do som de ondas ilusoriamente tranquilas e de minha respiração na quietude antes de Noah recomeçar:

— Se tornou um tipo de jogo, então, ver se havia algum dano que eu poderia, de fato, causar. Busquei todos os altos e baixos que possa imaginar — disse Noah, ressaltando a palavra *todos* com os olhos semicerrados, para se certificar de que eu entendia o que queria dizer. — Completamente sem consequências. Queria me perder e não podia. Estou caçando uma insensibilidade que jamais encontrarei. — E então Noah sorriu: uma coisa sombria, partida e vazia. — Já ouviu o bastante?

Ele estava assustadoramente frio, mas não tive medo. Não dele. Dei um passo na direção de Noah. Minha voz estava baixa, mas forte:

— Não importa.

— O que não importa? — perguntou Noah, o tom de voz inexpressivo.

— O que você fez antes.

— Não mudei, Mara.

Eu o encarei, fitei sua expressão. *Ainda quero me perder*, diziam seus olhos. E comecei a entender. Noah desejava o perigo porque jamais corria perigo. Era inconsequente porque não acreditava que pudesse se partir. Mas queria. Não tinha medo de mim — não apenas porque acreditava que eu não podia machucá-lo, mas porque, mesmo que machucasse, ele abraçaria a dor.

Noah ainda buscava a insensibilidade. E, em mim, ele a tinha encontrado.

— *Quer* que eu o machuque. — Minha voz era pouco mais que um sussurro.

Noah deu um passo em minha direção.

— Você não pode.

— Eu poderia matá-lo. — As palavras tinham um toque metálico. Mais um passo. Os olhos de Noah desafiavam os meus.

— Tente.

Enquanto Noah estava de pé ali, nas roupas luxuosas, as feições impecáveis me encarando, ainda parecia um príncipe arrogante. Mas somente então pude ver que a coroa estava quebrada.

O ar ao nosso redor estava carregado conforme nos encarávamos. Curandeiro e destruidora, meio-dia e meia-noite. Estávamos, silenciosamente, em um impasse. Nenhum de nós se mexeu.

Percebi, então, que Noah jamais se mexeria. Jamais recuaria porque não queria vencer.

E eu não o perderia. Então só podia me recusar a jogar.

— Não serei o que você quer que eu seja — falei, então, a voz baixa.

— E o que acha que é isso?

— Sua arma de autodestruição.

Noah ficou imóvel.

— Acha que quero *usá-la*?

Ele não queria?

— Não quer?

Noah inspirou devagar.

— Não, Mara. — Meu nome soou carinhoso agora, em sua boca. — Não. Jamais quis isso.

— Então o que você *quer*?

— Quero... — Ele parou. Passou os dedos pelos cabelos. — Não importa o que quero. — A voz ficou mais baixa. — O que *você* quer?

— Você. — Sempre você.

— Você me tem — respondeu, os olhos encontrando os meus. — Você me *habita*. — O rosto de Noah estava petrificado, mas as palavras saíram de seus lábios como uma súplica. — Quer saber o que quero? Quero que *você* seja aquela que me deseja primeiro. Que me pressiona primeiro. Que me beija primeiro. Não tenha cuidado comigo. Porque não terei cuidado com você.

Meu coração acelerou.

— Não pode me ferir do modo que acha que pode. Mas mesmo que pudesse? Preferiria morrer com seu gosto na língua a viver e jamais tocá-la de novo. Estou apaixonado por você, Mara. Eu amo você. Não importa o que faça.

Meu fôlego ficou preso na garganta. *Não importa o que faça.* As palavras eram uma promessa, que eu não sabia se qualquer um poderia cumprir.

— Só temos 17 anos — falei, baixinho.

— Fodam-se os 17 anos. — Os olhos e a voz de Noah eram desafiadores. — Se eu fosse viver mil anos, pertenceria a você durante todos eles. Se fôssemos viver mil vidas, iria querer torná-la minha em todas elas.

Noah sabia o que eu era e o que tinha feito, e me desejava mesmo assim. Ele me *via*. Inteira. Com a carne aberta, o coração exposto. Eu estava do avesso para ele; e trêmula.

— Só quero você — continuou Noah. — Não precisa me escolher agora ou nunca, mas quando escolher, quero você *livre*.

Algo dentro de mim se revirou.

— É mais forte do que acredita. Não deixe o medo tomar conta. Seja dona de si.

Revirei as palavras na mente. Dona de mim mesma. Como se fosse tão fácil. Como se eu pudesse me afastar do luto e da culpa, e deixar para trás o medo e tudo o mais.

Eu queria. Eu queria.

— Me beije — sussurrei.

Os dedos de Noah percorreram minha coluna, exposta pelo vestido. O calor florescia sob minha pele.

— Não posso. Não assim.

Noah começou uma caçada, e fiquei diante dele, esperando ser capturada. Ele poderia ter a mim, mas se recusava a se mexer.

E somente então percebi por quê.

Ele queria ser pego. Estava esperando que eu *o* caçasse.

Segurei a camisa de Noah e o puxei para mim. Contra meu corpo. Minhas mãos se tornaram punhos no tecido, mas as dele eram como pedra de cada lado de meu tórax; elas se erguiam e abaixavam cada vez que eu respirava com força, mas não se moviam. As minhas sim. Meus dedos passeavam por debaixo da camisa social de Noah; a respiração dele se acelerou quando toquei-lhe a pele pálida e dourada. Minhas mãos passaram sobre cumes de músculos e articulações, duros e quentes sob as palmas. Tentei chegar à boca de Noah com a minha, mas ele era alto demais e não se abaixaria.

Então me abaixei na areia. E puxei Noah comigo.

A bainha do vestido tocou a água, mas não me importava, não mais. A terra afundou sob meu corpo conforme Noah passou para cima de mim e deslizou o joelho entre os meus, inflamando minha chama. Seu braço enlaçou minhas costas, e a boca se moveu sobre meu pescoço, os lábios roçando minha clavícula e a curva abaixo de minha orelha. Meus braços se entrelaçaram ao redor do pescoço de Noah, os punhos se enroscaram em seu cabelo. Meu coração se acelerava selvagemente. O de Noah ainda estava calmo.

Então deslizei sobre ele. Para cima dele. As costelas de Noah se moviam sob *minhas* mãos agora. A cintura estava entre minhas pernas. Eu estava respirando com dificuldade e me sentia inconsequente. Noah me observava, e, se eu não o conhecesse tão bem, não saberia que havia algo incomum a respeito daquilo. Mas eu o *conhecia*, e, por mais que estivesse imóvel, *havia* algo diferente com relação ao modo como Noah me fitava agora.

Apoiei as mãos sobre seu peito. O coração de Noah batia mais rápido. Ele perdia o controle.

Caça.

Inclinei o corpo para mais perto, as mãos descendo sobre o estômago de Noah, as costas arqueadas acima dele. Beijei-lhe o pescoço Ouvi uma inspiração profunda.

Sorri contra a pele dele, percorri o maxilar e o pescoço de Noah com os lábios, maravilhada com o ponto em que a barba áspera ficava macia. Minhas mãos vagaram lentamente até sua cintura, e Noah puxou meu vestido para cima, os dedos quentes em minha pele nua, me deixando sem fôlego. Fazendo-me doer de desejo. Forcei mais meu peso contra ele, meu corpo curvado, apertado como um arco contra o de Noah. Sua boca estava a apenas milímetros da minha.

— Porra — murmurou Noah contra meus lábios. A sensação, a palavra, dispararam um pequeno choque morno por minha espinha. Ela saltitou em minhas veias, dançou por cada nervo.

Então rocei os lábios nos dele.

Sabia que Noah idolatrava Charlie Parker e que sua escova de dentes era verde. Que ele não se incomodava em abotoar as camisas corretamente, mas sempre arrumava a cama. Que, quando dormia, se enroscava todo, e que seus olhos eram da cor das nuvens antes da chuva, e eu sabia que ele não tinha problemas em comer carne, mas sutilmente saía da sala se animais começavam a se matar no Discovery Channel. Sabia centenas de pequenas coisas sobre Noah Shaw, mas quando me beijou, esqueci meu nome.

Estava faminta por ele, por aquilo. Era uma criatura de desejo: mergulhada em sentimentos e sem fôlego. Senti um puxão, furioso e determinado, e parte de mim teve medo dele, mas outra parte, baixa, profunda e sombria, sussurrava *sim*.

Noah repetia meu nome como uma oração, e eu estava livre.

Despi seu paletó dos ombros. Tchau. Abri os botões da camisa de Noah em segundos, afrouxei a gravata no pescoço. A pele de Noah estava em chamas sob mãos que percorriam os músculos e ossos esguios abaixo delas por vontade própria. Sobre o abdômen, sobre o peito. Sobre duas linhas finas que repousavam contra o pescoço de Noah...

Cores irromperam em minha mente. Verde, vermelho e azul. Árvores, sangue e céu. A areia e o oceano sumiram; foram substituídos por selva e nuvens. Houve uma voz, calorosa e familiar, mas estava longe.

Mara.

A palavra preencheu meus pulmões com uma lufada de ar, e inspirei sândalo e sal. Então uma pressão forte nos quadris, me afastando. Para baixo. Olhos cinza me prendiam à terra, e o céu mudou acima deles; o azul afugentado pelo preto, as nuvens afugentadas pelas estrelas. Noah estava sobre mim, a respiração rápida, as pupilas dilatadas. Ele me olhava.

De modo diferente.

Meus pensamentos estavam enevoados, e era difícil falar.

— O quê? — Consegui dizer.

Os olhos de Noah estavam fechados, havia uma tempestade sob eles.

— Você — começou Noah, então parou. — Eu senti...

— O quê? — perguntei de novo, mais alto dessa vez.

— Acredito em você — disse, por fim.

O calor subiu sob minha pele quando entendi o que ele queria dizer.

— Machuquei você? — perguntei, apressadamente. — Está bem?

Um leve sorriso surgiu na boca de Noah.

— Ainda estou aqui.

— O que aconteceu?

Noah avaliou as palavras.

— Você soava diferente — falou Noah, devagar. — Eu estava ouvindo, procurando uma mudança, e escutei, mas não sabia o que significava. Jamais a ouvi assim antes. Chamei seu nome, mas você não respondeu. Então paramos.

Não sabia o que significava também, e não me importava.

— Machuquei você? — perguntei de novo. Era com isso que me preocupava. Era o que precisava saber.

Noah em ajudou a me levantar, e saímos juntos da areia. As palavras e os olhos dele eram carinhosos.

— Ainda estou aqui. — Noah entrelaçou os dedos nos meus. — Vamos para casa.

Ele me levou pela água, olhando para a frente, não para mim. Eu o estudei de perto, ainda sem saber se estava bem.

Quando chegamos à praia, Noah parecia impecável. Agora a gravata estava frouxa, e os punhos, desabotoados, areia e mar tinham arruinado o smoking de 5 mil dólares, e seus cabelos tinham sido agredidos por minhas mãos. Os olhos cinza de safira de Noah estavam acesos, e os lábios de veludo pareciam inchados por causa dos meus.

Aquele era o garoto que eu amava. Um pouco bagunçado. Um pouco quebrado. Um lindo desastre.

Exatamente como eu.

46

FOI COMO SE O PESO DE MEU MUNDO TIVESSE SE DISSOLVIDO com aquele beijo.

Não foi leve como uma pena, como os outros. Foi selvagem e sombrio. Foi incrível.

E Noah ainda estava ali.

Eu tinha um sorriso idiota estampado no rosto enquanto voltávamos para a marina; não conseguia parar de sorrir e não queria. Depois que nós dois colocamos as roupas normais e devolvi o colar da mãe dele para que ficasse em segurança, decidimos o seguinte:

Eu estava certa. Alguma coisa mudou em mim quando nos beijamos.

Mas Noah também estava certo. Não o feri como eu tinha certeza de que faria.

Não sabia se era porque Noah estava tentando escutar alguma coisa dessa vez, essa mudança, talvez, ou se foi porque eu realmente não *poderia* machucá-lo, exatamente como ele imaginava. Estava extasiada por ele estar bem, obviamente. Delirantemente. Mas aquilo abalou um pouco a confiança em minha memória: não pude deixar de imaginar se talvez, depois de tudo aquilo, eu *tinha* sonhado, imaginado ou alucinado aquele primeiro beijo na cama. Contei isso a Noah, mas ele pegou minhas mãos, me encarou e disse para confiar em mim mesma e para confiar em meus instintos também. Tentei arrancar mais dele, mas então Noah me beijou de novo.

Poderia passar o resto da vida beijando-o, acho.

Fiquei extasiada pelo resto do fim de semana. Havíamos respondido uma pergunta entre mil, mas foi uma resposta *feliz*. Queria acreditar que depois de tudo pelo que tinha passado, eu merecia.

Noah também parecia diferente. Ele me contou que tinha fechado um negócio para comprar as fitas de segurança do pessoal do parque para solucionar de uma vez por todas se Roslyn Ferretti *tinha* sido subornada e, se fosse o caso, por quem. Ele também queria pegar um avião para Providence para tentar descobrir mais do que o investigador conseguira, ver se poderia descobrir mais sobre Jude por conta própria. Fiquei feliz ao deixá-lo ir. Nada tinha acontecido desde que John começara a vigiar a casa, e eu não precisava ficar grudada em Noah a cada segundo. As palavras da falsa vidente importavam menos para mim agora que sabia que não podia feri-lo; então, me importava menos com elas. Não sentia medo.

Eu me sentia livre.

As mãos de Noah estavam em minha cintura quando me deu um beijo de despedida no domingo à noite, e sorri para os dois pingentes agora pendurados em seu pescoço. Adorei que Noah estivesse usando o meu por mim.

Meu bom humor era óbvio pra todos, inclusive meus pais, pelo visto.

— Estamos muito orgulhosos de você, Mara — disse papai, no caminho para o Horizontes na segunda-feira de manhã. — Sua mãe e eu estávamos conversando sobre o retiro neste fim de semana e decidimos que, se não quiser ir, não precisa.

O retiro do Horizontes: parte da avaliação que me comprometera a fazer; para testar se era mais recomendado que eu fizesse o programa residencial ao invés do não residencial. Eu tinha me esquecido daquilo, mas acho que agora não importava, porque não precisaria ir.

Fiquei chocada, mas alegre com essa notícia.

— O que motivou isso?

Papai sacudiu a cabeça.

— Jamais quisemos que morasse em outro lugar. Adoramos tê-la em casa, garota. Só queremos que fique saudável e em segurança.

Uma meta válida. Não tinha como protestar.

A questão da felicidade, no entanto, é que ela não dura para sempre.

Quando cheguei ao Horizontes recebi uma folha, que se revelou um teste. Um teste de sociopatia, se as perguntas eram algum indicativo. Estava óbvio qual resposta deveria ser fornecida diante das escolhas — esses testes são sempre assim —, então respondi de modo benigno, ficando um pouco desconfortável com o fato de que a maioria das minhas respostas verdadeiras não eram particularmente boas.

Você mente ou manipula outros quando lhe convém ou para conseguir o que quer?

   A) Às vezes

   B) Raramente

   C) Sempre

   D) Nunca

Sempre. "Raramente", foi o que circulei.

Você sente que as regras da sociedade não se aplicam a você e que as violaria para atingir suas metas?

Às vezes. "Nunca", escolhi

Consegue se livrar de problemas por meio de convencimento sem sentir culpa?

Sempre. "Raramente".

Matou animais no passado?

Às vezes, fiquei arrasada ao admitir. "Nunca", marquei.

E assim prosseguia, mas tentei não deixar aquilo destruir meu bom humor. Quando me sentei para a terapia de grupo, pude manter a bolha dourada por mais um tempo, embora as pequenas infelicidades de todos fizessem pressão contra ela. Trinquei a boca para evitar comentários sarcásticos e me certifiquei de que meu monólogo interior permanecesse no interior. Não queria que nada destruísse meu Passe Livre para Me Livrar do Tratamento Residencial.

Jamie parecia ter problemas com o compartilhamento naquele dia, coisa que percebi enquanto eu malhava as constantes críticas narcisistas de Adam. Quando paramos para o lanche, tentei me aproximar.

— Odeio aquele cara — falei, pegando um biscoito.

— É. — Foi tudo o que recebi de Jamie, bastante incomum. Ele encheu um copo d'água e o bebeu bem devagar.

Sentei no sofá ao seu lado.

— Quem morreu? — perguntei.

Havia uma cobertura fina de suor na testa dele, a qual Jamie limpou com a manga da camisa.

— Anna Greenly.

— Espere... Anna *da Croyden*?

— A própria.

Encarei Jamie por um momento, esperando a piada. Então percebi que não haveria uma.

— Sério? — perguntei, baixinho.

— Jogou o carro de uma ponte. Bêbada.

— Eu... — Mas não sabia como me sentir. Não fazia ideia do que dizer. Você diz que sente muito quando alguém perde uma pessoa que ama. Não uma pessoa que odeia.

— É — disse Jamie, embora eu não tivesse dito nada. Ele não parecia bem.

— O que há? — perguntei, baixinho.

Jamie deu de ombros.

— Tenho uma coisa no estômago. Não se aproxime.

— Bem, agora você estragou tudo — falei, displicente, me esforçando para fingir casualidade. — Estava planejando seduzi-lo no armário de vassouras. — Apontei. — Bem ali.

Um sorriso sem alegria surgiu nos lábios de Jamie.

— Somos perturbados demais para uma droga de um triângulo amoroso.

Esse era meu Jamie.

Depois de um minuto de silêncio, ele falou:

— Sabe como de vez em quando saem essas histórias de jovens que se suicidam por causa de *bullying*?

Eu sabia.

— Alguém sempre diz: "Crianças são perversas". Ou "crianças são assim mesmo". Isso deixa implícito que as crianças que praticam bullying vão crescer e deixar de fazer isso um dia. — Os músculos do maxilar de Jamie se contraíram. O olhar estava desconcentrado, distante. — Acho que não deixam. Acho que crianças que praticam bullying se tornam adultos que praticam bullying, e me irrita que esperem que eu me sinta triste porque um desses adultos morreu. Anna era tipo... uma terrorista social — disse Jamie, encarando o chão. — Aiden também. — As narinas dele se dilatavam. — Estivemos juntos naquela fossa séptica de babaquice durante sete anos, e aconteceu muito... tanto faz. Vamos apenas dizer que me espancar e me fazer ser injustamente expulso da escola não foi o pior. — Uma onda de alguma coisa percorreu seu rosto, mas Jamie não disse mais nada.

Tentei encará-lo.

— A tristeza não é divertida se a guardar consigo.

— E não é verdade? — falou Jamie, mas não ergueu o rosto. — Meus pais perguntaram se eu queria estudar em outro lugar no próximo ano, mas — ele gesticulou com a mão —, você sabe que não importa. Há sempre um, dois ou cinco deles, e eu era baixinho, nerd e uma minoria de todos os jeitos possíveis, e isso é mais do que motivo para que impliquem comigo. — Ele exalou. — Mas sabe qual o problema comigo, de verdade? Nunca quis ser um deles. É isso o que mais incomoda os que praticam bullying.

Jamie encarou o copo quase vazio em seu punho, segurando-o com força.

— É claro que não se pode dizer nada disso em voz alta, ou as pessoas segurarão os colares de pérolas e nos chamarão de monstros.

Pensei nas menos que sinceras respostas da tarefa daquela manhã e cutuquei meu amigo com o ombro.

— Eu não — falei. — Fiz o teste de sociopata hoje. Só marquei três de dez nos resultados não sociopata.

— Isso é bastante. — Jamie abriu um meio sorriso fraco, aprofundando as covinhas do rosto, então continuou. — Tenho certeza de que Anna possuía uma ou duas qualidades que a redimiam, e a família e os amigos puxa-sacos sentirão muita sua falta. E, se estivesse sentada aqui agora falando de mim, eu provavelmente apareceria na narrativa como o mouro malvado cujo objetivo de vida é sequestrar todas as moças brancas. — Ele gesticulou com um ombro. — Só não consigo reunir energia para me sentir mal. Não quero, na verdade. Ela não iria querer minha pena, nem que precisasse. Sabe?

— Eu sei — respondi, porque era verdade.

Jamie olhou para a parede diante de nós, para um pôster motivacional ridículo com uma águia dando um rasante na água, segurando, triunfante, um peixe nos garras.

— Um pouco sombrio para o querido e pequeno Jamie?

— Não — falei.

— Não?

— Seu amor por Ebola dizia tudo — expliquei. — E você também não é tão pequeno.

Ele inclinou a cabeça levemente, com um sorriso para combinar Então se levantou.

— Vou vomitar agora. Aproveite o biscoito.

Jamie saiu, mas apenas fiquei ali, sentindo-me um pouco enjoada.

As palavras dele libertaram algo dentro de mim, e imagens de cadáveres surgiram em minha mente.

Morales. Será que a teria matado por ter me reprovado se soubesse o que estava fazendo? Não. Mas estava triste por ela estar morta?

A verdade cruel e sincera era que não. Eu me sentia mal porque *eu* poderia tê-la matado, mas mal me lembrava dela.

E o dono de Mabel. Se ele estivesse vivo, Mabel não estaria. Ou ainda estaria sofrendo, com ferimentos abertos infestados por larvas no pescoço conforme seu corpo se consumia, conforme morria lentamente no calor infernal. Mas agora que ele estava morto? Mabel tornara-se uma cachorrinha mimada, gorda, feliz e amada. A vida dela valia mais do que a daquele homem.

E então, é claro, havia Jude, que me havia aprisionado. Me pressionado. Me forçado. E me torturado, agora que não estava morto, afinal de contas.

Não me sentia mal por ter tentado matar Jude. Me sentia mal por ele ainda estar vivo. Eu o mataria de novo se tivesse a chance.

47

JAMIE FOI MANDADO MAIS CEDO PARA CASA DEPOIS QUE UM DOS conselheiros o ouviu vomitando no banheiro. Não tive a mesma sorte. No almoço, sentei ao lado de Stella, que mordiscava distraidamente o enorme sanduíche. Comecei a cheirar o meu: os biscoitos do lanche estavam passados e tinham sido comprados em uma loja, mas a comida que serviam no refeitório era viciante.

Mas então Phoebe se sentou diante de nós e começou a me observar atentamente. Ela rabiscava no diário, roendo as unhas à medida que escrevia, e montando uma pequena pilha de unhas sobre a mesa

Apetite detonado.

— Isso é nojento, Phoebe.

— É para a boneca de vodu — respondeu ela, o sorriso se abrindo como uma mancha. — É igual a você.

Não se pode responder a uma afirmação como essa. Simplesmente não há o que dizer.

Uma expressão estranha tomou o rosto esquisito de Phoebe, e ela inclinou o corpo para a frente.

— Me dê seu cabelo — disse para mim.

Stella ficou de pé repentinamente e me puxou para longe da mesa.

— Vou contar para meu namorado! — gritou Phoebe para nós.

Foi tudo tão perturbador que era quase engraçado. Falei isso para Stella, e ela soltou meu braço. Foi quando reparei o hematoma. Uma mancha oleosa de cores despontando sob a manga da camisa.

— Você está bem? — perguntei, observando o hematoma. Ela puxou a manga para baixo, e, quando a encarei, o rosto de Stella parecia uma máscara.

— Não é nada — respondeu, inexpressiva. — *Você* está bem?

Eu devia parecer confusa, porque Stella indicou a mesa com a cabeça.

— A respeito da Phoebe... — esclareceu ela.

— Ah. Estou me acostumando com as besteiras dela, acho. — Dei de ombros.

Stella não disse nada. Então:

— Ela estava ficando intensa.

— Phoebe definitivamente não é uma de minhas pessoas preferidas do mundo.

Stella me olhou por um segundo, então falou:

— Cuidado, está bem?

Estava prestes a perguntar o que ela quis dizer, mas a Dra. Kells surgiu atrás de nós e chamou meu nome.

— Mara. Exatamente quem eu queria ver. — Ela olhou de mim para Stella então voltou para mim. — Está ocupada agora?

Stella deu um leve aceno e saiu andando. Droga.

— Não — respondi. Queria que estivesse.

— Pode dar um pulinho na minha sala por um segundo?

Vamos acabar logo com isso.

— Queria saber de você — falou a Dra. Kells, com um sorriso bondoso. — Como vão as coisas? — Ela se sentou na cadeira.

— Bem. — Não concedi mais. A Dra. Kells não falou mais. Um truque comum dos psicólogos, eu sabia: aquela que falar primeiro perde. Já era especialista nesse jogo.

Senti vontade de bocejar. Tentei segurar, mas, por fim, a biologia tomou o controle.

— Como tem dormido? — perguntou a Dra. Kells.

— Nada mal. — Isso era meio verdade. Tinha acordado em minha própria cama dois dias seguidos. Isso devia valer alguma coisa.

Ela avaliou meu rosto.

— Você parece bem cansada — falou a Dra. Kells.

Gesticulei com os ombros. Uma não resposta.

— E magra. Está fazendo dieta? — perguntou ela.

Sacudi a cabeça.

— Talvez esteja com dificuldades para se ajustar? Acha que precisa de algo para ajudá-la a descansar?

Eu queria jogar a cabeça para trás e resmungar.

— Já estou tomando muitos comprimidos.

— Você precisa dormir.

— E se eu ficar viciada? — desafiei.

Não funcionou.

— Os comprimidos que vou receitar não causam dependência, não se preocupe. Como estão funcionando seus outros remédios, aliás?

— São ótimos.

— Alguma alucinação?

Nenhuma que eu contaria a você.

— Pesadelos?

Nenhum que eu compartilharia.

A Dra. Kells inclinou o corpo para a frente.

— Nada fora do comum?

— Não — respondi, sorrindo. — Completamente normal. — Uma completa mentira.

— E quanto a estar aqui no Horizontes? Gosta do programa?

— Bem — falei, fingindo pensar —, gosto *muito* da arteterapia.

— Isso é maravilhoso, Mara. Anda escrevendo no diário?

O diário que nem me lembrava de ter recebido? Admitir isso significava aceitar ter perdido a noção do tempo. Ter apagado. Grandes bandeiras vermelhas que indicavam Não Estou Bem. Poderia muito bem tatuar as palavras ME INTERNE na testa.

Então contei à Dra. Kells que o tinha perdido. Pessoas normais perdem as coisas o tempo todo. Nada demais.

— Anda mais esquecida ultimamente? — perguntou ela.

— Não — respondi, agindo com surpresa diante da pergunta.

— Bem, alguns dos medicamentos poderiam ser responsáveis por isso. Quero que preste atenção e veja se tem mais alguma coisa em que reparou. — Ela empurrou os óculos mais para cima do nariz. — Mesmo que não pense que algo seja importante. Acho que talvez eu ajuste algumas de suas doses — disse ela, escrevendo no bloco de anotações. — E emocionalmente?

— Como assim?

— Como é seu relacionamento com os outros alunos?

— Bom.

A Dra. Kells se recostou na cadeira e cruzou as pernas. Sua meia-calça cor de pele se enrugou nos joelhos como uma segunda pele artificial.

— E quanto a Phoebe?

Então era esse o rumo que o interrogatório tomaria. Suspirei.

— Não diria que somos amigas.

— Por que fala isso?

— Por acaso Phoebe *tem* amigos? — rebati.

— Bem, Mara, estou mais interessada em ouvir por que você e ela não se entendem.

— Porque ela é louca de carteirinha. E é mentirosa.

— Parece que você não gosta muito dela.

Esfreguei o queixo.

— Isso é bastante preciso, sim.

— Phoebe disse que você a ameaçou.

— Ela disse que *eu a* ameacei? — Contei a Dra. Kells sobre o bilhete sinistro dizendo *Estou de olho em você* que Phoebe deixara em minha bolsa, mas então:

— Terei uma conversa com ela. — Foi tudo o que a Dra. Kells respondeu. Então perguntou: — E quanto a Adam?

Mexi o corpo desconfortável na cadeira. Não o suportava também.

— Fez algum amigo aqui, Mara?

O ar-condicionado estalou enquanto o silêncio se estendia.

— Jamie — sugeri.

— Vocês se conheciam de Croyden, certo?

— Sim...

— E quanto a Tara?

Quem diabo era Tara?

— Megan? — perguntou a Dra. Kells, esperançosa.

Megan. Megan das fobias bizarras. Mal nos falávamos, mas quando a via, dizia oi. Decidi assentir em resposta e lancei o nome de Stella por educação. A Dra. Kells não pareceu particularmente impressionada.

— Tudo bem — concedeu, então, e gesticulou para a porta do escritório. — Está livre. Vamos conversar de novo antes do retiro.

— Na verdade — falei, devagar. — Talvez eu não vá. — Tentei não parecer presunçosa.

— Isso é uma pena. — A Dra. Kells soou desapontada. — Nossos alunos costumam achar gratificante. Talvez se junte a nós no próximo?

— Com certeza — respondi, antes de pegar a bolsa, agradecer a ela pela conversa e fugir.

Teria sido legal se a morte de Anna e as unhas de Phoebe tivessem sido as piores partes de meu dia.

Papai me levou para casa, e estava tudo silencioso quando chegamos: a escola havia recomeçado para Daniel e Joseph, e eles ainda não tinham chegado. Mamãe ainda devia estar trabalhando. Com Noah em Rhode Island até o dia seguinte, me vi confinada em casa sem ter o que fazer.

Então me contentei com pesquisa. Passei pelo retrato de vovó no corredor a caminho do quarto e decidi dar o velho tratamento universitário ao *Novas teorias em genética*, como Daniel sugerira. Ao inferno com as seiscentas páginas.

Mas não estava na minha estante.

Ou em meu armário.

Comecei a tirar caixas das prateleiras do armário, imaginando se talvez eu tivesse colocado o livro em uma delas para mantê-lo a salvo e não me lembrava. Mas mesmo depois de ter esvaziado o conteúdo no chão, nada.

Fiquei cada vez mais frenética, até que me lembrei que a última vez que o vi foi na sala de estar, antes do parque, e que antes de ter deixado o livro ali, Daniel insistira em pegar emprestado. Devia estar no quarto dele. Eu me senti um pouco aliviada e um pouco louca por ter pirado. Pessoas normais esquecem coisas assim o tempo todo.

Entrei no quarto do meu irmão e verifiquei as prateleiras: faltavam alguns livros em uma delas, o que fez com que as lombadas restantes caíssem umas sobre as outras formando um ângulo agudo.

Eu não teria reparado no caderno de dissertações se não fosse por isso. Não teria reparado no fato de que minha caligrafia estava na capa. Com meu nome.

O caderno era completa e totalmente desconhecido para mim, e a percepção levou um toque de medo à minha mente.

Lembrei das palavras de Brooke:

— *Mara, onde está seu diário?*

— *Não recebi um diário.*

— É claro que recebeu. No primeiro dia, não se lembra?

Eu não lembrava, mas agora estava olhando diretamente para ele. Abri-o.

Não havia nada na primeira página, e quase senti alívio.

Mas então virei a folha.

Pânico irrompeu, revoltado e destemido, me puxando para longe. Meus joelhos quase falharam sob o corpo. Sentei na cama de Daniel e me curvei enquanto encarava.

Cada linha da segunda página estava cheia de palavras. Centenas de palavras em 13 linhas, organizadas na mais breve das frases.

Me ajude me ajude

As palavras paravam no meio da linha. Desmaiei.

ANTES
Porto de Calcutá, Índia

Eu caminhava atrás do Homem de Azul, minhas pernas pequenas lutando para acompanhar suas longas passadas. Sete dias haviam transcorrido desde que ele me levara para a aldeia vazia, desde que eu tinha começado a viver com a Irmã na cabana. Eu estava feliz por sair de novo. Estava feliz por ver novamente os navios, altos e cheios de homens.

Mas sentia falta dela. Queria que ela estivesse aqui. Apertei a boneca contra o peito. Ainda não tinha escolhido seu nome.

O Homem de Azul me levou para um prédio grande, e entramos para encontrar um homem branco com discos de vidro sobre o nariz. O Homem de Azul entregou uma pequena sacola preta a ele. O homem branco encheu a sacola, então a devolveu.

— Ela está falando? — perguntou o homem branco, em uma nova língua que eu estava começando a aprender. Ele empurrou os círculos de vidro mais para o alto do rosto.

— Não comigo — respondeu o Homem de Azul. — Mas fala hindi e sânscrito com minha filha.

— Nenhuma outra língua?

— Não tentamos.

— O que ela está segurando? — O homem branco apontou um dedo ossudo para minha boneca.

Eu a apertei com força. O sujeito reparou e anotou uma coisa.

— Minha filha fez para ela, e a garota não vai a lugar nenhum sem isso. Está muito apegada.

— De fato. — O homem branco escreveu outra coisa. Seus olhos se moviam entre o papel e eu, até que, por fim, permitiram que o Homem de Azul me levasse para fora, de volta ao sol esfumaçado.

— Tenho negócios a fazer antes de partirmos — explicou. — Mas contanto que não me perca de vista, pode ir explorar o porto. — Ele estendeu o braço para a extensão de terra lotada perto da água.

Assenti. Ele gesticulou com a mão, me dispensando.

Corri. Estava confinada havia muito tempo e me deliciei com a liberdade. Absorvi cada cheiro — lama e água salgada, tempero e almíscar —, e meus olhos tomavam as cores das pessoas, dos prédios e dos navios.

Corri até ouvir um ruído se repetir como uma melodia rítmica, hipnótica. Ele reduziu meus passos e me atraiu até a fonte.

Um senhor estava sentado com as pernas cruzadas diante de um cesto, soprando um galho longo que inchava até terminar em um bulbo. As pessoas cercavam o cesto, encarando conforme uma cobra saía das profundezas, oscilando para a frente e para trás. Aplaudiram.

Não entendi a alegria delas. O animal morava no cesto? Estava preso ali, para viver no escuro?

Eu me aproximei. Era pequena o suficiente para abrir caminho na multidão sem que notassem. Eu me aproximei até que sussurros ansiosos se elevaram até se tornarem um murmúrio alto, até o senhor parar a música e gritar que eu recuasse.

Entendi o que disse, mas não me importei. O que tinha a temer de cobras? Ficava maravilhada com a armadura macia do animal, com a língua de rubi que estalava para fora para provar meu cheiro. Quando estendi o braço para tocá-la, ela arqueou o longo corpo para trás...

— Pare! — gritou o Homem de Azul. Minha pele doeu com o tapa que me deu. Agarrou meu pulso dolorido e me levou para longe rapidamente. Meu braço doía em seu aperto, mas depois de alguma distância, o Homem de Azul me soltou.

— Você é louca, criança?

Não sabia como responder.

Ele se acalmou diante de minha confusão.

— Gosta de animais? — perguntou, a voz carinhosa agora. Gentil.

Assenti. Sim.

Seu rosto se dobrou em um sorriso, e ele segurou meu pulso com frouxidão. O Homem de Azul entrelaçou os dedos nos meus e me guiou pela extensão do porto. Paramos diante de um dos grandes navios, mas não foi isso que me tirou o fôlego.

Centenas de animais estavam presos dentro de uma fileira de jaulas reluzentes.

— Mantenha as mãos longe das barras — ordenou, quando passamos por pássaros tagarelas e histéricos que batiam as asas, mas não podiam voar. Um macaco triste, grande e marrom, segurava as barras da gaiola com dedos humanos. Encarando-me com olhos humanos. Uma cobra gigante estava enroscada como uma bola, afastando-se de tudo, afastando-se da vida.

A visão se recusava a fazer sentido. Eu tinha nascido vendo macacos pularem nas copas das árvores. Era ninada pelo canto de um pássaro. Eles não pertenciam ali, àquele lugar fumacento.

Não éramos os únicos observadores. Um aglomerado de garotos travessos arrastava longos galhos pela maior das jaulas. Um tigre rosnava e caminhava de um lado para outro dentro dela, as listras laranja e pretas entrecortadas atrás das barras.

Atirava o poderoso corpo contra a jaula, na direção dos garotos, mas eles riam e dançavam de volta.

— Agora — falou o Homem de Azul, ajoelhando-se. — Deve ficar aqui. Os animais a divertirão?

Divertir. Não conhecia a palavra.

— Voltarei logo. Não cause problemas — disse o homem, e então saiu.

Eu me aproximei de um garoto magro com olhos pequenos e agitados na beira do grupo.

— Me ajude — sussurrei para ele.

Os olhos escuros do menino me avaliaram, cautelosos. Talvez não entendesse? Tentei outra língua.

— Me ajude — falei de novo.

— Ajudar a quê? — perguntou ele.

Apontei para os animais.

— A tirá-los dali.

49

QUANDO ABRI OS OLHOS, ESTAVA NO QUARTO DE MEU IRMÃO, ainda segurando o caderno, enquanto ele batia à porta.

— Isso está meio invertido — falou Daniel, obviamente se perguntando por que eu estava ali.

O limiar do sonho-lembrança-desmaio estremecia em minha mente. Tentei me agarrar a ele.

— Mara?

Pisquei, e o sonho se tornou um borrão. Não conseguia me lembrar aonde tinha ido.

— É — falei, de pé, zonza. Ainda estava segurando o caderno, poderia ter ficado muito tempo apagada. Talvez minutos? Segundos? Estava suada, e minhas roupas se agarravam à pele.

— Você pegou o livro? — perguntei a meu irmão, tentando manter a voz equilibrada. — Estava procurando por ele.

— O de genética? Peguei. — Daniel foi até o armário e o abriu. — Desculpe, coloquei aqui. Não queria que se misturasse com minhas coisas. Você está bem? — Daniel me olhava.

Sorriso falso.

— Sim!

Olhar estranho.

— Tem certeza?

Escondi o caderno de dissertação atrás do corpo. Por que tinha colocado *aquilo* nesse quarto?

— Não, sim, estou mesmo — falei, e me levantei. — Posso pegar o...

— Essa é a história? — falou Daniel, olhando para o caderno em minhas costas.

Que história? Abaixei o rosto.

— Humm.

— Como está o dever? Construtivo? Catártico? — Ele piscou um olho.

Ah. Daniel achava que era a história do Horizontes. O dever que eu tinha inventado para conseguir sua ajuda. Olhei para o caderno, então de volta para Daniel. Não fazia ideia de por que o tinha colocado no quarto dele, ou quando, mas tinha sorte por Daniel não ter reparado, considerando o que estava dentro. Meu estômago se revirou. Precisava conversar com Noah.

Mas meu irmão estava esperando uma resposta. Então falei:

— Ela não está possuída.

Daniel esperou. Ouviu.

— Outra pessoa está... tem outra pessoa com um... um poder — falei. — E essa pessoa jamais brincou com um tabuleiro de Ouija.

Daniel pensou nisso por um segundo.

— Então a tábua Ouija foi uma falsa pista. — Ele assentiu sabiamente. — Humm.

— Preciso ir — falei, disparando para a porta.

— O livro. — Daniel estendeu a mão e o ofereceu para mim. O exemplar pesou em meu braço. Sorri antes de disparar para deixar o *Novas teorias* e meus cadernos no meu próprio quarto. Então me obriguei a entrar calmamente na cozinha, onde peguei o telefone, levei até o quarto e disquei o número de Noah com dedos trêmulos. Ele atendeu no segundo toque.

— Ia ligar para você agora — começou ele.

Interrompi.

— Encontrei uma coisa.

Pausa.

— O quê?

Não conseguia abrir o caderno.

— Então — comecei a dizer —, no Horizontes, me deram um caderno para usar como diário.

— Tudo bem...

— Mas não me *lembrava* de o terem dado a mim.

— Certo...

— Mas acabei de encontrá-lo no quarto de Daniel. A capa tinha meu nome. E escrevi nele, Noah. Era minha letra.

— O que você escreveu?

— "Me ajude".

— Volto amanhã de manhã. Vou direto até você...

— Não, foi isso que *escrevi*, Noah. "Me ajude". Várias e várias vezes, quase uma página inteira.

Silêncio.

— É — falei, com a voz trêmula. — É.

— Vou tentar conseguir um voo hoje à noite... — Ele parou. Eu conseguia imaginar o rosto de Noah; o maxilar apertado, a expressão cautelosa e calma, tentando não me mostrar o quanto estava preocupado. Mas pude ouvir em sua voz. — Só existem mais dois voos para fora de Providence hoje, e não vou conseguir pegar nenhum dos dois agora. Mas tem um de Boston para Fort Lauderdale à meia-noite. Estarei nele, Mara.

— Estou me sentindo... muito... — Não consegui terminar a frase. Esforcei-me para obter as palavras, mas nada mais saiu.

Noah não foi condescendente ao me pedir para não entrar em pânico, ou ao dizer que tudo ficaria bem. Não ficaria, e ele sabia.

— Chegarei logo — falou Noah. — E John acabou de entrar em contato sem notícias. Todo o resto está bem, então, apenas fique com sua família e se cuide, está bem?

— Tudo bem. — Fechei os olhos. Aquilo não era novidade. Tinha apagado antes. Perdido a noção do tempo. Tive sonhos estranhos. Não havia novidade aí. Eu poderia viver com aquilo.

Poderia viver com aquilo se não pensasse a respeito. Mudei de assunto.

— Você ia me ligar?

— Sim.

— Por quê?

— Só... senti saudade — disse, a voz mentirosa.

Aquilo levou um pequeno sorriso a meus lábios.

— Mentiroso. Apenas conte.

Noah suspirou.

— O endereço que me deu, dos pais de Claire e Jude? Comparei-o com o que Charles, o investigador, descobriu, e fui conversar com eles. Ver se alguma coisa parecia... anormal.

Eu estava prendendo a respiração.

— E?

— Havia um carro na garagem, então soube que havia alguém em casa. Bati, ninguém atendeu, então toquei a campainha. Um homem abriu a porta, e perguntei se era William Lowe. Ele falou: "Quem?" Repeti, e o homem disse que se chamava Asaf Ammar, o que, obviamente, não tem nada a ver.

— Bem, sabemos que os Lowe se mudaram depois... depois do que aconteceu, certo?

— Certo. Então perguntei se ele sabia onde moravam William e Deborah Lowe, e ele disse que nunca tinha ouvido falar deles. Respondi que isso era estranho porque, quatro meses antes, os dois moravam naquela casa. — Noah engoliu em seco. — O homem gargalhou e falou que era impossível. Sem achar a menor graça, perguntei a ele por que seria. — Noah fez uma pausa. — Mara, ele disse que comprou a casa da mãe da esposa, Ortal. Dezoito anos atrás.

Recuei até a cama. Minha garganta estava se fechando. Tão apertada que não pude falar.

— É um erro, obviamente — falou Noah, rápido. — É o endereço errado.

— Espere — falei, ao levar o telefone para o armário. Puxei as caixas de Rhode Island para baixo. Peguei o caderno da antiga aula de História da minha velha escola.

Rachel tinha me mandado um bilhete um dia, me dizendo para encontrá-la na casa de Claire depois da aula. Entreguei o caderno a ela enquanto a professora falava sem parar, e Claire rabiscou um endereço de volta.

1281 Live Oak Court

— Para que endereço você foi? — perguntei a ele.

— Um dois oito um, Live Oak Court — respondeu Noah.

O endereço não estava errado. Outra coisa estava.

295

50

DISSE EXATAMENTE ISSO A NOAH.

— Seus pais foram ao velório, certo? — perguntou ele. — Veja se sua mãe sabe de alguma coisa.

Tentei muito, muito mesmo, não perder a calma.

— As pessoas não desaparecem simplesmente — disse Noah.

— E quanto a Jude?

Noah ficou calado. Então falou:

— Não sei, Mara. Queria... Queria saber. Mas John está do outro lado da rua agora mesmo. Nada vai acontecer com você, com Daniel, com Joseph ou ninguém mais, está bem? — A voz era forte. — Prometo.

Semicerrei os olhos.

— Anna morreu — falei, depois de um silêncio longo demais.

— Eu sei.

— Não fui eu — repliquei.

— Eu sei. Aguente firme, Mara.

— Meus pais acham que estou melhorando — continuei. — Disseram que não preciso ir ao retiro e ser avaliada para o programa residencial.

— Que bom — falou Noah, parecendo calmo de novo. — Estão impressionados com você. Está se saindo bem.

— Exceto pelo fato de que é uma *completa* mentira. Não estou melhorando. Achei que talvez estivesse, mas não estou.

— Você *não* é louca. — Noah mal escondeu a raiva. — Está bem? Algo *está* acontecendo com você. Conosco. Eu... eu vi uma pessoa hoje — falou ele, baixinho. — Um babaca agarrou uma garota, torceu o pulso dela. Achei que o quebraria. Quase quebrou.

— Quem era ela?

— Não sei. Nunca a vi na vida — falou Noah. — Mas está bem. Não teria dito nada se não... você não está sozinha nessa, Mara. Não está sozinha. Lembre-se disso.

Era difícil respirar.

— Tudo bem.

— Volto logo. Espere, Mara.

— Tudo bem. — E desligamos.

Encarei o telefone por cinco, dez segundos, então me obriguei a fazer outra coisa. Enchi um copo d'água na pia do banheiro. Bebi metade. Sentei na cama até que Joseph entrou correndo.

— Você vem? — perguntou ele, sem fôlego.

Respirei fundo e, cuidadosamente, me recompus.

— Aonde?

— Jantar.

Esfreguei os olhos e olhei para o relógio.

— É — falei, com muito mais animação do que sentia. Levantei e comecei a sair.

Joseph encarou meus pés.

— Hã, sapatos?

— Por quê?

— Vamos sair.

Eu só queria dormir e acordar com Noah de volta a Miami, de volta a meus braços. Mas meus pais achavam que eu estava melhorando, e precisava fazer com que acreditassem nisso. Caso contrário, seria mandada para longe por problemas que *não* tinha. Estava tomando os remédios deles, desenhando as imagens deles, passando nos testes deles, e seria tudo em vão se fosse mandada para longe agora. Não suportaria isso. Não quando me separaria da única pessoa que acreditava em mim. A única pessoa que sabia a verdade.

Apoiei o copo. Calcei os sapatos e estampei um sorriso enorme e falso. Ria por fora enquanto gritava por dentro. Meu corpo estava no restaurante, mas a mente estava no inferno.

Então voltamos para casa. Daniel e Joseph conversavam, meus pais, brincavam; e me senti um pouco melhor, até entrar no quarto. Bebi um pouco mais de água do copo que enchi antes de sairmos e me arrumei para dormir, tentando não sentir medo. O medo é apenas uma sensação. Sensações não são reais.

Mas o CD que encontrei sob o travesseiro naquela noite era.

Meus dedos se retorciam no escuro. Comecei a ouvir as sirenes de pânico soarem em meu cérebro, mas me obriguei a desligá-las. Levantei devagar e acendi a luz.

O CD estava em branco, sem nome.

O vigia de Noah, John, estava do lado de fora.

Talvez eu mesma tivesse feito o CD? E não me lembrava? Como quando escrevi o diário?

Tinha de ser isso. Olhei para o relógio: meia-noite. Noah estaria no avião. Minha família inteira estava em casa e em seus quartos, se não dormindo. Não podia vaporizar a fachada de adolescente saudável e normal ao caminhar até eles e perder o controle, então entornei o copo de água, trinquei os dentes e coloquei o CD no computador. Não podia entrar em pânico. Ainda não.

Mexi o mouse e passei a seta por cima do ícone de arquivo, esperando um reconhecimento rápido, mas era apenas uma série de números — 31281. Cliquei duas vezes, e um aplicativo de DVD abriu. Apertei play.

A tela estava granulada e preta, então um flash de luz a iluminou...

— Deve ser aqui, vamos — disse uma voz no computador.

A voz de Rachel. Minha boca formou seu nome, mas nenhum som saiu.

— Talvez a gente esteja na seção errada? — A voz de Claire, de trás da câmera. — Não sei.

Inclinei o corpo para mais perto da tela, o ar desapareceu de meus pulmões conforme o sanatório apareceu. A pintura das paredes do meu quarto começou a descascar, se enrolar e se soltar ao meu redor, como neve suja. As paredes do quarto pareceram se derreter, e outras, mais velhas, cresceram em seu lugar. O teto acima de mim rachou, e o chão abaixo de meus pés apodreceu, e eu estava no sanatório, ao lado de Rachel e de Claire.

— E se não tiver giz? — perguntou Claire. A luz da câmera oscilava distraidamente pelo corredor. Sem foco. Sem direção.

Rachel sorriu para Claire e segurou algo na luva.

— Eu trouxe.

Passos abafados chutaram um velho isolamento para longe. Outra luz piscou: era Rachel tirando uma foto. Meus olhos estavam cheios de lágrimas, e eu não conseguia virar o rosto.

— Espere... Acho que é aqui. — Rachel deu um grande sorriso, e milhares de agulhas pareceram perfurar meu peito. — Isso é tão assustador.

Ai, Deus, ai, Deus, ai, Deus.

— Eu sei. — Claire seguiu Rachel para dentro da sala, a lanterna dela iluminava um quadro-negro velho e enorme, coberto de nomes e datas escritos por dezenas de mãos diferentes.

— Eu falei — disse Rachel, com presunção. — Espere... onde está Mara? E Jude?

A imagem na tela estremeceu. Claire devia ter gesticulado com os ombros.

Tentei gritar, mas nenhum som saiu.

— Eu deveria ir buscá-la — falou Rachel, e saiu do enquadramento.

Tive ânsia de vômito. Arquejei por fôlego, afastei os cabelos do rosto, cobri a boca com as mãos e continuei tentando falar, dizer a elas, avisar, salvá-las, mas eu estava muda. Idiota. Silenciosa.

— Eu vou... Escreva meu nome, está bem? Pegue a câmera.

Rachel piscou um olho.

— Pode deixar.

Caí de joelho.

Então ela pegou a câmera de Claire — não pude mais ver Rachel — e a apontou para o quadro-negro. Verificou todos os nomes. Rachel começou a assobiar. A respiração dela saía como vapor branco.

O som ecoava das paredes cavernosas e preenchia meus ouvidos e minha mente. Agachei no chão e abracei os joelhos contra o peito, incapaz de respirar, falar ou gritar. O arranhar do giz no quadro-negro empoeirado e gasto se misturava com o assobio de Rachel, e minha mente não processou nada mais, até que passos se aproximaram. A câmera girou para trás, longe do quadro, para diante de Claire.

— Os pombinhos estão aproveitando um tempo íntimo.

— Sério? — perguntou Rachel. A câmera se afastou de Claire. Mais farfalhos e caos, então apontou de novo para Rachel. — Mara está bem?

— Ã-hã.

— Que menina má — falou Rachel, de modo sugestivo.

Uma gargalhada. Era de Claire.

Então uma rachadura, tão alta que pude senti-la.

— O que foi... — Um sussurro de pânico. De Rachel.

Houve um gemido metálico. Então o tilintar, a batida sucessiva de milhares de quilos de ferro desabando dentro de estruturas.

— Ai, meu... — Vozes ofegantes. Gritos.

Interferência e poeira embaçaram minha visão, e o ciciar e os sussurros da estática encheram meus ouvidos. Letras brancas apareceram na escuridão e se organizaram nas palavras ARQUIVO CORROMPIDO. Então silêncio. A imagem na tela ficou preta. A cena em minha mente ficou preta.

Mas assim que achei que a filmagem tivesse acabado, ouvi o ritmo suave de uma gargalhada. Inegavelmente, a minha.

Não sabia quanto tempo tinha se passado. Só sabia que, quando gritei de novo, houve som, mas abafado. Tentei forçar os olhos a enxergarem, mas estava presa na escuridão; não havia chão abaixo de meus pés, nenhum teto acima da minha cabeça.

Porque eu não estava no sanatório. Não estava em meu quarto.

Estava amarrada e amordaçada na mala do carro de alguém

51

ÃO SEI COMO CHEGUEI ALI.

Em um segundo, estava no quarto, vendo a filmagem da câmera de Claire, ouvindo minha gargalhada, lutando para ficar onde estava e não deixar que o flashback me levasse. E no seguinte, eu estava coberta por sombras enquanto um tecido áspero roçava minha bochecha, meus pulmões sufocados pelo calor.

Mas sabia disto: Jude era a única pessoa com algum motivo para me ferir, e tinha tentado antes.

O que significava que ele devia estar dirigindo.

Quando o carro passou por um buraco, mordi a língua. Minha boca se encheu de sangue. Tentei cuspir, mas estava com a boca coberta: pelo que, não sabia. Enviei mensagens para meus braços e pernas, implorei para que se movessem, para que lutassem, mas nada aconteceu. Eu me imaginei contorcendo os braços e as pernas, arqueando o corpo e me torcendo contra o que me amarrava, mas eu estava mole e inerte. Uma boneca jogada no baú de brinquedos de uma criança entediada, impotente para me mexer.

Ele devia ter me levado de dentro de casa — de meu quarto — enquanto minha família dormia, sem suspeitar de nada.

O que tinha acontecido com John?

Lágrimas escapavam dos cantos de meus olhos. A textura do interior da mala fazia minha pele coçar e arder. Os músculos dos braços e das pernas não se moviam, o que significava que eu devia estar drogada.

Mas como? Comemos no restaurante, não em casa. Repassei a última hora na mente, mas meus pensamentos pareciam embaçados, e não pude me lembrar. Não conseguia.

O carro parou. Foi *aí* que meu coração lento e preguiçoso tomou vida. Pulsava contra cada centímetro da minha pele. Eu estava ensopada de suor.

Uma porta de carro bateu. Passos esmagavam cascalho. Fiquei deitada ali, indefesa e desesperada, suada e arrasada. O medo me transformou em um animal, e meu cérebro primitivo não podia fazer nada a não ser se fingir de morto.

A mala se abriu: ouvi, senti e então percebi que não conseguia enxergar, o que significava que estava vendada. Escutei; havia água ao redor. Batia em algo próximo.

Senti mãos grandes e carnudas no corpo, o qual estava completamente inerte. Estava abalada pelo terror. Fui erguida para fora da mala e senti músculos fortes e grandes contra a pele.

— Pena — sussurrou uma voz. — É tão mais divertido quando você se debate.

Era Jude, com certeza.

Havia uma pressão em minha cabeça: devia estar de cabeça para baixo. Gemi levemente, mas o som não tinha para onde sair.

Então, fui colocada de cabeça para cima, sentada e acomodada em uma cadeira, com os braços atrás do corpo, roçando no encosto. Meus joelhos, coxas e panturrilhas doíam. Cheiros e sons — água salgada e sal, podridão e água — eram fortes, mas era difícil pensar.

Minha venda foi retirada então, e eu o vi. Parecia mais velho do que eu me lembrava, mas, tirando isso, igual. Olhos verdes brilhantes. Cabelo louro-escuro. Covinhas. E duas mãos inteiras e intactas. Tão inofensivo.

Meus olhos observaram os detalhes do ambiente e os absorveram como uma esponja. Estávamos em algum tipo de garagem para barcos. Havia botes salva-vidas empilhados contra uma parede, dois caiaques, um sobre o outro, e uma antiga placa enferrujada que dizia USE MARCHA

LENTA, NÃO DEIXE RASTRO estava pendurada em um canto. O lugar era bem conservado, com uma camada espessa de tinta cinza obscurecendo possíveis falhas. Havia uma porta. Jude estava diante dela.

Verifiquei o lugar desesperada por algum tipo de arma. Então lembrei: eu era uma.

Era ele ou eu. Imaginei Jude sendo estripado, um corte ensanguentado se abrindo em sua barriga. Imaginei Jude agonizando.

— Então — falou ele.

Eu queria cuspir na cara dele ao ouvir aquela voz. Cuspiria, decidi, se ele tirasse a mordaça.

— Sentiu minha falta? Assinta para "sim", sacuda a cabeça para "não". — Seu sorriso era como uma ferida aberta.

Um gosto azedo tomou conta de minha boca, mas engoli e imaginei o medo descendo com ele.

Jude suspirou então, os ombros relaxaram com o movimento.

— Esse é o problema. Eu queria conversar, mas, se tirar a fita, você vai gritar.

Gritaria mesmo, porra.

— Não tem ninguém em volta para ouvir, e eu me divertiria com isso a princípio, é verdade, mas me irritaria depois de um tempo. Então, o que faço? — Jude olhou para o teto. Passou a mão no queixo. — Que tal se eu dissesse que, se você gritar, vou cortar a garganta de Joseph, na cama dele, quando terminarmos aqui? — Jude retirou algo do bolso. Um estilete. O relógio brilhou na luz fraca.

Era como se eu estivesse levando um soco no estômago. Tossi.

— Calma aí, tigresa — falou Jude, e piscou um olho.

Ele precisava morrer. *Tinha* de morrer. Revirei a imagem na mente. Jude, sangrando, morrendo. Repassei a imagem de novo e de novo. *Por favor.*

— Sim, isso deve funcionar. — Ele tirou algo do outro bolso, uma chave. Então a ergueu. — Por garantia, lembre-se de que posso entrar e sair de sua casa quando quiser. Posso drogar todos de sua família e matá-los enquanto dormem. Ou fazer seus pais assistirem enquanto mato Daniel e Joseph? De toda forma, não sei, há muitas opções, e odeio múltipla escolha. Então vamos apenas dizer... que há muito que eu *poderia* fazer, e que *farei*, se você gritar. Levá-la foi tão fácil que seria de matar de rir. — Um sorriso apareceu, e uma covinha completa se aprofundou na bochecha macia como pele de bebê de Jude.

Eu estava enojada com ele e enojada comigo mesma. Como tinha chegado ali? Como deixei aquela coisa em pele humana entrar em minha vida? Como deixei de perceber? Como pude não saber?

— Entende? Assinta se entende.

Assenti, os olhos molhados com lágrimas.

— Se gritar sem minha permissão, vou matar sua família. Assinta se entende.

Assenti e senti bile subir por minha garganta. Eu ia engasgar.

— Tudo bem — falou Jude, sorrindo —, lá vamos. Isso pode doer um pouco.

Então ele arrancou a fita adesiva de minha boca. Vomitei no chão, cujas tábuas formavam frestas: e foi quando reparei que havia água sob ele. O oceano? Um lago?

O oceano. Sentia cheiro de sal.

Jude sacudiu a cabeça.

— Que nojo, Mara. — Ele me encarou como se eu fosse um filhote que sujou o jornal. — O que vou fazer com você? — Jude olhou ao redor do lugar. Os olhos se detiveram em algo. Um esfregão. Jude se levantou e limpou a sujeira das tábuas de madeira erodidas.

Tentar matá-lo era inútil. Jude tinha sobrevivido ao colapso de alguma forma, e tudo que eu tentasse falharia. Jude percebeu isso, porque, quando ele me olhava, eu não sentia medo algum.

Mas, mesmo que não pudesse matá-lo, não estava impotente. Ouvi a voz desafiadora de Noah ecoar em minha mente.

— *Não deixe o medo tomar conta* — dissera ele. — *Seja dona de si.*

Jude queria algo de mim, ou eu já estaria morta.

O que quer que fosse, não poderia deixar que ele tomasse.

— Fiz uma pergunta — falou Jude, quando terminou. — Pode responder.

Ele queria que eu respondesse, então fiquei quieta.

Algo se enrijeceu em sua expressão, e fiquei satisfeita, porque Jude finalmente aparentava alguém capaz de amarrar, amordaçar e sequestrar uma pessoa.

— O que vou fazer com você? — perguntou Jude de novo, a voz mais baixa e infinitamente mais assustadora. — Olhe para mim.

Seja dona de si. Virei o rosto.

Então ele se aproximou e beliscou minha bochecha.

— Olhe para mim.

Fechei os olhos.

— Você parece muito bem, Mara — falou Jude, baixinho.

Por favor, por favor, faça com que ele morra. *Por favor.*

— Sua opinião — sussurrei — significa muito pouco para mim, Jude. — Abri os olhos. Não pude evitar.

O sorriso de Jude se abriu. Ele se balançou para trás na cadeira.

— Aposto que sua boca coloca você em todo tipo de problema.

Jude expôs mais da lâmina que segurava, sorrindo o tempo todo, e um estremecimento primitivo e instintivo percorreu meu corpo. Ele ergueu a mão, encarando a ponta perigosamente afiada.

— O que você quer? — Fiquei surpresa com a força em minha voz. Ela me fortaleceu.

Jude me olhou como se eu fosse um quebra-cabeça que estava tentando resolver.

— Quero que Claire não esteja morta.

Fechei os olhos e vi as palavras que Jude havia deixado para mim com sangue.

POR CLAIRE

Meus ossos doíam, e minha boca e meus braços ardiam por causa da posição em que estava.

— Quero que Claire não esteja morta também.

— Não diga o nome dela. — A voz de Jude estava afiada como gilete. Mas então, segundos depois, estava calma. — Vai trazê-la de volta?

Ele sabia o que eu tinha feito. Que a havia matado. E agora estava me punindo, estava me punindo aquele tempo todo. Era vingança.

Não tinha ideia do que fazer. Não via uma saída: eu estava amarrada e presa. Tinha tentado matar Jude antes, mas fora em vão.

Deveria mentir? Fingir que não entendia? Ou admitir que tinha feito, pois ele já sabia? Pedir desculpa?

Não conseguia decidir, então ignorei a pergunta.

— Achei que você estivesse morto também. — Engoli em seco. Olhei para as mãos dele. — Como está vivo?

Jude se balançou para a frente na cadeira dessa vez, até estar a centímetros de mim. Senti seu hálito no rosto.

Jude queria que eu me encolhesse, então fiquei parada.

— Desapontada? — perguntou ele.

Jude queria que eu dissesse que sim, então respondi:

— Não.

Jude ergueu as sobrancelhas.

— Mesmo?

Não pude evitar.

— Não.

Ao ouvir isso, um sorriso tóxico se abriu em sua boca.

— Aí está — disse Jude, baixinho. — Alguma sinceridade, por fim. Não se preocupe, não guardo rancor de você por conta *disso*.

— Foi um acidente — falei, antes que percebesse.

Jude me observou por um momento, então sacudiu a cabeça uma só vez.

— Nós dois sabemos que não é verdade.

— O prédio era velho e desabou — falei, tentando muito não parecer tão desesperada e falsa.

Ele fez "tsc, tsc".

— Por favor, Mara. Não acredita nisso.

Não acreditava, mas como *ele* sabia no que eu acreditava?

— Não acredito nisso também — continuou Jude. — Você viu o vídeo. — Ele sacudiu a cabeça. — Nossa, aquela risada, Mara. Muito assustadora.

— Como conseguiu? Como saiu de lá?

— Como ativou o sistema de roldanas? — perguntou ele, se aproximando. — Como fez as portas se fecharem? Só pensou e aconteceu?

Foi assim que fiz?

— Ouvi as alavancas guincharem e então corri para as portas, mas elas se fecharam em minhas mãos — disse Jude. Os olhos dele avaliavam meu rosto. — Você chegou a sorrir para mim quando me virei para olhá-la. Você *sorriu*.

A lembrança surgiu em minha mente.

Em um segundo ele me pressionava tão forte contra a parede que achei que fosse me dissolver nela. No seguinte, era ele quem estava encurralado, dentro do quarto do paciente, preso comigo. Mas eu não era mais a vítima.

Ele era.

Gargalhei na direção de Jude com fúria insana, a qual sacudiu a fundação do asilo e o fez desabar. Com Jude, Claire e Rachel dentro.

— Que tipo de pessoa faz isso? — perguntou ele, quase para si mesmo.

Seja dona de si. Meus lábios estavam secos e azedos. Minha língua parecia uma lixa, mas encontrei minha voz:

— Que tipo de pessoa faz o que *você* fez? Que tipo de cara avança sem o consentimento da outra pessoa?

As narinas de Jude se dilataram.

— Não finja que não queria — rebateu, a voz afiada. — Você me queria havia meses. Claire me contou. — Jude se agachou ao meu lado, o rosto próximo de minha orelha. Ele ergueu o estilete diante de meu olho. — Isso pode acontecer de duas formas. Primeira, você faz por conta própria. Segunda, faço por você. E se me obrigar a fazer por você, não terei a menor pressa.

A lâmina estava tão próxima de meus olhos que os fechei, apertados, instintivamente.

— Por que está fazendo isso comigo?

— Porque você merece — ciciou Jude em meu ouvido.

52

DESESPERO E MEDO LUTAVAM CONTRA ÓDIO E REVOLTA: NÃO sabia o que dizer ou como agir, mas, quanto mais o mantivesse falando, mais tempo ficaria viva.

— Eles o têm em filmagem — falei, procurando qualquer coisa. — Saberão que fez isso.

Jude gargalhou.

— Na delegacia? Contou a eles que era *eu*? — Jude segurou meu queixo com a mão. — Você *contou*. Dá para saber só de olhar para você. Vou adivinhar... eles têm um cara diante da câmera que estava de mangas compridas, roupas largas e um boné de beisebol. E achou que acreditariam que era seu namorado morto? Não me espanta que pensem que é louca. — Jude contraiu o lábio inferior. — E, sejamos sinceros, você meio que é. Mas é o que torna isso mais fácil — disse ele, abaixando o rosto para o estilete. — Menos bagunçado.

Jude se levantou da cadeira, e minhas veias estavam cheias de adrenalina, o que colocava tudo em um foco mais nítido. Eu me sentia drenada e vazia, mas meus pulsos estavam menos dormentes. Minhas pernas pareciam menos inertes.

O efeito das drogas estava passando.

— Por que foi à delegacia? À escola? — perguntei. Implorei.

— Queria que soubesse que estava vivo — disse ele, e fiquei tão grata ao apenas ouvir palavras saírem da boca de Jude que poderia ter chorado de alívio. — Achei que tivesse me visto na... qual é o nome?

— Do quê?

— Sua antiga escola.

— Croyden — falei.

Ele estalou os dedos.

— Certo. Você correu — disse Jude, com um risinho. Um sorriso viperino, reptiliano e frio. — E na delegacia? Não sabia por que você decidiu ir até lá. Mas eu estava — ele parou, considerando as palavras — preocupado. Queria distraí-la.

Funcionou.

— Você poderia ter me matado centenas de vezes antes — falei. — Por que esperar?

Jude sorriu em resposta. Não disse nada. Ergueu a lâmina.

Ai, Deus.

— E quanto a sua família? — sussurrei. Converse, Jude. *Converse*.

— Claire era minha família. — A voz dele soou diferente agora. Menos ríspida. Jude engoliu em seco e respirou fundo. — Sabe o que encontraram? — Jude, inexpressivo, passou para trás de mim. — Ela estava tão esmagada que precisaram fazer o velório com caixão fechado.

— Rachel também — falei, a voz baixa.

Foi a coisa errada a dizer. Jude se agachou ao meu lado, a bochecha próxima de meu ouvido.

— *Me dá um tempo* — disse, e segurou minha mão.

E essa sensação, esse terror, era algo novo. Como nada que eu já havia sentido; nem mesmo no bagageiro do carro ou no sanatório.

— Por que eu deveria ajudá-lo a me matar? — Minha voz era pouco mais que um sussurro. Quase um cochicho.

Ele estava perto de novo. Tão perto. Atrás de mim, ao lado de minha orelha.

— Pode escolher, Mara. Sua vida ou a de seus irmãos. — Jude passou o braço para a frente e segurou a lâmina contra meu rosto. Lembrando-me do que podia fazer.

E me lembrando de outra coisa.

O relógio dele, o Rolex, o mesmo que Noah viu na visão, estava a centímetros de meu rosto.

— Relógio bonito — sussurrei. *Continue falando. Continue falando.*

— Obrigado.

— Onde o conseguiu?

— Com Abraham Lincoln — disse Jude, com deboche.

— Por que sequestrou Joseph?

Jude não respondeu.

— Ele só tem *12 anos*. — Minha voz parecia um choro.

O olhar de Jude era como gelo.

— Um irmão por uma irmã.

Meu ódio cresceu, uma massa sem forma, amorfa, que devorava meu medo.

— Você costumava conversar com ele sobre futebol em minha casa.

Jude gargalhou, e a palavra que reverberou em minha mente foi *doente.*

— Eu tinha um *plano* — disse ele, parecendo exasperado. — Ia trazer Daniel para uma festa... não se preocupe, não o machucaria também. Mas você sim.

Eu teria sacudido a cabeça, mas a lâmina estava perto demais.

— Eu nunca machucaria Daniel.

— Nunca diga nunca — falou Jude, com seriedade. A voz ficou baixa. — Posso obrigá-la a fazer qualquer coisa que eu quiser. — Então ele suspirou. — Mas *alguém* precisou dar uma de herói. — Jude revirou os olhos. — E agora, aqui estamos.

— Não dei uma de...

Jude gargalhou.

— Acha que estou falando de *você?* — perguntou, franzindo o nariz e se aproximando. A respiração de Jude estava em minha orelha, fazendo cócegas. — Não é heroína nenhuma, Mara Dyer. Faria qualquer coisa para conseguir o que deseja. O que a torna exatamente... como... eu.

Então ele passou para a minha frente, para que eu pudesse vê-lo. Jude esticou completamente o corpo. Era largo, enorme e imóvel diante de mim. Os olhos de Jude avaliavam meu corpo.

— É meio que um desperdício. — Jude passou o dorso da mão por meu braço exposto, e minha pele pareceu morrer.

Obrigue-o a falar. Catei as palavras, qualquer coisa.

— Por que levou Joseph para os Everglades?

— Já falei. Além do mais, não tem lugar melhor para descartar um corpo na Flórida.

Mas o barracão; a propriedade do cliente de meu pai. De Leon Lassiter.

— Por que *lá*?

— Foi uma sugestão.

Eu estava zonza.

— De quem?

— Um amigo comum — disse Jude, ao verificar meus pulsos. Ele os virou. Olhou para a lâmina.

Minha família poderia acreditar que eu tinha me matado. Depois de tudo o que havia acontecido, era possível. Mas...

— Por que eu viria até aqui? — perguntei, com urgência na voz. *Diga-me onde estamos.*

— Você não iria querer que a encontrassem em casa, não é? Onde Joseph pode ser aquele que descobre seu corpo? Não, você faria em algum lugar longe do caminho. Algum lugar em que seria encontrada bem rapidamente, mas não por alguém que a conhecia. Pegou o carro de Daniel esta noite, aliás.

Jude parecia tão orgulhoso de si. Aquilo me fez querer arrancar sua língua.

Ele passou para trás de mim. Arrastou minha cadeira para os fundos do cômodo, e foi quando reparei que havia, na verdade, outra porta: estava pintada da mesma cor que as paredes e não tinha maçaneta. Não a notei até que ele a empurrou e abriu, me arrastando para dentro.

— Sabe, sempre achei que depois que a tivesse assim, o que eu iria querer mais que tudo seria matá-la pelo que fez. Mas imagino se não há algo pior... — Os olhos de Jude percorreram minha pele.

Não suportava que ele me olhasse daquela forma. Fechei os olhos bem apertados.

Jude sacudiu a cadeira, e meus dentes rangeram.

— Ei. — Sacudida. — Olhe para mim. — Ele estava bem diante do meu rosto e segurou meu queixo. — Olhe para mim.

Não havia nada que eu pudesse fazer. Estava sozinha. Meus olhos se abriram.

Mas conforme encarava os olhos de Jude — incomumente escuros, considerando as luzes fortes na garagem para barcos —, palavras percorreram meu corpo, e elas não eram minhas.

— *Você não está sozinha nessa.*

As palavras de Noah, ditas para mim apenas horas antes. Noah encontrara Joseph quando tinha sido sequestrado — por Jude, eu sabia agora — quando meu irmão estava dopado e em perigo. Ele sentira um eco do que Joseph sentia, e soubera aonde Jude o havia levado. Noah enxergara através dos olhos de Jude.

Noah me ouvira quando eu estava ferida e presa no sanatório. Eu tinha me prendido lá, então ele enxergou através de *meus* olhos.

Se me ferisse agora, talvez Noah visse através deles de novo.

Noah não estava em Miami, então não poderia me salvar. Mas eu poderia me certificar de que ele soubesse a verdade.

Mordi a língua com tanta força que gemi. *Me veja*, desejei.

— Vai fazer isso? — sussurrou Jude em meu ouvido. — Ou serei eu?

Sangue encheu minha boca, e soluços silenciosos destruíam meu peito. Água se estendia diante de nós, preta e infinita. Estávamos no fim de um cais. Virei a cabeça para tentar descobrir qualquer coisa que me desse uma pista de onde estava — um sinal, qualquer coisa —, mas minha visão flutuava. De dor? De lágrimas?

Sim, de lágrimas. Quando se afastaram um pouco, vi que o cais desviava à direita, formando uma trilha estreita, na direção de um grupo de barcos afastados e turvos.

Mas nenhuma pessoa. Ninguém.

Jude segurou minha cabeça com força com uma das mãos, apoiando-a na palma, como se fosse uma bola de basquete. Olhou em meus olhos.

— Não está motivada o suficiente.

Eu não tinha ideia se Noah conseguia ver aquilo. Lembrei que não era apenas a dor que o fazia ver: havia algo mais. Mas nunca descobrimos o que exatamente.

Quando cuspi sangue no cais, Jude me golpeou. Não forte o bastante para deixar um hematoma, mas o suficiente para doer.

— Não. Não foda tudo. Vai matar sua família, Mara. — Ele abaixou o corpo. — Olhe para mim e diga que estou mentindo.

Me veja, implorei, em silêncio. *Me ajude me ajude me ajude me ajude me ajude me ajude me ajude me ajude.*

— Tudo bem — falei, em voz alta. — Tudo bem, farei. Farei o que quer.

— Assim, do nada?

— Sim.

— Se tentar fugir, não se esqueça de que tenho a chave de sua casa.

— Não esquecerei — sussurrei.

— E sempre posso cortar os freios do carro de Daniel. Ou do de seus pais.

Eu não conseguia respirar. Um soluço escapou de minha garganta Estava mais do que aterrorizada por eles. Além do que era racional.

— É você a responsável por eles se machucarem ou não, entendeu?

— Sim — falei. Jude segurou minha cabeça com mais força. — Sim — gemi.

Faria qualquer coisa por eles, contanto que ficassem bem. Mesmo aquilo.

— Eu faço.

Jude cortou a fita adesiva de meus pés e pulsos. Ele me segurou pelo cós da calça jeans, exatamente como costumava fazer.

— Dê sua mão.

Meus pensamentos eram um rugido. Mal suportava. A lâmina de Jude tocou a parte interna de meus pulsos, seguindo uma veia. Então abriu minha pele. Gritei.

— Quieta.

O sangue se acumulou e fluiu, e o cheiro de cobre fez meu estômago se revirar. Ele traçou uma linha horizontal de sangue por meu pulso, não profunda. Então me entregou a lâmina.

— Corte mais profundamente, exatamente onde cortei. Depois a outra mão. Não esqueça o que farei com Joseph.

Mas a linha era horizontal.

Não vertical.

Não fatal.

Meu coração se alegrou por um segundo.

Até que voltei o rosto para Jude e percebi...

Que ele sabia.

53

JUDE NÃO QUERIA ME MATAR. QUERIA OUTRA COISA. Algo que eu não podia imaginar enquanto libertava o sangue de meu corpo, o cheiro metálico se misturando ao sal da água sob nós, ao nosso redor, diante de nós. Jude estava à minha frente, segurando meus antebraços firme conforme eu cortava, me segurando de pé. Eu não conseguia afastar o rosto das fendas que se aprofundavam em meus pulsos. Estava trêmula e fraca, e soltei um choro baixo.

— Oi?

Minha cabeça se ergueu ao mesmo tempo que a de Jude. Minha visão ficou embaçada — da tontura, agora, não das lágrimas —, mas uma silhueta mais suave se aproximou de nós.

Tentei gritar, mas nada saiu. Eu estava fraca e com medo, e mal conseguia enxergar nem gritar por ajuda.

Jude soltou meu braço e segurou meu rosto com a mão enorme.

— Nem pense nisso. — Ele pegou a lâmina de mim, escondeu e se virou para que ficasse entre eu e a voz.

— O que está acontecendo aqui?

A voz do homem ficava mais alta. Mais próxima. Ouvi passos apressados estalarem a madeira à direita.

— Está tudo bem — falou Jude, tranquilo.

Clap, clap. Palmas pela atuação.

— Precisa...

Uma pausa. Um arquejo.

— Ai, meu Deus — falou o estranho.

— Está tudo sob controle — falou Jude, ligando a força total de seu charme. Ele estava transformado, eu conseguia ouvir. Se não soubesse da podridão por dentro, teria me lembrado de por que me senti atraída por ele a princípio.

A voz do homem mudou, imbuída de autoridade:

— Chamou uma ambulância?

Tentei falar, formar palavras, mas não tinha voz.

— Estão a caminho — disse Jude.

Minha visão ficou um pouco mais nítida enquanto mais lágrimas caíram. O homem esticou a mão para pegar algo na cintura.

— Posso fazer com que cheguem em minutos. Policial — disse ele.

E então algo se transformou na expressão de Jude. Ele puxou o estilete, e minha mente rugiu de terror. O policial acabara de ligar o rádio quando Jude projetou a lâmina para fora.

Os olhos do homem se arregalaram.

— O que você está...

Jude ia cortar o homem. Ele girou o estilete na mão quando o policial se precipitou para a arma.

E então Jude se cortou na lateral do corpo.

Não consegui entender o que estava vendo.

Nem o policial. Ele arrancou o estilete da mão de Jude.

— Que diabo... Qual é seu *problema*?

Jude caiu de joelhos, encolhendo o corpo. O policial ligou o rádio.

— Central, mande reforços para...

Mas o homem deixou o rádio cair antes que pudesse terminar a frase. Uma expressão de dor singular engoliu sua confusão. Então o policial soltou o estilete de Jude.

A apenas alguns metros de distância.

Eu me abaixei e rastejei na direção do objeto, porque estava fraca ou assustada demais para ficar de pé. A dor mastigava meus nervos. Minha visão estava preta e vermelha. Rastejei mesmo assim.

— Nem... se incomode — chiou Jude. Ele apenas ficou ali de joelhos, meio curvado, olhando para o chão, a cabeça pesada e os braços inertes.

Eu me movi na direção dele, embora tudo em mim sentisse absoluta repulsa. Queria parar. Continuei em frente. Ouvi um gemido, mas não era meu ou de Jude. Era do homem, do policial. Não conseguia vê-lo ou ouvir o que dizia, ou ver o que acontecia. Só tinha uma coisa em mente e era a lâmina. Estendi a mão para ela, mas meus músculos não estavam sob meu controle: estremeceram e eu me sentia fraca quando meus dedos cutucaram o cabo de plástico, o estilete caiu entre as frestas do cais.

Tinha acabado.

Estava acabada. Minhas pernas e meus ombros desabaram, e não podia me levantar ou ir a lugar algum. Meus olhos ainda permaneciam abertos, e eu ainda estava consciente, mas havia tanta dor que desejava não estar.

Senti a vibração de um corpo atingir o cais. Era o policial; eu conseguia vê-lo pela visão periférica. Estava com os olhos abertos. Vítreos. A respiração do homem era breve. Ouvi uma voz baixinha à esquerda. O rádio? O único outro barulho era a água sob mim. A madeira parecia áspera contra minha bochecha. Olhei para baixo. A água batia nos pilares do cais conforme a maré subia devagar. Era mais alto do que eu teria imaginado. O luar iluminava a superfície da água. Tranquilo.

Mas então notei formas ali embaixo. As formas, as coisas, estavam batendo, molhadas, contra as pilastras. Não eram apenas ondas.

Com uma definição súbita antes de perder a consciência, percebi que a água não estava vazia.

Estava cheia de centenas de peixes moribundos ou mortos.

54

O TEMPO NÃO EXISTIA MAIS PARA MIM. PODERIAM TER SE passado segundos ou anos antes que eu ouvisse outro som.

Bipe.

Tentei abrir os olhos, mas o mundo estava despido de cor. Alguém tinha raspado toda ela.

Shh.

— É muito mais divertido quando você se debate.

A voz de Jude em meu ouvido. Tentei chutá-la para fora, mas eu estava emaranhada em alguma coisa. Presa e indefesa, ainda.

— Ela está acordando. — Uma nova voz, estranha e enevoada e nada familiar. Tentei falar, mas arquejei em vez disso.

Passos se aproximaram rapidamente.

— Shh, tudo bem. Apenas relaxe. — A mão de alguém em meu ombro, pesada e, de alguma forma, reconfortante.

Meus olhos se abriram, e luz inundou minha visão. Fechei-os por um minuto, talvez mais. Então tentei de novo.

Uma mulher se inclinou sobre mim, embaçada nos cantos, sem me encarar nos olhos. Vi a parte de baixo do maxilar, o pescoço e o enorme decote conforme estendia o braço para mim.

— Quem é você? — perguntei, uma voz rouca que não parecia minha.

Pensei ter visto um sorriso.

— O nome é Joan, querida.

— Espere... ela está... Mara, ai, Deus, Mara, está acordada, querida?

A voz de mamãe surgiu apressada, mergulhando-me em calor. Alguma coisa se prendeu e rasgou meu peito, e foi difícil respirar... então percebi que era um soluço. Estava chorando.

— Ah, querida. — As mãos dela em mim, delicadas, mas sólidas.

Tentei me concentrar. Era como ver o mundo através de vidro sujo, mas, por fim, vi onde estava.

Teto com azulejo industrial. Luzes fluorescentes acima. Máquinas. O hospital.

Assim que percebi, mais sensações se anunciaram: o tubo sob meu nariz. A pressão em minhas mãos, meus braços, onde mais tubos se ramificavam de minha pele. Queria arrancá-los e gritar, mas estava tudo tão *apertado*: meu peito, meus braços, tudo. Não conseguia me mover.

— Por que não posso me mover? — perguntei. Abaixei o rosto para meu corpo, que estava completamente envolto em um cobertor de aparência áspera.

Mamãe surgiu em meu campo de visão

— É para mantê-la a salvo, querida.

— Do quê?

Mamãe olhou para cima, para o teto, em busca de palavras.

— Você não se lembra — disse ela, como se para si mesma.

Lembrava de Jude me levando do quarto até um cais para abrir minhas veias. Lembrava dele ameaçando matar minha família se eu não obedecesse.

Mamãe retirou algo do bolso nesse momento. Era um pedaço de papel, dobrado bem pequeno: ela abriu diante de mim.

— Você deixou isso no quarto antes de pegar o carro de Daniel — falou mamãe, então me mostrou o papel. — Estava em seu diário.

O diário que não me lembrava de ter. Uma página e palavras que não lembrava de ter escrito:

Me ajude me ajude me ajude me ajude.

A expressão de mamãe estava partida. Ela estava pálida, exausta e parecia ter chorado por centenas de anos.

— Você cortou os pulsos, Mara — disse ela, e engoliu um soluço. — Você cortou os pulsos.

— Não. — Sacudi a cabeça com determinação. — Você não entende. — Tentei me sentar e me mexer, mas não podia. Ainda estava presa, o que me envenenou com pânico. — Quero me sentar — falei, desesperada.

Mamãe assentiu, e a mulher que eu não conhecia — Joan, uma enfermeira, aparentemente —, se aproximou e apertou um botão, elevando a cama. Eu queria ajustar o travesseiro sob a cabeça, mas daquele novo ponto privilegiado, vi que não conseguia.

Meu peito, meus braços e minhas pernas estavam presos. Em amarras.

— O que é isso? — As palavras eram algo entre um choro e um xingamento.

Mamãe se aproximou de minha cama, puxou as cobertas. Ela olhou para a enfermeira, que assentiu, e então soltou as algemas de tecido que prendiam meus pulsos.

Eles estavam atados em gaze branca. E, como se pela deixa, reparei que *doíam*.

Respirei profundamente, tentando não perder o controle ao ver o tecido, mas era difícil. Tão difícil.

— Tudo bem aí?

Meus olhos se voltaram para a porta, que agora estava aberta. Um policial — ou segurança? — estava ali, a mão na cintura.

— Tudo bem, oficial — disse Joan, parecendo exasperada. — Tudo sob controle.

Meus olhos se moviam freneticamente entre ela e mamãe, mas minha mãe mal conseguia me olhar.

Eu devia aparentar como me sentia — como se estivesse prestes a gritar —, porque a enfermeira começou a soltar as amarras de minhas pernas, do peito. Eram complicadas.

— Perdeu bastante sangue ontem à noite, querida, e estava quase completamente inconsciente. Mas depois da transfusão, acordou e, com todos os remédios que lhe demos, ficou um pouco descontrolada. Mas está bem agora.

— Por que tem um policial ali fora?

Joan parou, hesitou, apenas por um momento, então se ocupou de verificar os monitores ao lado da cama.

— Outra pessoa foi trazida com você da marina — disse mamãe.

O mundo parou. Um homem? Mamãe sabia como era Jude. Por que simplesmente não disse que Jude...

— Um homem de meia-idade. Cabelos brancos, corpulento. — Os olhos dela avaliavam os meus. — Você o conhecia, Mara?

A memória tomou conta de minha mente.

O homem deixou o rádio cair antes que pudesse terminar a frase. Uma expressão de dor singular engoliu sua confusão.

Sacudi a cabeça, percebendo a rigidez de meu pescoço, a dor na boca. Como ele morreu?

— O que aconteceu? — perguntei.

— Não sabemos — respondeu mamãe, baixinho. — Ele não estava... tinha... morrido... quando a polícia chegou. Querem lhe fazer algumas perguntas, quando estiver pronta.

E quanto a Jude? E quanto a *Jude*?

Mamãe fechou os olhos.

— Jude está morto, Mara.

Eu devia ter dito em voz alta. Por um segundo meu coração ameaçou explodir com alegria.

— Ele morreu no sanatório.

Ela não entendia.

— Não. *Não.*

— O prédio desabou

Lembro-me de mamãe dizendo essas mesmas palavras em outro quarto de hospital, em outro estado. Um grito se acumulava em minha garganta.

— Jude não sobreviveu. Nem Rachel ou Claire.

— Não, *ouça...* — Minhas palavras estavam frenéticas e arranhavam minha garganta.

— A Dra. Kells estará aqui em breve. Vão cuidar de você.

— O quê?

— No Horizontes, querida. — Mamãe se sentou timidamente na lateral da cama, e seu olhar partiu meu coração. — Mara, querida. Amamos você demais para deixar que se machuque. A família precisa de você.

Sacudi a cabeça violentamente.

— Você não entende.

— Acalme-se, querida — falou Joan. Os olhos dela encontraram os de mamãe.

— Não fiz isso — implorei, erguendo os pulsos. Joan era um borrão de movimentos ao lado da cama. Ela pegou meus braços com gentileza, mas me encolhi. Ela segurou com mais força. — Não me *toque*.

Mamãe se encolheu. Cobriu a boca com a mão.

— Você não está me *ouvindo*! — Ruído branco pulsava em meus ouvidos. Curvei o corpo para a frente.

— Estamos ouvindo. Estamos ouvindo, querida

O quarto começou a se dissipar.

— Apenas me deixe explicar — falei, mas as palavras saíram enroladas. Tentei olhar para mamãe, mas não conseguia concentrar os olhos, não conseguia encontrar os olhos dela.

— Respire fundo. Isso, boa garota. — Alguém esfregou meus ombros.

Mamãe estava saindo do quarto. Joan segurava minha cabeça.

— Respire, respire.

Não queriam me ouvir. Apenas uma pessoa ouviria.

— Noah — sussurrei, em meio ao trovão que rugia em meus ouvidos.

Então uma sombra escureceu o vidro da porta do quarto de hospital. Ergui o rosto antes de a maré escura chegar, rezando silenciosamente para que fosse ele.

Não era. Era Abel Lukumi, que me encarava.

55

UANDO ACORDEI DE NOVO, OS TUBOS TINHAM SIDO REMO-
vidos. Eu ainda estava no hospital, mas em um quarto diferente. E não mais atada.

Um dia havia se passado, descobri. Médicos, enfer-
meiras e psicólogos entravam e saíam do quarto em um borrão de testes
e perguntas. Segui o protocolo, respondendo da melhor maneira que
pude sem encará-los ou gritar sobre Jude. Sobre a verdade. Sobre
Lukumi.

Como ele havia me encontrado?

Por quê?

Não podia me permitir pensar naquilo, porque uma pergunta levava a outras e eu estava afogada nelas, e não podia entrar em pânico ou
não me permitiram ver Noah. Os remédios e os tubos me faziam perder
a calma, sempre, mas sem eles agora eu conseguia transformar o rosto
em uma máscara inexpressiva para esconder o ódio por baixo. Bom
comportamento me ganharia tempo, precisava me lembrar. Com a ajuda de papai, até consegui falar com um detetive sobre o policial que foi
encontrado morto no cais ao meu lado. Ele teve um derrame, no fim
das contas. Não foi minha culpa.

Mesmo que tivesse sido, não tinha certeza se teria me importado.
Não no momento. A única coisa que queria era Noah. Sentir suas mãos

no rosto, o corpo enroscado no meu, ouvir sua voz ao ouvido, dizendo que acreditava em mim.

Mas mais um dia se passou e ele ainda não aparecia. Joseph também não veio. Não tinha permissão, foi o que Daniel me contou quando finalmente visitou. Ele se sentou, curvado, sobre uma lata de refrigerante, virando o anel para a frente e para trás.

— E quanto a Noah? — perguntei, baixinho.

Daniel fez que não com a cabeça.

— Preciso conversar com ele. — Tentei não parecer desesperada.

— Você está sob outro regime — disse Daniel, a voz fraca. — Só permitem familiares mais próximos. Noah veio direto para cá do aeroporto quando descobriu que você havia sido internada, e não saiu até algumas horas atrás.

Então ele tinha estado ali e fora embora. Meu ânimo murchou como um balão.

— Você nos deu um baita susto, Mara.

Fechei os olhos, tentando não parecer tão furiosa quanto estava. Aquilo era culpa de Jude, mas eram eles que tinham de pagar.

— Eu sei — respondi, inexpressiva. — Desculpe. — O pedido de desculpas tinha um gosto pútrido, e senti vontade de cuspir.

— Eu só fico... E se a polícia tivesse encontrado você uma hora depois? — Daniel esfregou a testa. — Fico pensando nisso. — A voz dele falhou, e meu irmão finalmente quebrou o anel da lata de refrigerante. Ele o jogou dentro da lata, e o anel caiu com um *clink*.

As palavras me fizeram pensar.

— Quem os chamou? — perguntei. — Quem chamou a polícia?

— Quem ligou não deixou um nome.

Tem um olhar que as pessoas nos dão quando acham que somos loucos. Na barca para o Centro de Tratamento Residencial do Horizontes, em No Name Island, na manhã seguinte, recebi esse olhar.

O vento estalava em minha pele e enroscava meus cabelos diante do rosto. Eu o coloquei para trás com as mãos, expondo as ataduras gêmeas nos pulsos. Foi quando o capitão, que conversava com meu pai sobre a ecologia de Keys, percebeu que estava nos levando para o hospício requintado, e não para o resort que compartilhava a ilha com ele.

Uma cautela vagarosa tomou conta da expressão do capitão, misturada a medo e pena. Era um olhar com o qual precisaria me acostumar: os médicos me disseram que meus pulsos ficariam com cicatrizes.

— Não é muito longe — falou o capitão. Ele apontou para um monte de terra indefinido no mar aberto, e me senti obscenamente pequena. — No Name Island é bem ali, a leste. Está vendo?

Eu estava. Parecia... desolada. Lembrei-me das palavras de Stella.

Lakewood é... intenso. Fica no meio do nada, como o Horizontes, praticamente todos os PTR ficam.

— Gosta de astronomia? — perguntou o capitão.

Eu não pensava muito nisso.

— Olhe para o céu à noite, para as estrelas. A ilha está fora da malha elétrica, embora a companhia elétrica esteja fazendo um lobby pesado para mudar isso. Mas a maioria dos residentes de No Name não quer.

Não conseguia imaginar não querer eletricidade. Não conseguia imaginar não *tê-la*. Falei isso. Ele apenas deu de ombros.

Devo ter parecido em pânico, porque mamãe se aproximou e alisou minhas costas com a mão.

— Horizontes funciona à energia solar e geradores. Tem bastante eletricidade, não se preocupe.

Nós nos aproximamos da ilha, um pequeno cais surgiu adiante, com apenas algumas docas e uma placa:

ÚLTIMA BARCA ÀS 18 HORAS, NÃO HÁ SAÍDA COM TEMPO INCLE-MENTE

O capitão olhou para o alto, para o céu férreo, e semicerrou os olhos.

— As coisas podem mudar lá em cima hoje — disse. — Essas nuvens não são amigáveis.

— É para isso que serve a cabine — respondeu minha mãe, assentindo na direção da parte coberta da barca. Ela não gostava de ouvir que teria de me deixar antes de estar pronta. Mamãe me olhou, e eu conseguia ver o quanto lhe doía fazer aquilo.

O capitão sacudiu a cabeça.

— Não é chuva, são as ondas. Ficam revoltosas nas tempestades. Melhor seguir ou vocês terão de pernoitar.

— Obrigado — disse papai para o capitão. — Voltaremos logo.
— Desembarcamos, meus pais pegavam silenciosamente a bagagem, que nem tive tempo de fazer, à medida que saíamos da barca.

Não pude ver Noah antes de partirmos também. Levaria 12 semanas para que o visse de novo.

O pensamento revirou meu estômago. Afastei-o.

Foi quando reparei em um carrinho de golfe parado perto do cais. O conselheiro de admissões do Horizontes, Sam Robins, assentiu para mim com condescendência.

— Bem, Mara, queria que nos víssemos de novo em circunstâncias diferentes.

Em circunstância nenhuma.

— Vamos — disse ele para meus pais. — Entrem.

Entramos. O carro de golfe zunia por uma trilha pavimentada cercada por juncos altos e grama. Paramos diante de um aglomerado de prédios brancos com telhas espanholas de cor laranja forte. Havia um jardim lindo no quintal, evocando os exemplares de mamãe da revista *Cottage Living*. Hibiscos roxos e lírios brancos circundavam um pequeno lago cheio de peixes dourados, que deslizavam preguiçosamente pela superfície. Cercas vivas perfeitas estavam alinhadas com algum tipo de flor selvagem cor-de-rosa e margaridas amarelas. Eu me senti inapropriadamente animada e odiei aquilo.

Nós quatro entramos no prédio imaculado — o principal, imaginei, pois estava na frente. As paredes eram de estuque branco, e o chão, de azulejos da mesma cor. Pedestais com uma estátua ou uma miniatura no alto pontuavam um ou outro canto, e jarros de terracota com plantas ladeavam as portas. Mas, tirando isso, o espaço e a decoração ecoavam a contrapartida não residencial do Horizontes quase com perfeição.

— Hermencia verificará suas malas e roupas, Mara. E, sorte sua, é o fim de semana do retiro, então todos os seus amigos estão aqui.

O retiro. Acabei nele, afinal de contas.

Pelo menos Jamie estaria ali para me mandar para a sentença obrigatória antes de ir para casa. Aquilo era alguma coisa.

Meus pais saíram para assinar uma papelada e fui apressada para um quarto por uma mulher que estampava uma expressão neutra por baixo de um emaranhado espesso e curto de cabelos castanhos.

A mulher assentiu brevemente.

— Preciso procurar qualquer coisa perigosa.

— Tudo bem.

— Está usando alguma joia?

Sacudi a cabeça.

— Preciso que tire as roupas.

Pisquei estupidamente.

— Tudo bem? — perguntou ela.

Apenas fiquei parada ali.

— Preciso que tire suas roupas — repetiu a mulher.

Meu queixo estremeceu.

— Tudo bem.

A mulher me encarou, esperando. Abri o zíper do moletom e o tirei dos ombros. Entreguei-o a ela. A mulher passou os braços pelo casaco e o apoiou sobre a mesa. Olhei para baixo, para o chão, e puxei a regata por cima da cabeça. Ela pousou suavemente no azulejo.

Fiquei de pé ali, respirando com dificuldade, apenas de jeans e sutiã. Minha coluna estava curvada, e eu tinha inconscientemente levado os braços para o peito.

— A calça também — falou a mulher.

Assenti, mas não me mexi por um minuto. Dois.

— Precisa de ajuda? — perguntou ela.

— O quê?

— Precisa que a ajude?

Sacudi a cabeça. Pressionei as mãos contra os olhos e inspirei. Apenas roupas. Eram apenas roupas.

Abri o zíper da calça jeans, e ela caiu até meus tornozelos. Fiquei imóvel, exposta enquanto a sala começava a girar devagar. A mulher inspecionou minhas roupas com as mãos e meu corpo com os olhos, e perguntou se eu tinha algum piercing que ela não conseguia ver. Não tinha. Por fim, colocou as roupas em minhas mãos. Agarrei-as contra o corpo e, então, quase tropecei ao vesti-las apressadamente.

Quando terminamos, meus pais tinham assinado a papelada e então eu precisei assinar *mais* papelada, reconhecendo as regras e o regulamento que me atava à nova vida. Três meses sem contato exterior.

Ligações para a família eram permitidas, mas apenas depois de trinta dias. Assinei e senti como se estivesse sangrando na página.

Então era hora de dizer adeus.

Minha mãe me apertou tão forte.

— É temporário — disse ela, tentando me reconfortar. Ou reconfortar a si mesma.

— Eu sei — sussurrei, quando ela me puxou ainda mais para perto. Eu queria ao mesmo tempo segurar mamãe e empurrá-la para longe.

Minha mãe alisou meu cabelo nas costas.

— Amo você.

Minha garganta queimava com as lágrimas que eu queria derramar, mas não permitia. Sabia que ela me amava. Ela só não acreditava em mim. Eu entendia por que, mas doía horrores mesmo assim.

56

DEPOIS QUE MEUS PAIS SAÍRAM, RECEBI UM TOUR PELO COMplexo: quatro prédios que se conectavam a um jardim zen no centro. Caminhei pelos quartos sem prestar muita atenção; a estrutura não importava, e eu não dava a mínima realmente. Fiquei presa ali. Noah e minha família permaneciam lá fora. *Jude* estava lá fora. Ele poderia fazer o que quisesse.

Eu rezava para que já tivesse feito o queria.

Porque minha família estava à sua mercê. Não tinha ideia do que acontecera a John, de como Jude foi capaz de me levar sem que ele soubesse. Mas precisava acreditar que, de alguma forma, Noah se certificaria de que minha família permaneceria em segurança. A alternativa.

Não conseguia pensar nela.

Minha terapia intensiva estava agendada para imediatamente, e respondi todas as perguntas dos novos conselheiros de acordo com o roteiro. Entre as sessões de terapia comportamental cognitiva e uma reunião com a nutricionista do Horizontes, esbarrei na pequena biblioteca de autoajuda na sala comunal enquanto o resto dos "alunos" do Horizontes — os permanentes, com sentenças de três meses ou mais, como eu; e os temporários, como Jamie, Stella e Phoebe, infelizmente — praticava suas atividades de entrosamento ao ar livre ou coisas assim. Fui dispensada da maioria delas, graças à minha "tentativa de suicídio". Suor e pontos não se misturam. Sorte a minha.

Barney, um dos conselheiros da equipe residencial, me observava a uma distância curta. Ele era grande, como a maioria dos funcionários do sexo masculino — mais fácil para nos imobilizar, talvez? —, mas pareceu amigável ao tentar puxar conversa comigo. Não era condescendente como Robins, ou inapropriadamente entusiasmado, como Brooke. Era legal, mas eu só não queria conversar.

Eu folheava distraidamente um livro bizarro intitulado *O que é normal?* quando meus compatriotas entraram. Tinham vindo de algum tipo de jogo, parecia, porque estavam divididos em três grupos com camisetas de cores diferentes: brancas, pretas e vermelhas. Megan vestia vermelho. O rosto pálido estava vermelho, e mechas de cabelo louro se enrolavam ao redor do rosto, criando um halo despenteado. Ela implorou pelo banheiro e foi enviada com uma colega. Adam entrou a seguir, também de vermelho. Os antebraços musculosos mantinham-se cruzados sobre o peito estufado, parecendo que tinha acabado de perder qualquer que fosse o jogo, e por muito.

Então Jamie entrou dançando, vestido de preto. Ele me viu e fez um desvio.

— Isso é culpa sua.

Fechei o livro.

— Oi, Jamie. Bom ver você também.

Ele me olhou com raiva.

— Não é bom ver você, na verdade, considerando o motivo de estar aqui.

— Obrigada por não eufemizar as coisas. Ando de saco cheio de todo mundo me tratar com luvas de pelica.

— O sarcasmo, ele queima!

Revirei os olhos.

Jamie deu de ombros e falou:

— Olhe. — Ele inclinou o corpo para a frente. — Recuso-me a reconhecer sua tentativa de suicídio, porque ferra com todas as minhas noções preconcebidas sobre você, está bem? Embora *esteja* feliz por ver que ainda tem senso de humor, pelo menos.

Sorri, não pude evitar.

— E tem isso. Então — falei, feliz por não precisar conversar sobre o motivo fraudulento para estar ali —, o que fiz agora?

— Escolha interessante de palavras — começou Jamie, e olhou por cima do ombro para a porta. Segui o olhar dele e vi...

Noah.

Aqui.

Ele estava a cerca de 3,5 metros de nós, a camiseta cinza encharcada e grudada à silhueta esguia e musculosa, gotas de chuva caindo do estojo da guitarra no chão de azulejos primoroso.

Quando Noah encontrou meus olhos, fiquei sem palavras.

Ele se virou.

— Onde coloco isto? — perguntou a Barney, erguendo levemente o estojo.

— Por aqui — falou Barney. — Vou mostrar seu quarto.

E então Noah passou direto por mim. Como se eu nem estivesse ali.

Fiquei sentada, catatônica, no saguão. Os assentos foram preenchidos, e Brooke se sentou diante de mim, as pulseiras tilintando a cada gesto. Brooke ajustou o lenço de cabeça e falou:

— Começaremos em cinco minutos, gente. Se quiserem beber água ou ir rapidinho ao banheiro, agora é a hora. — Então inclinou o corpo para a frente para me cumprimentar carinhosamente, e deu um tapinha em meu braço com um olhar de pena antes de sair para pegar água para si.

E Noah entrou. Passou os dedos pelos cabelos ainda molhados e não se sentou perto de mim, as longas pernas languidamente esticadas diante do corpo quando se sentou em uma cadeira de plástico pequena demais. Noah não disse uma palavra — para mim ou mais ninguém. Ele parecia... diferente.

Eu o avaliei, tentando entender por quê. Noah parecia perfeitamente imperfeito com o jeans surrado e uma camiseta *vintage*, o cabelo uma linda bagunça sobre o rosto indecifrável. Tudo a respeito dele estava igual, exceto...

O colar. Sumira.

Esfreguei os olhos. Noah ainda estava ali quando os abri.

Jamie o cumprimentou. Barney também. Isso normalmente teria sido o bastante para me convencer de que ele era real.

No entanto, quando todos dizem que é louca e ninguém acredita quando você jura que não é, uma pequena parte sempre imagina se está mesmo certa.

Então, quando Stella se levantou para pegar uma bebida, levantei com ela.

— Oi — falei.

Ela afastou o cabelo da pele morena ao apertar a alavanca do cooler de água.

— Oi.

Qual é o modo apropriado de perguntar a alguém se você está alucinando a aparição de seu namorado no hospício chique?

— Está vendo aquele cara ali? — perguntei, assentindo levemente na direção de Noah, que agora tinha cruzado os braços atrás da cabeça.

Stella enroscou um cacho no dedo ao olhar para trás e para a frente, de Noah para mim.

— O gostoso?

Esse era ele, sim.

— É — respondi.

Os lábios carnudos se abriram em um sorriso.

— O muito, *muito* gostoso?

De fato. Olhei para Noah, mas ele não me encarou.

— Sim.

Stella também olhou.

— Alto, com cabelo castanho-escuro *perfeito*. — Alguém disse algo a Noah, provocando um sorriso arrogante. — Sorriso inacreditável — falou Stella, quando ele olhou em nossa direção. — Olhos azuis?

— Sim — falei, ainda encarando o garoto indescritivelmente lindo que dissera que me amava dias antes e que agora não dava mostras de me enxergar.

— Sim, estou vendo — falou Stella, e tomou um gole d'água. — Não tenho certeza que me incomodaria de ver mais dele. Espere — disse ela, inclinando a cabeça para mim. — Você o *conhece*?

Considerei a resposta. É possível conhecer alguém de verdade?

— Não sei — respondi.

Ela me olhou, então se sentou. Eu também me sentei, ainda zonza. Jamie se sentou na cadeira ao meu lado e me cutucou no braço.

— Ai — falei, esfregando o lugar.

— Ah, que bom, está viva. Estava com medo de precisar ressuscitar você. — Semicerrou os olhos para mim. — Se não soubesse, diria que está surpresa com essa novidade.

Precisei de um esforço monumental para responder a Jamie quando ainda não conseguia tirar os olhos de Noah. Achei que não o veria por meses. Que precisaria esperar para contar a ele o que Jude tinha feito, sobre Lukumi no meu quarto de hospital e sobre a filmagem da câmera de Claire que Jude deixara para mim.

Mas agora Noah estava ali. Não precisaria esperar nada e poderia chorar de alívio.

— Surpresa — respondi, por fim. — Sim.

— Como se não soubesse que ele se juntaria a nós na ilha das crianças desajustadas?

— O quê? — Afastei os olhos de Noah e encarei Jamie. — Não sabia mesmo.

— Certo. Vão me obrigar a dividir o quarto com ele, Mara. Odeio você.

— Acha que *eu* fiz isso?

— Dá um tempo. — Jamie me lançou um olhar desapontado. — Como se ele pudesse resistir a uma donzela em perigo.

— Não pedi que viesse — falei, mas jamais ficara tão feliz em ver Noah na vida. — E antes que reclame de seu colega de quarto, fui avisada pelo Sr. Robins que *eu* vou dormir no mesmo quarto que *Phoebe*.

Jamie pareceu apropriadamente horrorizado.

— É — falei. Reclamei disso imediatamente, é claro, mas fui informada de que precisaria levar o caso à Dra. Kells. E ela não estava no retiro, só comparecia algumas vezes na semana, disseram, para supervisionar a equipe residencial. Então, até vê-la de novo, eu estava presa.

Brooke bateu palmas.

— Certo, todos de volta? Ótimo! Bem, parece que temos mais um novo integrante da família Horizontes, gente! Vamos dar as boas-vindas calorosas a Noah Shaw.

— Oi, Noah — disseram todos, em coro.

— Noah está aqui para o retiro do fim de semana, para ver se lhe convém. Por que não conta a todos sobre si mesmo, Noah?

— Nasci em Londres — falou, sem qualquer interesse. — Meus pais se mudaram da Inglaterra para cá faz dois anos.

Minha boca se abriu.

— Não tenho uma cor preferida, mas desgosto muito do amarelo.

Inacreditável.

— Toco guitarra, adoro cachorros e odeio a Flórida.

E então Noah finalmente me encarou. Eu estava esperando aquele meio sorriso que era sua marca registrada, mas quando me olhou, seus olhos estavam vazios. Meu coração se partiu.

— É tão bom conhecê-lo, Noah. Se sentiria confortável contando por que está aqui?

Ele sorriu, mas não havia emoção ali.

— Fui informado de que tenho um problema para controlar a raiva.

Todos compartilharam sentimentos falsos por uma hora, então paramos para o almoço. Noah me alcançou no corredor. Abaixou o rosto para mim.

Noah parecia partido.

— É uma garota difícil de alcançar — disse ele, baixinho.

Dei uma gargalhada, mas Noah cobriu minha boca com a mão carinhosa.

Minhas pálpebras se fecharam ao toque. Eu conseguia *sentir* Noah. Ele era real.

Tudo o que queria no mundo era abraçá-lo e ser abraçada. Mas quando levei as mãos à cintura dele, Noah falou:

— Não.

Pisquei, então achei que pudesse chorar, e Noah devia ter percebido, porque se apressou em dizer:

— Eles não sabem que estamos juntos. Se descobrirem, vão dar um jeito de nos separar e não aguentarei isso.

Assenti sob a mão dele, e Noah a retirou, olhando por cima do ombro. O corredor estava vazio, mas por quanto tempo?

— Como entrou aqui? — perguntei.

O fantasma de um sorriso moveu a boca de Noah.

— É um alonga história que envolve quantidades enormes de álcool e Lolita.

Minhas sobrancelhas se franziram, confusas.

— O livro?

— A baleia.

Ele me fez sorrir, apesar de tudo.

— Devo perguntar?

— Provavelmente não — respondeu Noah, inexpressivo. Evitava meus olhos.

Tinha algo errado. Queria perguntar o que era, mas estava nervosa, então perguntei onde estava o colar.

Noah suspirou.

— Precisei tirar durante aquela agradável revista íntima que oferecem aqui. Hermencia gostou bastante, acho. Vou mandar a conta para ela.

Sorri de novo, mas Noah não. Não sabia o que tinha mudado, ou por que, mas precisava. Mesmo que não gostasse da resposta.

— O que aconteceu? — perguntei.

Ele ergueu minha mão, meu pulso, e o segurou no alto, como resposta.

— Acham que tentei me matar — falei.

Noah fechou os olhos. Pela primeira vez na vida, parecia sentir dor.

— Você também acha? — perguntei.

Os músculos no pescoço dele se contraíram.

— Não — respondeu Noah. — Eu vi... vi tudo. Eu vi Jude.

Quando abriu os olhos, estava com a expressão vazia de novo. Uma máscara suave e indecifrável. Lembrei de uma conversa diferente que tivemos em circunstâncias bem diferentes:

— *E se alguma coisa acontecer quando você não estiver perto?* — Eu tinha perguntado a ele, arrasada e culpada, e horrorizada depois que voltamos do zoológico.

— *Estarei lá* — respondera Noah, a voz clara e determinada.

— *Mas e se não estiver?*

— *Então será minha culpa.*

Seria isso? Ergui o rosto para ele e sacudi a cabeça.

— Não é culpa sua.

— Na verdade — disse Noah, com uma amargura incomparável —, é sim.

Mas antes que Noah pudesse prosseguir, um conselheiro nos interrompeu e fomos enxotados.

57

Ão tivemos um tempo a sós pelo resto do dia. Noah foi arrastado de coisa inútil para coisa inútil com Adam, Stella, Megan e os outros temporários enquanto fui deixada para suportar mais terapia de conversa e, no todo, remoer a solidão. Conheci alguns permanentes que não pareciam obviamente perturbados. Não tão ruins quanto Phoebe, de toda forma, nem de longe.

Quando finalmente nos sentamos para jantar, fiquei ao lado de Noah. Alguns garotos que eu não conhecia direito dividiam a mesa, mas não estavam muito perto.

Eu precisava desesperadamente falar com ele. Tinha tanto a dizer.

Noah estava perto, mas longe demais para que eu o tocasse. As pontas dos meus dedos doíam com vontade de senti-lo, sólido, quente e real em minhas mãos.

Falei seu nome, mas Noah sacudiu uma vez a cabeça. Mordi o lábio. Poderia gritar de frustração. E queria. Senti como se estivesse flutuando e precisasse que ele me ancorasse à terra.

Mas então Noah escreveu alguma coisa em um guardanapo com um giz de cera — devia ter roubado do estúdio de artes que tinham ali — e entregou para mim.

Olhei para cima, então ao redor, depois para a mensagem, o mais discretamente possível.

Estúdio de música, 1 hora da manhã.

— Mas... — sussurrei.

Confie em mim, respondeu, sem emitir som.

Confiei.

Desejei que a luz do sol fosse embora enquanto terminava o jantar naquela noite, diante de uma Stella silenciosa e incomumente deprimida. Ela beliscava a comida de vez em quando, percorria o salão com os olhos. Quando perguntei qual era o problema, Stella pediu licença e me deixou sozinha.

Mal podia esperar pelo cair da noite e olhava pelas janelas grossas e distorcidas sempre que tinha a oportunidade. A escuridão despontava pelas beiradas do pôr do sol, esperando para engoli-lo.

Os ruídos de prataria tilintando contra pratos de cerâmica morreram conforme o sol mergulhou no horizonte. O conselheiro Wayne apareceu com os remédios da noite de todo mundo em minúsculos copos de papel, exatamente como em Miami.

Stella engoliu os dela na minha frente, a camiseta branca subindo levemente com o movimento. Ergui o rosto e vi Jamie, que também entornou o conteúdo do copo de shot improvisado. O pomo de adão dele oscilou, e Wayne seguiu em frente.

— Conhece a rotina, Mara — falou Wayne.

Eu conhecia. Mas não poderia estar menos entusiasmada para tomar os remédios. E se me deixassem cansada? Meus olhos se ergueram, tentando encontrar Noah no pequeno mar de rostos da sala de jantar Não estava ali.

— Mara — chamou Wayne, de modo carinhoso, mas com um toque de impaciência.

Droga. Peguei o copo e engoli os comprimidos, seguindo-os com um copo d'água.

— Abra — disse ele.

Abri a boca e mostrei a língua.

Wayne sorriu e foi para a próxima pessoa. Eu me levantei de mau humor e levei a louça para o balcão, então segui a fila de meninas que caminhava pelo corredor na direção dos respectivos quartos. Peguei o necessaire, com shampoo e sabonete, proficuamente arrumado por minha mãe como se estivesse me mandando para o acampamento de ve-

336

rão, e segui até o banheiro feminino para tomar um banho. Havia cabines, ainda bem, mas precisávamos desfrutar do banheiro tipo spa em grupos ou pares. Minha outra metade era Phoebe, é claro. Àquela altura, eu estava acostumada demais com minha vida ser uma droga para me importar.

Quando terminei, estava com braços e pernas fracos pela exaustão, e quase deixei a toalha cair antes de colocar o roupão. Consegui não me envergonhar, por pouco, então segui os passos ridículos de Phoebe para fora do banheiro e de volta ao corredor. Ela abriu a porta de nosso quarto branco sem decoração, ocupado por duas camas de solteiro idênticas. Phoebe se sentou em uma, no canto mais afastado do quarto, me deixando com a cama mais perto da porta.

Perfeito.

Phoebe estava calada. Não dissera nada para mim o dia todo, na verdade, e me considerei sortuda. Ela me observou por um minuto, então se levantou e apagou a luz principal enquanto eu vasculhava a cômoda recém-ocupada em busca de algo para vestir na cama, embora não planejasse dormir. Lancei um olhar irritado para ela, o qual Phoebe não viu ou ignorou. Então ela foi para debaixo das cobertas. Troquei de roupa e entrei debaixo da coberta.

Cada quarto tinha um relógio de ponteiro posicionado na parede entre as duas camas. O nosso dizia 22 horas, então, 22h30, então 23 horas. Os segundos corriam conforme ouvia Phoebe roncar.

Então, na escuridão, uma palavra:

— Levante.

Uma voz feminina ríspida chegou até minha mente. Tive vontade de esfaqueá-la.

Meus olhos se abriram devagar. Phoebe estava perto de minha cama. Comecei a me sentar, mas fiquei surpresa ao ver que já estava sentada.

Fiquei mais surpresa ao descobrir que meus pés estavam no chão, a superfície reluzente de azulejos fria sob eles.

— Você estava saindo da cama — disse Phoebe, mecanicamente.

— O quê? — Minha voz estava pesada de sono.

— Você acordou — disse ela para mim. — Ia sair da cama.

Apoiei a testa em uma das mãos. Meus olhos foram até o relógio.

Eram 4 horas da manhã. Tinha perdido Noah. Era tarde demais.

— Quer pegar um pouco d'água? — perguntou Phoebe.

Minha garganta estava azeda, a boca e a língua cobertas de saliva. Assenti, sem entender por que Phoebe estava sendo assim legal, mas nada disposta a perguntar por quê. Levantei sobre os pés vacilantes e segui Phoebe para fora, no corredor mal iluminado. Chegamos silenciosamente ao banheiro, passando por Barney, que estava na mesa de escritório.

— Vamos ao banheiro — anunciou Phoebe. Ele assentiu para nós, sorriu, então voltou para o livro. *O silêncio dos inocentes.*

Quando entramos, Phoebe abriu a torneira. Eu estava desesperada por água. Curvei o corpo para a frente, para a pia, e enchi as mãos, levando-as à boca. Bebi profundamente, embora a maior parte do líquido escorresse entre meus dedos, e rapidamente abaixei a mão para pegar mais um punhado, depois outro. Não achei que conseguiria beber o suficiente, até que, por fim, o gosto ruim na garganta se suavizou e a sensação de queimação sumiu. Olhei para meu reflexo no espelho.

Estava pálida, a pele encharcada. Os cabelos soltos, desarrumados, ao redor do rosto, os olhos encarando, inexpressivos, o vidro prateado. Não parecia eu mesma. Não me sentia como eu mesma.

— Bloody Mary — disse Phoebe.

Dei um salto. Quase tinha esquecido que ela estava ao meu lado.

— O quê? — perguntei, ainda concentrada na estranha no espelho.

— Se disser "Bloody Mary" três vezes depois da meia-noite, ela aparece para você no espelho, arranca seus olhos e abre sua garganta — disse Phoebe.

Eu a encarei pelo espelho. Phoebe olhava para o teto.

— Acabei de dizer o nome dela duas vezes. — Ela sorriu. A pia pingava. — Ela sofreu abortos. Dizem que isso a deixou louca, então ela roubava os bebês de outras mulheres. Mas então eles também morriam. Ela os matava. — Phoebe me encarou pelo espelho, me aterrorizando completamente.

O que eu deveria dizer? Coloquei o último punhado de água nas mãos e joguei no rosto em vez de na boca.

— Quem você matou? — perguntou Phoebe. A voz fria e clara.

Congelei. Água pingava de meu rosto e de meus dedos para o piso.

338

— Quando saiu da cama, disse que não pretendia matar Rachel e Claire. Mas não sentia pena dos outros. Foi o que você disse.

— Foi um pesadelo. — Minha voz estava trêmula e rouca. Fechei a torneira.

— Não pareceu um pesadelo.

Ignorei isso e me virei para ir embora. Phoebe se colocou diante de mim.

— Quem são Rachel e Claire? — perguntou, me perfurando com os olhos. Eles pareciam ocos no rosto pálido como a lua.

— Foi apenas um pesadelo — rebati de novo, encarando Phoebe de volta. Tentei muito não mostrar qualquer sinal de que o que ela repetia tinha alguma base real, mas por dentro?

Por dentro eu estava em pedaços.

— Você disse que estava feliz por ter matado o homem, que desejava poder ter esmagado o crânio com os próprios dedos.

— Pare — falei, começando a tremer.

— Você me contou sobre o sanatório — disse ela, recuando devagar. — Contou *tudo*. — Os cantos da boca de Phoebe se contorceram em um sorriso deturpado. — Eu sei sobre *ele* — falou Phoebe, o sorriso se abrindo. — Quanto você o quer. Quanto o ama. Como está desesperada. Mas ele não a ama de volta — cantarolou.

Tinha contado a Phoebe sobre Noah? Fechei os olhos, e minhas narinas se dilataram. Queria gritar na cara dela, mandar Phoebe calar a enorme boca, mas não podia. Não sem me denunciar.

— Vou voltar para a cama — falei, passando por ela. Minha voz estava trêmula. Esperava que Phoebe não tivesse notado.

Ela me seguiu de perto. Perto demais.

Voltamos ao quarto sem conversar. Phoebe subiu na cama com um sorriso satisfeito. Eu queria arrancar aquele sorriso de sua cara, mas, no fundo, sabia que a pessoa com quem estava mais furiosa era eu mesma.

Perder a noção de tempo, escrever nos cadernos — era assustador, sim, mas não tinha me ferido. Ainda não. Contanto que eu não contasse a ninguém, talvez aquilo fosse apenas temporário e eu pudesse sair.

E encontrar Jude. Ter certeza de que ele jamais me machucaria de novo.

Mas Phoebe não tinha como saber essas coisas que tinha dito, a não ser que eu tivesse contado. O que significava que meu autocontrole, já tênue, estava se perdendo.

Puxei o cobertor até o queixo e encarei a parede. Minha mente não ficava quieta, e não consegui dormir.

Então fiquei deitada até a escuridão se tornar luz; por fim às 7 horas, levantei para encarar o dia.

Phoebe começou a gritar.

— Qual é seu *problema*? — ciciei para ela.

Ela não parava.

Os residentes começaram a se aglomerar à porta. Um conselheiro entrou no momento que encontrei os olhos de Noah.

Wayne abriu caminho até ficar do lado de dentro do quarto, à porta.

— O que está acontecendo aqui?

Phoebe, de alguma forma, pareceu se encolher contra a parede e avançar com a acusação ao mesmo tempo.

— Ela estava de pé ao meu lado enquanto eu dormia!

Os olhos inquietos de Wayne se moveram até mim.

Ergui as mãos de modo defensivo.

— Ela está mentindo — falei. — Estava me levantando para trocar de roupa.

— Acordei, e ela estava de pé bem *ali* — choramingou Phoebe.

Lutei contra uma onda de fúria.

— Ela ia me machucar!

— Calma, Phoebe.

— Ela vai me machucar, se você não a impedir!

— Será que todo mundo poderia se afastar um pouco? Barney! Brooke! — gritou Wayne, os olhos em mim o tempo todo.

— Estamos aqui. — A voz grossa de Barney ressoou de algum lugar atrás de mim.

Eles entraram. Eu estava grudada ao chão, a apenas 30 centímetros da minha cama.

— Tudo bem, Phoebe, tente relaxar — falou Brooke, deslizando até ela e se sentando ao lado de Phoebe na cama. A garota começou a se balançar para trás e para a frente. — Quero que faça os exercícios de respiração sobre os quais falamos, está bem? E que conte

Ouvi Phoebe contar até dez. Enquanto isso, Wayne e Barney me olhavam desconfiados. Wayne deu um passo à frente.

— O que aconteceu, Mara? — perguntou.

— Nada aconteceu — falei, e estava dizendo a verdade.

— Não posso morar com ela!

— Phoebe — alertou Wayne —, se não parar de gritar, vamos ter de levá-la para o quarto.

Ela se calou na mesma hora.

Brooke ergueu o rosto para mim, da cama de Phoebe.

— Mara, por favor, apenas conte o que aconteceu ontem à noite? Com suas palavras?

Lutei contra a vontade de levantar os olhos para a porta e procurar por Noah. Engoli em seco.

— Jantei com todo mundo.

— Com quem se sentou? — perguntou ela.

— Eu... — Não me lembrava. Com que *tinha* sentado? — Stella — falei, por fim. Olhei para a porta, e ela apareceu ao lado de Noah. Ele abaixou o rosto para ela, e uma expressão esquisita percorreu o rosto de Noah.

Brooke falou meu nome, e meus olhos se voltaram para os dela.

— Jantou com Stella, certo. Então o que aconteceu?

— Tomei banho, e então voltamos para o quarto. Coloquei o pijama e deitei.

— As duas se levantaram por volta das 4 horas da madrugada — disse Barney.

Assenti.

— Phoebe foi comigo.

— Não diga meu nome — murmurou ela, baixinho. Revirei os olhos.

— Só isso?

— Sim.

— Já caminhou durante o sono antes? — perguntou Brooke para mim.

Não respondi, é claro, porque a resposta era sim.

58

D EPOIS DE INSTRUÇÕES RIGOROSAS PARA CONTAR À DRA.
Kells em minha próxima consulta com ela, Brooke nos deixou
para trocarmos de roupa antes de nos reunirmos na sala comunal para uma terapia de grupo de emergência.

Confrontei Phoebe quando fomos deixadas.

— Por que está mentindo para eles?

Ela sorriu para mim. Queria tanto bater nela.

Quase bati.

Fechei os olhos e respirei profundamente em vez disso, tentando
desestabilizá-la. Quando saí do quarto, Noah estava sozinho perto de
um dos estúdios que ladeava o corredor.

— O que aconteceu? — perguntou ele, a voz baixa e cautelosa.

— Dormi demais. — Eu queria me chutar. — Phoebe me acordou
no meio da noite. Disse que eu... que contei a ela sobre Rachel e Claire.
Sobre tudo.

Noah não comentou. Apenas perguntou.

— Quem é aquela garota?

Segui seus olhos até que se detiveram em Stella, que abraçava o
corpo sobre uma cadeira na sala comunal. Ela estalou os dedos das
mãos, então esfregou distraidamente o joelho direito sobre desbotado
da calça jeans.

— Stella — respondi. — Ela é legal. Um pouco temperamental às vezes. Por quê?

— Eu a vi — falou Noah.

— Você a viu...

— Alguém a machucando. — O olhar dele baixou até minhas mãos. — Segurou o pulso dela. Quase o quebrou.

Minha garganta pareceu seca.

— Por que ela?

Noah esfregou a testa.

— Não sei.

— São quantos até agora? — perguntei a ele.

— Cinco.

— Eu, Joseph, as duas que não conhece e agora... Stella.

— Entrem, todos! — chamou Brooke.

Noah e eu trocamos um olhar antes de nos acomodarmos na sala. Sentei ao lado de Jamie, que estava estranhamente silencioso.

Brooke assentiu para Wayne, e eles se aproximaram da borda do círculo.

— Tudo bem, gente — disse Brooke para nós. — Todos sabemos que houve um pequeno incidente esta manhã. Nada demais, mas decidimos que seria um bom dia para fazer alguns exercícios de confiança.

Resmungos altos. Stella murmurou algumas das únicas palavras que eu parecia me lembrar em espanhol, que eram deliciosamente inapropriadas.

— Não importa quantos façamos — gritou Phoebe. — Não podem confiar em Mara.

Jamie começou a rir silenciosamente. Pisei no pé dele.

— Phoebe, acho que já conversamos sobre seus sentimentos em relação a isso mais cedo; então, a não ser que tenha algo específico para compartilhar, gostaria de seguir em frente.

Phoebe me encarou enquanto respondia a Brooke:

— Tenho algo específico para compartilhar.

Não gostei de como aquilo soou.

— Todos acham que Mara é uma garota inocente que teve muito azar. Ela não é. Ela quer me ferir. Quer ferir a todos nós.

Jamie perdeu completamente a calma. A gargalhada do rapaz poderia ser contagiosa. Mas, apesar da apresentação melodramática de Phoebe, o que disse era perturbador. Não porque fosse verdade.

Mas porque era calculado. Ela era louca, mas esperta. Phoebe estava dizendo aquilo de propósito, *com* um propósito, e eu não conseguia entender qual era.

— Phoebe, por que acha que Mara quer feri-la?

— Porque ela disse isso enquanto dormia.

Merda.

Brooke me olhou, então voltou a Phoebe.

— Quando foi isso, Phoebe?

— Ontem à noite.

Tudo bem, *era* possível. Ela era nojenta e irritante, e tapada, mas inteligente daquele modo maligno de criança demônio. Mas, embora eu possa, talvez, ter murmurado alguma coisa sobre matá-la, não *queria*, de fato, que Phoebe morresse. Não como os outros. Não visualizava isso. Não conscientemente.

E inconscientemente?

Será que poderia ter sonhado com a morte dela? O que aconteceria se eu quisesse isso enquanto dormia?

Será que ela morreria?

— Não posso ficar no mesmo quarto que ela, Brooke — falou Phoebe, baixinho. O queixo começou a tremer.

Lá vamos nós.

— Estou com medo — acrescentou Phoebe, na deixa certa.

— É por isso que vamos fazer esses exercícios de confiança, Phoebe.

— Não vão ajudar!

— Só se você não der uma chance a eles — reconheceu Brooke. — Tudo bem, gente, quero que fiquem de pé... Wayne, pode ler a lista de duplas para isso?

Wayne leu as duplas. Fiquei com Phoebe, o que não foi surpresa alguma. Jamie ficou com Noah. Uma garota que reconheci do Horizontes de Miami estava com Megan, e Adam ficou com um paciente interno. As duplas pareciam ser todas de colegas de quarto. Talvez para impedir uma revolução dos pacientes?

— Tudo bem, gente. A primeira coisa que vamos fazer se chama queda de confiança. Vamos começar em ordem alfabética, isso significa que se seu nome começa com uma letra anterior àquela do nome de sua dupla no alfabeto, você "cai" primeiro e sua dupla o pegará.

Todos começaram a se aproximar das duplas. Reparei que tinham colocado almofadas e tapetes de ioga na sala comunal. Por garantia, talvez?

— Quando eu contar até três, a primeira pessoa de cada par vai cair.

Essa seria eu. Olhei para Phoebe atrás de mim. Ela estava dando risadinhas. Aquilo não daria certo.

— É melhor você me pegar, Phoebe — sussurrei.

Ela me ignorou.

— Um — começou Brooke.

— Estou falando sério — falei, ao recuar na direção dela.

— Dois.

Phoebe estendeu os braços e ainda não tinha respondido.

— Três.

Caí. De bunda. No chão.

— Filha da...!

— Ela disse que ia cortar meus pulsos! — chorou Phoebe com Brooke. — Sussurrou quando você não estava ouvindo!

Brooke olhou para mim e suspirou.

— Isso não é produtivo para seu relacionamento como colegas de quarto.

Phoebe começou a chorar. Lágrimas de crocodilo, grandes e gordas.

— Não posso ficar com ela. Não posso.

Fiquei de pé e olhei para Jamie, que me lançou um olhar de solidariedade. Noah estava avaliando Phoebe. Sabia que tinha algo estranho a respeito dela também.

Brooke estava frustrada. E, então, disse algo que eu não esperava ouvir:

— Alguém estaria disposto a trocar de quarto e ser a nova colega de quarto de Mara?

O canto dos grilos.

Ergui a mão.

— Sim, Mara?

— Acho que me viro sem uma colega de quarto, Brooke.

— Sem chance — respondeu ela, os olhos se voltando para meus pulsos. — Desculpe. Gente, têm certeza de que ninguém está disposto a trocar? Acho que ajudaria muito...

Ninguém ergueu a mão. Tentei encontrar o olhar de Stela, mas ela me evitou completamente e olhou para o nada em resposta a meu apelo visual.

Era como ser a última escolhida para um jogo de queimado, mas *muito pior*.

De repente, o ruído de cerâmica se quebrando sobre pedra atrás de nós.

Virei. Phoebe estava do lado de um pedestal derrubado: um vaso tinha se estilhaçado no chão. O rosto estava vermelho, e os cabelos úmidos, grudados em mechas suadas nas bochechas. Seria possível ouvir um alfinete caindo no chão, de tão silencioso. Todos ficaram mudos enquanto Phoebe inspirava, então ela estendeu a mão para um dos cacos.

— Phoebe! — gritou uma voz adulta. Logo, havia mais adultos na sala do que me lembrava de ver no Horizontes individualmente.

— Ninguém está me ouvindo — chorou ela, mas antes que conseguisse pegar um dos cacos do vaso quebrado, Wayne conseguiu segurá-la. Ele levantou Phoebe e a afastou.

— Ligue para o *pager* de Kells, então pegue o diário dela — ouvi Brooke sussurrar para ele. Phoebe se debatia desesperadamente, mas então Barney apareceu e ficou diante dela, bloqueando minha visão. Os gritos de Phoebe diminuíram. Quando a vi de novo, estava mole como uma boneca de pano nos braços de Wayne. Ele a carregou para fora.

Jamie e eu fizemos contato visual.

— Esquisitona — disse Jamie.

— Eufemismo — respondi.

Jamie aproximou o corpo de mim e sussurrou:

— Como está sua bunda?

— Vou sobreviver.

— Previ que isso iria acontecer.

— Eu também. Mas aquela coisa da colega de quarto? Pior. Ideia. De. Todos. Os. Tempos.

Ele ergueu uma sobrancelha.

— Sou a garota bizarra — falei. — Em um *hospício*.

Jamie sorriu.

— Ninguém é perfeito.

59

HAVIA, DEFINITIVAMENTE, UMA VANTAGEM NA SEDAÇÃO DE Phoebe: pelo resto do dia, não precisaria ouvi-la falar. E naquela noite?

Não precisaria me preocupar se ela acordaria.

Passei um bilhete para Noah, copiando o que me dera no dia anterior: *Hoje à noite, 1 hora no estúdio de música? Será que rola?*

Quando o encarei durante o jantar, Noah assentiu que sim. Cada segundo se esvaía conforme o relógio se adiantava. Desejei, *precisava*, que todos dormissem. Conjurei imagens mentais de corredores vazios. De Barney na sala comunal, dormindo diante da TV com os fones de ouvido. De Brooke na cama. Ninguém precisava usar o banheiro. Ninguém achava que precisava monitorar os corredores. Imaginei que podia ouvir os sons de todos se virando na cama, mexendo nos lençóis, respirando baixinho nos travesseiros.

Então chegou a hora. Saí do cobertor e coloquei o moletom. Puxei o capuz para cobrir a cabeça e fechei o zíper para abafar o som de meu coração, que batia ferozmente. Quando me mexi para ficar de pé, o colchão rangeu e meus olhos desviaram para o outro canto do quarto.

Phoebe estava dormindo.

Fui na ponta dos pés até a porta e a abri o mais suavemente que pude. Assim que fiz isso, alguém tossiu em algum lugar e meu coração saltou até a garganta. Esperei ali à porta pelo que pareceram horas.

Nada.

Saí do quarto. Caminhei pelo corredor. E, cada vez que passava por outra porta, meu coração parava. Quando virei a esquina para a sala comunal, diretamente na frente da mesa do conselheiro, me preparei mentalmente para ser direcionada de volta à cama.

Mas não havia ninguém ali.

Praticamente corri o resto do caminho para o estúdio. Onde estavam todos? No banheiro? Dormindo?

Não importava de verdade, e eu não podia ligar menos, porque Noah estava de pé no corredor silencioso esperando por mim e eu não queria mais nada além de voar para seus braços.

Não fiz isso. Parei.

— Você conseguiu — disse Noah, com um sorriso.

Devolvi o sorriso.

— Você também. — Estendi o braço para abrir a porta da sala de música, mas reparei no teclado de senha.

— É sério? — sussurrei, com os dentes trincados.

Noah mandou eu me calar, então apertou uma série de números no teclado. Ergui o rosto para ele, incrédula.

— Todos têm um preço — respondeu, enquanto a porta destrancava com um clique. Noah a manteve aberta para mim, e atravessei a soleira.

A escuridão era impenetrável. Os dedos de Noah se entrelaçaram nos meus conforme seguia à frente, então para baixo, para o chão de carpete.

Meus olhos começaram a se ajustar de algum jeito à escuridão da sala. Havia uma janela pequena no canto mais afastado, deixando entrar um filete de luar que iluminava os planos e os ângulos do rosto inexpressivo de Noah.

Ele estava sentado com as costas contra a parede, imóvel como uma estátua e frio. Soltou minha mão.

Estendi o braço para pegá-la de volta, mas Noah falou:

— Não. — A voz estava entrelaçada em desprezo. Era venenosa.

— Não o quê? — perguntei, inexpressiva.

Noah trincou o maxilar e me encarou com olhos vazios.

— Qual é o *problema*?

— Eu não... — começou ele. — Não sei o que... — Noah olhou para baixo.

Para meus pulsos.

Então era isso. Noah não estava furioso comigo. Estava furioso consigo mesmo. Era difícil reconhecer, mesmo assim, porque eu fazia o oposto. Enquanto eu externava a raiva, Noah a internalizava.

Coloquei as mãos no rosto dele, sem carinho ou suavidade.

— Pare — falei, a voz ríspida. — Não foi você quem me machucou. Pare de se torturar.

A expressão de Noah não mudou.

— Eu não estava lá.

— Você estava tentando ajudar — rebati. — Estava tentando encontrar respostas.

Os olhos azuis semicerrados pareciam ferro na escuridão.

— Jurei que estaria com você, e não estava. Jurei que você ficaria em segurança, e não ficou.

— Eu...

— Você estava aterrorizada — disse Noah, interrompendo. — Antes, quando me ligou... Jamais vou esquecer sua voz.

— Noah.

— Você me contou sobre o caderno no qual não se lembrava de ter escrito, e eu nunca a ouvi... nunca a ouvi daquele jeito. — A voz dele ficou distante. — Tentei ir a Boston para pegar o outro voo assim que desligamos. Peguei o voo e estava preso naquela porra de avião enquanto Jude forçava você...

Noah não terminou a frase. Quase vibrava com ódio, com o esforço que era preciso para não gritar.

— Senti você morrendo sob minha própria pele — disse Noah, o tom de voz vazio. — Liguei para Daniel do avião... disquei várias vezes até ele acordar. — Noah me encarou. — Falei a ele que você ia se matar, Mara. Não sabia de que outro jeito explicar... o que vi. — A face dele era o retrato da fúria.

Eu preferiria retratar outra coisa.

Meus dedos traçaram os ossos finos e elegantes do rosto de Noah.

— Tudo bem.

— *Não* está tudo bem — disparou de volta. — Eles a *internaram*. Mandaram você para cá por causa do que falei para eles.

— Por causa do que *Jude* fez.

Noah gargalhou sem humor.

— Sua mãe disse que eu não poderia te ver, que precisavam lidar com isso como uma família a partir de agora e que a mandariam para algum lugar para obter ajuda adequada. Eu não conseguia aceitar... que na última vez que ouviria sua voz em meses, ela estaria cheia de terror enquanto implorava pela vida. — Ele fechou os olhos. — E eu não estava lá.

— Você estava no hospital — falei, roçando o polegar sobre a linda boca de Noah. — Daniel contou que você não foi embora.

Noah abriu os olhos, mas evitou os meus.

— Consegui ver você, uma vez.

— Sério?

Ele assentiu brevemente.

— Estava inconsciente. Estava... Eles a algemaram. — Noah não disse nada pelo que pareceu muito tempo.

Não tínhamos tempo de sobra. Havia tanto que ele ainda não sabia.

— Vi Abel Lukumi — falei.

As sobrancelhas de Noah se franziram.

— O quê?

— No hospital. No segundo dia, acho. Quando acordei... mamãe me contou por que eu estava lá e eu...

Entrei em pânico. Entrei em pânico, então me sedaram.

— Tentei explicar a ela o que tinha acontecido, com Jude, mas... perdi a calma — falei. — Antes de as drogas fazerem efeito, vi Lukumi à porta do quarto de hospital.

Noah ficou quieto.

— Não foi uma alucinação — falei, com determinação, porque tinha medo de que ele pensasse isso. — Você não o viu no prédio, viu?

— Não. — Foi sua única resposta.

É claro que não. Continuei contando a Noah sobre tudo que tinha acontecido naquela noite: sobre encontrar o CD sem nada escrito no quarto e sobre o que havia nele. Contei que vi Rachel, assisti pela lente da câmera de Claire. Assisti ao sanatório desabar.

Deixei de fora a parte em que gargalhei depois de tudo.

Quando terminei, Noah falou:

— Nunca deveria ter deixado você. — Ele sacudiu a cabeça. — Achei que John seria o suficiente.

— Confiava nele. John vigiou a casa durante dias, e tudo estava bem. — Parei, então perguntei: — O que aconteceu?

— Ele teve um derrame. Sentado ali, no carro.

Senti como se tivesse tomado um banho de gelo. Tentei não parecer tão assustada quanto me sentia.

— O policial também.

— Que policial?

— Quando Jude... no cais — falei, escolhendo as palavras com cuidado. — Na marina, antes de eu apagar, um homem, um policial à paisana que veio ajudar quando me viu ferida. Tentou chamar socorro, mas então Jude...

Jude se esfaqueou na lateral do corpo.

Ainda não conseguia entender aquilo: as imagens em minha memória se misturavam, e as sensações também. Terror e ódio, medo e pânico. Então descrevi o que aconteceu no cais para Noah... Ele tinha visto, mas de uma perspectiva diferente. Talvez, juntos, conseguíssemos ligar os pontos.

— Havia peixes mortos sob o cais — contei, quando os olhos de Noah ficaram mais atentos. — Apenas flutuando na água.

Como nos Everglades, pensei, lembrando das palavras de Noah. Ficamos presos no rio. Eu precisava chegar a Joseph, mas não podia. Havia apenas duas escolhas: lutar ou fugir, e eu não podia fugir. Fui encurralada. Então, sem pensar, minha mente lutou.

Meu medo matou tudo na água ao nosso redor. Jacarés. Peixes. Tudo. E tive medo na marina também. Estava apavorada com Jude. *Ele* não morreu, mas ao tentar matá-lo, tinha matado tudo ao meu redor também?

Será que matei o policial? Aquele que tentou ajudar?

Minha garganta queimava com esse pensamento, e meu estômago se revirou com culpa. Mas então lembrei..

John. Ele também morreu de derrame. E nem o vi naquela noite. Eu poderia ser responsável pelo resto, mas não por ele.

Minha mente dava voltas tentando entender aquilo. Ergui o rosto para Noah, imaginando o que ele estava pensando, então perguntei:

— Eu não estava lá — respondeu Noah, com aquele mesmo olhar distante.

Cheguei perto dele, então. Passei os braços ao redor do seu pescoço e puxei Noah para mim. Ele se encolheu ao sentir o contato. Ignorei. Agora que estávamos tão perto, eu conseguia ver o que tinha deixado passar antes.

Noah agia como se não sentisse nada porque sentia tudo. Parecia não se importar porque se importava demais.

Sorri diante dos lábios dele.

— Está aqui agora.

60

A VOZ CORTOU O AR COMO UMA LÂMINA QUANDO NOAH FALOU:
— Estou aqui porque está viva, Mara. Se ele tivesse te matado...

— Não matou — falei, e as palavras se detiveram em minha boca. — Ele não me matou — repeti, e apoiei as costas contra a parede conforme as frases me transportavam para a marina. Eu me vi deitada de barriga para baixo e sangrando no cais.

Não conseguia tirar os olhos dos cortes profundos nos pulsos.
Não fatais.

Mas Jude sabia. Eu podia dizer pelo modo como olhava para os cortes enquanto segurava meus antebraços, estudando-os. Tentando se certificar de que eu sangrasse, mas não muito. Não queria me matar. Queria outra coisa.

— Jude me deixou viva — falei, em voz alta. — De propósito. Por quê?

Noah passou a mão pelo maxilar com a barba por fazer.

— Para que vivesse e ele pudesse torturá-la outro dia? — Noah sorriu, e estava cheio de malícia. — Se ao menos eu tivesse passado tempo suficiente na penitenciária central para fazer amigos.

Fiz cara de surpresa.

— Você foi preso?

Noah deu de ombros, o dele roçando no meu.

— Quando foi isso?

— Quando descobri que a mandariam para cá e não havia nada que pudesse fazer. A situação exigia algo... — Noah procurou a palavra certa. — Repulsivo. Precisava convencer meu pai de que seria uma vergonha para ele, uma vergonha pública, cada segundo que não pudesse estar com você.

— Espere... isso foi depois do incidente com Lolita?

Noah assentiu brevemente.

— Noah — falei, cautelosa. — O que você fez com a coitada da baleia?

Ele deu um sorriso sincero nesse momento. Finalmente. Queria fazer Noah sorrir daquele jeito pelo resto da vida.

— Ela está bem — disse ele. — Só empurrei uma pessoa dentro do tanque dela.

— Não.

— Um pouquinho, sim.

Sacudi a cabeça com desdém.

— Ele estava encorajando o coleguinha sociopata a bater no vidro — explicou Noah, com voz casual.

— O que você estava *fazendo* ali?

— Procurando uma briga. Precisava de algo que chegaria ao noticiário.

— Ai, meu Deus, chegou?

— Faltou só um tiquinho assim — disse ele, e ergueu o polegar e o indicador infimamente afastados. — Perdi para um político corrupto.

— Você foi roubado.

— De fato. Meu pai pagou, acho.

Observei Noah com atenção quando fiz a próxima pergunta:

— Então seu pai sabe sobre nós?

— Sim — falou Noah, impassível. — Sabe.

— E?

Noah ergueu as sobrancelhas.

— E o quê?

Garotos. Tão impossíveis.

— O que ele *acha*?

Noah parecia não entender a pergunta.

— E desde quando isso importa? — falou.

Ah. Ele entendia a pergunta, só não sabia por que eu a estava fazendo.

— Importa sim — falei. — Conte.

— Ele acha que sou um tolo — disse Noah, simplesmente.

Tentei não mostrar o quanto aquilo doeu.

Aparentemente, não consegui, pois Noah pegou minhas mãos. Era a primeira vez que me tocava daquele jeito, como se importasse, desde antes de Jude me sequestrar. O toque de Noah era impossivelmente carinhoso à medida que ele abria as ataduras nos meus pulsos, mas mesmo assim doeu, e comecei a protestar. Ele pediu que me calasse. Levou minhas mãos à boca. Os lábios macios como pétalas roçaram as articulações de meus dedos, então as palmas de minhas mãos. Noah me encarou nos olhos, e tornei-me toda dele.

Então beijou minhas cicatrizes.

— Não importa — murmurou Noah, contra minha pele. Seus dedos tracejaram os cortes, curando as veias sob eles. — Apenas uma coisa importa.

— O quê? — sussurrei.

Noah me olhou através dos cílios longos e castanhos, com minhas mãos ainda nas dele.

— Matar Jude.

61

AS MÃOS DE NOAH ERAM CARINHOSAS, E A VOZ ESTAVA BAIXA, o que tornou suas palavras, de alguma forma, mais arrepiantes.

Eu queria matar Jude. Tinha pensado nisso muitas vezes. Mas aquelas palavras na boca *de Noah* pareciam erradas.

Ele soltou minhas mãos.

— Providenciei, antes de vir para cá, que mais pessoas vigiassem sua família, mas não acho que Jude vai atrás deles — disse Noah, olhando para a frente. — Tudo o que fez... foi para chegar a *você*. Ele contou que levou Joseph porque queria fazer com que *você* o ferisse. Jude sabia exatamente o que mais a torturaria.

Engoli em seco.

— Mas agora estou aqui. E você também.

Noah ficou em silêncio por um momento. Então falou:

— Não para sempre.

Algo na voz dele me assustou, e ergui os olhos para ver. Noah estava lindo, como sempre, mas havia algo sombrio por baixo daquelas feições perfeitamente esculpidas. Algo novo.

Ou talvez sempre tivesse estado ali, e eu jamais houvesse reparado.

Meu pulso acelerou.

Noah se virou para mim, o movimento era fluido e gracioso.

— A garota que vi... Stella, certo?

Assenti.

— O que sabe sobre ela? — Ele parecia normal de novo, e me senti aliviada sem saber bem por quê.

— Não muito — admiti. — Jamie disse algo sobre ela quase se passar por normal, mas não sei por que está aqui. — Eu me sentia um pouco mal por não ter me incomodado em descobrir, mas, em defesa própria, estava um pouco sobrecarregada. — Por quê?

Noah passou os dedos pelos cabelos.

— Reparou algo diferente em relação a ela?

— Diferente como...

— Como nós.

— Nada óbvio — falei, e dei de ombros.

Noah arqueou uma sobrancelha.

— Nossas habilidades não são exatamente óbvias também.

Verdade.

— Então acha que ela é como nós?

— É o que estou me perguntando. Deve haver algum motivo pelo qual vi você e ela. Pense nisso... há milhões de feridos e doentes por toda parte. Mas só vi cinco. A única coisa que consigo pensar que nos conecta é...

— Mas isso quer dizer que... Joseph. — Eu não conseguia pensar nele compartilhando essa infelicidade.

— Acho que isso que temos foi adquirido — falou Noah, com cuidado. Ele devia ter adivinhado meu medo. — Se Stella está aqui, tem um arquivo como todo mundo, e mencionará os sintomas dela. Talvez tenha alguns em comum com os seus?

E com os de minha avó.

Mas se vovó e eu éramos diferentes da mesma forma, *tinha* de ser hereditário, o que significava que Noah estava errado. Tudo aquilo poderia acontecer com Joseph também.

Noah passou a mão sobre o maxilar.

— Pode mostrar algum tipo de conexão... algo que estamos deixando passar.

Algo que estamos deixando passar. As palavras suscitaram uma imagem de Phoebe chorando e se balançando no chão enquanto Brooke a consolava, e então sorrindo pelas costas de Brooke.

— Deveríamos verificar Phoebe também — falei, embora a ideia de ela ser como nós fosse um pensamento aterrorizante.

Tive um pensamento igualmente aterrorizante: se Stella e Phoebe eram como Noah e eu, havia outra coisa que tínhamos em comum.

Estávamos todos ali.

Olhei pela minúscula janela do estúdio de música. Galhos oscilavam ao vento, mas, apesar do caos do lado de fora, a sala estava silenciosa. O céu permanecia escuro.

— Deveríamos ir agora — disse a Noah, e levantamos do chão juntos. — Como vai obter as fichas delas?

— Da mesma forma que nos coloquei nesta sala — disse ele, exibindo o sorriso torto. — Com suborno.

Noah me puxou para cima do estúdio, para dentro do corredor. Eu não queria arriscar um sussurro, principalmente não diante da porta da Dra. Kells. Tinha um teclado de senha idêntico ao da outra sala, reparei. Mas e se ela estivesse lá dentro?

Noah sacudiu a cabeça quando fiz a pergunta em voz alta.

— Ela só vem algumas vezes na semana... e definitivamente não estaria aqui a esta hora. — Ele apertou uma série de números diferentes dessa vez. Menos números. A porta se abriu com um clique.

— Ora, ora, o que temos aqui?

Quase tive um ataque cardíaco. Noah e eu nos viramos na mesma hora.

E vimos Jamie de pé no corredor, apenas alguns metros distante.

— Se não é Noah Shaw — disse ele, com a voz baixa, imitando o sotaque de Noah. — Sedutor de virgens, que acabou de fazer uma linda canção com sua linda conquista no estúdio de música. METÁFORA. — Ele fingiu um sussurro.

— Jamie... — sibilei. Ele faria com que fôssemos pegos.

— E não tem problema — continuou Jamie, erguendo a mão defensivamente. — País livre. Mas, a não ser que estejam prestes a começar uma fantasia sexual de executivo e secretária...

— *Jamie*.

— Ou, ai, meu Deus, fantasia sexual de psicólogo e paciente? Por favor, digam que não é o que estão prestes a fazer, ou vou vomitar na cara dos dois. Simultaneamente.

359

— Você é perturbado — falei, irritada.

— É o que me dizem — replicou Jamie, e piscou um olho. — Então, nenhuma fantasia sexual?

— Nenhuma — disse Noah.

— Então quero participar.

— Tudo bem — falou Noah. — Mas, pelo amor de Deus, cale a boca. — Ele empurrou a porta, e nós três nos vimos no covil da Dra. Kells.

— O que procura? — perguntei a Jamie enquanto Noah fechava a porta atrás de nós.

— Meu arquivo — disse Jamie, como se fosse óbvio. Então inclinou a cabeça para mim. — E vocês?

— Parece que temos um objetivo similar — mentiu Noah.

Jamie se moveu alegremente pela sala escura. Ele se sentou na beira da mesa da Dra. Kells.

— Quem você pagou?

— Wayne — respondeu Noah.

Jamie assentiu sabiamente.

— Ele parece o tipo.

— Há muito pouco que o dinheiro não pode comprar — rebateu Noah, enquanto os olhos dele percorriam um armário alto de arquivos no canto.

— E não é essa a mais pura verdade? — falou Jamie. — Já invadiram a sala sem teclado de senha?

Olhei para ele.

— Que sala?

Jamie sacudiu a cabeça.

— Que tipo de delinquente juvenil é você, Mara? — perguntou ele. — Tentei arrombar a fechadura — falou Jamie para Noah —, mas sem sorte. Se conseguíssemos pôr as mãos na chave mestra, uma barra de sabão e um isqueiro, Noah, poderíamos copiá-la.

Noah não respondeu, ele já estava abrindo cuidadosamente as gavetas. Jamie e eu entendemos a deixa e imitamos o que Noah fazia.

Meus olhos vasculharam as pastas de arquivo suspensas em busca de nomes, mas só vi números. Anos, talvez? Retirei uma das pastas dobradas e a abri.

Registros financeiros de algum tipo. Hã... Coloquei a pasta de volta.

Trabalhamos na sala escura em silêncio por um tempo, com nada além do som de gavetas e pastas se abrindo e se fechando ao fundo. Teria sido tão mais fácil com alguma luz, mas, sob as circunstâncias, aquilo provavelmente não teria sido inteligente.

— Bingo — falou Jamie, me assustando. — Estão organizadas cronologicamente. — Ele ergueu as três pastas. — Dyer — disse Jamie, e me entregou a minha. — Shaw. — Colocou a pasta de Noah na mão dele. — E Roth. — Jamie abraçou a última pasta na altura do peito.

Abaixei o rosto para a minha. Se ao menos fosse o que eu queria de verdade. Noah ocupou a cadeira da Dra. Kells e lançou um sorriso preguiçoso para mim, fingindo concordar com aquilo. Fui sentar no colo dele.

— Pelo amor de Deus, arranjem um prado — murmurou Jamie.

Sorri, assim como Noah, e nenhum de nós se moveu. Ele abriu a pasta, mas apenas encarei a minha. Não tinha tanta certeza se queria saber o que dizia, mas, considerando que eu poderia não conseguir outra chance...

Dane-se. Abri a pasta. Na primeira página estavam meus dados cadastrais. Eu estava interessada na segunda página:

A paciente admite ter pensamentos passados e presentes de se ferir ou ferir outros, assim como vivenciar alucinações auditivas e visuais. A paciente não hesitou ao descrever as circunstâncias que levaram ao episódio no Departamento de Polícia de Metro Dade. Os pensamentos eram organizados e coerentes. A paciente admite ter fobias específicas, tais como sangue, agulhas e altura. Negou ter obsessões ou compulsões específicas. Admitiu ter problemas de concentração.

Alucinações e pesadelos parecem ser induzidos pelo estresse e pelo medo. A paciente também vivencia insônia extrema e ataques de pânico. Tem pensamentos recorrentes e incidentes de autoagressão (ver registros anexos) e, de acordo com a paciente e a família, sofre de culpa extrema, possivelmente oriunda do duplo trauma: uma agressão sexual na noite do evento do Transtorno de Estresse Pós-Traumático (desabamento do prédio) e o próprio evento causador do TEPT. A paciente foi a única sobrevivente de um desabamento no qual sua melhor amiga, seu namorado e a irmã do namorado morreram. A paciente alega que o namorado a atacou, e está preocupada com a ilusão de que ele ainda esteja vivo. A paciente tem um histórico psiquiátrico de ouvir vozes que outros não ouvem e exibe ideário paranoico. Exibe também afastamento social: tem uma falta considerável de amigos próximos ou relacionamentos que não sejam com parentes de primeiro grau, embora pareça ser amigável com o paciente do sexo masculino J. Roth. Há ressentimento elevado entre a paciente e paciente do sexo feminino P. Reynard. Ausência de apatia. Possíveis indicações de superstição elevada, ideias mágicas e preocupações com fenômenos paranormais indicam probabilidade de:

TEPT com possibilidade de Transtorno Temperamental concorrente (Bipolar: severa, com características psicóticas)

Transtorno esquizofrênico (um a seis meses de duração)

Esquizofrenia (se os sintomas persistirem até os 18 anos de idade) conforme diferenciada de Transtorno Alucinatório.

Continuar observação até diagnóstico final.

— Mara

Ouvi a voz de Noah próxima ao meu ouvido. Dei meia-volta no colo dele. Noah roçou o polegar em minha bochecha. Fiquei chocada ao sentir que estava molhado.

Eu estava chorando.

— Estou bem — falei, com a voz engasgada. Pigarreei. — Estou bem.

Ele colocou uma mecha de cabelo atrás de minha orelha.

— Não importa o que esteja escrito aí, não é você.

Sim, era.

— Você não leu — falei, virando o rosto dele. Jamie estava preocupado com a própria pasta. Estava silencioso.

Noah traçou um caminho com o dedo na lateral do meu corpo, sob as costelas e por cima da camiseta, enquanto me segurava no colo.

— Quer que eu leia?

Não tinha certeza.

— Não tenho certeza — falei. Noah me viu passar por tanta coisa e ainda estava ali. Mas ver aquilo no papel, daquela forma, vendo o que todo mundo pensava...

— Quer ler a minha? — perguntou Noah. — A voz estava baixa, mas carinhosa.

Eu não podia mentir: queria. E o fato de que ele estava disposto a me mostrar significava alguma coisa. Eu me senti estranhamente nervosa quando Noah me entregou a pasta. Abri na primeira página.

62

NOME DO PACIENTE: Noah Elliot Simon Shaw
IDADE: 17

O paciente se apresentou como um adolescente saudável, do sexo masculino, acima da altura média e de constituição física esguia e musculosa. Pareceu, de algum modo, mais velho que a idade alegada. Empatia não estabelecida facilmente. O paciente não foi racional ou útil.

Tem padrão recorrente de comportamento não cooperativo, desafiador, hostil e agressivo em relação a figuras autoritárias e colegas, de acordo com família e educadores. Atipicamente, isso não afetou o desempenho do paciente na escola, onde mantém uma média perfeita. O paciente não demonstra hiperatividade ou ansiedade, mas teve múltiplos confrontos violentos com outras pessoas. Pais relataram diversos traços de desprezo, e o paciente obteve níveis altos nas três subescalas. No entanto, os pais afirmam que o paciente nunca exibiu qualquer crueldade com relação a animais e, na verdade, é excepcionalmente cuidadoso com eles, demonstrando uma facilidade singular com animais selvagens e perigosos na clínica veterinária da madrasta, o que nega o Transtorno de Personalidade Antissocial e outros tipos sociopatas como potenciais diagnósticos. Tanto o pai do paciente quanto a escola relataram destruição e vandalismo contra propriedade privada intencionais do paciente no passado, no entanto, assim como comportamento enganoso (mentiras) e descuido com as normas sociais. As restrições escolares são repetidas vezes ignoradas, e as punições são comprovadamente ineficientes. A madrasta relatou incidentes passados com abuso de álcool e drogas, mas nada no histórico recente.

Quando confrontado com relatos dos pais e dos educadores, as perguntas foram seguidas de respostas arrogantes, cínicas e manipuladoras, e os educadores relatam históricos de busca por sensações (reputação sexual conhecida) e impulsividade. Paciente demonstra enaltecimento próprio arrogante e charme superficial; inabilidade de tolerar o tédio; possui alta autoestima, desenvoltura social e verbal.

Continuar monitoramento em busca de provável Transtorno Desafiador Opositivo; possível diagnóstico futuro de Transtorno Comportamental ou Transtorno de Personalidade Narcisista.

FECHEI A PASTA SEM CERIMÔNIA E A ENTREGUEI DE VOLTA A Noah.

— Por que você tem dois nomes do meio? — perguntei.

— Essa é sua pergunta? Depois de ler isso? — Noah recuou, procurando por algo em meus olhos. Desprezo, talvez. Ou medo.

— Não é você — afirmei para ele, baixinho.

O canto da boca de Noah se ergueu em um sorriso vagaroso. Triste.

— Sim. É.

Ambos estávamos certos, decidi nesse momento. Nossos arquivos eram parte de nós — as partes que as pessoas queriam consertar. Mas não eram *inteiramente* nós. Não eram nossa personalidade. Apenas nós poderíamos decidir isso.

Passei a perna ao redor da cintura de Noah e fiquei montada sobre ele.

— Talvez a parte sobre não cooperação seja verdadeira. Você é muito — rocei os lábios contra os dele — frustrante.

Jamie pigarreou. Quase esqueci que estava ali.

— Você está bem? — perguntei a Jamie.

— Se bem significa "pessimista, instável e manipulador", então, claro — falou Jamie, em tom alegre. — "O paciente demonstra sarcasmo extremo e amargura persistente; vê as coisas como extremos, tais como completamente boas ou completamente ruins. As opiniões que tem dos outros mudam rapidamente, levando a relacionamentos intensos e instáveis" — recitou ele, de cabeça. — "O paciente demonstra conflito com relação à orientação sexual e está preocupado com o histórico sexual dos outros. Demonstra um padrão clássico de distúrbio de identidade, uma autoimagem incerta e instável, assim como impulsividade e instabilidade emocional" — disse Jamie, parecendo repentinamente cansado. Ele fechou a pasta, atirou-a como um frisbee na parede oposta e se recostou com os braços na cabeça. — Senhoras e senhores, Jamal Feldstein-Roth.

Pisquei.

— Espere, *Jamal*?

— Engula essa — disse ele, sorrindo. — Meus pais são judeus liberais de Long Island, está bem? Queriam que eu tivesse uma conexão com minha *herança*. — Jamie fez sinal de aspas no ar.

— Não estou julgando... meu nome do meio é Amitra. Só estou surpresa.

— Amitra — disse Noah, pensativo. — Mistério solucionado.

— De onde é? — perguntou Jamie.

— Sânscrito? Hindi? — Dei de ombros.

— Pode ser aleatório?

Sacudi a cabeça, negando.

— Minha mãe é indiana.

— O que significa? — perguntou Jamie a mim.

— O que Jamal significa? — perguntei a ele.

— Entendido.

— Eu provavelmente tenho tanta conexão com minha herança indiana quanto você com a africana — falei. — A comida preferida de minha mãe é sushi.

— Latkes. — Jamie sorriu por um segundo, mas então o sorriso se dissolveu. — Isso é besteira — disse ele, subitamente. — Somos adolescentes. *Deveríamos* ser sarcásticos.

— E preocupados com sexo — intrometi-me.

— E impulsivos — acrescentou Noah.

— Exatamente — disse Jamie. — Mas estamos aqui e eles estão lá fora? — Jamie sacudiu a cabeça devagar. — Todo mundo é um pouco doido. A única diferença entre nós é que eles escondem melhor. — Jamie parou. — Isso... meio que me faz querer colocar fogo neste lugar. — Ele ergueu as sobrancelhas. — Sou só eu?

Sorri.

— Não é só você.

Jamie se levantou e me cutucou no ombro. Então bocejou.

— Outro dia? Estou acabado. Vocês vão ficar?

Olhei para Noah. Não tínhamos conseguido aquilo que queríamos ainda. Quando nossos olhos se encontraram, ficou óbvio que estava pensando o mesmo.

— É — falei.

Jamie pegou a pasta e a colocou de volta na gaveta adequada. Ele estendeu a mão para a porta.

— Obrigado pela diversão. Vamos repetir em breve.

Acenei. Jamie fechou a porta atrás de si.

Então Noah e eu estávamos sozinhos.

63

NOAH SE RECOSTOU NA CADEIRA DA DRA. KELLS E ME OBSERvou. Eu ainda estava em seu colo.

E, de repente, tímida.

— O que foi? — perguntei, ao corar.

— Você está bem?

Assenti.

— Tem certeza?

Pensei a respeito, sobre o que havia em minha pasta e o que significava.

— Não completamente — respondi. Não acreditarem em mim em relação a Jude sempre doía. Os braços de Noah se fecharam ao meu redor, sólidos e quentes.

— Pode ler — decidi.

Ele sacudiu a cabeça, os cabelos fazendo cócegas em minha pele.

— Mostrei a minha sem expectativas. Não precisa me mostrar a sua.

Ergui o rosto para ele.

— Eu quero.

A mão de Noah se moveu sobre a pasta na mesa atrás de mim, então ele encostou na cadeira para ler, comigo ainda no colo.

Ficamos em silêncio. Os dedos de Noah se moviam sob minha camiseta, traçando imagens invisíveis em minha pele. Aquilo me distraía, percebi, e sorri. Fiquei grata.

Então ele disse meu nome, me trazendo de volta à realidade.

— Mara, viu isso?

Inclinei o corpo para olhar. Noah virou a pasta para que eu pudesse ler. Sob meus dados, que havia pulado, vinha uma anotação à mão sob uma seção chamada CONTRAINDICAÇÕES:

Sarin, portadora origin., contraindicação suspeita, desconhecida; midazolam administrado

Meu coração batia nos ouvidos.

— Sarin. O nome de solteira de minha mãe.

O sobrenome de vovó.

Não tinha certeza se Noah tinha ouvido. Ele me entregou a pasta e me levantou, me tirando do colo. Noah estava de pé em um instante.

A pulsação de sangue parecia alta em meus ouvidos.

— O que isso... o que é uma contraindicação?

— É como... — começou Noah, enquanto abria gavetas. — Por exemplo: se tivesse alergia a penicilina, a contraindicação seria penicilina — respondeu ele. — Não deveria tomar a não ser que o benefício supere o risco.

— Como uma fraqueza? O que é midazolam?

— Usam na clínica — falou Noah, passando os dedos pelas pastas de arquivo. — Nunca disseram que estavam dando isso a você?

— Espere, que clínica? A clínica de *animais*? — perguntei, os olhos arregalados.

— A maioria dos remédios veterinários começa como remédios humanos, não o contrário. Se é o que acho que é, usam para sedação, antes da cirurgia.

— Por que precisaria ser sedada? — A ideia me fez estremecer.

Noah sacudiu a cabeça.

— Não tenho certeza — disse ele. — A não ser que haja uma outra indicação humana que desconheço, o que é possível. — Ele olhou para o relógio. — Vão começar a acordar em breve — falou Noah. Ele era uma silhueta no escuro. — Procure o arquivo de Phoebe, vou procurar o de Stella.

Procurei em silêncio porque não conseguia encontrá-las, não no momento. Continuei procurando, com o cuidado de não bagunçar nada enquanto vasculhava os armários de arquivos e varria as gavetas. Na gaveta da base, à direita, sobre uma pilha de papéis, encontrei uma coisa. Mas não o que estava procurando.

Retirei o fino cordão preto com os pingentes de prata — imagens espelhadas, o meu e o dele — que deveriam estar ao redor do pescoço de Noah.

— Noah — falei. — Seu cordão.

Ele se virou para mim, apoiando uma pasta dobrável na mesa. *Benicia*, dizia a etiqueta: o sobrenome de Stella.

Entreguei o cordão a Noah, e ele o amarrou no pescoço. Então me ajudou a procurar a pasta de Phoebe.

Abri cada gaveta, olhei sob cada pilha de papel. Havia diversos cadernos, todos empilhados em uma prateleira — olhei entre eles também, tirando um a um e folheando-os —, talvez a pasta estivesse enfiada ali?

Ele se sentou na cadeira da Dra. Kells nesse momento.

— Continue procurando — disse Noah, ao ligar o computador na mesa. Desejei manter a calma, apesar do pânico que tentava se infiltrar, e voltei à busca física enquanto Noah começou uma eletrônica.

E então, no momento em que meus olhos encontraram um caderno com a letra de Phoebe na frente, ouvi Noah chamar meu nome com a voz mais assombrada que já ouvira.

A pele dele estava pálida, iluminada pela luz do monitor, que piscava sobre o rosto de Noah conforme observava alguma coisa na tela, absolutamente vidrado. Peguei o caderno de Phoebe e fui para o lado de Noah.

Um vídeo de extrema qualidade no monitor da Dra. Kells me exibia na cama. No quarto. Em casa. Noah jogado na cadeira da minha escrivaninha, me olhando. Conversando comigo.

Vi o sorrisinho malicioso dele. Meu sorriso em resposta.

Uma data no canto, onde um relógio se adiantava.

Fora filmado na semana anterior.

Noah fez uma coisa, clicou em algo, e observei, horrorizada, nossos corpos na tela surgirem e desaparecerem acelerados à medida que filmagens de segundos, minutos e horas se passavam.

Clicou de novo, e uma janela se abriu, contendo mais arquivos com mais datas. Ele os abriu em uma rápida sucessão, e vimos minha cozinha. O quarto de Daniel. O quarto de hóspedes.

Cada quarto de minha casa inteira.

Mais um clique. O som da voz de Noah chegou aos alto-falantes, vindo do passado.

— *Não deixarei que Jude a machuque.*

Noah inspirou profundamente. Avançou a filmagem de novo, e observamos a figura dele sumir. Observamos meu corpo avançar para dentro e para fora do quarto, então, por fim, trocar de roupa e se arrumar para dormir. Então observamos Jude entrar em meu quarto naquela noite. Observamos enquanto ele me observava dormindo.

Jude havia me ferido, diversas e diversas vezes. Noah se culpava porque não estava lá, mas não fora culpa dele. Estava tão perdido quanto eu, tão cego quanto eu.

Mas a Dra. Kells não era cega. Ela vira tudo. Ela via tudo.

— Ela sabia que ele estava vivo — falei, minha voz soando morta. — Sabia que ele estava vivo o tempo todo.

64

NOAH FICOU COMPLETAMENTE CALADO.

Meu olhar endureceu conforme encarava a tela.

— Provas — falei, e Noah me olhou, a expressão gélida. — Precisamos copiar os arquivos, então contar a todos o que está acontecendo.

Noah clicou em um ícone, e uma janela eletrônica se abriu — uma foto de um triângulo amarelo ao redor de um ponto de exclamação apareceu na tela com as palavras:

NÃO É POSSÍVEL CONECTAR-SE AO SERVIDOR.

— Tudo bem, então — disse Noah, e saiu da cadeira. Ele pegou minha mão. — Vamos embora.

Mas não podíamos.

— Não sem provas — falei, pensando em meu arquivo. Ilusões. Pesadelos. Alucinações. — Se não tivermos prova de que Jude está vivo, de que ela sabia, e acabarmos saindo... eu poderia simplesmente ser mandada de *volta*.

Minha voz falhou nessa palavra. Tentei engolir o nó que se formava na minha garganta e entreguei o diário de Phoebe a Noah, para poder continuar vasculhando a mesa. Em busca de CDs, um pen drive, ou qualquer forma de gravar aquilo.

Mas a voz de Noah me parou de repente.

— Cruzes — sussurrou ele, encarando o caderno de Phoebe. Virei a cabeça para ver.

Mal conseguia ler os garranchos, mas vi meu nome em diversos lugares, junto a desenhos toscamente parecidos comigo, com as entranhas estripadas.

— Não isso — falou Noah.

Ele apontou para o verso da capa, onde Phoebe havia desenhado corações com as iniciais J+P dentro. Onde estava escrito em uma letra cursiva floreada:

Phoebe Lowe

O sobrenome de Phoebe era Reynard. O sobrenome de *Jude* era Lowe.

J+P.

As palavras de Phoebe voltaram à minha mente; o que ela dissera depois de plantar o bilhete em minha bolsa, aquele que dizia *Estou de olho em você*. Elas se atropelaram e aceleraram minha mente:

— Não escrevi — dissera Phoebe, então ela abaixou os olhos para o diário. Sorriu. — *Mas fui eu quem o colocou na sua mochila.*

Ouvi a voz de Phoebe na mente de novo, quando a bile subiu em minha garganta.

— *Meu namorado me deu o bilhete* — dissera ela, cantarolando.

— *Quem é seu namorado, Phoebe?* — perguntei.

Mas jamais acreditei que ela tivesse um de verdade. Apenas achei que estivesse jogando algum jogo insano. Quando não respondeu, e começou a cantar, pensei que eu tivesse vencido. Mas agora sabia que não tinha.

O vencedor era Jude.

— Ele estava usando Phoebe — falei, o medo renovado e puro. — Ele a estava *usando*.

A Dra. Kells sabia que Jude estava vivo e sabia da ligação dele comigo. Jude se encontrava com Phoebe, contava a ela sabe lá Deus o quê e lhe passava bilhetes assustadores. Phoebe e eu éramos pacientes do Horizontes. A Dra. Kells era a diretora do Horizontes. E Jude?

O que diabo *ele* era?

— Foda-se essa merda. — Noah fechou o caderno de Phoebe e pegou minha mão. — Vamos embora *agora*. — Ele me puxou, me im-

373

pulsionou na direção da porta. Eu mal conseguia fazer as pernas pesadas como chumbo se moverem.

— O que estão *fazendo*? — sussurrei.

— Vamos descobrir, nós apenas...

Minha mente estava se fechando com medo, confusão e choque. Não saberia que direção tomar se Noah não me levasse. Eu o segui para fora da sala da Dra. Kells; a porta se fechou atrás de nós com um clique. Os corredores ainda estavam vazios, e as portas do dormitório permaneciam fechadas. Nenhum dos conselheiros acordara ainda. Talvez conseguíssemos sair antes deles.

Será que também sabiam de tudo?

Conforme disparamos pelo corredor, reparei que havia, de fato, uma porta ainda aberta. Uma que tinha me certificado de fechar mais cedo, quando saí.

Minha porta.

Parei subitamente diante dela, fazendo Noah parar comigo.

— Minha porta — sussurrei para ele. — Eu a fechei, Noah. Eu a fechei.

— Mara...

Abri a porta: um retângulo de luz fraca recaiu sobre a parede, ao lado da cama de Phoebe.

Onde havia letras.

Letras que compunham palavras.

Palavras que estavam escritas em algo escuro e molhado.

O cheiro salgado e férreo invadiu minhas narinas e revirou meu estômago. Noah apertou o interruptor, mas a luz não acendeu. Entrou no quarto, mas não soltou minha mão.

Phoebe estava deitada na cama, as cobertas até a altura do peito. Os braços pendiam de cada lado, e dois balões vermelhos e escuros de sangue irrompiam dos pulsos cortados, manchando o cobertor branco nas laterais do corpo. E, na parede, escrito com sangue, havia cinco palavras.

Estou de olho em você.

Jude estivera ali.

* * *

O som foi sugado do quarto. Tentei engolir, gritar, mas não conseguia Levou uma eternidade até ouvir meu nome sussurrado pela voz mais familiar que eu conhecia.

Os braços de Noah se fecharam ao redor do meu corpo, fortes e perfeitos. Ele me apoiou sobre si. Ergueu meu corpo, o calor de Noah me aquecendo através da camiseta encharcada de suor. Enrosquei as pernas no corpo dele, enterrei o rosto no seu pescoço e chorei sem fazer barulho.

Noah não disse nada enquanto me carregava. Caminhava ágil e silenciosamente, pelo corredor, comigo nos braços; não sabia o que ele estava fazendo e não me importava. Se Noah me colocasse no chão, não tinha certeza se conseguiria ficar de pé sozinha.

Chegamos à entrada. Noah recostou as costas e me encarou.

— O resort deve ficar a uns vinte minutos, se corrermos. Consegue correr, Mara?

Se eu conseguia correr?

Era como se um lobo estivesse à minha porta e o fogo cercasse meus pés. Precisava correr. E correria.

Assenti, e Noah me colocou no chão, minha mão ainda na dele. Estendeu o braço para a porta.

Mas e quanto a...

— Jamie — sussurrei, olhando para nossas costas. Olhando para trás. — Jamie estava conosco na sala, Noah. Ele estava conosco.

Eu estava sendo vigiada e torturada. Phoebe estava sendo usada e fora morta.

Nenhum de nós estava a salvo. Nós dois estávamos ali.

O que significava que Jamie também não estava a salvo. Nenhum aluno estava.

Entre todos, Jamie era com quem eu mais me importava. Se precisasse escolher, era a quem eu salvaria.

— Precisamos buscar Jamie — falei, a voz mais clara.

Noah assentiu uma vez, a expressão rigorosa.

— Eu vou, juro; mas preciso levar você a um lugar seguro primeiro.

Noah estava me escolhendo.

Não cedi.

— Não podemos deixá-lo.

— Mara...

— *Não podemos deixá-lo* — falei, e tentei me desvencilhar.

— Não deixaremos — rebateu Noah; no entanto colocou a mão na maçaneta e não me soltaria.

Não teria importado se ele tivesse soltado, porque a porta não abriu. A maçaneta nem virou.

Ficamos trancados do lado de dentro.

— Estamos presos — sussurrei. Odiava minha voz. Detestava meu medo.

Noah me afastou da porta e seguiu para a esquerda. As passadas eram longas e rápidas, e eu mal conseguia acompanhar. Não fazia ideia de para onde ele ia: o lugar era como um labirinto. Mas a memória perfeita de Noah nos serviu muito bem; ele nos levou para a sala de jantar vazia, que dava para o oceano. Além da janela, o nascer do sol começava a despontar no horizonte escuro. Noah tentou a porta que dava para a cozinha.

Também estava trancada.

Ele xingou, então voltou para meu lado. Noah olhou para a água escura. E depois para as mesas e para as cadeiras.

— Afaste-se — disse para mim, me afastando da janela.

Recuei quando Noah ergueu a cadeira. Ele a atirou furiosamente no vidro.

A cadeira quicou.

— Tudo bem — falou ele, calmamente, para o ar, para ninguém. Então para mim: — Vamos acordá-los.

Jamie. Stella. Todo mundo, era o que queria dizer. Estávamos em maior número que os adultos e, juntos, talvez pudéssemos fazer algo que, sozinhos, não poderíamos. Quem sabe juntos pudéssemos, todos, encontrar uma saída.

Corremos de volta para os quartos dos pacientes. Noah tentou abrir a primeira porta. Trancada. Ele bateu com o punho uma vez, ordenou que quem estivesse do lado de dentro acordasse.

Foi recebido por silêncio. Tentamos outra porta

Mais uma porta trancada.

Foi quando percebi que nunca tinha visto trancas em *qualquer* das portas dos pacientes. Não *havia* trancas para virar. Nenhum botão para apertar.

Isso não significava que não havia trancas. Apenas que nós, os pacientes, não poderíamos trancá-las.

Mas agora estávamos trancados do lado de dentro.

Presa, sussurrou minha mente.

Não tínhamos visto ou ouvido vivalma desde que deixamos a sala de Kells. Nenhum conselheiro. Nenhum adulto. Tinham nos deixado ali.

Por quê?

Minha mente girava, confusa, à medida que Noah me puxava para o quarto, aquele que compartilhava com Jamie. A porta estava aberta.

Jamie não estava ali.

Minhas pernas eram como barbante: não conseguia mais ficar de pé. Afundei, mas Noah me pegou. Ele me puxou para si, tão perto dele, e me abraçou até que cada ponto de meu corpo fizesse contato com o dele. Testa com testa, peito com peito, quadris com quadris. Noah soltou os braços e afastou os cabelos embaraçados e encharcados de meu rosto, de meu pescoço. Tentou me segurar, mas mesmo assim desabei.

Depois do choro inútil no silêncio, falei:

— Estou com tanto medo.

E tão envergonhada, mas isso não falei. Eu me sentia tão *fraca*.

— Eu sei — disse Noah, com as costas contra a estrutura da cama, os braços ainda enroscados em meu corpo. Os lábios de Noah roçaram minha orelha. — Mas preciso encontrar Jamie.

Assenti. Sabia disso. Queria que ele fosse. Mas não conseguia soltá-lo.

Não importava, porém. Alguns segundos depois, ouvimos o grito.

65

O GRITO PAROU TÃO SUBITAMENTE QUANTO COMEÇOU.

— Esse não foi Jamie — disse Noah, determinado, contra minha têmpora. Apoiou minha cabeça sob o queixo, minha bochecha contra seu peito.

Noah estava certo. A voz era feminina.

Ouvimos, abraçados no escuro. O silêncio era denso, abafava tudo, menos as batidas de meu coração. Ou as de Noah. Era impossível saber.

Mais um grito emitido... do centro do complexo. Do jardim? Eu não conseguia dizer dali.

— Fique aqui — pediu Noah, a voz firme e clara.

Ele não podia deixar de ir. Mas eu não poderia permitir que fosse.

— Não — falei, sacudindo a cabeça. — Não vamos nos separar. — Minha voz ficou mais determinada. — Não vamos nos separar.

Noah exalou devagar. Não respondeu, mas pegou minha mão e me levantou.

Nossos passos ecoaram nos corredores silenciosos, e agarrei os dedos dele com força, desejando que pudéssemos nos tornar um só. Enquanto o segurava, reparei, meus pulsos nem mesmo doíam.

O céu do início da manhã ainda estava muito escuro, o preto iluminava apenas até se tornar um roxo profundo. Relâmpagos piscaram nas janelas que não nos libertavam, e tornaram monstruosas nossas sombras contra a parede.

Mais um grito.

Éramos encurralados por ele. Atraídos para ele. Era o objetivo.

Entramos juntos em meu pesadelo.

Jude estava no jardim zen, o corpo largo e impositivo na areia. Postava-se entre varas de bambu harmoniosamente arrumadas e árvores bonsai esculpidas. Jamie, Stella, Adam e Megan estavam ajoelhados na areia. As cabeças curvadas. As mãos atadas. Posicionados entre as pedras.

Outra garota — não consegui ver o rosto dela — estava deitada de lado, imóvel. A camiseta branca estava ensopada de sangue, toda pintada de vermelho.

Havia uma tempestade do lado de fora. Ela irrompia pela luz do céu. Mas o jardim estava silencioso. Ninguém se debatia. Ninguém dizia uma palavra. Nem mesmo Jamie. A cena era surreal. Deturpada. Absolutamente aterrorizante.

Então a voz de Jude maculou o ar.

— Tentaram as portas primeiro? — perguntou, e sorriu. — As janelas?

Ninguém falou.

Jude estalou a língua.

— Tentaram. Dá para ver. — O olhar dele percorreu cada um dos corpos na areia. Quando Jude ergueu o rosto, foi para Noah. — Embora esteja feliz por finalmente nos conhecermos, quis evitar isto.

Nada na postura ou na expressão de Noah demonstrava que tivesse ouvido Jude. Estava imóvel e tranquilo como uma das pedras na areia. A visão de adolescentes amarrados e de joelhos não o perturbava.

O que pareceu desconcertar Jude. Ele piscou, engoliu em seco e me encarou.

— Tentei encontrar você, Mara, mas estava escondida. Então não tive escolha. Você me obrigou a pegá-los.

— *Por quê?* — Minha voz abalou o silêncio. — O que você *quer?*

— Quero Claire de volta — disse Jude, simplesmente.

— Ela está morta — falei, a voz trêmula. — Eu a matei e queria que isso não tivesse acontecido, mas aconteceu e ela está morta. *Desculpe.*

— Ele acha que você pode trazê-la de volta — falou Stella, a voz rouca era um pouco mais que um sussurro.

Sete pares de olhos se concentraram nela com uma precisão esquisita.

— O quê? — perguntei.

Jude se agachou diante de Stella, como uma cobra prestes a dar o bote.

Ela o ignorou. Quando olhou para alguém, foi para mim.

— Ele acha que você pode trazê-la de volta.

Jude golpeou o rosto de Stella.

Jamie se encolheu.

Megan começou a chorar.

Adam observava Jude com um interesse aguçado — não medo.

Noah deu um passo à frente, fervilhando com violência silenciosa.

Mas quando vi Jude acertar Stella, algo dentro de mim emergiu da escuridão. Ainda me agarrava a Noah, mas parei de tremer.

— Trazer Claire de volta — falei, devagar.

Stella assentiu.

— É o que ele pensa.

— Como você... — Comecei a perguntar. Então parei, porque sabia.

Stella era como nós. Diferente. Olhei para ela, para a expressão no seu rosto, e percebi de que modo.

Ela sabia o que Jude estava pensando. Conseguia ouvir seus pensamentos.

Se Jude acreditava que eu podia trazer Claire de volta dos mortos, Claire, que havia sido desmembrada e esmagada, que fora enterrada em um caixão fechado em Rhode Island sob sete palmos de terra, estava completamente fora da realidade. Completamente iludido.

A única forma de sair daquilo seria agir como se a ilusão fosse real.

— Jude — falei, a voz uma súplica. Fingida. — Quero trazer Claire de volta. Diga como trazer Claire de volta.

Os músculos do rosto dele se contorceram.

— Precisa estar motivada — falou Jude, mecanicamente. Então golpeou Stella de novo. Com força.

Os músculos nos braços de Noah ficaram rígidos, tensos sob minha mão.

Os olhos de Jude se detiveram em Noah, e um sorriso se formou nos seus lábios.

— Sim, junte-se a nós — falou. — Você pode ajudar.

Algo mudou em Noah nesse momento. Ele relaxou.

— E como, precisamente, eu faria isso? — A voz tinha ficado mais que apenas inexpressiva. Estava entediada.

Stella tossiu. Curvou o corpo para o chão e cuspiu sangue na areia. Então ergueu o rosto para mim, o olhar determinado.

— Você precisa sentir medo — disse ela para mim. — Se estiver com medo o suficiente, ele acha que conseguirá.

Então Jude queria que eu sentisse medo. Tudo o que fazia era para me aterrorizar. Aparecer na delegacia de polícia para que soubesse que estava vivo. Roubar a chave de Daniel para entrar e sair quando quisesse, para que pudesse tirar fotos minhas enquanto eu dormia, para que pudesse mover minhas coisas pela casa, como a boneca, para que eu soubesse que tinha estado ali, violando o lugar em que deveria me sentir segura.

Ele matou o gato e me contou o motivo em uma mensagem com sangue.

Mas isso não bastava. Ele não queria que me sentisse segura em lugar nenhum, com ninguém. Não com meu pai, então quase nos jogou para fora da estrada. E não no Horizontes, então usou Phoebe para me assustar. Ele deu a foto a ela e fez com que Phoebe raspasse meus olhos, escreveu aquele bilhete e fez com que ela entregasse. Jude me manipulava como um instrumento e usava a garota psicótica como uma ferramenta, para me desequilibrar, me impulsionar, me deixar com medo quando não pudesse estar por perto para me assustar ele mesmo.

Achei que tivesse sido por vingança. Por Claire. Para me punir pelo que eu tinha feito aos dois. E, sem dúvida, aquilo era parte do plano. Mas, na mente de Jude, também eram os meios para um fim.

Um fim que eu não poderia realizar.

Eu precisava estar motivada, dissera ele. Se eu sentisse medo o suficiente, faria, pensava Jude.

Mas eu *estava* com medo. Estava aterrorizada. E Claire, mesmo assim, jamais voltaria.

Não fazia mais ideia de como fingir o contrário.

— Jude — falei. — Juro que faria se pudesse. Desculpe.

Ele inclinou a cabeça para mim. Avaliando.

— Você não está arrependida — falou Jude, impassível. — Mas ficará.

Então, em um movimento tão súbito que mal consegui entender, pegou os cachos de Stella, erguendo-a e curvando suas costas para trás de um só golpe.

Megan gritou. Jamie virou o rosto. Adam fez um barulho de surpresa.

Noah estava agitado de novo, eu conseguia sentir. Mas não saiu de meu lado.

Eu estava fervilhando de ódio.

— Acha que se torturar Stella, vou trazer Claire de volta? — perguntei, a voz alta com fúria. — Se eu pudesse, já teria feito...

Jude deixou Stella cair de joelhos. Ele abaixou o rosto para ela.

— Ai, *Deus* — sussurrou Stella.

Um sorriso se abriu na boca de Jude.

O modo como ela soou, a maneira como ele sorriu, aquilo aguçou meus nervos.

— O quê?

Jude ergueu o rosto para mim, e seu sorriso ficou mais largo.

— Conte a eles — ordenou Jude a Stella. Quando ela não falou, Jude puxou seu cabelo. — Conte.

— Ela... — Stella contraiu o rosto, os olhos se voltaram para Jude enquanto se agachava ao lado dela. — Ela sabia — sussurrou, olhando diretamente para Jude. — Jude é parte disso. Ela sabia... ai, meu Deus, ela *sabia*, sobre todos nós, o tempo todo... ele é parte disso, ela prometeu que traria Claire de volta se ele enviasse você para cá, ela contou a ele como obrigar você a fazer isso, e deixou o resto de nós aqui para ver o que você faria, ai, Deus...

— Ela? — sussurrou Jamie.

— Kells — falou Noah.

— Jude é parte *disso*? — perguntei, a voz rouca e falhando. — Ele é parte do *quê*?

O que ele *era*? O que éramos *nós*?

— Não consigo *ouvir* — choramingou Stella —, tem vozes demais! — Então Stella sussurrou e murmurou. Só consegui entender uma palavra. Parecia ser "garantia".

— Como saímos? — perguntei, rapidamente. Era o que eu precisava saber antes que Stella perdesse o controle. Como sair.

— Não pode — gemeu ela.

— Minha entrada foi permitida — disse Jude, calmamente.

Eu me senti como se tivesse levado um chute no peito.

A Dra. Kells tinha deixado Jude entrar. Os adultos tinham ido embora. Não havia ninguém para nos ajudar, ninguém viria.

— Ele matou Phoebe — falou Stella, os ombros trêmulos. — Mas parece que você fez isso, Mara... é o que vão dizer. Precisam de você...

Jude deu um tapa na bochecha dela. Stella contraiu os lábios carnudos para dentro da boca e abaixou o rosto para a areia. Não diria mais nada.

Eu não conseguia entender a maior parte do que Stella *tinha* dito, mas compreendi uma coisa: a Dra. Kells tinha prometido a Jude que eu traria Claire de volta se ele me levasse até ali naquela noite. E ela estava mentindo.

A Dra. Kells me queria ali por algum outro motivo, e eu não conseguia a entender qual era. Não podia mais acompanhar a ilusão de Jude, mas talvez, se pudesse mostrar que ele era apenas uma peça, um peão em qualquer que fosse a coisa deturpada que estava acontecendo ali, haveria uma chance, embora pequena, de que ele nos soltaria.

Não vi outra saída. Então falei:

— A Dra. Kells está mentindo para você.

— Não — falou Jude—, você está.

Então ele agarrou o pulso de Stella e o quebrou. Todos ouvimos o pulso estalar.

Megan gritou como um animal. Jamie xingou. Adam deu um risinho. Eu me revirei de ódio.

Mas Noah. Noah não fez um ruído. Ele não deu um passo à frente. Nem mesmo ficou tenso. Depois de um minuto, Noah falou:

— Talvez você queira soltá-la. — Era como se estivesse indicando a Jude a direção do posto de gasolina mais próximo.

Os músculos do rosto de Jude se contraíram. Não entendeu por que Noah não reagia, por que ele não parecia se importar, e, até aquele segundo, nem eu.

Jude queria nos desequilibrar. *Queria* que sentíssemos medo. Precisava dessas coisas de mim mais do que tudo, e achei que ele feria Stella para tentar me assustar ainda mais.

Mas não estava funcionando. Eu não sentia medo. Estava com *raiva*, e Jude via isso. E era por isso que não usava Stella para *me* provocar, mas para tentar provocar *Noah*. Achando que ele não conseguiria resistir a uma donzela em perigo.

Ele queria que Noah tomasse o lugar de Stella.

Mas não estava funcionando. Noah não se movia.

Jude soltou o pulso dela nesse momento. Ela caiu contra a areia ensanguentada, e senti um segundo de alívio...

Até que Jude agarrou Jamie pela nuca.

Tudo mudou. Meu estômago se revirou de medo.

— Solto este — falou Jude, com um sorriso brilhante —, se Mara ocupar o lugar dele.

Liberei a respiração que não percebi que estava prendendo. Jude me pegou antes, na marina, e não me matou. Entrou em meu quarto e destruiu minha vida, mas eu ainda estava ali. Ainda estava viva.

Jude não *podia* me matar, como dissera Stella: ele achava que precisava de mim para conseguir a irmã de volta. Se eu tomasse o lugar de Jamie, não importaria que isso fosse impossível. Jude estaria ocupado comigo, o que daria ao restante uma chance de libertar *todos* nós.

Soltei o braço de Noah.

66

NOAH ME LANÇOU UM OLHAR QUE CONGELOU MEU SANGUE.

— Não ouse.

Então Jamie falou. A voz era como a ponta de um diamante, brutalmente afiada e determinada.

— Solte-me — ordenou a Jude.

E, para minha enorme surpresa, Jude o soltou.

Observei Jamie cair em câmera lenta; mas, antes de atingir o chão, Jude agarrou o pescoço dele de novo, puxando Jamie para cima.

Então deu um chute violento em sua barriga. Jamie se enroscou na areia.

— Não fale de novo — disse Jude.

Estremeci de raiva e ódio. Jude me olhou com um interesse cínico

— É assim que as coisas vão funcionar por aqui — disse ele, contra os soluços agora constantes de Megan. — Quanto mais me fizer esperar, Mara, mais fará com que eles sofram.

— Isso não tem *nada* a ver com eles — disparei.

Jude assentiu.

— Exatamente. Então por que fará com que *eles* paguem pelo que *você* fez? Só precisa assumir o lugar deles. — Jude sorriu como um réptil e me olhou como se eu fosse um rato. — Caso contrário, vai matá-los vagarosamente, e obrigarei você a assistir.

Noah apoiou a mão em minha barriga com muito cuidado, me mantendo para trás.

— Você não vai matar ninguém, Mara — disse Noah para mim. Olhou diretamente para Jude. — Ele vai.

Aquela sombra tinha retornado à voz de Noah, ao seu rosto. Jamais o tinha visto perder a calma, mas tive a sensação de que estava prestes a testemunhá-lo.

Era assustador.

Jude passou o dedo pela linha dos cabelos louros encharcados de suor de Megan. A areia sob ela estava escurecida por urina.

— Quem você quer que seja o primeiro? — perguntou Jude a mim.

Fiquei muda. Transfigurada. Jude se ajoelhou até Megan vagarosamente.

Então Noah me mudou de lugar com cuidado, sutilmente, para trás dele.

Jude segurou o rosto de Megan na mão enorme, e, ao fazê-lo, Noah se moveu tão silenciosamente e rápido que quase não vi.

Noah estava no jardim. O punho acertou o rosto de Jude com um estalo de revirar o estômago.

Megan e Adam emitiram um arquejo duplo e desafinado, mas não me virei para olhar. Estava vidrada, hipnotizada pelo que via: Jude usava seu tamanho como uma bola de demolição, infligindo carnificina com mãos e pés pesados. Mas Noah era incisivo e ágil, leve e destemido. Sabia instintivamente o que machucaria mais, e usava isso a seu favor. Noah acertou Jude diversas vezes, e eu não conseguia virar o rosto.

Mas, então, ouvi meu nome — na voz de Megan. Logo antes de ela e Adam darem um salto adiante exatamente na mesma hora.

Uma lembrança surgiu: Jude se esfaqueando, caindo de joelhos em um cais de madeira.

Fui tomada por lembranças então. Do homem na marina que morreu quando tentou me salvar de ser torturada. John, meu guarda-costas, que morreu no carro, de derrame. Lembrei dos peixes mortos sob o cais e dos pássaros mortos que caíram do céu.

Não eram culpa minha. Mas também não foram aleatórios.

— Noah — sussurrei, olhando para trás e para a frente, entre Megan, Adam e Jude. Finalmente entendi.

Jude podia se curar, como Noah — ao matar coisas, como eu.

Ele não precisava tocar em ninguém para matá-lo. Nem mesmo precisava pensar. Apenas precisava se ferir, e. se estivesse ferido, tudo e todos ao redor dele morreriam.

Como John. Como o policial fora de serviço. Como os peixes.

Eu era letal, mas Jude era pior. E animais podiam sentir; os bichos de estimação dos vizinhos desapareceram no dia em que voltei para casa da ala psiquiátrica, o mesmo dia em que Jude começou a assombrar minha casa.

Noah e Jude rolavam na areia e se atracavam. Ele pressionava o antebraço contra o pescoço de Jude e se inclinava sobre seu rosto.

— Vou assassinar você — disse Noah, calmamente. — E, antes de morrer, vai implorar pelo perdão dela.

Jude poderia ter feito um barulho, mas não consegui ouvir, porque Megan e Adam gemiam de dor.

Garantia, dissera Stella.

O peito de Jude se movia com dificuldade, e seus ombros se sacudiam. Estava *rindo*.

— Ele vai matá-los — falei, a voz rouca e arrasada. — Se o ferir, eles morrerão.

— Se não me matar — falou Jude, a voz rouca —, vou cortar Mara em pedaços tão pequenos que você nem...

Noah soltou a garganta de Jude. E destruiu o joelho dele com um movimento brutal.

Ouvi um grito — de Jude dessa vez. Penetrou o ar. Jude se contorceu de lado, mas depois de um minuto, estava rindo de novo. Ainda.

Sua risada e as batidas de meu coração eram os únicos sons que eu conseguia ouvir.

— Quer vingança? — perguntou Jude. As palavras ecoaram no espaço silencioso. Então assentiu para Megan e Adam. — Fique à vontade.

Meus olhos se voltaram para os dois, agora inconscientes, mas ainda respirando. O cabelo dela estava misturado à areia, quase exatamente da mesma cor. Terra se misturava à cabeça raspada de Adam.

Jamie e Stella, no entanto, estavam, os dois, acordados. Permaneciam em silêncio, mas os olhos brilhavam com atenção. Absorvendo as informações, exatamente como eu.

Exatamente como eu.

Não fui afetada. Eles não tinham sido afetados. O que significava que, se Noah conseguisse manter Jude distraído, talvez eu conseguisse libertá-los. Olhei ao redor, freneticamente, em busca de uma arma, uma ferramenta, alguma coisa afiada.

— Ela está certa — falou Jude, assentindo para Stella. — Não quero matar Mara. — A voz era grosseira, mas cheia de prazer. — Torturá-la é divertido demais.

Noah chutou Jude mais uma vez, jogando-o no chão de costas. Ajoelhou-se. Pressionou o antebraço contra a garganta de Jude de novo.

Era o que Jude queria. Adam emitiu um ruído aquoso: as tatuagens nos braços se destacando contra a pele agora pálida. Megan não fez som algum.

— Você está matando os dois — falou Stella, em voz alta.

Noah parecia maliciosa e friamente calmo, mas eu sabia que ele estava fora de controle. Só conseguia pensar em Jude morto e eu em segurança, não no preço que ele ou qualquer outra pessoa pagaria por isso. Se Jude tivesse ameaçado qualquer outro, Noah conseguiria se segurar. Mas não podia deixar de reagir quando Jude me ameaçava.

Eu era sua fraqueza.

Noah jamais se perdoaria se cedesse.

Chamei seu nome.

A expressão de Noah era malignamente vazia enquanto ele esperava que o oxigênio deixasse os pulmões de Jude, mas, ao ouvir minha voz, algo mudou. Recuou, levemente, soltando parte da pressão sobre a garganta de Jude, o suficiente para que o outro pudesse respirar.

Olhei ao redor, esperando encontrar algo, qualquer coisa, para nos ajudar. Mas o jardim ficava no centro do complexo e as paredes ao redor estavam vazias e eram poucas. Nenhuma mobília, apenas um pedestal decorado com arabescos no qual estava apoiada uma urna de porcelana verde.

O objeto desencadeou uma lembrança: de Phoebe quebrando um vaso no chão.

E então tive uma ideia.

— Segure-o — gritei para Noah conforme corri para o canto mais afastado do lugar. Derrubei o pedestal, e a urna se quebrou no piso de pedra. Peguei um dos cacos... talvez pudesse libertá-los com ele? Seria grande o suficiente?

Mas então Stella gritou, desfazendo a cena no jardim, despedaçando meus pensamentos.

Jude estava de pé. A lateral do corpo de Noah era escura com sangue.

Um sorriso lento e dilacerante surgiu nos lábios de Noah.

Os dois mantinham-se presos em um impasse silencioso, e aqueles que ainda estavam conscientes observavam. Eu permanecia hipnotizada no inferno particular. Embora soubesse que Noah podia se curar, mesmo vendo seu sorriso selvagem e sabendo que a dor não o incomodava, que o *eletrizava* — ver Noah ferido me mergulhava em ácido. Minhas mãos se fecharam como garras, e senti uma dor aguda na palma...

O caco. Ainda o segurava.

Eu me obriguei a afastar os olhos do garoto que amava e disparei para ajudar meus amigos. Jamie estava mais perto.

— Que porra insana — disse ele, aos sussurros, quando comecei a serrar a amarra de plástico que lhe atava os pulsos. O pedaço afiado de porcelana cortava minha pele, mas continuei serrando até que Stella gritou o nome de Noah, então precisei erguer o rosto.

Jude tinha se reposicionado e agora estava mais próximo de mim do que Noah. Ele se movia enquanto *eu* tentava soltar Jamie.

— Corra — disse Noah para mim, a voz quase um sussurro. Era baixa e desesperada.

Não podia deixá-lo. Teria sido inteligente, talvez, mas não faria isso.

E não poderia deixar Jamie e Stella presos também. Então ignorei a súplica de Noah e investi contra as amarras nos pulsos e nos pés de Jamie com fervor ainda maior.

Elas se soltaram. Jamie ficou de pé assustadoramente rápido, e Jude mergulhou para a frente, na minha direção, no momento em que Noah correu até ele.

Jude me derrubou. O caco caiu de minhas mãos.

— Tire eles daqui! — gritei para Noah, quando os braços de Jude percorreram meu corpo. Uma lâmina de aço pressionada contra minha pele. Não seria preciso força alguma para cortá-la. Para mergulhar em meu pescoço e me sangrar como um animal diante de Noah.

Noah, que a tudo assistia com uma expressão que outros confundiriam com ódio. Mas eu sabia bem.

Era terror.

Uma lágrima quente deslizou por minha face quando Jude me ergueu e me segurou com força contra si, as costas contra seu peito largo e terrível. Encarei Noah, cujo rosto perfeito estava congelado, braços e pernas radiando tensão de volta para nós, imóvel.

Mas Jamie tinha soltado Stella e os dois estavam de pé. Stella aninhava o pulso quebrado. Megan e Adam estavam inconscientes, mas vivos. Jamie levantou Megan por debaixo dos braços dela, puxando-a na direção dos corredores, com Stella ao lado. Ainda permanecíamos trancados no prédio, mas Jude os deixaria em paz agora que me dominara.

— Vá — falei para Noah, embora soubesse que ele jamais iria. O maxilar de Noah era como ferro, e o olhar, destemido. Eu sentiria saudade daquilo.

Era uma despedida, percebi.

Noah viu isso em minha expressão e sacudiu a cabeça devagar. A voz era calma e forte, apenas para mim:

— Você vai ficar bem.

Vou consertar isso, era o que queria dizer.

Mas Jude me segurou com mais força e a lâmina foi pressionada contra meu pescoço. O fôlego que eu segurava escapou, e ele me agarrou com mais força. Um filete de sangue quente desceu por minha blusa.

— Darei qualquer coisa a você — disse Noah a Jude. A voz era baixa. — Qualquer coisa.

Jude respondeu a Noah, mas os lábios permaneciam em meu ouvido. Minha pele parecia apodrecer ao seu toque.

— Não há nada que você tenha que eu queira. Não mais.

Encarei Noah, e algo nele morreu.

Eu não suportava. Não tinha mais medo por mim. Estava apenas infeliz, desesperadamente triste.

— Ele não vai me matar — menti para Noah. — Ficarei bem.

Jude nos levantou contra uma parede branca, limpa e vazia do Horizontes, me esmagando sob os braços. Ele nos empurrou devagar na direção do corredor, ladeado por quartos de pacientes. Fora encurralada por ele de novo.

Encurralada. A palavra despertou uma lembrança. Eu me lembrei...

De um corredor diferente. Iluminado pelo flash da câmera de Rachel.

Jude e eu andávamos juntos atrás de Rachel e Claire, nos mantendo no meio do corredor cavernoso. Quartos de pacientes passavam por nós, e eu não queria chegar nem perto deles. Quando Rachel e Claire desapareceram atrás de uma esquina, apressei o passo, apavorada por perdê-las nas passagens labirínticas.

Eu tinha ficado presa antes.

E tinha *escapado.*

Com nada além de um hematoma na bochecha, que nem fora causado pelo desabamento. Eu me lembrava de ter visto o hematoma roxo na maçã no rosto no espelho do hospital. Jude o fizera. Era onde ele havia me batido.

Desabei o sanatório, mas saí ilesa. Segura.

Mas Jude também escapou, sussurrava minha mente.

Os braços dele me seguraram mais forte, e eu soube que os olhos de Jude estavam fixos nos de Noah. A lâmina cravou em minha pele, e senti uma descarga de calor e dor. Jude estava aproveitando cada gota de felicidade maligna ao me ferir e poder fazer com que Noah assistisse àquilo.

Eu queria feri-lo de volta.

E talvez pudesse. Sim, Jude havia escapado, mas sem as mãos.

O que significava que eu podia feri-lo, mas não matá-lo. Havia tentado tantas vezes matar Jude antes e jamais funcionara, mas eu tinha escapado. Desabei o sanatório e, talvez, se desabasse *este* prédio, poderia me libertar.

E a Noah. Ele podia ficar ferido se o prédio caísse, mas era diferente, como eu; então sobreviveria, como eu. Mesmo que ficasse ferido quando o prédio desabasse, ele se curaria. Sempre se curava. Noah ficaria em segurança.

Mas Jamie? Stella? Eram diferentes como nós. Como Jude. O que significava que provavelmente sobreviveriam, mas talvez se ferissem.

Noah poderia curá-los, no entanto. Tinha curado meu pai. Se eu ferisse Jamie e Stella ao tentar nos soltar, Noah poderia consertá-los.

O hálito de Jude fez cócegas em meu pescoço, me obrigando a virar a cabeça antes de mergulharmos na escuridão. Vi a garota coberta de sangue no jardim. Vi Adam deitado na areia.

Eu, Jamie, Stella e Noah sobreviveríamos. Mas não éramos os únicos ali.

Adam provavelmente ainda estava vivo, e Megan também, quando Jamie a arrastou para longe. Poderia haver outros trancados nos quartos, ou atrás das portas.

Se eu derrubasse aquele lugar, como tinha feito com o sanatório, qualquer um que não fosse diferente morreria, como Rachel e Claire. Adam. Megan. Todo mundo, todo mundo que fosse normal.

Mas eles poderiam morrer de qualquer forma, falei para mim mesma. Jude poderia ir atrás de cada um deles, até estarem — estarmos — todos mortos.

Minha pele eriçou, e o sangue esquentou minhas orelhas, e senti Jude nos puxando para mais longe. Se ele virasse a esquina, Noah ficaria fora de meu alcance visual.

Eu estava ficando sem tempo. Precisaria escolher, embora nenhuma opção fosse boa. Talvez um herói pudesse ver outra saída daquela situação, mas eu não era heroína.

Você sempre pode escolher, dissera Noah para mim certa vez.

Então escolhi.

Usei cada pingo de força que me restava para nos atirar contra a parede.

Jude não estava esperando aquilo. Sua cabeça emitiu um estalo obsceno, e imaginei fissuras se ramificando do lugar em que seu crânio tinha acertado até o teto e o chão, para baixo, para os alicerces. Os braços ao meu redor se afrouxaram quando Jude caiu no chão.

Mas não corri.

Eu me virei para encará-lo. Não conseguia ouvir nada além da própria respiração, as batidas do meu coração e minha pulsação, altas e rápidas, mas não por causa do medo. Eram resultado de uma fúria pura, fria e revoltosa.

Senti um puxão forte e perturbador na mente, mas cedi e algo se libertou. Empurrei o corpo inerte de Jude para cima, contra a parede. Eu o prendi, o esmaguei tão firmemente contra a parede que pedaços de gesso pareciam se soltar e cair no chão. Eu era mais forte do que sabia. Não poderia matar Jude com a mente, mas o mataria com o corpo e ele merecia.

Sabia que Noah estava atrás de mim, mas ele não se mexeu para ajudar. Ele via que eu não precisava de ajuda.

Jude estava inconsciente e inerte. O tempo pareceu desacelerar conforme pontos pretos e vermelhos encheram minha visão, um odor incolor invadiu o ar. Esmaguei a garganta de Jude com mãos graciosas que não pareciam minhas. Aquela visão me deu uma descarga de alegria selvagem. Eu me senti sorrir.

Mara.

Ouvi meu nome sussurrado em uma voz agradável e familiar, mas estava distante e não dei atenção. Não pararia até que aquela coisa sob minha mão estivesse morta; não permitiria que escapasse ou se curasse. Eu queria observar aquela coisa morrer, transformá-la em carne. A ideia me encheu de prazer caloroso. As portas ainda estavam trancadas, e eu permanecia presa do lado de dentro, mas derrubaria aquele lugar, escavaria uma saída com a mente e os dedos se precisasse. Tiraria o garoto que amava dali de dentro. Eu me libertaria.

Foi a última coisa que pensei antes de tudo escurecer.

ANTES
Porto de Calcutá, Índia

A MULTIDÃO CRESCIA E AUMENTAVA AO REDOR DAS CRIATURAS selvagens no porto ao qual não pertenciam. Uma explosão de som ressoou de um dos navios, e pequenos macacos rangeram os dentes e gritaram. Um homem bateu no alto de uma jaula com o punho; um pássaro grande, de cores fortes, guinchou do lado de dentro. O sujeito sorriu e observou mais de perto enquanto o pássaro batia as asas contra as barras, suas penas coloridas como joias caindo no chão.

Outro homem cutucou com um galho um grande macaco marrom em outra gaiola. O macaco retraiu os lábios e exibiu as presas.

O menino com pequeninos olhos pretos para quem eu tinha pedido ajuda disparara de volta aos demais, que continuavam arrastando pedaços de pau na jaula do tigre e recuando em uma dança animada. O maior dos garotos, com roupas de um vermelho esmaecido, cuspiu no animal, que rugiu.

As pessoas riram.

Minha respiração estava ágil, e meu pequeno peito se erguia e abaixava no ritmo. Meu coração batia rápido, e esmaguei a boneca no punho.

O garoto maior se abaixou. Ele pegou pedras: uma, duas, três. O restante das crianças fez o mesmo.

Então, cada uma delas atirou as pedras no tigre. Chacoalharam a jaula. Acertaram os pelos do animal.

Engoli em seco, fervilhando de ódio. Pensamentos obscuros giravam em minha mente, e o tempo pareceu rastejar conforme o tigre rosnava e se encolhia contra sua gaiola. Os meninos riram, pessoas acharam graça.

Aquele animal não merecia isso. Desejei poder tirá-lo dali e enxerguei tudo com clareza em minha mente: barras brilhantes de metal caindo na terra. Garras e dentes encontrando pele em vez de pedras encontrando pelo. Fechei os olhos porque era essa a imagem que eu preferia ver.

Um grito fez meus olhos se abrirem.

A criatura tinha impulsionado o corpo contra o fundo da jaula, que caiu. Observei enquanto o animal atacava o garoto mais próximo, o maior. As garras lhe rasgaram uma fenda enorme na lateral do corpo.

O outro menino, aquele com olhos pequenos, tinha ficado branco e imóvel. Não estava olhando para o tigre. Olhava para mim, e a boca formou a palavra que um dia se tornaria meu nome.

Mara.

O tigre empurrou o menino grande para o chão, e este gritou de novo. O animal se moveu sobre ele, envolveu-lhe a garganta com a boca e a apertou. Os gritos do garoto cessaram.

Outros gritos começaram, mas não importava. O animal estava livre.

DEPOIS

Acordei na manhã de algum dia em algum hospital e vi a Dra. Kells sentada em meu quarto.

Tudo estava claro: o suporte do soro acima de minha cama. Os lençóis ásperos e brancos. Os azulejos comerciais no teto e as luzes fluorescentes embutidas. Conseguia ouvir o murmúrio delas. Mas era como se estivesse olhando para o quarto antisséptico e tudo nele através de um vidro.

Então, em uma enxurrada, tudo voltou.

Jude, inerte, enquanto eu drenava a vida de seu corpo com as mãos. Stella e Jamie, feridos e com hematomas arrastando Megan para longe do jardim da tortura.

E Noah, eu o observava morrer por dentro enquanto mentia para ele, enquanto lhe garantia que ficaria bem.

Mas não era mentira. Eu me desvencilhei dos braços de Jude, e Noah estava perto de mim, ao meu lado, antes de eu apagar. Ele chamou meu nome. Ouvi. Eu me lembrava.

Onde estava Noah agora? E os outros? Onde *eu* estava?

Tentei me sentar, sair da cama, mas algo me segurou. Olhei para as mãos, que repousavam sobre o cobertor azul de algodão que cobria a cama e meus pés, esperando ver algemas.

Mas não havia nenhuma. Minhas mãos não se mexiam mesmo assim.

— Bom dia, Mara — falou a Dra. Kells. — Sabe onde está?

Senti um medo gélido de levantar a cabeça e ver placas me informando que eu estava em uma unidade psiquiátrica de algum lugar. Que jamais tinha saído. Que nada das últimas duas, seis semanas ou seis meses tinha acontecido. Era a única coisa que ela poderia me contar, depois de tudo a que eu havia sobrevivido, que poderia me desestabilizar.

Mas consegui virar a cabeça para os lados e olhar em volta. Não havia janelas naquele quarto. Nenhuma placa. Nada a não ser o suporte do soro e um grande espelho na parede atrás da cabeça da Dra. Kells.

Talvez eu não soubesse onde estava, mas lembrava do que ela fizera. Eu a observei sentada ali, placidamente, na cadeira de plástico ao lado da cama, e repassei lembrança após lembrança da Dra. Kells mentindo para mim. Vi imagens de Jude no meu quarto, me observando dormir enquanto a Dra. Kells gravava tudo. Ela sabia que ele estava vivo. Sabia o que ele estivera fazendo comigo. Deixara-o entrar no Horizontes e fez com que todos nós enfrentássemos o inferno.

A expressão da Dra. Kells não tinha mudado, mas eu a via com novos olhos.

— Sabe quem sou? — perguntou a Dra. Kells.

É a pessoa que traiu minha confiança. A pessoa que me ofereceu mentiras e remédios fingindo me curar enquanto tudo o queria era me fazer piorar. Sei exatamente quem é, tentei dizer. Mas quando abri a boca, tudo o que saiu foi a palavra:

— Sim.

Era como se eu estivesse prensada entre dois painéis de vidro. Conseguia *ver* tudo, conseguia *ouvir* tudo, mas estava fora de mim. Destacada. Mas não paralisada: conseguia sentir as pernas e os lençóis ásperos que roçavam minha pele. Conseguia umedecer os lábios, o que fiz. Conseguia falar, mas não as palavras que queria dizer. E, quando tentei ordenar que a boca gritasse e as pernas chutassem, era como se o desejo fosse intangível.

— Gostaria de conversar com você sobre algumas coisas, mas, primeiro, quero que saiba que recebeu uma mistura de um variante de amital sódico. Já ouviu falar de amital sódico?

— Não — respondeu minha língua corrompida.

— Coloquialmente, chamam de soro da verdade. Não é inteiramente preciso... mas pode ser administrado para aliviar alguns tipos de sofrimento. Às vezes, usamos em psiquiatria experimental para dar a pacientes um descanso de episódios maníacos ou catatônicos. — Ela se inclinou para mais perto de mim e falou, em tom de voz mais baixo: — Esteve sofrendo, Mara, não foi?

Meu ódio fervilhava naquela cama, pelo meu corpo, e tive vontade de cuspir na cara dela. Mas não podia. Respondi:

— Sim.

Ela assentiu.

— Achamos que a variante que desenvolvemos vai ajudá-la com seus... problemas singulares. Estamos do seu lado. Queremos ajudá-la — disse a Dra. Kells, impassível. — Vai nos deixar ajudá-la? — Ela olhou por cima do ombro, para o espelho.

Não, minha mente gritou.

— Sim.

— Fico feliz. — Ela sorriu e se abaixou até o chão. Quando ergueu a mão, havia um controle remoto. — Deixe-me mostrar uma coisa — falou, e então gritou para o ar: — Tela.

Uma fina tela branca desceu mecanicamente do teto enquanto uma parte da parede, perto do espelho, recuou, expondo um quadro branco que continha uma lista rabiscada.

— Monitores — chamou a Dra. Kells, antes que eu conseguisse ler.

Ouvi algo apitar ao lado de minha cabeça, acompanhando o ritmo de meu coração.

— Luzes — falou de novo, e o quarto ficou escuro. Então a Dra. Kells ergueu a mão com o controle remoto e apertou *play*.

Observei filmagens trêmulas da câmera de Claire conforme ela girava e percorria o sanatório, atrás de Rachel. Observei a cena que Jude havia deixado para mim no quarto, para que eu assistisse.

A imagem ficou escura. Eu me ouvi gargalhar.

Mas onde o vídeo anterior acabava, a imagem aqui estremeceu. A filmagem de Jude tinha sido cortada. *Naquela* filmagem, *naquela* tela, eu via agora que alguém erguia a câmera. E, logo antes de a imagem ser cortada, enxerguei um flash.

Iluminando o rosto da Dra. Kells.

Ela tinha estado no sanatório. Ela estivera *lá*.

Minha mente me mandava vomitar, mas meu corpo estava perfeitamente imóvel conforme as luzes se acenderam.

A Dra. Kells apontou para o quadro branco.

— Mara, pode ler as palavras escritas ali?

Percorri as palavras com os olhos enquanto o sangue ribombava em meus ouvidos. A máquina, o monitor, apitava mais rápido.

Estudo duplo-cego

S. Benicia, manifestou (portadora do G1821, origem desconhecida). Efeitos colaterais(?): anorexia, bulimia, autoagressão. Responde a farmacêuticos administrados. Contraindicações suspeitas, mas desconhecidas.

T. Burrows, não portadora, morta.

M. Cannon, não portadora, sedada.

M. Dyer, manifestando (portadora do G1821, original). Efeitos colaterais: TEPT concorrente, alucinações, autoagressão, possível subtipo esquizofrênico/paranoico. Responde ao midazolam. Contraindicações: suspeita-se que n.e.s.s.?

J. Roth, manifestando (portador do G1821, suspeita de ser original), induzido. Efeitos colaterais: possível transtorno de personalidade limítrofe, possível transtorno comportamental. Contraindicações suspeitas, mas desconhecidas.

A. Kendall: não portador, morto.

J.L.: artificialmente manifestado, protocolo Lenaurd, indução acelerada. Efeitos colaterais: transtorno de personalidades múltiplas (não responsivo); enxaquecas, agressão extrema (não responsiva). Nenhuma contraindicação conhecida.

C.L.: artificialmente manifestada, protocolo Lenaurd, indução acelerada, morta.

P. Reynard: não portadora, morta.

N. Shaw: manifestado (portador original do G1821). Efeitos colaterais(?): autoagressão, possível transtorno desafiador opositivo (não responsivo), transtorno de conduta? (não responsivo); testados: barbitúricos classe a (não responsivo), classe b (não responsivo), classe c (não responsivo); não responsivo a todas as classes; (objeto m.a.d.) morto.

Efeitos colaterais generalizados: náusea, temperatura elevada, insônia, terrores noturnos.

— Você participou de um estudo cego, Mara — informou a Dra. Kells. — Isso significa que a maioria de seus médicos e conselheiros não sabia de sua participação. Seus pais também não sabiam. O motivo pelo qual foi selecionada para esse estudo é porque possui uma doença, um gene que está lhe fazendo mal.

Portadora.

— Ela faz com que aja de modo a torná-la perigosa para si e para outros.

Efeitos colaterais.

— Entende?

— Sim. — Minha língua traidora respondeu. Entendia.

— Alguns de seus amigos também são portadores desse gene, o que tem perturbado suas vidas normais.

Stella. Jamie. Noah. Os nomes estavam naquela lista, ao lado do meu.

E de J.L. Jude Lowe.

Eu queria saber o que éramos e agora sabia. Não éramos alunos. Não éramos pacientes.

Éramos objetos de estudo. Vítimas, e vítimas perfeitas. Se gritássemos "lobo", a Dra. Kells gritaria "loucura", e havia centenas de páginas de registros psicológicos para apoiá-la. Se um de nós contasse a verdade, o mundo chamaria de ficção.

O sanatório, Jude, Miami — as pessoas que eu tinha matado, o irmão que Jude sequestrara. Tudo tinha desembocado nesse momento.

Porque tinha sido calculado dessa forma. Era planejado.

Não tinha sido enviada para o Horizontes; tinha sido *levada* para lá. Meus pais não faziam ideia do que era aquele lugar. Apenas queriam me ajudar a melhorar, e a Dra. Kells os fizera acreditar que eu melhoraria. Quando acharam que eu *estava* melhorando, tinham decidido não me fazer ir para o retiro; acabariam me tirando de vez do programa.

E o dia em que decidiram não me obrigar a ir foi o dia em que Jude me fez cortar os pulsos. Mas não me matar.

Para que eu fosse enviada de volta.

Ouvi a voz de Stella, apenas um sussurro em minha mente.

— *Precisam de você.*

Eles? A Dra. Kells e Jude?

Ela interrompeu meus pensamentos acelerados.

— Sua condição causou dor às pessoas que ama, Mara. Quer causar dor às pessoas que ama?

— Não — falei, e era verdade.

— Sei que não — disse ela, seriamente. — E sinto muito por não termos conseguido encontrá-la antes. Esperávamos poder sedá-la antes que fizesse o prédio desabar. Tentamos muito salvar todos os seus amigos.

Meu coração parou. O quarto ficou em silêncio por segundos antes de o monitor apitar de novo.

— Não imaginamos que as coisas aconteceriam exatamente como aconteceram... do modo como aconteceu, tivemos sorte de poder extrair Jamie Roth, Stella Benicia e Megan Cannon antes de serem feridos seriamente. Só não conseguimos chegar a Noah Shaw.

Ouvi errado.

Era isso. Calma e vagarosamente, olhei para o quadro e obriguei a mente a transformar as letras em palavras, que eu pudesse entender, que fizessem sentido. Mas tudo o que consegui processar quando li de novo foi:

Morto.

Escrito abaixo do nome de Noah.

Minha mente repetiu as palavras da mulher que Noah um dia chamou de mentirosa.

— *Você o amará até a ruína.*

Toda a dor que eu tinha sentido fora apenas um treinamento para aquele momento.

— O teto cedeu ao seu redor, mas não sobre você, Mara. Noah estava perto demais e foi esmagado.

— *Ele morrerá antes da hora com você ao lado, a não ser que o abandone.*

— Sinto muito, muito mesmo — falou a Dra. Kells.

O que ela estava dizendo era impossível. Impossível. Noah se curava sempre que era ferido, sempre. Ele jurou que eu não podia feri-lo, diversas vezes. Noah não mentia. Não para mim.

Mas a Dra. Kells sim. Ela mentira para mim sobre Jude. Mentira para Jude sobre mim. Mentira para meus pais sobre o Horizontes. Mentira para todos, para todos nós.

E estava mentindo agora.

Uma lágrima escapou mesmo assim. Apenas uma. Ela rolou pela bochecha que não parecia minha.

— Queremos nos certificar de que nada assim jamais aconteça de novo, Mara, e achamos que conseguiremos, se você consentir.

A Dra. Kells esperou minha resposta, como se eu tivesse a habilidade de dizer qualquer coisa, exceto sim. Ela sabia que eu não podia consentir, o que significava que aquilo era algum tipo de exibição, algum espetáculo. Para outra pessoa, e não para mim.

Eu estava furiosa.

— Queremos ajudá-la a melhorar, Mara. Quer melhorar?

As palavras afastaram a poeira de cima de uma lembrança.

— *O que você quer?* — perguntara-me a Dra. Kells, no meu primeiro dia sob seus cuidados.

— *Ficar melhor.* — Eu tinha respondido.

Minha resposta fora sincera. Depois do sanatório, fui corroída pelo luto. Depois que Jude apareceu na delegacia, fui tiranizada pelo medo. Luto e culpa, medo por minha família e por mim mesma. *De* mim mesma. O terror me dominava.

A Dra. Kells manipulara aquilo. Jude também. Eu não sabia qual era o papel dele na história, nem o que a Dra. Kells tinha a ganhar ao aterrorizar, torturar e mentir para mim. Não sabia por que precisavam de mim ou por que havia sido levada para lá (e onde era "*lá*", afinal?) ou se eu estava sozinha. Mas não estava mais com medo. Havia outros nomes naquela lista, e, se estavam ali comigo, eu os libertaria, e veríamos as pessoas que amávamos de novo.

Eu veria o garoto que amava novamente. Todo o meu ser estava certo disso.

A Dra. Kells repetiu a pergunta:

— Quer melhorar, Mara?

Não mais.

Alguma coisa dormente tomou vida dentro de mim. Aquilo estendeu o braço, se levantou e segurou minha mão.

— Sim. — Minha língua mentiu. Minha resposta arrancou um sorriso falso dos lábios pintados dela.

Eis o que eu sabia: estava presa em meu corpo, naquela cama, no momento. Mas mesmo enquanto olhava pelas janelas dos meus próprios olhos, pelas barras de minha prisão, sabia que não ficaria aprisionada para sempre.

Eles chacoalhavam minha jaula para ver se eu mordia. Quando me soltassem, veriam que a resposta era sim.

agradecimentos

Este livro não existiria sem o esforço extraordinário de muitas pessoas, mas há quatro em especial que estão no topo da lista:

Courtney Bongiolatti: aprendi tanto com você e seu tempo; seu talento e sua paciência sem limites são valorizados além das palavras. Você tornou este trabalho grande, e deixa saudades.

Alexandra Cooper: em tão pouco tempo, trouxe tanto para este livro. Não acredito na sorte de ter ganhado duas vezes na loteria dos editores.

Barry Goldblatt: não importa o quanto as coisas fiquem pesadas, você jamais me deixa afundar. Graças a Deus que está ao meu lado.

E, por fim, mas não menos importante, a Kat Howard. Kat, você me ajudou a encontrar as palavras de que precisava para escrever e as puxou de dentro de mim uma a uma. Esteve comigo todos os dias, embora estejamos separadas por milhares de quilômetros. Apenas um "obrigada" jamais será suficiente.

Agradeço também a Ellen Hopkins por me ajudar a ouvir a voz de Noah, e a Nova Ren Suma, por me resgatar diversas vezes. Vocês são tão graciosas e sábias, e tenho sorte por chamá-las de amigas.

A Justin Chanda, Paul Crichton, Siena Koncsol, Matt Pantoliano, Chrissy Noh, Amy Rosenbaum, Elka Villa, Michelle Fadlalla, Venessa Williams e a toda a equipe da Simon & Schuster: sou grata a vocês todos os dias. E a Lucy Ruth Cummins, por criar mais uma capa assombrosa — você me maravilha.

A Stephanie, Emily L., Sarah, Bridget, Ali, Anna, Christi e Emily T., por tudo sobre Maggie e além, e a Rebecca Cantley, por cuidar de minha vida quando não posso fazer isso por conta própria.

E, como sempre, agradeço a minha família pelo amor e pelo apoio infinitos: Janie e vovô Bob, Jeffrey, Melissa, tio Eddie, tia Viri e tio Paul, Barbara e Peter, Nanny e Zadie, Z"L, Tante e tio Jeff e a todos os meus primos. Bret, obrigada por *Dawson's Creek*, pela véspera de ano-novo e por tolerar tanta agressão. Yardana, amo você e não me lembro de como era nossa família antes da sua aparição. Obrigada por emprestar sua experiência profissional a este livro; eu não poderia ter feito minha justiça dos desajustados sem você. Todos os detalhes psicológicos que estavam certos estavam certos por sua causa, e quaisquer erros são meus e apenas meus.

Martin & Jeremy, vocês ganharam a dedicatória. Não sejam gananciosos.

Por fim, agradeço à minha mãe, Ellen, por sempre acreditar em mim. Mesmo quando não deveria.

Este livro foi composto na tipologia Janson Text LT Std,
em corpo 11/14,3, e impresso em papel offwhite,
no Sistema Cameron da Divisão Gráfica
da Distribuidora Record.